KB085882

절대갑 길들이기

절대갑
길들이기

반하라 장편소설

I

CONTENTS

절대갑 길들이기

Romance
crescendo

#1

Manners maketh man

밤새 내린 비 덕분인지 모처럼 상쾌한 아침이었다.

며칠 도시를 점령했던 미세먼지가 씻겨 내려간 모양이었다. 초은은 오랜만에 깨끗한 공기를 깊숙이 들이마시며 발걸음을 재촉했다.

대표이사의 전담 비서인 초은은 출근 시간이 꽤 여유 있는 편이었다. 평균 퇴근 시간이 거의 밤 10시에 육박하는 보스를 둔 직장인의 소소한 메리트 중 하나였다.

아무리 기계 같은 사람이라도, 저 역시 피가 도는 사람이다. 그러니 출근까지 일찌감치 하지는 못하는 것이다. 씻기도 하고, 잠도 자고, 밥도 먹어야 할 테니 말이다.

"한 대리님, 어서 오세요."

"좋은 아침입니다."

"어, 일찍 나와 있네요. 굿모닝."

제일 꼭대기인 7층에 도착해 대표이사실과 이어지는 비서실로 들어섰다. 먼저 출근해 있던 통번역 비서인 보윤과 백업 비서 우신이 반갑게 인사를 건넸다. 초은도 활짝 웃으며 컴퓨터를 켜고 업무 준비를 시작했다.

"오늘은 아침이 유독 상쾌하지 않았어요?"

"새벽까지 비가 오더니 길에 나무들도 더 파릇파릇하더라고요."

"으이구, 우신 씨 또 새벽까지 게임 했구나. 누가 게임 회사 직원 아니랄까 봐."

"앗, 딱 들켰네요. 그런 의미에서 모닝커피 한 잔씩 하실래요?"

"오, 좋죠."

화창한 날씨가 직장인의 아침까지 가볍게 만들어 준 것일까. 곧 업무가 시작되려는 시간인데도 보윤과 우신의 대화는 통통 튀는 탁구공처럼 발랄했다.

"한 대리님도 커피 하실 거죠?"

"저도 챙겨 주면 고맙죠."

보윤의 물음에 일정표를 점검하던 초은이 방긋 웃었다.

"그럼 제가 다녀오겠습니다."

옥상 공원 입구에 있는 커피 바에 가려는지, 우신이 막 몸을 일으킬 때였다. 사무실 문이 벌컥 열리며 우람한 그림자가 성큼 들어섰다. 반쯤 몸을 일으킨 우신을 포함한 세 사람은 반사적으로 그대로 얼어붙었다.

180cm는 너끈히 넘어가는 훤칠한 키와 다갈색 머리칼에 잘 어울리는 티 없이 뽀얀 얼굴. 금방이라도 눈웃음을 칠 것 같은 미끈한 눈꼬리와 도톰한 붉은 입술이 조화로운 미남자였다.

매일 아침 마주하면서도 도무지 익숙해지지 않는 포스의 주인공. 바로 국내 게임업계의 청년 신화이자 〈레드핏〉의 창립자인 강은현 대표이사였다.

"안녕하십니까. 대표님."

찰나의 정적을 깨고 초은이 먼저 고개를 숙였다. 조금 전의 긴장은 어느새 사라지고, 단정하게 정돈된 목소리였다.

"아, 안녕하십니까."

"안녕하십니까."

보윤과 우신도 초은의 선창을 따라 허겁지겁 허리를 숙였다. 은현은 비서들의 맞이 인사에 대꾸도 없이 문간에 선 채 사무실을 한 바퀴 휘, 둘러보았다. 그 기름한 눈꼬리가 애교 있게 휘어지고, 선홍빛 입술이 살짝 말려 올라간다.

단 하나 문제라면, 입술의 한쪽 끝만 꼬부라졌다는 점이랄까.

"아침부터 아아주 활기차네요."

비정상적으로 길게 늘어지는 '아주'는 상대방을 주눅 들게 하기에 충분했다.

또 시작이다. 세 사람은 입을 꾹 다문 채 서로의 눈치만 살폈다.

"기운찬 참새처럼 짹짹짹짹, 오늘 업무도 그렇게 신나게 할 참인가? 아침부터 떠드느라 기운 다 빼고 그게 가능……."

삐뚜름하게 기울어진 입술만큼이나 삐딱한 목소리가 술술 흘러나온다. 그 리듬에 맞춰 보윤과 우신의 얼굴빛도 점점 어두워지고 있었다.

입술을 살짝 깨문 채 조금 아래로 내렸던 초은의 시선이 더는 못 참겠다는 듯 똑바로 은현을 향한 순간. 은현이 흠칫, 말을 멈추더니 흠흠, 목청을 가다듬는다.

"음음……. 그러니까 내 말은, 오늘 하루도 이렇게 힘내 보자는 겁니다.”

삐뚤게 솟아올랐던 입꼬리가 힘겹게 바들바들 떨리며 내려온다. 아니, 반대편 입꼬리가 올라갔던가. 어쨌든 결과적으로 양 끝의 균형이 겨우 맞춰졌다.

“자, 이거 한 잔씩들 마시고 업무 시작하세요. 그럼.”

은현은 손에 들고 있던 커피 캐리어를 제일 가까운 책상에 툭, 어색하게 얹었다. 그러고는 얼른 대표이사실을 향해 발걸음을 옮겼다.

“한 비서는 차하고 오늘 일정 보고 준비해 주고.”

“네. 바로 준비하겠습니다.”

뒤통수만 보인 채 마지막 말을 남기고, 문이 탁 닫혔다. 숨 쉬는 것도 잊고 있던 보윤과 우신이 긴 한숨을 내쉬었다.

“어휴, 아침마다 보면서도 왜 적응이 안 될까요?”

커피는 또 웬일이야. 병 주고, 약 주는 것도 아니고.

보윤이 캐리어에서 커피를 꺼내 하나씩 분배했다. 투덜대는 와중에도 초은의 몫인 라테는 야무지게 챙겼다. 우신은 반쯤 일으켰던 몸을 다시 의자에 털썩 앉히고는 고개를 갸웃했다.

“요즘 대표님 좀 이상하지 않아요?”

커피는 죄가 없다. 아무리 미운 상사가 준 커피라도 말이다.

맛있게 한 모금 홀짝이며 번역할 계약서를 뒤적이던 보윤이 건성으로 대꾸했다.

“응? 뭐가요?”

“모르겠어요? 무슨 꽈배기 장인처럼 입만 열면 배배 꽈서 핀잔만 주시던 분이 요즘은 달라지셨다니까요.”

“네? 무슨……. 전 그대로인 것 같은데. 조금 전에도 신나게…….”

서류를 팔랑이던 보윤의 손이 순간 멎었다. 뭔가를 떠올리듯 미간이 좁혀졌다.

"아니에요. 잘 생각해 보세요. 그 빈도나 강도가 확실히 약해졌다니까요."

"아……. 진짜 그런가? 듣고 보니 그런 것 같기도……."

"확실해요."

초은은 은현이 아침마다 마시는 잉글리시 브랙퍼스트 티와 보고 자료를 챙기며 슬쩍 미소 지었다.

세상에 노력으로 안 되는 일은 없나 보다. 불가능에 가깝게 요원해 보였던 일인데, 그래도 조금은 효과가 있었구나.

"어, 한 대리님. 커피 안 드세요?"

"전, 대표님 먼저 뵙고 마실게요. 우신 씨는 오늘 신규 게임 기획 회의 준비 한 번 더 체크해 주세요."

"네, 알겠습니다."

초은은 차분히 티 플레이트와 태블릿을 받쳐 들고 대표이사실 앞으로 걸어갔다.

똑똑똑. 크지도, 작지도 않은 적당한 크기와 간격의 노크.

답을 기다릴 필요는 없다. 잠시 틈을 두고 초은은 사무실의 문을 사뿐히 열었다.

/

젠장, 큰일 날 뻔했네.

다급하게 사무실 문을 닫고 들어온 은현은 의자에 털썩 몸을 묻었다. 습관처럼 등을 뒤로 기대며 이마에 손등을 얹자, 어쩐지 땀이 슬쩍 배어 나온 것 같기도 했다.

대학 동기이자 수행 비서인 박경원이 시골에 계신 노모의 생신이라며 월차를 냈다. 그 바람에 직접 운전을 한 것이 문제였다. 전날 늦게까지 매출 동향 데이터를 본 데다, 아침 출근길 운전에 긴장했더니 신경이 조금 곤두선 것이다.

하마터면 정신을 놓고 예전처럼 신나게 해댈 뻔했다. 중간에 찌릿하게 찌르는 초은의 눈빛을 보지 못했다면.

'그래도 중간에 멈췄으니 아주 망친 건 아니겠지.'

'괜찮다'와 '잘못했다'라는 상반된 평가가 머릿속에서 치열하게 다툰다. 그녀의 판단은 어느 쪽일까? 사람의 마음은 데이터로 들여다볼 수가 없으니 답답하기만 하다.

은현은 순간 울컥해서 등받이에 기댔던 몸을 벌컥 일으켰다. 새삼 억울하고 분했다.

아니, 내가 내 회사에서 왜 이렇게 눈치를 보며 살아야 하냐고!

그때였다.

똑똑똑.

노크라고 다 같은 노크가 아니다. 일정한 강도와 균일한 간격.

그녀가 왔다. 은현은 얼른 움켜쥐었던 주먹을 풀고, 표정을 정돈했다.

"대표님, 차 준비했습니다."

또각또각, 사뿐한 구두 소리가 가슴 떨리게 다가왔다. 연이어 달칵, 홍차와 마들렌이 놓인 티 플레이트를 내려놓는다. 은현의 시선이 제 앞에 다가왔다가 멀어지는 섬섬옥수를 따라간다.

그 작고 고운 손은 아침 햇빛 아래 노니는 하얀 나비 같았다. 잠시 눈앞이 아득해졌던 은현은 이내 정신을 차렸다.

아니, 이럴 때가 아니지.

"나 오늘 괜찮았지?"

판정을 기다리며 눈치를 보는 것은 은현의 스타일이 아니다. 죽이 되든, 밥이 되든 나서는 선제공격이 그의 특기 아니던가.

에라, 모르겠다.

은현은 당당하게 나가기로 했다.

허리를 세우고 머리칼을 쓸어넘기는 은현을 보며, 초은이 가볍게 미소를 지었다. 너무 친근하지도, 그렇다고 딱딱하지도 않은, 딱 적당한 모범적인 미소였다.

"나쁘지 않으셨습니다. 하지만 사무실에 들어오실 때 표정을 좀 밝게 하시면 더 좋겠죠."

"……."

"그럼 오늘 일정 보고 드리겠습니다."

칭찬은 못 받았지만, 혼나지도 않았다. 이 정도면 선방이다.

은현은 마음속으로 주먹을 불끈 쥐며, 담담한 척 고개를 끄덕였다.

"잠시 후 10시부터 신규 게임 개발 아이디어 관련 회의가 5층 미팅룸에서 있을 예정입니다. 12시에는 중국 서비스 대행사인 오즈 대표와 오찬 약속이 있으시고요, 3시에는 모션 캡쳐실 참관 일정이 잡혀 있습니다."

은현은 제 태블릿을 들여다보며 초은의 목소리에 귀를 기울였다. 언제 들어도 깊은 산사에서 아침을 맞는 것처럼 잔잔하고 차분한 느낌이다. 울컥했던 마음이 마법처럼 스르르 가라앉았다.

"박 실장님이 오늘 부재중이라, 점심 약속은 김우신 씨가 모실 예정입니다.”

“아니, 한 비서가 같이 가.”

“네? 우신 씨가 가는 게 더…….”

“아니, 한 비서가 가. 난 한 비서가 더 편해. 가서 점심도 같이 먹어. 거기 되게 맛있거든.”

“대표님, 그 중요한 자리에 어떻게 제가 같이…….”

“업무 관련 아니고, 그냥 같이 점심 먹는 자리야. 그쪽 비서도 어차피 동석할 텐데, 뭘.”

꼭 다문 초은의 입매에 슬며시 힘이 들어갔다. 이럴 때 은현을 보면, 대표이사가 아니라 꼭 떼쓰는 초딩 같다.

“걘 비서 없으면 방귀도 마음대로 못 뀌는 얼뜨기라.”

“…….”

“아, 이건 농담. 오해하지 마.”

습관처럼 삐뚜름해지려던 입술이, 초은의 눈치를 힐긋 본 후 다시 제자리로 돌아갔다. 다행히 초은의 표정은 별다른 변화가 없었다.

“네, 그럼 제가 수행 준비하겠습니다.”

“음. 오늘 저녁 같이 먹을까?”

“내일 아침 7시에 ‘IT 경영자 모임’의 조찬 약속이 있으시니 일찍 들어가서 쉬시는 게 좋겠습니다.”

“일찍 쉬든, 안 쉬든 저녁은 먹어야 할 거 아냐. 한 비서도 저녁은 먹을 테고. 이왕 먹는 거 각자 먹지 말고, 같이 먹자고.”

“…….”

저녁 한 번 먹는 게 뭐 그리 대단한 일이라고.

대답을 기다리는 은현의 심장이 벌렁벌렁 속도 없이 나댄다. 그리고 초은의 작은 입술이 열리는 그 순간, 시간이 멈추는 것 같았다.

"죄송하지만, 오늘은 선약이 있어서요."

"선약? 비서에게 선약이 어디 있어? 내가 오늘 일하면 어쩌려고?"

"그럼 오늘 밤에는 우신 씨에게 양해를 구하고 부탁하려고 했습니다. 혹시 오늘 퇴근이 늦어질 것 같으신가요?"

쳇. 이럴 줄 알았으면 비서를 저렇게 한 무더기 들여놓진 않았을 텐데. 은현은 낮게 혀를 찼다.

"……아니야. 일찍 들어갈 거야. 알겠으니까 나가 봐요."

다소곳이 고개를 숙인 초은이 또각또각 걸어 나갔다. 한순간 은현을 감싼 실망감 따위는 아랑곳없이.

그 가녀린 등 뒤로 문이 탁 닫히자마자 은현은 손바닥으로 얼굴을 쓸어내렸다.

젠장, 쉽지가 않네, 쉽지가 않아. 몸뚱이에 24K 순금으로 칠을 해 놨나, 식도에 다이아몬드를 촘촘히 박아 놨나. 뭐 그렇게 대단하신 몸이라고 저녁 먹기 이렇게 힘들단 말인가.

게다가 절대갑인 내가 내 회사에서 내 비서 눈치를 이렇게 보면서 살아야겠어? 도대체 왜!

하지만 이렇게 혼자서 절규해 봐야 아무 소용이 없었다. 이것이야말로 강은현 특유의 선제공격이 가져온 헤어날 수 없는 결과가 아닌가. 이 모든 것은 한 달 전 바로 그날, 시작된 것이다.

/

한 달 전.

울적한 아침이었다. 금방이라도 비를 쏟아 낼 것 같은 어두컴컴한 하늘이 나직이 드리워 있었다. 초은은 사무실 창을 통해 칙칙한 하늘을 보며 어깨며 목덜미를 통통 두드렸다. 전날 은현을 비롯한 각 부서의 책임자들은 새벽 2시가 훌쩍 넘은 시간에야 겨우 퇴근을 했다.

'레드핏'의 초 히트작 '언더어택'의 베트남 현지 오픈일이었고, 은현의 대표이사실에는 밤늦도록 쉴 새 없이 보고가 올라왔다. 프로그램 팀장을 비롯해 아트팀, 사운드팀은 물론 게임 사업 부서와 해외 사업팀까지. 담당자들은 순서를 바꿔가며 몇 번이나 대표이사실의 문턱을 넘었다.

그렇게 숨 가쁜 시간이 지나고 무사히 런칭에 성공한 것을 최종적으로 확인하고 나니 벌써 새벽이었다. 은현은 까칠해진 얼굴로 사무실을 나섰다. 비서실에서 대기하며 은현이 찾는 자료나 담당자를 그때그때 들여주던 초은도 그제야 자리에서 일어날 수 있었다.

일하는 데는 고장 없는 기계 같은 사람이지만, 그래도 이번 일은 퍽 신경이 쓰인 모양이었다. 지쳐 보이는 그늘진 눈가나 가뭇가뭇해진 턱이 그 수려한 외모에 섹시함까지 더하니. 이건 또 무슨 일인지.

초은은 껍데기가 아깝다는 한탄을 잠시 하다 말았다. 이러니저러니 해도 비서에게 제 직속 상사에 대한 평가는 금물이다.

"데려다줄까?"

"아닙니다. 오늘은 차를 가지고 왔습니다."

은현의 배려는 무척 뜻밖이었다.

어쩐지 초은이 가방을 챙기는 동안 어정쩡하게 서 있더라니. 바라보는 나른한 눈빛에 묘한 느낌까지 있었다.

"그래? 그럼 운전 조심해서 들어가."

처음 있는 일에 초은은 조금 당황했다. 벌써 일 년이나 모신 상사지만, 데려다주겠다는 말도, 이토록 일상적인 퇴근 인사도 처음이었다.

하지만 그 놀람도 순간이었다.

"그런데 한 비서, 혹시 초보는 아니지? 아무리 야밤이라 도로가 한산해도, 남들한테 민폐 끼치는 운전은 금물이야. 길이 막히는 게 차가 많아서인 줄 알아? 아니야. 운전 못 하는 차 한 대가 수백, 수천 명한테 피해를 주는 거라고. 요즘은 너도나도 다 차 한 대씩 몰고 나와서는……"

어이없는 한숨이 탁 터져 나왔다.

몸은 지쳐도 저놈의 삐뚤어진 주둥이는 왜 쌩쌩한 것인가.

어휴, 그럼 그렇지. 저 때문에 집에도 못 가고 계속 대기한 비서에게 고마운 마음이 눈곱만치라도 있을 리가.

평소 같으면 그냥 흘려들을 익숙한 말투인데, 이날은 유독 피곤이 몰려왔다. 초은은 저도 모르게 끝도 없이 늘어놓는 잔소리를 중간에 뚝 끊어 버렸다.

"네, 대표님. (쓸데없는) 걱정 감사합니다. 그럼 (너님 면상 짜증 나서) 먼저 들어가겠습니다."

매우 중요하지만 생략한 말들을 씹어 삼키며 초은은 사무실을 나섰다. 남겨진 은현의 표정이 어땠는지는 모르겠다. 도저히 그것까지 신경 쓸 여력이 없었으니.

집에 돌아가 곧장 샤워하고 잠들었는데도, 피로는 다음 날까지 이어졌다. 출근 준비를 하며, 전날 일이 좀 후회되긴 했다. 어떤 일이 있어도 비서가 상사의 말을 끊어서는 안 되는 일이었다.

초은은 창밖의 칙칙한 경치를 보며 미미한 불안감에 몸을 떨었다.

제아무리 삐딱한 강은현 대표라도 설마 그 새벽의 일을 마음에 담아 두고 있진 않겠지? 만약 그렇다면 아침부터 곤욕이 아닐 수 없다. 분명 그의 특기인 삐딱이 랩이 폭포수처럼 쏟아져 나올 테니 말이다.

아, 오늘은 정말 피곤한데.

"어, 한 대리님. 일찍 나오셨네요? 어제 늦게 퇴근하신 거 아니에요?"

"우신 씨, 보윤 씨. 좋은 아침. 어떻게 같이 들어오네."

"네. 엘리베이터에서 만났어요."

사무실 문이 열리더니 보윤과 우신이 나란히 들어섰다. 상사의 못된 성격이야 어떻든, 비서실 직원들끼리는 사이가 좋은 편이었다.

둘은 지쳐 보이는 초은을 걱정스레 보았다.

"몇 시에 들어가셨어요?"

"음⋯⋯. 두 시 좀 넘어서?"

"어유, 몇 시간 못 잤겠다. 피곤해서 어떡해요."

"집에 가자마자 바로 쓰러져서, 그래도 잘 만큼 잤어요."

보윤이 어찌나 안타까워하는지 발이라도 동동 구를 기세였다.

그 마음이 고마워 초은은 작게 웃었다.

"런칭은 잘 된 거죠?"

"응, 그런 모양이더라고요."

"와, 잘됐다. 진짜 다행이네요."

"그럼 커피라도 한 잔 드시겠어요? 피로에는 또 모닝 카페인이 직방 아닙니까."

"그래요, 우리 커피 마셔요."

보윤과 우신이 번갈아 권하자 초은도 웃으며 고개를 끄덕였다. 우신이 커피 바로 가려는지 기세 좋게 문 쪽을 향할 때였다.

벌컥, 사무실 문이 열리며 컴컴한 그림자가 성큼 들어섰다. 방금까지 화기애애했던 세 사람은 순식간에 얼어붙었다.

새벽까지 전쟁 같은 시간을 보내고도, 청담동 숍에 다녀온 사람처럼 멀끔한 모습으로 나타난 이 훤칠하고 해사한 남자.

물론 강은현 대표이시다.

그는 늘 그렇듯 말없이 사무실을 한 바퀴 쭉 훑었다. 애교스럽게 기름한 눈매가 길게 휘어지는가 싶더니. 피식, 뇌쇄적인 붉은 입술의 한쪽 꼬리가 쓱 말려 올라갔다.

"이 칙칙한 날씨에도 우리 비서실은 아침부터 아아주 활기차네요."

뚜둥. 시작이다.

세 사람은 몸을 바짝 긴장시켰다. 아침마다 겪는 일이지만, 도저히 적응이 안 되는 깐족깐족 디스전.

"아침부터 찍찍찍찍찍찍. 아주 그냥 힘이 넘치는 쥐 떼들 같네. 출근한 게 아아주 신나나 봐. 그럼 오늘도 그렇게 힘차게 종일 일할 거라 기대해도 되겠네? 다들 뭘 그렇게 좋은 걸 먹고사는지. 체력도 좋지. 그렇게 떠들고도 일할 힘은 남아 있나 보지?"

전날 쌓인 피로가 흥을 돋우는 것이 분명했다. 이제 은현의 삐딱한 랩은 거의 무아지경의 경지에 이르렀다. 끊임없이 흘러나오는 독설에 세 사람의 영혼 역시 저 멀리 안드로메다를 향해 훨훨 날아올랐다.

그 와중에 보윤은 흠칫 놀랐다. 그 스웩 넘치는 리듬에 맞춰 저도 모르게 발가락으로 장단 맞추고 있는 자신을 발견했기 때문이었다.

"내가 어디 가서 자랑이라도 하고 싶네. 세상에서 제일 잘 떠드는 비서진을 가졌다고 말이야."

하지만 무슨 일이든 시작이 있으면 끝도 있는 법. 한쪽에서는 강력한 카타르시스를, 또 한쪽에서는 무념무상의 해탈을 경험한 기나긴 시간이 이제 끝났다.

왠지 속이 시원해진 표정으로 은현은 손에 들고 있던 커피 캐리어를 제일 가까운 책상 위에 툭 얹는다.

"그러니까, 카페인 충전하고 힘내 보라는 말입니다."

"가, 감사합니다."

입에서는 반사적으로 감사하단 말이 나왔다. 하지만 절로 새겨진 똥 씹은 표정마저 감출 수는 없었다. 그저 푹 고개를 숙이는 수밖에.

끙끙 앓아도 모자랄 화병을 안겨 주고, 커피를 약으로 주는 모양새라니. 이 무슨 이율배반적인 시추에이션인가.

"한 비서는 차와 오늘 일정 준비해 주고."

"네, 알겠습니다."

"참, 거기 커피 중에 라테는 한 비서 거야. 상사가 취향도 모르고 괜히 마시지도 않는 아메리카노 줬다고 뒤에서 쨍알쨍알 뒷담이나 하지 말고 말이야. 난 그런 거 딱 질색이거든."

어쩐지 은현의 등이 의기양양해 보인다. 그 뒤로 툭 닫히는 대표이사실 문을 보며 초은은 입이 떡 벌어졌다.

아……. 도대체 뭐야. 저놈의 주댕이는 뭘 먹고 자랐기에 찰싹찰싹 때리고 싶은 저따위 말만 지껄이는 걸까.

정적이 흐르는 비서실은 뭔가 어리둥절하면서도 억울한 공기만을 가득 품었다. 때마침 사무실 문이 열리고 비서실장인 경원이 종이봉투를 안고 나타났다.

"대표님이 꼭 금방 나온 머핀을 사 오라고 하셔서 기다리다가 좀 늦었어. 대표님 먼저 들어가셨지? 이거 커피랑 같이 먹고 일 시작해."

빅엿과 커피에 이은 두 번째 약은 머핀이었다. 기분 좋게 떠들며 사무실로 들어서던 경원은 야릇한 분위기에 멈칫했다.

"왜? 분위기가 왜 이래? 다들 머핀 싫어해? 그래도 하나씩은 먹어. 대표님 성의가 있지."

"아, 저는 괘, 괜찮습니다."

"저도요. 아침을 먹고 왔더니……."

"그러지 말고 한 개씩은 맡으라니까."

그 머핀을 먹으면 못된 주댕이가 전염될 것 같은 기분이었다. 보윤과 우신은 슬슬 손을 내젓는데, 경원은 숫제 입에 억지로 쑤셔 넣기라도 할 듯 머핀을 코앞에 들이밀었다.

누가 강은현의 절친 아니랄까 봐. 은현과 또 다른 의미로 눈치 따위 미탑재한 경원이다. 보윤과 우신이 제자리에 털썩 주저앉았다. 절로 나온 끙, 앓는 소리는 당연한 옵션이었다.

/

탁.

은현은 제 앞에 놓인 티 플레이트를 무심하게 힐긋 내려다보았다.

"이건 뭐야?"

길고 곧은 검지가 톡톡 두드리는 것은 찻잔 옆에 놓인 약이었다.

"피로 회복제입니다. 어제 늦게 퇴근하셔서, 드시면 피로가 좀 덜 하실 거예요. 그리고 오늘은 소화가 좀 더 쉽도록 마들렌 대신 영양 찰떡으로 준비했습니다."

"소화? 아니 한 비서랑 나랑 고작 몇 살 차이 난다고 사람을 노인네 취급이야?"

"몇 시간 못 주무셨으니, 조심하셔서 나쁠 건 없겠지요."

"……됐고, 오늘 일정이나 읊어 봐."

잘 먹을 거면서, 꼭 이렇게 밉살스럽게 반응한다.

하지만 이쪽은 프로 정신으로 무장한 초은이었다. 딱 적당히 공손한 미소를 지은 입술이 차분히 열렸다.

"20분 후부터 5층 미팅룸에서 베트남 현지 서비스 현황 및 차후 일정에 대한 보고가 있고요, 미팅 마치시는 대로 바로 각 팀장과 점심을 하시면 됩니다. 옆 건물 '예원'에 예약을 해두었습니다. 식사 후에는 2시부터는 'VG 프로젝트'의 진행 현황 보고가 있습니다. 그리고 3시에는 대강의실에서 '레드퐁' 캐릭터 상품 샘플 품평회가 있습니다."

"그게 끝이야?"

"네. 어제 늦게 들어가셨으니, 오늘은 좀 일찍 들어가서 쉬시도록 저녁 일정을 조절했습니다."

초은의 작은 입술이 다시 단정히 닫혔다. 은현은 아쉬운 눈빛으로 초은의 입술을 슬쩍 일별했다.

"한 비서 요즘 일이 할 만한가 봐?"

"네?"

"하루 일정 챙기는 것도 벅차서 정신없던 때가 엊그제 같은데, 이제 막 알아서 일정 조절도 하고 그러네."

"……."

'아니, 이 인간은 챙겨 줘도 난리야.'

아무리 단단한 프로 정신으로 무장했다지만, 이번만큼은 초은도 어떻게 표정 관리하기가 힘들었다. 억지로 당긴 입꼬리가 꿈틀대는 것을 막을 수가 없었다.

"그럼 이제 맘 놓고 일 막 시켜도 되겠네?"

"네, 그럼요. 대표님이 불편하지 않도록 보좌하는 것이 제 업무입니다. 필요하실 때는 언제든 말씀하십시오."

"언제든? 정말이지?"

뭘 또 그렇게 열렬히 확인까지.

워낙 타의 추종을 불허하는 심술궂은 사람인지라, 초은은 조금 불안한 마음이 들었다.

하지만 어쩌겠는가, 그는 대표이사, 저는 비서인 것을.

"네. 그렇습느드."

"알았어. 한 비서의 그 열의에 내가 꼭 보답할게."

마음속의 말이 튀어 나가지 않도록 어금니를 꽉 깨문 초은의 노력을 아는지 모르는지. 은현의 눈꼬리가 사르르 말리며 활짝 웃는다. 아무리 해맑게 웃은들, 그가 말하면 농담인 것 같지가 않아서 문제였다.

"그래요. 그럼 나가서 일 봐요."

어쨌든 오늘도 폭주하지 않고 무사히 일정 보고를 마쳤다. 초은은 속으로 안도의 한숨을 내쉬며 고개를 꾸벅, 숙이고 돌아섰다.

하지만 초은의 안도는 너무 성급했다.

"아, 한 비서. 요즘 왜 그렇게 뼈만 남았어? 차 쟁반 들다가 손목 부러지겠어."

돌아서서 걷던 초은의 발걸음이 삐끗했다.

네가 매일 야근해서 살찔 시간이 없어 그렇잖아!

거의 입안까지 튀어나온 말을 막느라 급히 입술을 깨물어야 했다.

"쓸데없이 다이어트니 뭐니, 그런 거 하는 거 아니지? 아니면 내가 일 많이 시킨다고 시위하는 거야?"

"……그런 거……. 아닙느드."

"그래? 그럼 다행이고. 일 잘하려면 좀 챙겨 먹어. 나가 봐요."

어쩔 수 없이 또 어금니를 꽉 깨문 소리로 대답할 수밖에 없었다.

탕.

하지만 손끝의 감정까지 미처 조절하지 못했는지, 문소리는 거칠었다. 그 닫힌 문 너머로 뿌듯하게 미소 지은 은현의 표정을, 초은은 알지 못했다.

/

바 안에서는 적당히 분위기 있는 음악이 흘렀다.

퇴근 후의 피로를 풀려는 지친 직장인 몇 명을 제외하고는 한산한 편이었다. 너무 북적이지도 않고, 쓸데없이 친하게 구는 바텐더도 없어 은현이 즐겨 찾는 곳이었다.

그는 경원과 나란히 앉아 글렌피딕 30년산을 홀짝이고 있었다. 정신없이 굴러가는 바쁜 일상 중에서도 한 번씩 이렇게 경원과 함께하는 시간은 은현이 즐기는 소소한 여가 중 하나였다.

대기업에 잘 다니던 절친 경원을 꾀어 제 수행 비서로 들여앉힌 지도 벌써 3년이나 되었다. 겉보기엔 허술해 보여도 사실 꽤 치밀하고 꼼꼼한 성격이 비서로 적격이기도 했다.

하지만 그보다 제 삐뚤어진 성질을 잘 알고, 유들유들하게 받아 주는 성격을 사실 더 크게 보고 있었다.

"안 피곤하냐? 일찍 쉬지 웬 술을 다 마시재."

"응. 그러게. 이상하게 안 피곤하네."

"너도 참, 체력 하나는 타고났다."

"한 비서가 아침에 피로 회복제 챙겨 줬거든."

"그거 어디서 나온 거냐? 그렇게 효과가 좋으면 나도 좀 같이 먹자."

사석에서는 이렇게 시큰둥하게 저를 대해주는 사람도 경원 외에는 없었다. 늘 제 눈치를 보고 조심스러워하는 사람들 사이에서, 은현은 경원의 이런 심상함이 좋았다.

"너 때문에 난 피곤해 죽겠다. 괜히 네놈한테 딸려 와서 과로사하게 생겼어. 어이구, 다 귀 얇은 내 잘못이지. 누구를 탓하겠냐……."

어쩌고저쩌고 찡얼대는 소리는 귓바퀴를 타고 흘러가 버린다.

이렇게 가뿐한 것이 정말 약효 때문인지는 모르겠다. 그냥 한 비서가 챙겨 준 약을 먹었다는 생각만 해도 어쩐지 힘이 났다. 저가 뭔소리를 지껄여도 표정 하나 바뀌지 않는 그 단아한 얼굴을 생각하면 픽 웃음이 났다.

그러면서도 공손하게 할 말은 다 하는 앙큼한 한 비서.

"너 그런데 이하연이랑은 헤어진 거냐?"

"응? 이하연?"

"어, 요즘 좀 뜸한 것 같아서."

이하연은 작년에 서비스를 시작한 MMORPG^{Massive Multiplayer Online Role Playing Game} 게임인 'Land of Legend'의 광고 모델이었다. 청순한 얼굴에 쭉쭉빵빵한 몸매로 분한 여전사 콘셉트는 남성 게이머들 사이에서 일대 센세이션을 일으켰다. 'LOL'의 대성공에는 이하연이 이바지한 몫도 분명 있었다.

그 광고 촬영장에 대표인 은현이 잠시 들렀던 것이 발단이었다.

촬영일, 이하연의 활약으로 촬영은 순조롭게 진행됐다. 결과적으로 촬영 일정이 생각보다 일찍 마무리됐고, 그 분위기를 몰아 즉석에서 촬영팀 전체 회식이 진행되었다.

물론 현장에 있던 은현도 빠질 수 없었다. 우연인지 뭔지 은현의 옆자리에 하연이 앉았고, 어쩌다 보니 연락처를 알려 주었다.

그 뒤로 별 내용도 없는 문자나, 용건도 없는 전화가 오고, 근처를 지나던 길이라며 사무실로 몇 번 찾아오기도 했다. 그렇게 어영부영 몇 번 만나고 식사 때가 된 김에 밥을 같이 먹기도 했다.

그러고 보니 경원은 그게 썸 타는 거라 했었지. 어째서 그런 건지, 은현은 잘 이해가 되지 않았지만 말이다.

"몰라, 요즘은 연락이 안 오더라."

"뭐? 이 자식, 너 또 무슨 소리를 했기에?"

"나? 별말 안 했는데."

"야, 그럴 리가 있냐? 늘 별말만 하는 네가 특별히 별말 안 했을 리가 있냐고."

너무나 확신하는 경원의 말에 은현은 곰곰이 기억을 되짚어 보았다. 그러고 보니 뭔가 짐작 가는 것이 있는 것 같기도 했다.

"요즘 너무 바빴잖아. 몇 번 만나자고 하는 걸 못 만났더니. 얼마 전에 집은 또 어떻게 알았는지 밤에 찾아왔더라고. 정말 신기하지?"

아니, 사실은 하나도 안 신기해.

왜냐하면, 경원이 바로 하연에게 은현의 집 주소를 가르쳐 준 장본인이었기 때문이다. 인물이고, 능력이고 뭐 하나 빠지는 게 없는 친구가 제발 제대로 솔로를 탈출하길 바라는 순수한 선의에서였다.

팔은 안으로 굽는다고, 열리기만 하면 여러 사람 뒷목 잡게 하는 공포의 주둥이는 물론 전혀 고려하지 않았다.

"밤에? 오오, 그래서?"

"아직 날도 덜 풀렸는데 꽤 더웠는지, 집에 들어오자마자 막 옷을 벗길래……."

"오오! 옷을!"

경원은 저도 모르게 환호를 지르며 침을 꿀떡 삼켰다.

이 자식, 드디어 역사를 이룬 것인가? 아니, 그런데 왜 그 후로 연락이 안 오지? 친구야, 혹시 겉보기만 멀쩡하지 사실은……. 그런 거냐?

하지만 현실은 늘 예상보다 가혹한 법. 이어지는 은현의 고백은 훨씬 더 충격적이었다.

"기아 체험 촬영하다 왔냐고 했지. 갈비뼈로 기타 쳐도 되겠다고."

"뭐? 뭐어?"

뇌를 거치지 않고 나오는 은현의 삐뚤어진 감상을 늘 보고, 듣고, 경험하는 경원이었지만, 은현은 끊임없이 그를 경악하게 한다.

대한민국 남자라면 누구나 원할 섹시퀸 이하연의 뇌쇄적인 모습을 라이브로 보면서 기아 체험이라니!

경원은 너무 어이가 없어 입만 떡 벌린 채 아무 말도 하지 못했다.

"아니, 진짜 안 만져 봐도 갈비뼈가 몇 개인지 그냥 눈으로 세 볼 수도 있겠더라고. 참 신기하지? 뭔가 아주 극단적이었어. 그 나온 곳과 들어간 곳의 곡률이 말이지. 인체란 참 신비스러워."

그 상황에 갈비뼈가 눈에 들어오는 네가 더 신비스럽다, 이 자식아. 그리고 그건 여체의 신비가 아니라 의학의 신비라고!

경원은 빽 터져 나올 것 같은 분노를 억누르느라 입술을 말아 물었다.

"그래서 뺨은 안 맞았냐?"

"뺨? 아니? 그냥 얼굴이 시뻘게지면서 날 죽일 듯이 째려보더니 도로 옷 주워 입고, 가 버리더라고. 그럴 거 왜 그 야밤에 집까지 찾아왔는지."

왜 찾아왔는지, 그걸 아직도 모르다니. 안 맞은 게 천만다행이다, 이 자식아.

경원은 은현이 혹시나 그쪽으로 불능은 아닌지, 심히 걱정스러워졌다. 비뇨기과를 알아봐야 하나, 아니면 심리 상담? 비서로서의 직업의식도 갑작스레 고개를 쳐들었다.

"그 뒤로 연락이 없고?"

"응."

"네가 먼저 해 볼 생각은 없고? 네가 잘 몰라서 그러는데, 여자는 사소한 일로도 잘 삐져. 이하연이 널 꽤 좋아하니 슬쩍 달래 주는 척만 해도 금방 풀릴 텐데."

"됐어, 뭐하러. 안 그래도 귀찮았는데 잘 됐지, 뭐."

이렇게 보면 은현의 만행은 아무 생각 없이 습관처럼 저지른 것이 아니라는 의심이 들었다. 아주 치밀한 계획하에 고르고 고른 어휘를 사용한 고도의 작전은 아니었을까.

아주 오랫동안 알아 왔지만, 강은현의 머릿속이 아주 얕은 건지, 알 수 없을 만큼 깊은 건지. 종종 헷갈렸다.

"어휴, 넌 도대체 언제 제대로 연애 한번 해보려고 그러냐? 지금 네 나이가 몇이야? 응?"

은현과 동갑에, 같은 솔로인 주제에 경원의 잔소리는 대차기만 하다. 사실 이럴 때가 아니면 은현에게 큰소리칠 일이 있기나 하려나.

그는 이런 깨알 같은 기회를 놓치지 않았다.

"그렇게 눈에 차는 여자가 없어? 눈이 무슨 정수리에 박혔냐?"

"아니야. 나 요즘 신경 쓰이는 여자가 있어."

경원이 엉덩이로 펄쩍 뛰었다. 이 뻐딱이 인간 강은현에게 신경 쓰이는 여자라니! 게다가 놀랍게도 그 뽀얀 얼굴이 슬쩍 붉어져 있기까지 하다.

"누군데? 누구야?"

너한테 찍힌 그 가련한 여자가!

어라, 그런데 제법 진심인 건가. 손으로 턱을 쓸며 슬쩍 웃는 미소가, 세상에, 처음으로 양쪽 입꼬리가 균형 있게 휘어 있었다.

"……우리 한 비서."

"응? 우, 우리……?"

강은현답지 않게 수줍은 목소리는 둘째 치고. 우리? 우리라고? 언제부터 한 비서와 네가 우리가 된 거냐!

실제로 아무 말도 하지 않았지만, 경원의 얼굴을 덮친 경악의 파도는 그야말로 생생했다. 그런 경원의 표정 따위 아랑곳없이, 은현의 눈매가 사르르 휘감겼다.

그랬다.

언젠가부터 은현의 머릿속에 시시때때로 깜빡깜빡 떠오르는 영상. 그것은 다름 아닌 한 비서의 모습이었다.

아침마다 제 책상 위에 티 플레이트를 톡, 내려놓는 작고 귀여운 손길. 작은 입술을 가만가만 움직여 일정을 알려 주는 잔잔한 목소리. 그저 비서의 업무라기엔 피로 회복제니, 일정 조절이니, 지극정성으로 저를 챙겨 주는 그 세심한 마음.

오랜 시간 홀로 생활하면서도 외로움 따위 느껴본 적도 없었다. 그런데도 초은의 그런 모습들을 떠올리면 어쩐지 가슴이 뿌듯해지며 심장이 제멋대로 나댔다.

아니, 사실은 처음 볼 때부터 어쩐지 친근했다. 인사팀에서 올려준 비서 후보의 지원서에는 눈에 확 띌 미녀의 사진도 많았지만, 은현의 시선이 꽂힌 곳은 한군데였다.

화려하진 않지만, 말갛고 단아한 얼굴. 언젠가, 어디선가 본 듯한 익숙한 느낌의 그녀. 그녀에게는 어린 시절 늘 물고 빨았던 애착 이불 같은 편안함과 안도감이 있었다.

"흠……. 한 비서는 좀 쉽지 않은데."

경원의 중얼거림에 흐뭇한 생각에 잠겼던 은현이 화들짝 놀랐다.

"왜? 뭣 때문에?"

"겉보기에 도도하고 콧대 높아 보이는 여자들보다, 한 비서처럼 단아한 스타일이 사실은 더 철벽이라니까."

은현과 마찬가지로 솔로인 주제에, 말하는 품새는 연애 전문가 저리 가라다. 하지만 위기감에 휩싸인 은현은 미처 그 부분을 지적할 여유가 없었다.

"그럼 어떻게 해야 하는데?"

"흠……. 그나저나, 한 비서 눈치는 좀 어떤데? 한 비서도 너한테 관심이 조금이라도 있냐?"

"그럼 당연하지. 한 비서도 나 좋아해."

경원의 고개가 갸웃 기울어진다.

이건 무슨 자신감? 고작 피로 회복제 몇 알에 이런 확신을 가진 건 설마 아니겠지.

은현과 거의 동선을 같이 하는 경원이었다. 저는 한 번도 느낀 적이 없는 그런 낌새를, 은현은 도대체 어디서 깨달은 것인가.

"진짜야? 뭘 봐서?"

"그건 넌 몰라도 되고, 어쨌든 확실해."

"그럼 뭐가 어렵냐? 정식으로 고백하고 사귀자고 해."

"정식으로? 뭘 어떻게 해야 하지?"

경원은 아주 오랫동안 은현을 알아 왔다. 그동안 그는 오직 성공만을 향해 숨 가쁘게 달려온 친구였다. 연애니, 고백이니. 경험이 거의 없으니 아무것도 모르는 것이 어쩌면 당연했다.

그리고 경원에게 이것은 기회였다.

앗싸, 이럴 때 친구를 상사로 모시는 설움을 좀 만회하는 거다.

경원은 부러 과장되게 쯧쯧, 혀를 찼다.

"넌 그 나이 먹고도 무슨 밥을 떠먹여 줘야 하냐? 남녀상열지사만큼 자연스럽게 몸이 움직이는 일이 어딨다고. 쯧쯧, 나이를 헛먹었구먼."

"……."

은현의 이마에 슬쩍 핏대가 섰지만, 신경 쓰지 않기로 한다. 열리기만 하면 지독한 말들을 뱉어 내는 그 주둥이도 지금만큼은 꼼짝달싹 못 할 테니까.

"내 말 잘 들어. 일단, 여자들은 곧 죽어도 분위기야. 오케이? 일단 분위기 살리고. 꽃은 메인이 아니라 옵션인 거 알지? 그리고……."

불퉁한 표정을 하면서도 은현의 몸은 경원의 쪽으로 약 10도가량 기울었다. 어쩐지 귀가 쫑긋 커지는 것 같은 느낌도 든다.

경원은 흥이 올라 청산유수로 떠들어 댔다. 물론 제 경험 따위는 조금도 들어 있지 않은 출처 불명의 잡지식이다.

하지만 알 리 없는 은현은 세상 진지한 눈빛을 하고, 어느새 태블릿을 꺼내 열심히 메모를 시작했다. 그렇게 진격의 고백 작전은 술자리에서 즉흥적으로 세워진 것이었다.

/

그 시각, 초은은 스트레스 해소의 시간을 보내고 있었다.

전날의 피로를 생각하면 일찍 들어가서 뜨거운 물에 씻고 일찌감치 잠자리에 드는 것이 맞았지만, 도저히 그럴 수가 없었다.

'그럼 이제 맘 놓고 일 막 시켜도 되겠네?'

'네, 그럼요. 대표님이 불편하지 않도록 보좌하는 것이 제 업무입니다. 필요하실 때는 언제든 말씀하십시오.'

아무리 예스만 외쳐야 하는 비서라지만, 그렇게 대답하는 것이 실수라면 실수였다.

'언제든? 정말이지?'

'네. 그렇습느드.'

'알았어. 한 비서의 그 열의에 내가 꼭 보답할게.'

그리고 은현이 그런 식으로 열의에 보답할 줄도 몰랐다. 아무리 배배 꼬인 꽈배기 심보를 탑재한 밉상 상사라 해도 말이다.

초은은 온종일 은현의 호출에 구두 굽이 부러져라, 쫓아다녀야 했다. 그 이유가 참 다양하기도 했지만, 하나같이 하찮기도 했다.

처음 협력업체 대표에게 선물할 넥타이를 골라 달라는 요청은 그러려니 했다. 하지만 손수건을 골라 달라는 호출에 이어 감색 양말이 좋을지 밤색 양말이 좋을지 물어보러 불렀을 때부터는 뒤통수가 당겨오기 시작한 것이다.

그리고 저녁으로 칼국수를 먹을지 짜장면을 먹을지 물어보기 위해 모션 캡쳐실로 호출했을 때는……. 그땐 정말 부글부글 끓어 오른 화기에 머리 뚜껑이 펑, 열릴 뻔했다.

아침에 나눈 대화 때문에 일부러 절 옛 먹이나 싶은 생각을 절로 하지 않을 수 없었다.

"꺄아아아아아아!
무시무시한 괴성을 지르며
분노를 가득 싣고
삐뚤어진 선로를 달리는 너는
브레이크가 고장 난
폭주 기관차야아아아!"

'아, 젠장. 이건 완전 강은현 주제가잖아.'

코인 노래방의 좁은 공간이 비명 같은 노랫소리로 가득 찼다. 그 찢어지는 괴성에는 분노 에너지가 그야말로 충만했다.

초은은 회의 도중에 손거울을 갖다 달라던 은현의 문자 메시지를 떠올리며 빼애애애액 스크리밍을 내질렀다.

"아, 진짜! 귀 찢어지겠다, 이년아아아!"

맞은편 소파에 길게 드러누워 있던 다민이 벌떡 일어나며, 더 높은 샤우팅을 쏘아 냈다.

"하, 하하하. 나 참. 손거울……. 손거울이란다. 아니, 회의 도중에 손거울로 도대체 뭘 하려고……."

"야야, 정신 차려. 도대체 뭔 헛소리야?"

"그치? 헛소리 맞지? 그거 다 나 엿 먹이려는 음모 맞는 거지?"

초점이 나간 눈이 멍하다. 초은의 눈앞에 손바닥을 몇 번 흔들어 보이던 다민은 포기하고 도로 드러누웠다.

"어휴, 뭔 일인지 모르겠지만, 강 대표 만행이 어디 하루 이틀이냐? 그때마다 이렇게 데스메탈만 죽어라 불러 대면 네 목만 나가지 뭐."

"우워워어어어어어!"

이번엔 울분이 가득 담긴 그로울링이다.

다민은 누운 채로 두 손으로 귀를 막았다. 은현에 대한 분노가 주체하지 못할 정도로 쌓였을 때, 초은은 바로 이렇게 코인 노래방에서 데스메탈을 마그마처럼 뿜어냈다. 스트레스 해소법치고는 무척이나 과격하고 파괴적인 셈이다.

"야, 이제 작작 좀 하라고. 나 사흘이나 밤새웠단 말이야아아!"

그리고 그럴 때마다 고등학교 동창이라는 죄로 불려 나오는 다민은 '레드핏'의 3D 애니메이터이기도 했다.

두 눈 아래 짙은 다크서클이 드리운 채로 드러누워 몸부림을 치던 다민은 도저히 못 참겠는지 다시 일어나 앉았다.

"너 진짜 대단하긴 하다. 이렇게 지랄발광이면서, 어떻게 대표님 앞에서는 그렇게 고분고분 방긋방긋. 그게 되냐?"

"당연하지. 난 프로거든."

"프로는 개뿔. 너, 그렇게 스트레스받으면 암 걸리고, 고딴 식으로 풀다가는 성대 결절 온다. 그렇게 힘들면 때려치우고 집에나 들어가. 아니 대기업 높은 자리 보장된 애가 왜 여기서 이러고 앉았대. 난 정말 이해가 안 되네."

"싫어! 어떻게 쟁취한 독립인데. 난 반드시 혼자 설 거야!"

한 손엔 마이크를, 또 한 손엔 주먹을 불끈 쥔 모습이 사뭇 결연하다. 다민은 고개를 절레절레 저었다.

"난 대표님 그렇게 이상한 줄도 모르겠더라, 뭐."

"뭣이라?"

"아니, 사실 그렇잖아. 말이야 입이 삐뚤어진 사람처럼 밉살맞게 하긴 하지. 그래도 능력 있는 개발자 출신이라 그런지, 괜히 두루뭉술한 지시로 사람 속 터지게 하진 않잖아. 기면 기다, 아니면 아니다. 이건 아니니 저렇게 해라. 지시가 딱딱 명확하니 일하기 얼마나 편해."

"야! 그건 네가 강 대표 볼 일이 별로 없으니까 그렇지! 종일 옆에 붙어서 그 못된 주댕이로 나불대는 거 들어보라고오오!"

다민의 심드렁한 목소리에 초은이 또다시 흥분했다. 다민은 초은의 열렬한 반응에 어이없다는 듯 피식 웃었다.

"야야, 한초은. 아무리 10년 전 일이라지만 너무한다. 기억 안 나? 너 고등학교 때는 더했어. 완전 안하무인에, 목은 꺾어질 듯 빳빳이 쳐들고, 입만 열면 뼈 때리는 팩폭. 엄청 재수 털렸었는데, 이렇게 직장에서 다시 만나다니……."

"그, 그건……. 질풍노도의 시기였잖아! 그리고 지금은 개과천선했다, 뭐."

"개과천선한 건 알긴 아냐? 그럼 역지사지는 몰라? 강 대표도 질풍노도의 시기일 수도 있잖아. 또 아니? 좀 지나면 너처럼 개과천선할지."

다민의 희망적인 예측에 잠시 솔깃했던 초은은 이내 돌아가는 탈수기처럼 고개를 저어댔다.

"아니, 아니, 아니거든! 무슨 사춘기가 30대에 오냐? 그리고 딱 봐도 알 수 있어. 강 대표의 재수 없음은 일시적인 현상이 아니야. 그 인간은 태어나서 응애, 내뱉는 그 순간부터 지금까지 단 한순간도 변함없이 그 상태 그대로야!"

"사람 안 변한다지만, 널 보면 꼭 그런 것도 아니잖아. 고등학교 때 널 생각해 보면 이렇게 정상인이 되리라고 누가 상상이나 했겠냐."

"야! 그만 좀 해! 너는 살면서 흑역사 한 번도 없냐?"

앉은 자리에서 팔짝팔짝 뛰어대는 초은의 반응은 아랑곳없이, 다민은 권태롭게 귀를 후비적거릴 뿐이다.

"그러니까 강 대표도 변할 수 있다는 희망을 품어 봐. 아니면 제일 측근인 네가 살살, 잘 좀 조련해 보던가."

"뭐? 조련?"

다민의 마지막 말에 초은의 두 눈이 휘둥그레졌다.

"그래. 너도 개과천선의 경험자니, 잘 알 거 아냐? 네가 강 대표를 인간으로 갱생시키는 거지."

"쳇, 그래서 내가 얻는 게 뭔데? 월급 더 주냐? 괜히 스트레스만 더 받지."

"노노. 좀 생각해 봐. 그런 삐딱선만 타는 폭주 기관차를 정상 궤도에 올려놨을 때의 희열감을."

다민의 말이 꽤 설득력 있다. 초은은 뭔가를 골똘히 떠올리듯 두 눈동자를 위로 향하게 했다.

그게 과연 가능할까?

불가능하다고 생각했던 일을 해냈을 때 그 성취감이란 이루 말할 수 없을 정도일 것 같기도 했다.

"그리고 그걸 해낸다면, 넌 정말 사회에 지대한 공헌을 하는 거지.

물론 비공식적인 성공이니 훈장을 받을 수는 없겠지만, 거의 그에 준하는 일이라니까."

"사회……? 공헌?"

"그래. 강 대표는 사회의 특정 분야에서 꽤 영향력 있는 사람인데, 인격까지 제대로 된 사람이면 얼마나 좋겠어? 그리고 강 대표를 둘러싼 주변인들을 스트레스로 인한 질병에서 구해 내는 일이기도 하고."

암, 아주 종두법 개발에 버금갈 훌륭한 일이야. 다민은 과장되게 고개를 끄덕였다.

그런 말도 안 되는 소리에 솔깃한 것을 보니, 초은의 스트레스가 아주 심했던 모양이었다.

'그래, 어차피 받는 스트레스 조금 더 받는다고 뭐가 크게 달라지겠어? 내가 그 인간은 제대로 바꿔 놓으면 나쁜만 아니라, 아주 많은 사람에게 도움이 되는 일인 건 분명하다. 자, 도저히 안 될 것 같은 일을 이루었을 때, 내 자아의 충족감을 상상해 보자.'

갑자기 눈을 감고 합장하듯 두 손을 모으는 초은을 보며, 다민은 웃음이 터지려는 입을 꼭 앙다물었다. 세상 완벽한 직장인 코스프레를 하고 있지만, 사실은 귀 얇고 허술한 친구 아닌가.

하지만 그런 허무맹랑한 제안을 했던 다민도, 그걸 또 진지하게 받아들인 초은도, 그땐 알지 못했다.

정말 그 말이 실현될 천금 같은 기회가 올 것을.

/

다민과 만나 그간 쌓인 스트레스를 풀어낸 지도 며칠이 지났다.

은현은 여전히 초은의 열의에 적극적으로 보답하고 있었고, 다민의 제안 따위는 하루하루의 고충에 잊힌 어느 날이었다.

빠바바밤 빠바바밤!

젠장. 이것은 베토벤의 교향곡 5번 운명의 도입부다. 수백, 수천 번을 들었지만, 여전히 심장을 콱, 움켜쥐는 긴장된 선율.

"이런 씨부탱 개호랑말탄코 같은 시밤바……."

초은은 소파 위에 다소곳이 놓인 핸드폰을 노려보았다. 입술에서 중얼중얼 흘러나오는 거친 어휘는 그저 조건반사적인 반응일 뿐이다. 왜냐하면, 저 웅장하고도 암울한 벨 소리를 울릴 사람은 이 세상에 오직 단 한 명뿐이기 때문이었다.

"네, 대표님."

조금 전까지 중얼대던 과격한 말들이 믿기지 않을 정도로 안정되고 차분한 목소리였다.

[한 비서. 지금 좀 와야겠는데.]

헐. 이럴 줄 알았다. 어쩐 일로 개인 일정이 있다며 퇴근 시간도 채 되기 전에 사라지더라니. 사무실 의자에 찰떡이라도 깔고 앉은 사람처럼, 매일 야근을 밥 먹듯 하던 인간이 말이다.

초은은 내일은 해가 서쪽에서 뜨려나, 얼씨구나 어깨춤을 추며 칼퇴근을 했었다. 되돌아보니 놀랍게도 비서 입사 후 처음 있는 일이었다.

오랜만에 치킨이라도 배달시켜 맥주 한 캔을 까 볼까 했던 행복한 계획은 와르르 무너졌다. 초은은 젖은 머리를 감쌌던 수건을 거칠게 끌러내며 입술을 깨물었다.

"필요한 자료라도 있으신가요?"

[아니야. 한 비서만 오면 돼.]

나만? 왜?

초은의 고개가 갸웃 기울어지며 미간이 좁아졌다. 개인적인 모임에라도 갔더니 파트너 동반인 걸 몰랐나?

"그럼, 혹시 드레스 코드가 있습니까?"

[아니, 그냥 한 비서만 오면 된다니까.]

"……장소를 알려 주시면 최대한 빨리 출발하겠습니다."

이 인간이 초저녁부터 술을 마셨나. 왜 녹음기처럼 '한 비서'만 반복하지.

초은은 핸드폰을 통해 들려오는 주소를 메모하며 연신 마음속으로 구시렁댔다. 차라리 평소처럼 늦게 퇴근을 하지, 이렇게 일찍 가는 척했다가 불러내는 게 백 배 더 나쁘다.

[그래서, 얼마나 걸리겠어?]

"40분 이내에 도착하겠습니다."

[30분.]

저 급한 성질머리라니. 영문도 모를 느닷없는 호출이 미안하지도 않은 모양이다. 초은은 어금니를 앙다물었다.

"느에. 알겠습느드."

초은의 음산한 대답이 채 끝나기도 전에 통화가 뚝 끊겼다.

하지만 상대방의 무례를 되씹어 볼 겨를도 없었다. 초은은 핸드폰을 홱 집어 던지고 방안으로 뛰어 들어갔다. 왼손으로 드라이어를 들고 머리를 말리는 동시에 오른손을 기초 화장품을 찍어 발랐다.

입사 일 년 만에 신의 경지로 완성된 멀티플레이.

이것 역시 시도 때도 없이 불러대는 상사 덕분에 울며 겨자 먹기로 터득한 기술 아닌가.

"쳇, 언젠간 내 꼭 생활의 달인에 나가 보리라."

초은은 입술을 삐죽이며 뺨을 토닥이던 쿠션팩트를 내려놓았다. 아무리 한 비서만 오면 된다고 했지만, 그렇다고 집에서 입는 후줄근한 옷차림으로 갈 수는 없는 노릇이었다.

시간이 없는 탓에 아주 잠깐 고민했던 초은은 심플한 블라우스에 핏이 잘 떨어지는 슬랙스를 골라 입었다. 핸드백을 들고 현관문을 나서며 보니, 얼추 시간에 맞게 도착할 수 있을 것 같았다.

은현이 말한 주소는 회사 근처였고, 다행히 초은의 오피스텔도 회사에서 멀지 않은 곳이었다. 출퇴근 시간을 조금이나마 아껴보고자, 비싼 전세를 무릅쓰고 가까운 곳에 집을 얻은 것은 신의 한 수였다.

초은은 제 선견지명을 스스로 칭찬하며 미리 집 앞으로 불러 놓은 콜택시에 올랐다.

/

은현이 불러 준 주소는 회원제로 운영되는 고급 레스토랑이었다. 테이블이 몇 개 없어 회원이라 하더라도 반드시 예약해야만 했고, 그 예약마저 한 달은 넉넉히 밀려 있는 곳.

초은도 몇 번 와본 적이 있는 곳이라 들어서면서 이미 이상한 낌새를 알아챘다. 나이가 지긋한 홀 매니저가 공손히 열어 준 문으로 들어서자 부적절한 한산함이 덮쳐 왔다. 예약이 하나 취소될 때마다 줄줄이 늘어서 있던 예약 대기자가 치고 들어오는 이곳에서 말이다.

게다가 이 묘하게 어울리지 않는 음악은 무엇?

썰렁한 실내에는 두근두근 설레 마지않는 에릭 사티의 '주뜨브^{Je te} ^{veux}'가 멋쩍게 흐르고 있었다.

"강은현 님 일행이시죠? 이쪽으로 오십시오."

불길한 예감이 발바닥에서부터 스멀스멀 타고 오르는데, 홀 매니저는 각이 잡힌 정중한 몸짓으로 초은을 안내했다.

그의 발걸음을 따라간 가장 안쪽 테이블에 은현이 앉아 있었다.

"생각보다 일찍 왔네."

30분 내로 오라고 할 땐 언제고 일찍 왔단다.

초은은 어정쩡하게 서서 은현의 표정을 읽으려 애썼다. 씨익, 입술을 끌어올리는 얼굴이 조금 긴장돼 보이기도 했다.

"그렇게 장승처럼 서 있지 말고, 앉아."

"네?"

"귀가 안 좋은 거야, 싫어서 못 들은 척하는 거야? 앉으라고."

일단 보스가 앉으라니 앉았다. 하지만 초은은 여전히 이 상황에 대해 영문을 알 수가 없었다.

중구난방의 정보 조각들이 머릿속을 헤집고 다니지만, 뭔가 딱 맞춰 떨어지는 답이 만들어지지 않은 탓이었다.

"저녁 아직 안 먹었지?"

"네, 아직……. 아니, 저……. 무슨 일이신지요."

"일은 무슨 일. 한 비서와 저녁 먹으려는 건데."

"네? 저와 저녁을?"

"할 말도 있고 말이야."

초은은 은현과 저 이외에는 손님이라곤 개미 새끼 한 마리도 없는 레스토랑 안을 휘이, 둘러보았다. 아무래도 이상했다. 이렇게 비어 있을 곳이 절대 아니었다.

은현은 동공이 하염없이 흔들리는 초은을 아랑곳하지 않고 매혹적인 미소를 지으며 매니저에게 손짓했다. 매니저는 화사한 미소로 화답하며 아페리티프를 준비했다.

맛있는 정찬을 앞두고 맑은 호박빛 액체에서 보글보글 스파클링이 일어나는 장면은 언제나 가슴 설렌 순간이었는데, 태어나 처음으로 프렌치의 아페리티프가 어리둥절하게만 느껴지는 참이다.

'그래, 마시자. 일단 마시고 이게 대체 무슨 상황인지 생각해 보자.'

초은은 뭣에 홀린 것처럼 잔을 들어 샴페인을 한 모금 머금었다. 그러자 마주 앉은 은현의 미소가 한층 더 환해지는 것이 아닌가.

이 인간이 갑자기 왜 이렇게 웃고 난리지.

찜찜함은 점점 부풀어 올랐다.

"이곳, 예약하기 굉장히 힘든 곳일 텐데, 어째서 이렇게 텅 비었을까요?"

"응. 오늘 저녁 통째로 내가 빌렸거든."

"아아⋯⋯. 어쩐지. 오늘 통째⋯⋯. 네엣? 뭐라고요?"

하마터면 샴페인을 은현의 얼굴에 직격으로 뿜어낼 뻔했다.

이 남자가 드디어 미쳤나. 왜 뜬금없이 이 비싼 레스토랑을 빌리고 난리야. ⋯⋯아니 빌린 거면 빌린 거지, 왜 나한테 저녁을 먹으라고.

⋯⋯여자한테 바람이라도 맞았나? 안 그래도 요즘 이하연의 방문이 뜸하던데.

혼란스러웠던 뇌가 이제는 숫제 트위스트를 추는 기분이었다. 초은과는 다른 의미로 은현은 조금 놀란 표정을 지었다.

"한 비서를 안 지도 꽤 된 것 같은데, 그렇게 당황하는 건 처음 보는군."

"대표님, 여길 도대체 왜⋯⋯ 통째로⋯⋯."

"한 비서, 오늘 일찍 퇴근시켰더니. 설마 벌써 한잔한 거야? 내가 좀 전에 말했잖아. 한 비서한테 할 얘기가 있다고."

술을 마신 건 제가 아니라 바로 댁인 것 같습니다만. 뭘 그렇게 대단한 할 말이 있어서 이런 곳을 전세 내냐고.

바로 그 순간, 초은은 머리를 스치는 예감에 침을 꿀꺽 삼켰다.

나……. 혹시 잘리나?

다민이랑 욕하고 뒷담화 깐 걸 들킨 걸까. 그렇게 자주도 아니었는데, 역시 삐뚤어진 입만큼이나 소갈머리도 글러 먹은 사람이었어.

이 회사는 이렇게 성대한 마지막 만찬을 즐긴 후에 해고 통보를 하는 건가? 그게 아니면 대표이사 비서라서 마지막까지 대우해 주는 것인가.

찰나의 순간, 주마등처럼 초은의 작은 머릿속에 온갖 생각들이 회오리쳤다.

회사가 아쉽진 않았다. 초은은 제 능력을 믿고 있었고, 또 다른 곳에 취직할 자신도 있었다. 하지만 이렇게 잘리는 건 아무래도 자존심이 상한단 말이다.

"대표님, 하실 말씀이 있으면 언제든 편하게 말씀하시면 되는데, 굳이 레스토랑을 빌리기까지 하셔야 했나요."

억지로 미소를 띤 입술이 바르르 떨렸다.

이제 저 나쁜 주둥이에서 어떤 말이 나오더라도 당황하지 말자. 마지막까지 자존심은 지키는 거야.

초은은 혼란한 마음을 다잡으려 안간힘을 썼다.

"한 비서, 잠깐만. 아니, 왜 이렇게 안 오지."

하지만 이 순간이 숙연한 것은 초은뿐. 은현은 그녀의 말이 들리지도 않는지, 손목시계를 들여다보며 성마르게 중얼거렸다.

바로 그때였다. 레스토랑 입구가 벌컥 열리더니, 경원이 헐레벌떡 걸어 들어왔다.

"왜 이렇게 늦었습니까?"

"죄송합니다. 정성껏 준비하느라 시간이 좀 걸렸습니다."

"박……. 실장님?"

"어, 한 비서. 난 신경 쓰지 말고 즐거운 시간 보내라고. 그럼 전 이만."

바람같이 나타났다가 사라진 경원이 남긴 것은 두 팔로 안기도 벅차 보이는 커다란 꽃다발이었다. 수국과 줄리엣로즈, 슈퍼폼폼, 리시안셔스, 싱그러운 샴록과 옥시펜타늄까지. 여하튼 예쁜 꽃들은 모두 모아 놓은 것 같은 특대형 사이즈였다.

초은은 느닷없이 등장한 꽃다발에 현실감이 느껴지지 않아, 그저 멍하니 바라만 보았다.

"자, 받아."

은현이 자리에서 일어나 초은에게 내밀었을 땐, 또 다른 무서운 추측이 덮쳐 왔다.

이, 이건…….

절대 해고가 아니다. 저 뿌듯하면서도 들뜬 표정. 아무리 삐뚤어진 인간이라도, 제 수발을 들던 비서를 해고하면서 저런 표정을 지을 수는 없는 게야.

"대표님, 이걸 왜 저에게 주시나요."

"흠흠. 한 비서도 내 마음 대충 눈치챘을 거 아냐?"

"네?"

무슨 마음?

도대체 무엇을 언제 어디서 어떻게 눈치챘어야 하는 걸까?

이제껏 초은은 단 한순간도 눈치 없이 살아온 세월이 없는데, 순식간에 세상 둔한 여자가 되었다.

"이 정도 했으면 알 거 아니야. 썸도 탈 만큼 탔으니, 인제 그만 연애해."

"네? 썸…… 이라뇨? 도대체 누구랑 연애를……."

"아, 난 밀당 같은 거 딱 질색이니까 괜히 한번 튕겨보는 거, 거부야."

"……."

아니, 아니야. 이 상황은 해고 통보보다 더 나빠.

제발……. 제발 아니라고 해줘.

초은의 안색이 하얗게 질려갈수록, 말려 올라갔던 은현의 입꼬리가 스르르 내려가며 눈빛이 어두워졌다.

"내가 한 비서한테 특히 더 다정했던 거, 정말 눈치 못 챘어?"

"네? 도대체 언제 다정하셨다고……."

설마……. 서얼마아!

말도 안 되는 순간들이 머릿속을 스치며, 마음속에 경악의 쓰나미가 몰려왔다.

"내가 운전 조심하라고 걱정도 하고……."

'그런데 한 비서, 혹시 초보는 아니지? 아무리 야밤이라 도로가 한산해도, 남들한테 민폐 끼치는 운전은 금물이야.'

"일 잘한다고 칭찬도 해줬고."

'이제 일이 아주 할 만한가 봐? 응?'

"커피도 한 비서 취향에 맞춰서 사 오고."

'괜히 마시지도 않는 아메리카노 줬다고 뒤에서 쨍알쨍알 뒷담이 나 까지 말고 말이야.'

"한 비서가 힘들어 보이는 것 같아서 걱정도 해주고."

'요즘 왜 그렇게 뼈만 남았어? 쓸데없이 다이어트니 뭐니, 그런 거 하는 거 아니지?'

"그리고 한 비서 보고 싶어서 자꾸 불렀던 거, 그것도 몰랐어?"

'그럼 이제 맘 놓고 일 막 시켜도 되겠네?'

"나 이래 봬도 꽤 솔직한 사람인데."

"……."

초은은 그만, 할 말을 잃었다.

그래, 이렇게 구구절절 읊어대는 것을 들으니, 어떤 의미로 솔직하긴 한 것 같다. 세상 사람들이 이해하지 못할 방식으로 솔직하다는 것이 문제일 뿐.

넋을 잃은 초은의 반응에 은현은 퍽 실망한 기색이었다. 하지만 다시 목청을 가다듬더니 말을 이어갔다.

"그래 좋아. 한 비서가 유독 둔해서 내 마음을 몰랐다 치자. 그런데 한 비서도 나 좋아하잖아."

"네에?"

왓더? 이건 또 무슨 산토끼가 치킨 뜯어 먹는 소리인가. 도대체 언제 어디서 어떻게 그런 생각을…….

머리칼이라도 쥐어뜯고 싶은 초은의 심정을 알아챈 모양이다. 은현이 그 의문을 줄줄이 풀어 주기 시작했다.

"지난번 '레드퐁' 쇼케이스 리셉션 때 보타이도 직접 매주고."

"……네, 그건 대표님이 못하시니, 비서로서 당연히 해야 할 일……."

"저번에 나 몸살 나서 결근했을 때, 집에 약이랑 죽 사 늘고 찾아 오기도 했고."

"그건 전담 비서니까 당연히……."

"아침마다 나 굶을까 봐 차랑 요깃거리 챙겨 주는 거……."

"제가……. 비서라서……."

"……."

안 그래도 텅 비어 썰렁한 레스토랑 안에 얼음 같은 정적이 흘렀다. 싸늘하게 식어 버린 분위기를 참을 수 없다는 듯, 은현이 와락 얼굴을 구겼다.

"거짓말! 그럼 그런 걸 다 비서라서 했다는 거야?"

버럭, 내지른 은현은 도저히 믿기지 않는, 아니, 믿고 싶지 않은 상황에 격렬히 고개를 저었다. 단정했던 머리칼이 이마에서 흐트러지고, 거칠어진 숨을 힘겹게 가다듬었다.

"괜히 수줍어서 그러는 거면 됐어. 주변에 어딜 봐도 비서가 그렇게 상사를 정성스럽게 챙기지 않아."

"……."

그건 그 사람들이 업무 태만한 거고요. 도대체 주변에 어떤 비서들만 보고 살아왔기에 그러세요.

아니, 외모는 그럴싸해서는 여자한테 단 한 번도 정성스러운 대우를 받아본 적이 없나? 어떻게 그걸 헷갈리냐고!

끝까지 우겨대는 은현의 목소리는 절박하기까지 했다. 그래서 초은은 목구멍까지 튀어나온 반박을 차마 내뱉지 못했다.

"정말……. 나한테 아무 감정 없었어? 정말?"

기세등등하던 은현은 이제 눈에 띄게 풀이 죽었다. 누구라도 홀려 버릴 듯 간드러지게 휘어졌던 눈꼬리도 아래로 처지고, 목소리도 힘없이 떨렸다.

은현에게서 비 맞은 강아지의 인상을 받게 되는 날이 올 줄이야. 그를 상사로 모신 이래, 이렇게 기가 죽은 모습은 처음이라 초은은 조금 죄책감이 들었다.

"그래. 좋아. 그건 내가 착각한 거라 치고."

"……."

하지만 상대는 맨손으로 대한민국 게임업계의 큰 획을 그은 의지의 강은현 대표였다. 은현은 무척 빠르게 충격을 회복했다. 잠시나마 마음이 약해졌던 초은도 다시 긴장해야만 했다.

"그럼 이제 내 마음을 알았으니, 지금부터 잘 생각해 봐. 나만 한 애인, 솔직히 드물잖아. 내 입으로 말하기 좀 쑥스럽지만……. 돈 잘 벌지, 키 크지, 이 정도면 잘 생겼지, 몸 좋지, 능력 있지. 게다가 내가 워낙 세심하고 다정한 거. 한 비서도 잘 알잖아."

세심? 다정?

세심이 다정이네 집에 놀러 갔다가 쌍으로 얼어 죽을 소리 하고 있네. 야, 이 새끼야! 네가 다정하면 이 세상에 안 다정한 남자 없겠다!

멱살이라도 잡고 흔들고 싶은 마음이었다. 하지만 지금은 상사를 거절해야 하는 비서의 입장.

초은은 폭삭 주저앉으려는 표정을 애써 일으켜 세우며, 한편으로 샤우팅을 원하는 목청도 달래야 했다.

"아니요. 제가 감히 어떻게 대표님과……."

"괜찮아. 내가 대표라서 좀 부담스러울 수는 있는데, 진짜 내가 사랑하는 여자, 내 조건은 그거 딱 하나거든. 어차피 나도 자수성가한 거고, 혹시 돈 봉투 건네거나 물 뿌릴 부모님을 걱정하는 거라면, 그 것도 괜찮아. 음…… 난 부모님이…… 안 계시니까. 눈치 주실 부모 님도 안 계셔.”

아니, 저 그건 너무 나가셨는데요. 부모님이 안 계신다는 가슴 아 픈 이야기를 이렇게 전략적으로 쓰시면…….

가슴을 스치는 애틋함은 잠시였다. 초은은 도대체 어떻게 반응해 야 할지 몰라 나직이 한숨을 쉬었다.

“원한다면 회사에는 비밀로 해 줄게. 그러니까 지금부터 사귀면서 서로 차근차근 알아가도록 하지.”

아주 대단한 선심이라도 쓰는 어투다. 초은은 젖먹던 힘까지 짜내 어 인내하고 또 인내했다.

“아니요, 아니, 그럴 수 없습니다.”

“괜히 마음에도 없는 사양하고 그럴 거 없어. 내가 지금까지처럼 잘해 줄 테니까.”

“아니요, 괜찮다니까요. 솔직히 대표님, 제 스타일 아니세요.”

역시 좋은 거절이란 없는 걸까. 은현이 도무지 물러설 기미가 없어 이자, 초은은 불안한 마음을 억누르며 조금 더 강하게 거절했다.

그 발언이 퍽 충격적이었던지, 은현이 멍하니 입을 헤, 벌렸다가 다시 정신을 차렸다.

“아니, 억지로 자기 마음을 외면하고 그러지 마. 어떻게 내가 취향 이 아닐 수가 있어. 한 비서 부담감은 내가 다 알아. 그냥 편하게 평 범한 연인처럼…….”

“아니요! 싫어요! 싫다고요! 대표님이 싫다고!”

여전히 현실을 직시하지 못하는 은현의 말에 초은이 드디어 폭발했다. 데스메탈로 단련된 날카로운 샤우팅에 은현의 두 눈이 커다랗게 벌어지고 그 붉은 입술이 바르르 떨렸다.

그것은 흡사 굳게 믿었던 브루투스에게 옹골차게 배신이라도 당한 카이사르의 표정과 같았다.

／

은현은 빽 내지른 초은의 비명을 듣기는 들었지만, 도저히 받아들일 수가 없었다.

"어, 어떻게⋯⋯. 어떻게 내가, 싫을 수⋯⋯ 있지?"

그것도 다른 사람도 아닌 한 비서가! 그간 내, 너에게 얼마나 많은 정성을 쏟고 신경을 썼는데. 어떻게, 어떻게⋯⋯.

은현이 혼잣말 같은 탄식을 되뇌는 동안, 초은은 이맛살을 찌푸린 채 입술을 깨물었다. 조금 심했나 싶기도 했지만, 그러지 않고서는 은현이 도무지 알아먹을 것 같지가 않았다.

"첫 번째 아뮤즈 부셰$^{\text{Amuse Bouche}}$를 준비해 드리겠습니다."

뭘 어째야 할지, 갈피를 잡을 수 없는 순간. 그림 같은 미소를 띤 매니저의 등장은 그야말로 절묘한 타이밍이었다.

달그락달그락, 챙강챙강.

불편한 침묵 속에서 커틀러리가 식기를 부딪치는 소리만 때때로 들려왔다. 꽤 본격적인 프렌치 정찬을 하는 곳이라, 접시는 쉬지 않고 연이어 나왔다.

초은은 생선 코스로 나온 농어구이를 썰며 입안으로 한숨을 삼켰다. 불편함과 부담감으로 꾸역꾸역 씹고 있으려니 맛있는 프렌치가 아까울 정도였다.

말없이 기계적으로 음식을 썰어 입에 넣기만 반복하던 은현이 갑자기 포크와 나이프를 챙, 내려놓았다. 초은이 놀라 움찔, 어깨를 움츠리는 동시에 은현의 입에서 짧고 강한 한숨이 튀어나왔다.

"한 비서. 그렇게 도저히 안 될 정도야?"

"……."

"이유라도 좀 알려 줘 봐. 내가 아무리 생각해 봐도 도저히 이해 안 돼서 그래."

아무리 생각해 봐도 도저히 이해가 안 된다는 그 점이 바로 문제인 것이다. 초은은 굳은 얼굴로 커틀러리를 내려놓았다. 아무래도 어영부영 넘어갈 일이 아닌 모양이었다. 자세를 바로 하고 한쪽 눈썹을 찡그린 은현을 똑바로 마주 보았다.

"Manners maketh man!"

"뭐? 그래, 매너가 사람을 만드는데 그게 뭐? 나처럼 상황에 맞게 잘 처신하는 사람이 어딨다고."

"……."

"내가 좀 완벽주의자다 보니 유난스러워 보일 수도 있지. 하지만 업종마다, 또 기업마다 각자의 분위기가 있고 특색이 있는 법이야."

초은은 노골적으로 한숨을 쉬며 절레절레 고개를 저었다.

이러니 도저히 안 되는 거다. 입만 열면 무차별적으로 쏟아 내는 삐딱한 예단豫斷과 예의의 거름망을 거치지 않은 말들.

"한 사람의 태도가 그 사람에 대해 정의하게 돼요. 제가 볼 때 대표님은 기본적으로 상대방에 대한 배려가 부족하신 분입니다."

"뭐……?"

"제가 정말 싫어하는 스타일이에요. 배려 없는 사람이요. 그래서 전 대표님을 이성적인 대상으로 생각해 본 적이 없습니다."

은현은 침통하기 이전에 허를 찔린 것처럼 당혹스러워 보였다. 전혀 예상치도 못했던 폭격으로 잔해만 남은 곳에 선 패잔병 같았다.

잠시간의 침묵.

은현은 살짝 떨리는 손으로 얼굴을 거칠게 쓸어내렸다.

"그래, 좋아. 뭘 어떻게 하면 돼? 어? 어떻게 하면 한 비서 마음에 드는 건데?"

"……."

"내가 노력해 본다잖아."

그래, 그 근성만은 인정해 주자. 이토록 여러 번의 시도가 실패로 돌아가고, 거부당하는 일이 흔하지도 않을 텐데, 그는 결코 쉽게 포기하지 않는다.

하지만 글쎄, 그게 과연 노력으로 되는 걸까. 사람은 쉽게 변하지 않는다. 어떤 충격적인 계기를 겪지 않고서는 말이다. 초은은 제 경험상 다분히 회의적인 느낌을 지울 수 없었다.

'그러니까 강 대표도 변할 수 있다는 희망을 품어 봐. 아니면 제일 측근인 네가 살살, 잘 좀 조련해 보던가.'

정말 다민의 말대로, 저가 그랬던 것처럼 은현도 바뀔 수 있는 걸까. 공익의 목적을 앞둔 정의심이 갈등을 부추겼다.

"그러는 대표님은 제 어디가 그렇게 좋으신 건데요? 이렇게 쉽게 포기하지 않으실 정도로."

"그건……."

과연 초은의 냉정한 거절이, 그 후 그에게 주어지는 기회가, 과연 그를 바꿀 수 있는 계기가 될 수 있을까. 초은은 답변을 기다리며 유심히 은현의 눈빛을 들여다보았다.

"처음이야. 이렇게 나에게 집중하며 정성껏 챙겨 주는 사람은."

그러니까, 그건 내가 댁의 비서니까.

하지만 나직한 목소리 아래 깔린 애잔한 떨림 때문에 초은은 아무 대답도 할 수가 없었다. 부모님이 안 계신다는 정보 역시 조금 전 알게 된 것이었지만, 그는 도대체 어떤 삶을 살아온 것일까.

그 짧은 문장에서 느껴지는 외로움은 낡고 해묵은 느낌이었다.

"그리고 한 비서는 처음 봤을 때부터 어쩐지 남 같지가 않았어. 편안하고 안정되는 기분이야. 한 비서가 웃으면 내 기분이 좋고, 곁에서 챙겨 줄 땐 뿌듯하기도 해."

"……."

"그래서…… 한 비서와 좀 더 함께……. 더 많은 것을 함께하고 싶은. 그런 기분이야."

살짝 들린 은현의 양쪽 입꼬리가 바르르 떨렸다. 그가 제 감정을 비꼬아 가공하지 않고, 있는 그대로 말하는 것은 처음이었다. 가슴 한편이 철썩, 파도가 치는 것처럼 울렁인다.

이것은 초은에게는 낯선 감정. 무모하지만 한 번쯤은 믿어 보고 싶은 잔잔한 충동이었다. 초은은 마른 침을 삼키며 마음을 가다듬었다.

"대표님이 말하는 모든 것이 선의였다 한들, 듣는 사람이 기분이 상하는 순간 그것은 절대 선의가 될 수 없어요. 다른 사람들이 보는 대표님은 기분 나쁜 말만 하는 완전 비호감 인간이라고요."

"……."

"대표님의 재력, 능력, 외모로 값을 매기는 사람들이 있을 수도 있겠지만, 대표님을 그대로 받아들여 줄 사람이 필요한 것 아닌가요? 그러려면, 상대방에게 그만한 가치가 있는 사람이 되어야 한다고 생각합니다."

"……그렇군. 내가……. 있는 그대로 말을 하는 게 좀 힘들어. 좀 멋쩍기도 하고, 내가 쉽게 보일까 걱정되기도 해. 사실, 나 정도 위치에 있으면 좀 고압적으로 말하는 게 어울리잖아? 하지만……. 정말 몰랐어. 내가 그 정도도 비호감일 줄은."

사실 그렇다. 누구든 자기 자신의 객관적인 모습을 보는 것이 가장 어려운 법이다. 초은 역시도 충격적인 팩폭을 당하기 전에는 저가 어떤 인간인지 외면하고 있었다. 그러니 은현의 고해를 전혀 이해 못 할 것도 아니었다.

"그러니까 나에게도 시간을 좀 줘 봐."

부탁하는 처지인 주제에 당당한 건 여전했지만, 그래도 조금은 긍정적인 걸까. 초은이 'No'를 외치는 순간부터, 그는 내내 낯설게도 허심탄회했으니 말이다.

"한 비서가 도와주면 나도 얼마든지 바뀔 수 있어. 내 입으로 말하긴 좀 뭣하지만, 내가 이제까지 마음먹고 해서 실패한 건 없었거든."

"……."

"그러니까 일단 기회를 주고, 그래도 안 되면 그때 날 걷어차도 되잖아. 차는 건 언제라도 할 수 있다고."

묘하게 설득력 있는 말이다. 그가 바뀐다고 해서 초은의 마음도 달라질 것이란 보장은 없지만, 앞뒤의 논리나 경험으로 비춰 봐도 손색없는 제안이긴 했다.

'강 대표는 사회의 특정 분야에서 꽤 영향력 있는 사람인데, 인격까지 제대로 된 사람이면 얼마나 좋겠어? 그리고 강 대표를 둘러싼 주변인들을 스트레스로 인한 질병에서 구해 내는 일이기도 하고.

특히나 다민이 제기한 공익의 목적을 떠올려 보면 거절할 이유가 없었다. 아니 거절해서는 안 되는 일이었다. 무릇 사람이란 사회 속에서 살아가고, 사회에 이바지할 의무가 있으니까.

"과일 소스로 마리네이드한 어린 양 어깨찜과 단호박을 곁들인 오리 테린느입니다."

때마침 생선에 이은 육류코스가 나왔다. 이 레스토랑이 왜 그리 유명한지 이제 알 것 같다. 아마도 절묘한 타이밍에 접시를 내는 이 놀라운 실력 때문이 아닐까.

은현이 냅킨 위에 가지런히 놓인 커틀러리를 들어 식사를 재개했다. 하고 싶은 말을 다한 후련함 덕분인지 음식을 음미하는 표정도 한결 부드러워졌다. 반면 초은은 이번엔 다른 의미로 씹고 있는 오리고기의 맛을 느낄 수 없었다.

"왜 그렇게 못 먹어? 내가 쓸데없이 다이어트 같은 거 하지 말라지 않았나? 더 뺄 데가 어디 있다고 말이야."

아니, 댁 같으면 이 상황에 음식이 넘어가겠냐? 할 말 다 하니 속이 시원한 모양이지. 또 시작인 걸 보니.

초은을 보며 씩 웃는 얼굴의 한쪽 입꼬리가 삐딱하다. 그 모습을 보니 땅속 이리저리 파 놓은 개미굴처럼 마음속이 더 복잡해지기만 했다. 한바탕 불만을 토로한 것이 몇 시간도 아니고 고작 몇 분 전이다. 역시 사람이 쉽게 변하지는 않는 것이다.

그의 도전을 받아들여 정의 사회 구현에 이바지할 것인가. 아니, 아무리 그렇다 해도 이건 은현의 감정을 기만하는 게 아닐까? ……

아니야. 그 사이 은현에 대한 호감이 자라날 가능성이 전혀 없는 것도 아니잖아. 그야말로 나노 단위의 가능성이지만.

짧은 시간 초은의 마음속에서는 세계 3차 대전이라도 일어난 듯 격렬한 전쟁이 벌어졌다.

"대표님."

디저트로 나온 자몽 소르베를 한 스푼 입에 넣었을 때. 드디어 초은이 입을 열었다.

"어, 그래. 한 비서. 말해."

은현이 마치 달려들 것처럼 초은 쪽으로 몸을 기울인다. 초은은 슬쩍 몸을 뒤로 물리며 두 손을 단정히 모았다.

"대표님의 마음은 감사하게 생각합니다. 하지만 아시다시피 노력과 결과가 늘 일치하는 것은 아니니 대표님이 피고름을 짜내는 노력으로 변한다 해도, 제 마음이 기울지 모르겠어요. 그래도 괜찮으시겠어요?"

"어, 그럼. 괜찮고말고. 내가 말했잖아. 이제까지 내가 마음먹어서 못 한 일이 없다니까."

어휴, 정말 그 자신감만큼은 칭찬해 주고 싶다. 피고름을 짜내야 한다고 분명히 말했는데도 저리도 단호하다니.

초은은 이것이 제대로 된 결정인지 확신하지 못한 채 말을 이었다.

"그럼 대표님이 말씀하신 대로 시간을 드릴게요. 대표님도 바뀌도록 노력하겠다고 한 약속은 꼭 지켜 주세요."

"그래그래, 내가 노력한다고 했잖아. 걱정 마. 한 비서도 곧 내 매력을 깨닫게 될 테니까. 그럼 이제부터 어떻게 하면 돼?"

"흠흠. 대표님은 먼저 상대방의 감정을 배려하는 방법부터 익히셔야 해요."

"응, 그래그래."

기름한 눈꼬리가 사르르 말리며 싱글벙글하는 것이, 제 말을 제대로 듣고 있는지 의심스러웠다. 울컥 화딱지가 나기도 했지만, 한편으로는 조금 짠한 마음도 들었다. 도대체 저가 뭐라고, 그 하늘 높은 줄 모르고 기고만장하던 사람이 이렇게 빙구처럼 구는 것인가.

"우선은 긍정적인 발언은 있는 그대로, 부정적인 의사는 완곡하게 돌려 말하는 것부터 시작해 볼게요. 칭찬은 고래도 춤추게 한다잖아요."

"흠······. 알았어. 한 비서의 말이니 내가 열심히 해볼게."

"네. 그렇게 조금씩 발전해 가면, 대표님도 언젠가는 호감형 인간으로 거듭날 수 있을 겁니다. 파이팅!"

"파이팅!"

초은이 오른손으로 살짝 주먹을 쥐며 작게 외치자, 은현도 덩달아 두 주먹을 불끈 쥐었다.

그래, 이 힘찬 파이팅. 출발은 좋다.

식사를 마치고 나란히 레스토랑을 나서니 제법 가까운 사이가 된 것 같았다. 초은은 박 실장이 배달한 꽃다발을 한 아름 품에 안은 채였다.

예쁘긴 하지만 너무······. 무겁다.

이럴 때 대신 들어주는 매너 따위······.

초은은 나란히 걷는 은현의 얼굴을 슬쩍 올려다보았다. 기분이 아주 좋아 보였다.

그래, 은현에게는 아직 무리한 기대겠지.

"데려다줄게."

"아닙니다. 괜찮습니다. 여기서 가까워서 택시 타면 금방이에요."

데려다줄 생각은 하면서 왜 꽃다발 들어줄 생각은 못 하는 걸까.

예전엔 그저 투덜거리고 넘겼을 은현의 행동도 이제는 일일이 분석의 대상이었다.

"사람이 왜 그렇게 심술궂어? 이 시간에 이렇게 혼자 보냈다가 찜찜해서 밤새 잠도 못 자게 할 작정이야?"

한숨 대신 피식 웃음이 났다. 그래, 첫술에 배부를 순 없겠지.

"제가 혼자 가는 게 걱정되세요?"

"그래. 방금 그렇다고 말했잖아."

"그럴 땐 혼자 보내는 게 걱정되니 데려다주게 해달라고 말씀하시는 거예요."

최소한 호감 가는 여자에게라면 말이죠.

차분하게 알려 주는 초은의 말에, 은현이 숨을 크게 들이마셨다. 그리고 아주 힘겹게 입을 열었다.

"혼자 보내면……. 매우 걱정되니, 데려다주게 해, 해줘."

"잘하셨어요."

로봇처럼 딱딱한 억양만 아니라면 훨씬 더 좋았을 텐데.

그래도 초은의 칭찬 한마디에 은현의 뽀얀 얼굴이 활짝 피어났다. 두 눈을 한껏 접고 발간 입술을 끌어올린 해맑은 얼굴.

초은의 가슴에 또 한 번 울렁, 파도가 친다.

정말 이상했다. 의외로 그리……. 나쁘지 않은 기분이었다.

#2

내가 조금은 좋아질 것 같아?

[이게 다 너 때문이다, 이년아아아아!]

"아우, 귀 아파라!"

핸드폰에서 뿜어져 나오는 힘찬 샤우팅에 손에 들고 있던 닭 다리 가 툭, 떨어졌다. 모처럼 일찍 퇴근한 기념으로 치킨을 배달시켜 한 입 베어 물려는 참이었다.

[다 너 때문이라고오오! 니가 쓸데없이 바람만 안 넣었어도⋯⋯. 흐흐흑.]

이번엔 월하의 공동묘지에 올라앉은 처녀 귀신의 흐느낌이 흘러 나온다. 이쯤 되니 다민도 울컥하지 않을 수가 없었다.

"야! 야밤에 도대체 뭔 소리야!"

[됐고, 문이나 열어.]

어디서 그렇게 소리를 질러대나 했더니, 제집 앞이었다니. 다민은 투덜대면서도 일어나 현관문을 열었다.

"무서운 것. 백 리 밖에서도 치킨 냄새는 기가 막히게 맡고 찾아오는구면.”

“치킨이고 뭐고 다 필요 없어. 필요 없다고.”

비척비척 걸어 소파에 풀썩 엎어지는 초은을 뒤로하고, 다민은 다시 치킨 앞에 자리를 잡았다.

그렇다. 치킨 앞에서 우정 따위는 한 떨기 지는 꽃에 지나지 않는 것이다.

“야, 누가 칼을 들이댔냐, 옥상 난간에 올라가서 협박했냐? 똥은 지가 싸질러 놓고, 누굴 탓하고 있어?”

다민은 건성건성 말을 건네며 토실한 닭 다리를 야무지게 한 입 뜯었다. 미리 까 놓았던 캔맥주를 한 모금 삼키니 캬, 감탄사가 절로 나왔다.

불시에 들이닥친 저 화상만 아니면 참으로 아름다운 밤이었을 텐데.

“그렇구나. 이게 다 정의롭고 이타심 가득한 내 탓이로구나. 엉엉.”

“그래그래, 그렇다니까.”

대답하고 보니 묘한 자화자찬이 거슬렸다. 다민은 맥주 캔을 탁, 내려놓고 소파 위에 쭉 뻗어 있는 초은에게 몸을 돌렸다.

“오늘은 또 뭔데? 요즘 회사 사람들이 ‘우리 강 대표가 달라졌어요’라며 할렐루야를 외치던데, 뭐가 또 문제야?”

“흑흑, 차라리 그냥 그런 인간이려니, 참고 살 때가 나았어.”

“어허, 또 왜 이러실까. 너의 희생이 수많은 ‘레드핏’ 직원들의 기쁨으로 피어나고 있어. 자부심을 가져!”

“피땀 어린 결실이 이렇게 맺히는구나 싶은 순간에, 그 열매가 풍선처럼 뻥 터지면서 공중분해 되는 그런 기분. 네가 아냐고.”

“자자, 무슨 일인지 이 언니한테 다 말해 봐.”

다민이 초은의 궁둥이를 토닥이며 달랬다. 초은은 흐느적대며 자리에서 일어나 앉아 다민이 내려놓은 캔맥주를 한 모금 홀짝였다.

"그게 말이지……."

그 일의 시작은 점심 무렵이었다.

길었던 '게임프로그래밍팀'과의 회의가 끝난 것은 점심시간이었다. 미팅룸을 나서는 팀원들의 얼굴은 한결같이 환했다. 그 이유는 쉽게 추측할 수 있었다.

누구에게나 평등하게 치명적인 타박을 주는 은현이었다. 그 가운데서도 유독 '프로그래밍팀'에 지독하게 구는 것은 본인이 능력 있는 개발자 출신이기 때문일 것이다.

하지만 최근 들어 공포의 회의도 그들에게 장밋빛 속삭임이 되었다. 무차별 폭격처럼 쏟아져 내리던 은현의 비아냥이 뚝, 끊긴 덕분이었다.

"대표님, 수고하셨습니다. 점심 맛있게 드십시오."

"한 비서도 식사 맛있게 해요."

우르르 몰려나가며 은현과 초은에게 건네는 싹싹한 인사까지. 그야말로 꽃구름이 모락모락, 아주 화기애애한 분위기였다.

따로 외부 일정이 없었기에 초은은 은현과 함께 사내 식당으로 갔다. '레드핏'의 사내 식당은 게임업계에서도 밥맛 좋기로 유명했다.

은현이 회사 근처 밥집의 손맛 좋은 이모를 직접 초빙해 왔다던가. 푸짐한 한식 메뉴는 기가 막혔다. 버터에 구운 달걀 프라이를 잘먹게 생겼지만, 사실은 청국장은 좋아하는 은현의 입맛에 아주 그냥딱 맞춤이었다.

하지만 그 맛있는 밥상을 앞에 두고도 은현은 유난히 기운이 없어 보였다. 봄바람이 살랑이던 '프로그래밍팀'과는 사뭇 다른 모습이었다.

초은은 젓가락으로 밥을 깨작대는 은현을 걱정스럽게 보았다. 상사 개조 작전을 펼치는 이상한 상황에 휘말리긴 했지만, 어쨌든 그녀는 성실한 비서였으니 말이다.

"대표님, 몸이 안 좋으세요? 병원 진료 예약할까요?"

"……아니야. 그냥 좀 기운이 없네."

"회의 진행이 잘 안 됐나요?"

"음……. 아니, 꼭 그렇다기보다……."

병든 병아리처럼 고개를 삐딱하게 기울이고 있던 은현이 망설인 끝에 입을 열었다.

"사실……. 회의에서 하고 싶은 말이 너무 많았는데……."

"……."

"마음대로 할 수가 없으니, 자꾸 가슴에 돌덩이가 쌓이는 기분이야."

그래, 잘 알겠다. 그 하고 싶은 말이 어떤 건지.

그런 시한폭탄 같은 말들이 가슴에 쌓였으니 갑갑하기도 하겠지.

"대숲에 가서 소리 지른 그 복두장이의 심정도 이해가 가고. 얼마나 속병이 났으면 그렇게까지 했겠어."

평소 같으면 그따위 몹쓸 공감에 울컥 화딱지가 날 일인데, 윤기 없는 은현의 눈동자를 보니 안쓰럽기도 했다. 그렇게 거침없이 못된 말을 쏟아 내던 사람이, 꽈배기 한번 제대로 꼬지 못하니 얼마나 답답할까. 때아닌 동정심이 울컥 솟았다.

초은은 고심 끝에 결정했다.

"그럼 대표님, 오늘 오후만이라도 예전에 하시던 것처럼 하세요."

"뭐? 그게 정말이야? 그래도 돼?"

"조금씩이라도 발전해 가는 것이 중요하니까요. 뭐든 한 번에 하려면 과부하가 걸리기 마련이죠."

언제 그렇게 우울했냐는 듯, 은현의 이마에서부터 해가 떠오르더니 이내 온 얼굴이 환해졌다.

"목표를 이루기 위해 끊임없이 노력해야 하지만, 건강을 해치면서까지 무리하는 건 과유불급이겠죠."

"응, 고마워. 정말, 내가 딱 오늘 오후만 쌓인 거 풀고 내일부터는 힘내서 잘할게."

초은의 손이라도 덥석 잡을 기세로 반색하던 은현이 멈칫, 말을 멈췄다. 가늘게 뜬 눈에 의심스러워하는 빛이 맴돌았다.

"한 비서, 그래놓고 나중에 점수 까는 거 아니지?"

그 말에 초은은 풉, 터져 나오려는 웃음을 억지로 참았다.

"아닙니다. 오늘 오후는 열외로 할게요. 너무 지나치지만 않으면요."

"오케이. 내가 아주……. 적당히 할 테니까 믿어 줘."

왜 핸드폰을 만지작거리나 했더니, 어느새 초은의 대답을 녹음하고 있었다. 이런 잽싼 증거 확보라니. 누가 게임업계의 전설이라 하지 않을까 봐, 무척이나 빠른 판단과 조작이었다.

하지만 초은은 머지않아 제 연민 어린 판단을 후회했다.

오후 내내 은현은 그야말로 물 만난 고기였다. 그 첫 희생양은 다름 아닌 비서실의 보윤이었다.

식사를 마치고 사무실로 들어설 때였다. 은현은 마침 양치 컵을 들고 탕비실에서 나오는 보윤을 발견했다. 먹잇감을 찾아 헤매던 굶주린 들짐승이 만만한 사냥감을 발견한 셈이다.

"우보윤 씨."

"네네. 대표님."

"어제 북미 서비스 대행사에서 온 공문 보윤 씨가 번역했지?"

"아, 네. 그렇습니다."

"보윤 씨가 학부에서 영문학 전공했다고 했던가?"

"네. 영어 영문학과 수료하고 통번역으로 대학원에 입학했습니다."

그동안 은현을 어려워만 하던 보윤도 제법 생글생글 웃으며 대답을 할 수 있게 되었다. 최근 그의 못된 주뎅이가 거의 폐업 상태로 돌입한 덕이었다.

어쩌면 이번에야말로 입사 후 처음으로 상사에게 칭찬을 받을지도 모른다는 기대를 했을지도 몰랐다.

하지만.

"어쩐지."

한쪽 입꼬리만 삐뚜름하게 말려 올라간 삐딱한 웃음.

퍽 오랜만이었다.

활짝 웃던 보윤의 얼굴이 스르르 어두워져 갔다.

"난 그게 공문인지 시를 써 놓은 건지 도무지 헷갈려서 말이야. 쓰나미 같은 감동이 몰려와 눈물이 나서 어디 읽을 수가 있어야지."

"……."

"간단명료하게 번역하면 지루해서 내가 졸기라도 할까 봐 걱정했나 봐? 우보윤 씨 업무량이 부족한 모양이야. 그런 쓸데없는 걱정까지 하는 걸 보니."

"죄……. 죄송합니다."

"아니야. 내가 다음 서류도 기대해 볼게. 이왕이면 셰익스피어 뺨 치게 한번 써 보라고."

엉겁결에 고개를 푹 숙인 보윤의 얼굴에서 글썽한 눈동자만 하염 없이 흔들렸다. 반면 의기양양하게 대표이사실로 들어서는 은현의 뽀얀 얼굴은 후련하게 빛났다.

은현의 등 뒤로 문이 탁, 닫히자 결국, 보윤은 손으로 입을 막으며 탕비실로 뛰어 들어가 버렸다. 그리고 그것은 시작에 불과했다.

오후가 되어 가벼운 걸음으로 은현에게 보고하러 들어갔던 '게임 사업부' 장 팀장은 한참 후 거의 초주검이 되어 나왔다. 초은은 안쓰 럽게 장 팀장을 맞으며 내심 책임감도 느꼈다.

장 팀장은 영혼이 빠져나간 눈빛으로 초은을 보았다.

"대표님 뭐 기분 나쁜 일 있으셨어요? 보이스 피싱이라도 당하셨나?"

"하하. 글쎄요. 제가 특별히 아는 바는 없습니다."

기분 나쁜 일이 있었던 것이 아니라, 불과 얼마 전의 모습으로 되 돌아간 것뿐인데. 인간의 환경 적응력은 이토록 뛰어났다.

"어휴, 한동안 다른 사람이 됐나 싶더니 이건 뭐, 말짱 도루묵이고 만. 아니야, 아주 더 강력해졌어."

"많이…… 심하셨나요?"

"글쎄, 뭐랄까. 마치 갓 신 내린 박수무당 같았달까. 당장에라도 작두에 오르실까 봐 내가 다 조마조마했네."

"풉……."

"아니, 그동안은 대체 무슨 변덕이셨대. 이런 게 희망 고문 아니 야, 응? 한 비서……."

평소에도 긍정적이고 재치 있는 장 팀장이었다. 그가 겪은 고초가 생생하게 그려져 마음 한편으로는 안쓰러우면서도 재미난 표현에 웃음이 났다. 초은이 말아쥔 주먹으로 입을 막았을 때였다.

벌컥. 대표이사실 문이 열리며 은현이 튀어나왔다.

"그럼 한 비서, 수고해요. 대표님, 전 이만 내려가 보겠습니다."

언제 초은에게 매달리며 하소연했냐는 듯, 장 팀장은 얼른 몸을 꼿 꼿이 했다. 은현에게 꾸벅 허리를 숙이는가 싶더니, 어느새 흔적도 없이 사라져 버렸다.

그사이 초은도 얼른 표정을 정돈했다.

"무엇이 필요하십니까?"

"응. 나 물 한 잔만 좀 줘요. 목이 칼칼하네."

얼마나 신이 나서 해댔으면 목이 다 마를까. 초은은 크리스털Crystal 잔에 물을 받으며 애꿎은 대표이사실의 문만 노려보았다. 적당히 한 다더니, 역시 그 못된 주댕이는 강도 조절이 되지 않는 것이었다.

그 후로도 은현에게 언어 테러를 당한 직원들은 줄을 이었다. 어느 새 대표이사실은 통곡의 벽이 되었다.

그렇게 여러 사람을 기함하게 한 오후도 어떻게 어떻게 지나갔다. 우신과 보윤은 만신창이가 되어 시간에 맞춰 퇴근했고, 초은은 통화 가 길어지는 은현의 퇴근을 기다리며 대기하던 때였다.

드디어 박 실장이 차를 대기하기 위해 먼저 내려가고, 은현이 채비 를 마치고 나온 그 순간. 고삐 풀린 막말 타임은 절정으로 치달았다.

"오늘도 수고 많으셨습니다."

"응, 한 비서도 수고했어요. 그런데 한 비서."

"네, 대표님."

늘 그렇듯 종일 많은 업무를 소화했는데도, 은현의 얼굴이 막 목욕

탕에서 나온 사람처럼 윤이 났다. 역시 사람이란 육체보다는 마음에 더 좌우되는 존재인 모양이었다.

"알고는 있었지만, 한 비서 생각보다 더 약았어. 새침한 척하면서 나 조련하느라 요즘 아주 신이 났나 봐. 아주 그냥 얼굴이 활짝 피었네."

"네에?"

그런 게 아니잖아요. 과일도 클래식을 들려주면 잘 자란다는데, 요즘 미운 말을 안 하시니 마음이 평화로워서 그런 거잖아요.

"한 비서, 아주 새침한 척하는 거 내가 모르는 척해도 다 알아. 그냥 그러는 게 깜찍해서 봐주는 거라고. 아, 그것까지 다 계산한 건가? 우리 한 비서, 굉장히 영리하고 치밀하니까. 그치?"

"……."

"지금이야 내가 공을 던진 입장이니, 되돌아올 때까지 기다리지만. 일단 한 비서가 내 매력에 빠지는 순간, 그땐 각오하라고. 아, 그리고 오늘 오후는 열외로 하기로 한 거 잊지 않았지?"

활짝 피어난 얼굴에는 보란 듯이 한쪽 입꼬리가 말려 올라가 있다. 초은은 너무 기가 막혀서 아무 말도 할 수가 없었다.

"아, 오늘은 왠지 퇴근길이 개운하군. 한 비서도 조심히 퇴근해."

팔랑팔랑 손을 흔들며 사라진 은현 뒤에 초은은 홀로 남겨졌다.

그랬다.

그렇게 한참을 멍하니 서 있던 초은은 가까스로 정신을 차리고 다민의 집으로 찾아왔던 것이다. 숨도 쉬지 않고 은현의 만행을 폭로한 초은은 괴롭게 머리칼을 쥐어뜯었다.

"야! 진짜 내가 이거 계속해야 하는 거 맞냐? 그야말로 시간 낭비, 헛짓하고 있다는 자괴감이 드는 건 뭐지?"

울분을 터뜨리는 초은을 보며 다민은 배를 잡고 깔깔 웃어 댔다.

"이야, 정말 강 대표 최고다. 나 진짜 반할 것 같아."

"그냥 다 때려치울까 봐. 한 시간 걸려서 일 보 전진했나 싶었더니, 되돌아오는 건 1초도 안 걸려. 이러다 내가 팍삭 늙겠다고오오."

"어우, 야, 그러지 마. 포기하면 안 되지. 끝날 때까지 끝난 게 아니잖아. 시작이 힘들어서 그렇지, 일단 가속도가 붙으면 강 대표도 변할 수 있다고."

"정말이니? 정말이야? 내가 또 너의 말을 믿어야 하니?"

"아유, 그럼. 자자, 이거 먹고 힘내서 내일 또 열심히 해 봐야지. 내가 이걸 널 위해 남겨 놨나 보다. 닭 다리."

다민은 자꾸만 새어 나오는 웃음을 감추며 초은의 어깨를 두드렸다.

"양념이냐?"

"그래, 너 좋아하는 양념."

"이리 내."

초은은 다민이 건네주는 닭 다리를 받아들고 힘차게 한입 베어 물었다. 아무쪼록 싸움에는 체력이 필요한 법이다.

그러니 지금 이 순간엔 먹고 힘을 내야지. 내일은 또 내일의 태양이 떠오를 테니 말이다.

/

그렇게 한 달이 흐르는 사이.

초은은 몇 번이나 성취와 좌절의 단짝단짝을 경험했다. 다민 역시 그 굴곡마다 초은의 습격을 받아야만 했다. 그래도 시간의 흐름을 타고 씨앗이 싹을 틔워 꽃을 피워 내듯, 초은의 노력도 아주 헛되지는 않았다.

그 사이 은현은 아주 많이 배려 깊은 젠틀맨으로 거듭나지는 못했지만, 그래도 늘 하던 못된 말들을 참을 줄은 알게 되었다. 아주 가끔은 무의식이 쌓여 있는 꽈배기 본능이 새어 나오기도 했지만 말이다.

초은은 은현이 초딩처럼 우겨댄 대로 오즈 대표와 오찬 약속의 수행을 준비했다. 사실 외부까지 수행하는 건 초은의 전담 업무는 아니었지만, 어쩌겠는가. 상사가 까라면 까야 하는 직장인의 삶인 것을.

"대표님, 출발하셔야 해서 정문에서 대기하겠습니다."

"응? 아니야. 나랑 같이 내려가."

초은은 잠자코 엘리베이터에 올라 박 실장이 미리 알려 준 주차장 층수를 눌렀다.

"한 비서는 한식 좋아해?"

"네. 저는 뭐든 잘 먹습니다."

"지난번에 보니까 말이야, 프렌치도 꽤 익숙하던데, 자주 먹어봤나 봐."

"몇 번, 접해 볼 기회가 있었습니다."

"하긴. 유학도 했고, JP모건에 근무했으니 여러 다양한 경험이 있었겠군."

은현의 목소리에 밴 은근한 호기심을 눈치챘지만, 초은은 모르는 척했다.

'레드핏'의 채용 서류에는 본인의 경력 외에 부모님이나 주변 환경에 대해 적는 항목은 없었다. 철저히 개인의 능력 위주로 선발하는 사내 채용 지침이었다. 아무리 대표이사 비서라 해도 초은의 개인적인 부분까지는 잘 알지 못할 터였다.

"내가 운전할게."

"아닙니다. 제가 할 일입니다."

"내가 공사 구분하려고 애쓰고 있긴 하지만, 한 비서 운전시키고 뒷자리 앉아서 가는 건 못 하겠어."

"저, 대표님 수행하는 비서입니다."

"알아. 그래도 오늘은 옆에 타."

"……."

"한 비서, 나 뒷자리 앉혀 놓고 안절부절 불편해서 어쩔 줄 모르는 거 즐기려고 그래? 아, 그러면 아주 속이 시원하시겠구만. 어깨춤이 절로 나오겠어, 응?"

그렇다. 비서가 상사를 이길 수는 없는 법이다.

초은이 입술을 말아 물고 조수석 앞으로 자리를 옮기자 은현은 그제야 씽긋 웃으며 차에 올랐다.

장소는 도심에서 살짝 벗어난 외곽에 고즈넉이 자리 잡은 한정식집이었다. 신선한 재료를 정성껏 손질해 정갈하게 내는 곳이라, 중요한 접대나 거래처와의 약속이 있을 때 종종 예약하는 곳이었다.

초은이 한 걸음 먼저 들어가 예약을 확인하자 이내 준비된 방으로 안내됐다. 오즈 측에서는 아직 도착하지 않은 모양이었다.

곧 도착할 상대방을 생각하면 나란히 앉아야 할 텐데, 어쩐 일인지 은현이 초은의 맞은편에 앉았다. 초은은 고개를 갸웃했다.

"오즈 대표는 좀 늦어지나 봐요."

"응. 안 올 거야."

"네?"

뜻밖의 말에 초은의 두 눈썹이 훌쩍 들려 올라갔다.

"아까 진 대표한테 직접 전화가 왔더라고. 갑자기 급한 계약 건으로 귀국해야 한다더군. 오즈에서 서비스하는 상품이 '언더어택'만 있는 게 아니니, 그 정도는 이해해 줘야지, 뭐."

"허……."

아무렇지도 않게 직원이 준비해 준 뜨거운 물수건으로 손을 닦던 은현이 움직임을 딱 멈췄다.

"한 비서, 지금 콧방귀 뀐 거야?"

"아닙니다. 제가 어떻게 감히. 그저 기가 막힌 심정이 저도 모르게 새어 나왔나 봅니다."

"어쩌겠어. 나는 나름대로 최선을 다하고 있는데, 한 비서는 밥 한 끼 같이 먹어 주지 않으니 이런 기회라도 이용해야 할 거 아냐."

초은은 저녁을 함께 먹자는 제안을 거절했던 것을 떠올리며 입을 다물었다. 그러고 보니 은현에게 고백을 받은 지 벌써 한 달이 흘렀는데 따로 식사 한번 한 적이 없었다. 은현이 외부 일정이 없을 땐 사내 식당이나 회사 인근에서 함께 점심을 하니, 별다르게 생각해 보지도 않았다.

'내가 좀 너무했나.'

은현이 한 달간 꽤 열심히 노력한 것은 곁에서 지켜본 초은이 가장 잘 알고 있었다. 초은은 슬그머니 일어나는 죄책감에 입술을 깨물었다.

때마침 타락죽이 들어왔다. 이곳 역시 음식을 내오는 타이밍이 예술이었다.

"한 비서, 많이 먹고 살 좀 찌워. 이 집 음식 괜찮아."

"네. 대표님도 맛있게 많이 드세요."

미안한 마음 반, 고마운 마음 반으로 초은도 진심을 담아 대답했다. 그러자 수저를 들던 은현의 손이 멈칫했다.

"……그래. 고마워."

은현이 거듭 장담한 대로 음식은 무척 맛이 있었다. 타락죽은 고소하면서도 부드러웠고, 이어서 나온 냉채도 재료의 식감이 아삭아삭하게 잘 살아 있었다.

음식을 즐기느라 한동안의 정적도 어색하지 않았다. 고소하면서도 달달한 육회를 한 젓가락 맛보고, 직원이 정갈하게 말아준 구절판을 한입 베어 물었을 때였다.

"오늘 저녁, 무슨 약속인지 물어봐도 돼?"

"아, 대표님도 아실 거예요. 3D 애니메이터 정다민 씨요."

은현의 물음이 조심스럽게 들린 건 기분 탓이 아닐 것이다. 이런 사적인 질문은 처음이었으니 말이다.

하지만 맛있는 음식에 기분까지 너그러워진 덕일까. 초은은 뜻밖에 선뜻 대답했다.

"응, 알지 정다민 씨. 감각 있는 친구지. 시원시원하게 일도 잘하고. 둘이 친해? 그러고 보니 동갑인 것 같군."

"네. 고등학교 동창이에요. 학교 다닐 땐 별로 친하지 않았는데, 입사하고 보니 여기서 일하고 있더라고요. 그래서 절친 됐죠, 뭐."

"그럼 둘이서 같이 저녁이라도 먹는 건가?"

"저녁 겸 술도 한잔하려고요. 둘 다 바쁘지 않을 때, 종종 만나서 수다도 떨고 영화도 보고, 맥주도 마시고. 그렇게 스트레스 풀거든요."

"그렇군."

초은을 물끄러미 바라보는 은현의 얼굴이 묘했다. 미미한 열기를 띤 눈동자와 조금 상기된 두 뺨.

얼굴에 뭐라도 묻었나? 초은은 저도 모르게 손으로 뺨을 훑었다.

"왜……. 그러세요?"

"아, 아니야. 한 비서는 본인 이야기를 잘 안 하니, 이렇게 알게 된 게 꽤 기뻐서."

낮게 중얼대는 은현의 말에, 초은은 가슴이 울렁였다.

아니, 이렇게 훅 치고 들어오는 돌직구는 뭐람. 한 달의 성과치고는 너무 과하잖아.

그 순간 초은은 새삼스레 깨달았다.

강은현은 한초은을 좋아한다. 비록 서툰 태도와 다듬어지지 않은 말들이라도, 너무도 명백히 느낄 수 있을 정도로.

아무리 친밀한 관계라도, 모든 행동의 의도와 목적이 같을 수 없었다. 이 관계를 시작하게 된 시작점은 서로에게 판이했다.

초은은 제 욕심만 보느라 그동안 잊고 있었다. 천상천하 유아독존으로 굴던 은현이 그토록 안간힘을 써가며, 애써 참아가며 이루려 하는 것을. 초은이 이루려는 목표만큼이나 은현의 감정도 소중하다는 것을.

어쩐지 목이 꽉 잠긴 듯하여 한동안 아무 말도 할 수가 없었다.

"대표님. 앞으로 궁금한 것이 있으면 물어보시면……."

"응?"

"너무 선을 넘지 않는 질문이라면 얼마든지 대답해 드리겠습니다."

이 말이 뭐라고. 직장 동료라면 충분히 할 수 있을 법한 말인데, 어쩐지 초은의 두 볼이 달아오르는 느낌이다.

그 말을 들은 은현의 눈꼬리가 한껏 휘어지며 갑자기 초롱초롱 빛나기 시작했다.

"정말이지?"

"네. 대답하기 곤란한 질문만 아니라면……."

"약속한 거야, 한 비서. 물어보면 대답해 주는 거다."

아, 실수했나.

한껏 들뜬 목소리를 듣자니, 초은이 덧붙이는 조건은 귓등으로 듣는 것 같지도 않았다.

"자자, 이거 먹어 봐. 고기가 아주 연해."

초은의 앞접시에 꽈리고추와 관자와 소고기를 차례로 꿴 산적을 놓아주는 젓가락질이 춤이라도 추는 것 같았다.

어쩐지 밤새 1,000문 1,000답이라도 만들어 올 기세다. 은현이라면 충분히 그러고도 남을 것 같다는 불길한 예감에, 초은은 몸을 부르르 떨었다.

/

"그래서 권진현 씨가 말이야, 자기도 모션 캡쳐 액팅 한번 하고 싶다고 사정사정을 하잖아. 죽은 사람 소원도 들어준다는데 뭐 그걸 못하겠냐 싶어서."

"응."

"일단 쫄쫄이를 입혔지. 센서 부착하는데, 세상에! 그 팔뚝이……. 우와, 난 진짜 상상도 못 했잖아."

"응."

"이두박근이 참외만 해. 그 범생이 같은 얼굴에, 그 몸은 사기 아니니? 어쨌든 센서 다 부착하고 하고 싶은 대로 해보랬더니."

"응."

"갑자기 개구리처럼 쪼그리고 앉아서는 '골룸골룸, 마이 프레셔어 쓰으으~' 이러는데, 진짜 다들 동시에 빵 터져서…… 크하하하하하."

"……하하……. 하."

이곳은 회사 건물 뒷골목 한편에 있는 작은 맥줏집이었다.

어둑어둑한 실내에 낡은 LP판이 무질서하게 잔뜩 쌓여 있고, 오래된 팝송이 흘렀다. 다듬어지지 않은 나무 테이블이 투박해 더 멋스러운 곳이었다.

종류가 다양한 세계 맥주와 슈바인학센, 슈니첼 따위의 이국적인 안주가 맛있어, 초은과 다민은 종종 이곳에 들렀다.

거침없는 웃음을 터뜨리며 '라바 레이크'를 꿀떡꿀떡 넘기던 다민이 갑자기 병을 테이블에 탁, 내려놓았다. 사실 한참 전부터 초은의 영혼 없는 리액션이 거슬렸던 것이다.

"이것 보세요, 한초은 씨."

"응?"

눈앞에 손바닥을 휘휘 흔들어 보았지만, 여전히 초은의 시선은 멍했다.

"어허, 또 무슨 일이기에 이렇게 넋이 나갔대. 왜, 또 강 대표가 뒤통수쳤니? 또 폭주했어? 이상하다. 요즘은 완전 자리 잡은 것 같던데."

"……."

"오늘 아침에 엘리베이터에서 만났는데, 인사했더니 싱긋 웃으면서 대답하더라고. 나 참, 강 대표가 그렇게 상큼하게 웃을 줄 누가 알았겠니. 이게 다 한초은 네 작품이다."

"……."

"그러니까 기분 풀어. 강 대표도 한 번씩 컨디션 안 좋은 타이밍이 있겠지."

퍽 위로가 되는 발언이었지만, 안타깝게도 잘못짚었다.

"아니야, 그게."

"어, 아니야? 그럼 뭐야? 집에서 연락 왔어? 당장 들어오래?"

"아니, 그게 아니라……."

이런 기분을 뭐라고 설명해야 할지.

초은은 적당한 말을 찾기 힘들어 망설였다. 오늘 은현에게 느낀 감정을 그저 죄책감으로 설명하기엔 부족한 느낌이었다.

"그냥……. 좀 미안한 느낌이 들어서."

하지만 어설프게나마 표현을 해보았다. 조금만 더 뜸을 들였다간 곧 킹콩으로 변신할 것처럼 가슴을 쳐대는 다민 때문이었다.

"뭐? 누구한테? 강 대표한테? 아니, 완전 고마워해야 하는 거 아냐? 개진상 비호감을 사람으로 뜯어고쳐 놨는데."

"나야 뭐 그동안 속으로만 투덜대던 거, 대놓고 잔소리한 정도지. 사실…… 대표님이 노력을 많이 하셨지."

"헐……. 한초은, 너 왜 이래? 뭐 잘못 먹었어?"

그렇다. 너무 맛있는 점심을 얻어먹은 것이 잘못이었다. 그 고급스러운 한정식이 초은의 죄책감에 무게를 조금 더한 것은 부인할 수 없는 사실이었다.

"사실 대표님이 그렇게 애쓴 것도 다 이유가 있어서잖아."

"이유? 아, 맞다! 한초은한테 잘 보이려고 그랬지, 참."

누가 친구 아니랄까 봐, 너도 잊고 있었구나. 그날의 고백을 다시 떠올리니 그 시원하던 맥주 맛도 씁쓸하게 느껴졌다.

"너도 알다시피, 우리 대표님이 삽질은 절대 안 하시는 분이잖아. 인풋에는 무조건 아웃풋을 얻어 내는 사람이고."

"그래, 그렇지. 그런 사람이지."

"그런데 그렇게 노력해서 어느 정도 결과까지 냈는데, 내가 그 기대에 부응해 드릴 수 있을지……."

그제야 초은의 우울함을 이해했는지, 다민도 심각한 얼굴이 되었다. 맥주병을 기울여 한 모금 꿀떡 마시고, 슈니첼 한 조각을 씹고 난 뒤에야, 다민은 다시 입을 열었다.

"넌 어떤데? 강 대표한테 아직도 아무 감정도 안 들어? 그래도 그동안 잔소리해대느라 정도 좀 들지 않았냐?"

"어휴, 나도 그걸 잘 모르겠어. 그냥 회사에서는 상사와 비서니까. 감정을 분리해서 생각해 볼 기회가 없달까."

"야, 그럼 따로 만나. 따로 만나서 차도 마시고, 영화도 보고, 데이트를 해봐. 그래야 좋은지, 어떤지 알지."

사뭇 다민답게 간단하면서도 속 시원한 방법이다.

하긴 예전이라면 다민이 권하기도 전에 벌써 만나도 몇 번을 만나고도 남았을 것이다. 어디 만나기만 했을까. 그땐 누군가를 만나는 것도, 감정의 변화를 즐기는 것도 거침이 없던 시절이었으니.

하지만 진중한 삶을 살기로 마음먹은 그 순간부터, 초은에게는 모든 것이 어려워졌다.

"그랬다가 결국은 안 좋아지면 어쩌지? 괜히 기대감만 줬다가 더 실망하게 하면, 내가 너무 나쁜 년이잖아.”

“어휴, 강 대표가 애도 아니고. 사람 마음, 마음대로 안 된다는 것 정도는 알 텐데. 그리고 일단 만나서 대화도 해보고 친해져야 감정도 생기는 거지. 막말로 네가 꽃뱀 짓 하는 것도 아니고, 어장 관리하는 것도 아닌데, 강 대표도 그 정도는 이해해 주지 않을까?”

“정말 그럴까? 그래도 될까?”

“그래, 이년아. 그러니까 고민 그만하고 이제 좀 마셔!”

하긴 복잡하게 생각하고 고민해 봐야 뾰족한 답이 없기는 마찬가지다. 차라리 다민처럼 단순하게 생각하는 것이 정답일지도 모른다.

그제야 초은의 얼굴도 조금 밝아졌다. 서로 약속이라도 한 듯 맥주병을 들어 짠, 부딪히자 비로소 구수하면서도 시원한 맥주의 맛이 되살아났다.

초은이 캬, 감탄사를 내뱉으며 맥주병 입구에서 입을 뗐을 때였다.

“어, 이게 누구야! 우리 초은 씨 아니야? 어떻게 여기서 다 만나네!”

너무도 익숙한 목소리가 좁은 실내에 울려 퍼졌다.

/

동시에 돌아보던 초은과 다민은 경악한 표정을 지었다.

그 어두운 실내에서 환하게 빛나는 얼굴로 손을 흔드는 사람은 바로 경원이었다. 그리고 그 뒤에 멋쩍게 선 키가 큰 남자.

단연 강은현 대표이사였다.

“초은 씨, 이게 무슨 우연이지? 이렇게 만나니 더 반갑네. 옆에는 친구분?”

“하하……. 네. 우리 회사 3D팀 정다민 씨에요.”

"어이쿠, 직원이셨구나. 몰라봬서 죄송합니다. 저는 비서실 박경원 실장입니다."

"안녕하세요. 정다민입니다."

경원은 청하지도 않았는데 다민의 옆자리에 궁둥이를 들이밀며 싹싹하게 인사를 건넸다. 초은과 다민도 어쩔 수 없이 대답하며 서로 눈짓을 했다.

이 상황은 도대체 무엇?

"야, 인마. 너도 그렇게 뻘쭘하니 서 있지 말고, 이리 와서 앉아."

경원의 격 없는 부름에 은현이 주춤주춤 다가오더니 슬그머니 초은의 옆에 앉았다.

언제부터 그렇게 고분고분 말을 잘 들었다고.

그동안 몰랐던 대형견 같은 모습에 입이 떡 벌어질 정도였다.

"흠흠……."

"아, 안녕하세요, 대표님."

"대표님, 또 만나서 반갑습느드."

다민의 어색한 인사에 역시 어색하게 고개를 마주 숙이더니, 이를 앙다문 초은의 눈치를 봤다.

그도 그럴 것이 초은이야 일과를 함께하는 사람들이지만, 다민에게는 한참 윗선의 상사인 셈이다. 아무리 유쾌 통쾌한 다민이라도 이 자리가 편할 수는 없었다.

"오해야."

몸을 슬쩍 기울이는가 싶더니 초은의 귀에 재빨리 속삭인 말이었다. 초은은 코웃음을 감추지 않았다.

이 사람이 무슨 사기를 쳐도 이렇게 과감하게 치나? 믿을 걸 믿으래야지.

"정말 오해야."

"뭐가요?"

"난 진짜 결백해. 경원이가 한잔하자고 해서 따라온 것뿐이라고. 여기 한 비서가 있을 줄 꿈에도 몰랐어."

은현은 다민에게는 들리지 않게, 복화술이라도 하는 것처럼 재빨리 속삭였다. 눈망울이 지진이라도 난 것처럼 흔들리는 것이 진심으로 억울해하는 것 같기도 했다.

"둘이 서로 친한가 봐. 맥주 마시러 온 모양이지? 여긴 자주 와?"

"아, 네. 고등학교 때부터 친구라, 종종 와요."

"오오, 그렇구나. 자, 다민 씨 만나서 반가워요. 이렇게 만난 것도 인연인데, 우리 다 같이 짠, 한번 할까?"

"하하……. 네……."

그 와중에 범인으로 지목당한 경원만 신이 났다. 은현의 진술이 사실이라면 무척 뻔뻔한 행태가 아닐 수 없었다. 그래도 예로부터 웃는 얼굴에 침 뱉을 수는 없다 하지 않았던가. 그의 흥을 깨긴 어려울 것 같아, 나머지 세 명도 서먹하게 맥주병을 맞부딪혔다.

"참, 우리 초은 씨는 알겠지만, 다민 씨. 내가 강 대표랑 대학 동기에 베프거든, 베프. 그래서 이렇게 사석에서는 편하게 대하고 하니까, 너무 이상하게 생각하지 말아요."

"아, 그러시구나. 저도 처음엔 좀 어리둥절했는데, 그렇지 않을까 생각했어요."

"어유, 다민 씨는 얼굴만 예쁜 줄 알았는데, 눈치도 빠르네. 우리 앞으로 친하게 지내요."

"하하……. 뭘 또 친하게……."

발랄하게 한쪽 눈까지 찡긋하는 경원을 보고, 다민은 차마 욕은 하지 못하고 썩소만 지었다. 옆에서 은현은 손가락만 꼬물거리고 있는 것을 보니, 모르고 왔다는 것이 거짓말은 아닌 모양이었다.

사실 은현으로서는 억울하지 않을 수 없는 일이었다. 초은이 약속이 있어 함께 저녁 식사를 하지 못하게 되었다고 흘리듯 말을 했을 뿐이다. 멋대로 보윤과 우신을 닦달해 약속 장소를 알아내고, 막무가내로 은현을 데려온 것은 경원이었다.

[다민아, 미안해. 불편하지? 지금이라도 자리 옮길까?]

[아니야. 때마침 잘 된 것 같기도 하다. 이 기회에 강 대표하고 편하게 대화라도 좀 해봐. 나님이 좀 불편하긴 하지만, 널 위해 참으마.]

[그래, 고마워. 대충 눈치 보고 일찍 일어나자.]

말로 할 수는 없어 마주 앉은 다민과 메시지를 주고받는데, 은현이 옆에서 뭔가 들썩거렸다.

"한 비서, 맥주 좋아해? 술 잘 마셔?"

"네? 웬만큼은 마시죠. 맥주도 좋아하는 편이고."

"그렇군. 무슨 맥주를 제일 좋아해?"

"주로 유럽 쪽 맥주 좋아해요. 벨기에나 독일……."

"안주는 이런 기름진 걸 좋아해?"

"맥주 안주는 고기가 최고죠."

"그렇군."

뜬금없는 질문이 이어졌지만, 초은은 그래도 성의껏 대꾸했다. 이렇게나마 대화를 하다 보면 좀 더 영양가 있는 이야기도 하게 되겠지, 하다가 머리를 스치는 기억에 움찔했다.

'대표님. 앞으로 궁금한 것 물어보시면, 너무 선을 넘지 않는 질문이라면 얼마든지 대답해 드리겠습니다.'

'정말이지? 약속한 거야, 한 비서. 물어보면 대답해 주는 거다.'

아, 드디어 시작인 건가.

조금 불안하긴 했지만, 그래도 이왕 마음먹은 일이니 성의껏 감당해보기로 했다.

"이력서 보니까 대학 다니다가 갑자기 유학을 떠났던데. 원래 준비했던 거야?"

이제 질문의 깊이가 조금 깊어졌다. 그래도 이 정도라면 대답해 줄 수 있을 것 같았다.

"아뇨. 원래 준비했던 건 아닌데……. 그땐 변하고 싶었어요. 살아오던 대로가 아니라 새로운 내가 되고 싶었어요."

"음……. 그런 기분 나도 알 것 같은데. 내가 지금 좀 그렇거든."

은현의 진지한 대답에 초은은 슬쩍 웃었다.

은현의 마음을 폄하하는 것은 아니지만, 그때의 제 마음과 같을 리는 없었다. 그때 초은은 무척 절망했고, 또 무척 간절했으니까.

"JP모건에 인턴부터 시작해서 빨리 자리를 잡았던데. 거기 비서실은 어땠어?"

"무척 정신없고, 바쁜 곳이에요. 중심 비서들은 대부분 40대 이상 베테랑이고, 전 그야말로 햇병아리라서 주로 잡무를 했죠."

"그래도 대단해. 거기서도 난다 긴다 하는 백인들이 넘쳐 났을 텐데, 그 좋은 회사에 떡하니 취직도 하고 말이야."

"감사합니다. 그땐 제가 할 수 있는 모든 걸 다 해야 한다는 생각으로 살았어요. 덕분에 운 좋게 잘 취직했고, 또 돌아와서는 그 짧은 경력 인정받아서 일찍 대리 승진도 시켜 주시고.”

“그거야, 한 비서가 일을 워낙 잘하니까……. 흠흠.”

이런 직선적인 칭찬은 아직 힘든지, 은현은 말끝을 흐렸다.

그래도 한 달의 발전은 눈부셨다. 불과 얼마 전만 해도 비꼬는 것
밖에 못 하던 사람이니 말이다.

“그런데 한국에는 왜 돌아온 거야? 거기서 계속 일했으면 연봉이
나 대우도 더 좋았을 텐데.”

“아, 그건……. 그럴 만한 사정이 있었어요.”

아……. 이것까진 아직은 대답해 주기 곤란하다.

“음. 어쨌든 잘 돌아왔어. 환영해.”

조금 난감해하는 초은의 표정을 읽었는지, 은현도 더는 파고들지
않았다.

너무 둘만 이야기를 했나 싶어 다민을 슬쩍 보니, 그쪽도 경원이
혼신의 힘을 쏟고 있었다. 아마도 은현과 초은의 대화를 방해하지
않으려는 속셈인 듯했고, 다민도 같은 마음이었을 것이다.

그렇게 둘은 뜻밖에 같은 마음이 되었다.

“초은 씨랑 다민 씨는 고등학교 때도 그렇게 예뻤어요? 둘이 지나
가면 막 꽃바람 휘날리고 난리였겠는데.”

“그, 글쎄요. 고등학교 땐 그리 친하지 않아서 같이 지나갈 일이
없었네요.”

“아! 막 미모의 라이벌 이런 거였구나! 우하하하하.”

“하하……. 하.”

“이야, 다민 씨는 저랑 유머 코드가 잘 맞는 것 같아요. 우리 이런
자리 종종 함께합시다.”

다민이 질색하는 얼굴로 웃었다. 그야말로 눈빛으로 욕을 하고 있었다. 그리고 경원은 늘 그렇듯 눈치 없이 명랑했다. 어쨌든 그 둘도 그럭저럭 즐겁게 시간을 보내는 것 같아, 초은은 조금 안심했다.

"한 비서는 나에게 궁금한 건 없어?"

초은은 잠시 생각에 잠겼다.

처음 썸을 타는 남녀가 궁금해할 법한 여러 가지 것들도 떠올려 보았다. 그리고 이내 그 답을 모두 알고 있음을 깨달았다.

맡은 업무 때문이었고, 또 열심히 일을 잘하기 위해서였다지만. 초은은 이미 그에 대해 너무 많은 것을 알게 되었다.

"대표님은 슈트는 맞춤으로 입으시지만, 캐주얼은 상의 사이즈 XL, 하의는 기장 때문에 33을 사서 허리 수선을 하셔야 하죠. 양식보다는 한식을, 커피보다는 홍차를 좋아하세요. 술은 잘 드시지는 않지만, 그나마 이탈리아 와인을 즐기십니다. 또, 엔세이드 알러지가 있어서 진통제는 타이레놀만 드셔야 하고, 약 처방 시에 주의하셔야 합니다. 업무가 많아서 주무시는 시간이 일정치 않지만, 아침에 7시에 일어나 주 3회 1~2시간씩 운동을 하시고요. 피부색이 깨끗하고 밝아서 대부분 색이 다 잘 어울리지만, 대표님은 청색 계열을 좋아하시죠. 음악은 클래식 중에서도 관현악곡을 주로 들으시고요."

"한 비서……."

아니, 그렇게 감동한 표정 짓지 마. 내가 댁의 전담 비서라니까.

물기가 촉촉하게 어려 아롱거리는 눈동자를 보니, 그런 표면적인 일들을 줄줄 나열한 것이 미안해질 지경이었다.

언젠가는 드러난 사실들뿐만 아니라, 한 겹 더 속의 생각이나 감정들까지 궁금해지는 날이 올까.

그런 생각에 가슴 한구석에서 정체를 알 수 없는 잔물결이 일었다.

"나도 한 비서에 대해 그렇게 말할 수 있게 노력해야겠군."

아니, 뭘 또 굳이 그런 노력을.

"내가 또 지고는 못 살거든."

쓸데없는 데 경쟁심 불태우지 마시고.

초은의 마음을 아는지 모르는지 활짝 웃는 은현의 웃음이 싱그러 웠다. 그러고 보니 이제 은현은 삐뚤어지지 않은 웃음을 웃을 수 있게 되었다.

"내가 저 자식한테 모르고 끌려오긴 했지만, 그래도 이렇게 한 비서와 사석에서 이야기하니 나쁘지 않아. 한 비서에 대해 굉장히 많이 알게 된 것 같은 기분도 들고."

'모르고'에 어쩐지 힘이 들어간 것 같은 건 기분 탓일까. 한껏 뿌듯한 은현의 목소리가 초은 역시도 나쁘지 않았다.

"다음에 또 기회가 되면 이렇게 뵈어요."

"진짜? 정말이지?"

"……."

"응? 약속한 거다!"

"……네."

말끝마다 열렬히 확인, 또 확인하는 저 화법이 어느새 익숙해진 것일까. 그때마다 느꼈던 불안함도 점점 옅어져 가는 것 같다.

테이블에 가득 쌓인 빈 맥주병만큼의 시간이 흘렀다.

계산을 마치고 나온 가게 앞.

"아이고, 이런 늦은 밤은 위험하지. 다민 씨, 내가 데려다줄게요. 우리 초은 씨는 강은현이가 좀 담당하고."

"괜찮습니다. 택시가 더 안전합니다. 우리 초은이는 대표님께 좀 부탁드릴게요."

"어허, 이 아가씨 큰일 날 아가씨네. 택시를 뭘 믿고."

"그러는 박 실장님은 뭘 믿고요."

"날 못 믿으면 이 세상에 믿을 사람 하나도 없어요. 내가 법 없이 도 살 수 있는 사람인데, 응? 저 강은현 옆에 베프로 붙어 있는 거 보면 모르나? 얼마나 좋은 사람인지?"

"그냥 어리바리해서일 수도 있는 거지 뭐."

티격태격하는 걸 보니 그새 꽤 친해진 모양이다. 뭔가 어긋한 한마음이지만, 은현에게 초은을 맡기려는 둘의 의도는 너무도 명확했다.

결국, 경원은 괜찮다며 몸부림치는 다민을 거의 검거하듯 데려갔고, 은현과 초은만 덩그러니 남겨졌다.

"데려다줄게."

"아닙니다. 집 가까워요. 걸어서 10분도 안 걸리는걸요. 대표님은 택시 타셔야 하잖아요."

"지난번에 가봐서 가까운 거 알아. 그래도 밤길이라 걱정되니 데려다주게 해줘."

한 번 가르쳐 준 것은 잊지 않으니 은현은 꽤 좋은 학생이었다. 초은은 슬쩍 웃으며 은현과 나란히 걷기 시작했다.

"잠깐, 한 비서 이쪽으로 와."

문득 발을 멈춘 은현이 도로 쪽에서 걷던 초은을 끌어당겼다. 그리고 초은을 길 안쪽으로 들여놓고야 다시 걸음을 옮긴다. 초은은 내심 놀랐다.

"대표님, 생각지도 못한 매너가 있으시네요."

"매너?"

"여자를 길 안쪽으로 걷게 하는 거요."

은현의 입가에 그려지는 미소가 어쩐지 씁쓸해 보였다.

"난 그런 거 몰라. 모르고 살았어. 여자에게는 어떻게 해야 한다는 거. 그냥 한 비서 곁으로 차들이 쌩쌩 지나가는 게 거슬려서 그런 것뿐이야."

"아……."

"매너가 있어서 그런 게 아니야. 한 비서한테만 그래. 한 비서가 어떤지, 뭘 하는지 나도 모르게 자꾸 살펴보게 돼."

어쩐지 가슴이 먹먹해졌다. 이 서툰 남자는 스스로에 대해서만은 솔직하다. 그저 숨기고 외면하느라 제 감정조차 제대로 알지 못하는 저보다 훨씬 나은 사람일지도 모른다.

"그래도 대표님 잘하고 계세요. 진심으로 노력하고 계신 것이 보여요. 예전보다 태도도 훨씬 좋아지셨고. 요즘 직원들 사이에서도 사장님에 대한 호감도가 꽤 좋아진 모양이더라고요."

"그래서 한 비서는 어때?"

"네?"

"내가 조금은 좋아질 것 같아?"

은현은 발을 멈추고 초은을 마주 보았다. 처음으로 비서로서가 아닌, 한 남자 대 여자로 그의 눈을 들여다보았다.

그 속에 담긴 바람과 희망과 불안 같은 감정을 오롯이 마주한 그 순간, 초은의 마음에 바람이 불었다. 파릇파릇한 청보리밭에 짙푸른 파도를 일으키며 스치는 봄바람이 가슴을 가득 채웠다.

"……네. 어쩌면요."

속삭임 같은 대답이 밤공기 속으로 흩어졌다.

초은을 내려다보던 은현의 눈이 촉촉이 빛났다. 자동차의 라이트가 함부로 스치는 그의 뽀얀 얼굴에 조각달처럼 휘어진 붉은 입술이 아름다웠다.

/

초은의 집 앞에서 은현은 잠시 말없이 서 있었다.

"집이 정말 가깝군."

불만 어린 목소리는 아쉬움 때문일 것이다.

"몇 층에 살아?"

"네?"

"아니, 이상한 생각을 한 건 절대 아니고. 그냥 어디쯤 산다는 걸 알고 있으면 기분이 좋을 것 같아서. 친한 사람들 아니고는 잘 모를 거 아냐."

"7층입니다. 이제 들어가 볼게요. 대표님도 조심해서 돌아가세요."

돌아서려던 은현이 다시 초은에게 몸을 돌렸다.

"한 비서는 자기 전에 무슨 생각해?"

아마도 이것이 오늘의 마지막 질문인 모양이었다. 이제까지 중 가장 사적이고 은밀할 수도 있는 질문.

그만큼 은현은 초은에게 망설임 없이 훌쩍 다가서고 있었다. 초은은 어떻게 대답해야 할지 몰라 마른침을 삼켰다.

"대표님, 생각합니다."

가까스로 입을 열었을 때, 은현의 두 눈은 놀란 듯 커졌다.

"뭐?"

"내일 대표님의 일정은 뭐가 있는지, 아침에 뭘 준비해야 하는지…… 그런 걸 생각합니다."

"아아……."

잠시 굳어지는가 싶던 은현의 눈매가 다시 휘어졌다.

"앞으로도 계속 내 생각을 하면 되겠군."

"네?"

"지금은 내 일정만 생각하겠지만, 앞으로는 좀 더 다양한 방면으로 디테일한 것까지 생각하게 될 거야. 두고 봐."

손을 휘휘 흔들며 성큼성큼 멀어지는 뒷모습을 멍한 채 바라보다 문득 웃음이 터져 나왔다.

삐딱하고 삐뚤어진 주제에, 하여간 자신감만큼은 세계 최고인 남자였다.

/

여느 날과 다름없는 오피스의 아침이었다.

"어젯밤에도 내 생각했어?"

단, 티 플레이트를 내려놓은 초은을 향해 능글맞게 웃는 그만 빼고.

하룻밤 사이 훌쩍 가까워진 마음의 거리가 낯설어, 초은은 살짝 뺨을 붉혔다.

"네. 오늘 오후에 있을 '이코노미스트' 인터뷰 준비에 대해 생각했습니다."

"그래서 어때? 나 오늘 사진발 좀 받을 것 같아?"

초은은 세련된 다크네이비 슈트에 짙은 자줏빛 넥타이를 맨 은현을 진지하게 뜯어보았다. 창으로 스며드는 아침 햇살 속에서, 새삼 감탄스러운 외모였다.

입만 열지 않으면 참 호감형인데 말이다.

"네. 보기 좋으세요."

"한 비서 마음에도 들어?"

"오늘 일정 보고 드리겠습니다."

허튼 수작질에 계속 장단을 맞춰 주다간 끝이 없을 것 같아, 초은은 단호하게 태블릿을 들었다.

무시 아닌 무시를 당했는데도, 은현의 유려하게 휘어진 입꼬리는 여전히 기분이 좋아 보였다.

"오늘 오전은 여유롭네."

"그렇지도 않습니다. 밀린 서류 검토해서 결재하시고, 인터뷰 문답지 미리 파악해 놓으셔야 합니다."

"아아, 알았어."

은현은 제 앞에 단정히 내려놓는 문답지를 물끄러미 보다 또 한 번 빙긋 웃었다.

"매일 생각하는 거지만, 한 비서는 손이 참 작고 예뻐."

"대표님!"

기어이 초은의 얼굴이 새빨갛게 익어 버렸다.

평생 연애 한 번 못 해봤을 것 같은 남자의 말에 이렇게 당황하게 되는 날이 올 줄이야. 산전수전 공중전까지 다 겪은 이 한초은이 말이지.

"언제는 느끼는 그대로 솔직하게 말하라더니……."

"업무 중에 수작을 부리라는 말은 아니었습니다."

초은은 씩씩 소리가 날 것처럼 거칠게 숨을 몰아쉬며 은현을 노려보았다. 그 해사한 얼굴에 빙글빙글 맴도는 짓궂은 웃음이 얄미워 죽을 것 같았다.

"알았어, 알았어. 한 비서가 시키는 대로 해야지, 뭐."

"그럼 전 이만 나가보겠습니다."

걸음마다 절로 탕탕, 내리찍는 소리가 난다. 사정없이 쾅, 닫힌 문소리도 옵션으로 따라왔다.

속절없이 콩콩 뜀뛰기를 하는 심장 소리를 행여 눈치챘을까.

"한 대리님, 무슨 일 있어요?"

눈을 동그랗게 뜬 보윤의 물음에 차마 아무 대답도 하지 못하고, 달아오른 가슴만 손바닥으로 꾹꾹 눌러 댔다.

그녀가 찾아온 것은 점심시간을 얼마 남기지 않았을 때였다.

종종 그래왔듯이 다분히 계획적인 타이밍인 셈이다. 노크도 없이 홱 열린 문 앞에는 이하연이 서 있었다. 마치 런웨이에서 포즈를 잡은 것처럼 한 손을 골반에 얹고 한쪽 다리를 삐딱하게 뻗은 채였다. 조막만 한 얼굴에 길쭉길쭉한 팔다리, 굴곡진 몸매가 마치 인형 같았다.

"안녕하십니까."

잠시 어리둥절했던 비서실 일동을 대표해 초은이 인사를 하자, 그제야 캣워크를 하듯 사뿐사뿐 걸어 들어왔다.

"한 비서, 오랜만이야. 은현 씨 안에 있지?"

나 너보다 나이 많아.

올 때마다 해주고 싶은 말이지만, 동안으로 보이는 것도 나쁘지 않다 싶어 참아 왔다. 그때마다 기분은 좀 더러웠지만 말이다.

아, 왜 잊고 있었나. 이하연의 존재를.

시시때때로 찾아와 은현의 애인처럼 굴기에, 그러려니 했던 것인데. 은현이 초은에게 고백을 하고 변신 프로젝트를 수행하는 동안 단 한 번도 그녀를 떠올려 보지 못했다.

그간 하연의 방문이 뜸했던 이유도 있었지만, 아무리 삐딱한 은현일지언정 비겁하거나 부도덕한 사람은 아니라는 믿음이 무의식중에 있었던 모양이다.

"약속은 하고 오셨나요?"

"하, 우리 사이에 약속은 무슨."

"그럼 잠시만 기다려 주십시오. 대표님께 방문하셨다고 말씀드리겠습니다."

"아니야. 됐어. 그냥 들어갈게."

하연은 말릴 새도 없이 대표이사실의 문을 벌컥 열었다.

"서프라~ 이즈!"

해맑은 외침이 탁, 닫히는 문 안으로 사라졌다.

"헐……. 저 여자 그동안 안 나타난다 싶었더니, 대체 뭐야……."

"한 대리님, 괜찮을까요?"

보윤의 투덜거림과 우신의 걱정을 듣고야 초은은 잠깐 어지러웠던 마음을 정돈할 수 있었다.

"내가 들어가 볼 테니, 걱정 말고 일 봐요."

괜스레 탕비실 입구에 걸린 거울을 보고 매무새를 다듬었다. 그래 본들 타고난 본판에 매일같이 관리를 받는 연예인과 비교할 수는 없었다. 이게 다 무슨 소용인가 싶어 초은은 거울에서 홱 돌아섰다.

안에서 무슨 일이 있더라도 평정을 유지하자.

크게 숨을 들이마시고 가만히 노크한 후 대표이사실 문을 열었다. 그러자 소파에 마주 앉은 두 사람의 모습이 눈에 들어왔다. 은현은 피곤한 얼굴로 소파에 기대어 있고, 하연은 마치 참새처럼 재재거리고 있었다.

"은현 씨가 워낙 츤데레니 어떡해요. 상냥하고 발랄한 내가 먼저 와야지. 먼저 연락하고 싶어도 멋쩍어서 못했을 거 아냐."

"아니야."

"괜찮아요. 나 워낙 낙천적인 사람이라 그날 일 다 잊었고, 은현 씨 무뚝뚝하게 구는 것도 나름 짜릿해서 좋아해요."

"하아……."

뭔가 서로의 말을 듣지 않는 것 같은 대화가 오가고 있었다. 왠지 초은의 심장이 불안하게 꿈틀댔지만, 그래도 단정한 표정은 유지했다.

"차를 준비할까요?"

"필요없……."

"음……. 난 차 말고 주스 줄래? 바나나에 우유랑 얼음 넣어서 갈고, 아가베 시럽 반 스푼만. 민트 잎 있으면 한 장만 올려 주고. 아, 통 넓은 스트로 있어? 난 글라스에 입 대고 마시는 거 싫어서."

어쩐지 화가 난 것 같은 은현의 말을 잘라 버리고, 하연의 주문은 청산유수였다. 처음 확 좁아진 은현의 미간이 하연의 디테일한 요구가 길어질수록 점점 더 일그러졌다.

"호호호, 지난번에 은현 씨가 내 몸 보고 너무 말랐다고 해서, 나 운동 시작했어요. 트레이너가 바나나랑 토마토 주스는 괜찮다고 하더라고요."

내 몸 보고?

얼결에 메모하던 초은의 펜이 순간 멈칫 멎었다.

"아, 아니야! 그게!"

당황한 은현이 하연과 초은을 번갈아 보며 상대를 알 수 없는 변명을 외쳤다. 하지만 하연은 은현의 심정 따위는 헤아려 주지 않았다.

"잠시 화도 났었는데, 생각해 보니까 다 은현 씨가 내 생각해서 그런 것 같아. 은현 씨 말이 맞더라고요. 그냥 무작정 안 먹을 게 아니라 운동을 해야 해. 그래야 탄력도 생기고."

"그게 아니라고!"

"그래도 나 볼륨은 꽤 괜찮지 않았어요? 나 그건 되게 자신 있는데……."

아아, 이것은 점입가경.

후우, 은현은 터져 나오는 화를 억누르듯 두 손으로 얼굴을 쓸어내렸다.

"이하연."

"네에?"

맹수처럼 으르렁거리는 낮은 부름에, 대답하는 하연의 콧소리가 무척 발랄했다. 심상치 않은 기운은 눈치챈 초은은 슬금슬금 뒷걸음을 쳤다.

"저는 이만 차 준비하러……."

"거기 서, 한 비서. 그리고 이하연 씨."

"네에, 은현 씨."

"이하연 씨 몇 살이야?"

"네? 아이참, 은현 씨도. 나 스물여섯……."

"아니, 나이가 문제가 아니라 이하연 씨가 무슨 자격이지?"

그제야 은현의 분노를 알아챘는지, 하연의 자그마한 얼굴이 스르르 굳어졌다.

"그게 무슨……."

"네가 무슨 자격으로 우리 한 비서한테 반말이냐고."

"은현 씨! 한 비서는 아랫사람인데 반말 좀 했다고 나한테 이러는 거예요? 나 참 어처구니가 없어서."

자존심이 상한 하연이 소파에 기대어 파닥파닥 손부채질을 해댔다. 그 모습을 지켜보던 은현의 한쪽 입꼬리가 삐딱하게 말려 올라갔다.

앗, 이건 위험신호.

"대표님, 전 괜찮습……."

"내가 안 괜찮아. 이하연 씨. 아랫사람? 한 비서가 어떻게 이하연 씨 아랫사람이지? 아. 대단하신 스타셔서 사람들이 다 아랫사람으로 보이시나 보지? 하늘에서 반짝반짝하니까 다 내려다보이나 봐."

초은이 저지해 보았지만, 이미 폭주를 시작한 은현을 말릴 수가 없었다.

"으, 은현 씨……."

"바나나? 우유? 얼음? 주스를 마시고 싶으면 카페로 가야지, 여기가 이하연 씨 입맛에 맞춰서 음료수 대령하는 데야? 아아, 이하연 씨는 너무 대단한 스타셔서 대한민국 어딜 가나 원하는 대로 딱딱 다 갖다 바치나 봐?"

믿을 수 없다는 듯 두 눈이 크게 벌어진 하연은 숫제 부들부들 몸을 떨어댔다.

"은현 씨, 나한테 도대체 왜 이래요? 그래도 내가 자존심 죽이고 여기까지 만나러 왔는데. 비서한테 주스 좀 갖다 달라고 한 게 그렇게 잘못이야? 도대체 한 비서가 뭐라고."

"아이고, 고마워라. 대스타 이하연 씨가 만나러 와 주시면 감지덕지 절이라도 해야 하나? 누가 와 달랬어? 안 그래도 바빠죽겠는데 연락도 없이 찾아오는 예의가 참 눈물 나게 아름답네?"

"……은현 씨, 정말……. 너무 심하잖아요."

"그리고 한 비서가 뭐냐고? 몰라서 물어? 한 비서는 내 전담 비서야. 이하연 씨한테 차 갖다 마치는 사람이 아니라, 중요한 업무를 하는 내 직원이라고."

꽉 깨문 하연의 입술에 피가 맺힐 것 같았다. 초은은 차마 나서지도 못하고 둘의 모습을 바라보고만 있었다. 주말 드라마를 보는 것처럼 거리감이 느껴지면서도, 참담한 마음에 혼란스럽기만 했다.

"야밤에 남의 집에 마음대로 불쑥 찾아오는 그런 여자, 난 딱 질색이야. 눈곱만치도 관심 없다고."

"……."

"그러니까 다시는 내 앞에 나타나지 마."

새파랗게 질린 하연이 부스스 자리에서 일어났다. 차 한 대 값은 족히 할 만한 핸드백을 든 손이 덜덜 떨렸다. 아니, 겨우 버티고 선 마른 몸 전체가 사시나무 떨듯 떨리고 있었다.

저도 모르게 하연을 향해 한 걸음 다가섰던 초은은, 차마 어쩌지도 못하고 주먹만 말아 쥐었다.

비척비척 걸음을 옮기던 하연은 입구쯤에 선 초은을 홱 밀치고는 문밖으로 사라졌다. 새어 나온 흐느낌의 기척이 희미하게 남은 것 같기도 했다.

씩씩대던 은현이 그제야 초은을 향해 급하게 다가왔다.

"오해야."

"……."

"화났어? 미안해. 다시는 안 올 줄 알았는데 말이야. 그런데 진짜 난 결백해. 이하연하고는 거리낄 만한 일 하나도 없었어."

"대표님."

은현은 하얗게 질린 초은을 이리저리 살폈다. 와다다 내뱉는 말들이 무척이나 다급하게 들리기도 했다.

하지만 초은의 마음은 무겁게 가라앉았다.

"그게 아니잖아요."

비록 예의 없고, 안하무인으로 행동한 하연이었지만.

그녀는 울고 있었다.

은현은 그늘이 드리운 초은의 눈을 들여다보다 한숨을 내쉬었다.

/

"내가 잘못한 거야?"

은현이 의아하게 중얼거렸다. 초은이 기분 상한 것은 하연 때문이 아니라는 생각이 문득 든 것이다.

"그저 대표님에게 호감을 느끼는 것뿐이잖아요. 그것이 모욕받을 만한 일은 아닙니다."

"후, 난 그 막무가내 행동이 부담스럽고 싫단 말이지."

"그렇다 하더라도 진중하게 거절하셔야 했어요. 솔직한 거절보다 무시가 더 큰 상처가 됩니다."

"음……."

그랬다.

단호한 거절은 가혹했지만, 그로 인해 초은은 앞으로 나아가고, 더 나은 사람이 될 수 있었다. 그때 되돌아온 것이 그저 무시였다면 아마 초은은 여전히 그 자리에 머물러 있었을 것이다. 상대방을 탓하고, 증오를 마음에 쌓아 저를 보호하면서 말이다.

"이번에도 내가 잘못했나 보네. 한 비서가 말한 배려 없는 인간. 그거지?"

"하지만 대표님은 이제 달라지셨으니, 잘못을 바로잡을 수도 있으시죠."

"가르쳐 줘. 내가 어떻게 하면 돼?"

이하연이 받은 상처보다, 그 상처를 준 사람이 은현이라는 사실이 더 가슴이 아팠다. 이 감정이 열의 있는 비서의 마음인지, 뭔지 모르겠지만.

그가 좋은 사람이었으면 하는 바람만은 확실했다. 그래도 그는 제 과실을 깨닫기를 원하고, 고치기를 원하고, 더 나은 방향을 향하려는 용기가 있는 사람이니.

"이하연 씨에게 정중하게 사과하고, 배려와 진심을 담아 잘 거절하세요."

하연은 지금쯤 화장실이나 차 안, 그 어디선가 울고 있을 것이다. 얼굴이 알려진 터라 마음 놓고 울지도 못하니 같은 여자로서 딱한 마음이 들었다.

"……알았어. 칭찬하는 것보다 훨씬 더 난도가 높지만……. 해볼게."

"네. 대표님은 잘하실 수 있을 거예요."

"잘하고 오면 나 칭찬해 줘. 오늘 잘못한 거, 점수 많이 까지도 말고.”

누가 사업하는 사람 아니랄까 봐 마지막까지 제 몫은 야무지게 챙긴다. 초은은 진지한 얼굴로 고개를 끄덕였다. 필요한 일을 피하거나 미루지 않는 그다.

은현이 각오를 다지듯 숨을 깊게 들이마셨다. 그리고 자못 비장한 걸음으로 대표이사실 문을 걸어 나갔다. 초은은 다시 제자리로 돌아왔지만, 일이 손에 잡히지 않았다.

은현이 돌아온 것은 시간이 꽤 흐른 후였다. 안색은 파리했지만, 그래도 이슥한 눈빛에 후련한 감정도 섞여 있었다.

초은이 홍차를 준비해 들어갔을 때, 은현은 의자에 등을 깊숙이 묻고 뒤로 젖힌 이마에 손등을 얹은 채였다.

“어쨌든, 여자가 나 때문에 그렇게 우는 걸 보니 썩 기분이 좋진 않더군.”

은현은 입안으로 중얼거렸다. 처음으로 어려운 일을 해냈다는 뿌듯함과 멋쩍음, 난감한 일을 겪은 후의 씁쓸함이 뒤섞인 표정이었다.

은현이 뒤따라 나갔을 때, 하연은 어느새 주차장으로 내려가 제 차 안에 있었다. 은현이 짙게 선팅된 차창을 똑똑 두드리고, 창문이 스르르 내려갔을 때. 두 눈두덩이가 시꺼멓게 된 눈물범벅의 얼굴이 나타났다. 차 안은 흐느낌으로 가득했고, 조수석에 불편하게 앉은 은현은 한숨만 푹푹 쉬었다.

“미안해, 정말.”

힘겹게 입을 열자, 하연의 울음이 숫제 통곡으로 바뀌었다. 그 울음소리가 어찌나 처연했던지, 소름이 오싹오싹 돋고 이마에 땀이 맺힐 지경이었다.

"말이 너무 심했던 것, 미안하게 생각하고 있어. 이하연 씨 마음을 받아 주지 못하는 것도 정말 미안해."

'미안해', '미안해'를 수십 번쯤 반복했을 때 하연은 겨우 울음을 그쳤다. 그녀는 글로브 박스에서 꺼낸 티슈로 젖은 얼굴을 닦아 내고 코도 시원하게 팽 풀었다.

"내려요."

하연이 은현에게 건넨 말은 단 한 마디였다. 하지만 그것으로 둘 사이가 말끔히 매듭지어졌다는 것을 알 수 있었다.

쫓겨나듯 차에서 내린 은현 앞에서, 하연은 선글라스를 얼굴에 척 얹고는 주차장을 쌩, 빠져나갔다. 그 하얀 세단의 뒤태가 은현에게 남겨진 하연의 마지막 기억이 될 것이었다.

"잘하셨어요. 쉽지 않았을 텐데, 그래도 끝까지 잘 마무리하셨어요."

초은은 약속대로 칭찬을 아끼지 않았다. 머리라도 쓰다듬어 줘야 하나, 잠시 고민하기도 했다.

"그나저나 놀랐어."

"네?"

"이하연 씨의 버릇없는 행동 때문에 기분이 상했을 줄 알았는데. 그렇게 마음이 깊고 넓은 여자일 줄이야."

"미국에서는……. 동양인에 대한 차별이 생각보다 심해요. 이미 겪을 수 있는 모욕은 다 겪어 봐서, 이하연 씨가 한 행동은 아무것도 아닙니다."

"하지만 난……."

"……."

잠시 망설이던 은현이 희미하게 웃으며 말을 이었다.

"한초은에게 또 한 번 반했는데."

초은의 얼굴이 햇볕 아래 잘 자란 토마토처럼 발갛게 익었다.

이 남자와 조금씩 가까워질수록 자꾸 없던 증세가 생기는 것 같다.

안면 홍조증이라든가, 부정맥 같은.

"도대체 몇 번이나 날 반하게 할 작정이지? 집에 가면 그것만 고민하고 연구하는 거 아냐? 유학 갔다 왔다더니, 그 좋은 머리를 그런 괘씸한 일에나 쓰고 말이야. 그렇게 날 홀딱 반하게 해서 도대체 뭘 어쩌려고 그래, 응? 잡아먹기라도 할 건가? 내가 안달복달하는 걸 보면 아주 기분이 날아갈 것 같겠군."

이번 은현의 폭주는 이해해 주기로 했다. 저도 처음으로 우는 여자를 달래보고, 어렵사리 사과도 했으니, 그 긴장과 흥분을 풀 필요도 있을 테니까.

그리고 지금 이 순간만큼은.

그의 저 삐딱한 말들이 그리 밉지 않았다.

"오늘 감사했어요."

"응?"

초은의 대답이 뜻밖이었던지, 삐뚜름했던 입술이 멍하게 벌어졌다.

"편들어 주셔서요. 무척."

"……."

"든든했습니다."

잠깐의 정적 후, 은현의 입술 사이로 웃음이 터져 나왔다.

"정말이지, 들었다 놨다."

한 비서는 평생 못 이기겠어.

어쩐지 유쾌한 것 같은 한탄 사이로 껄껄 솟아나는 웃음소리는 정오의 태양처럼 화사했다.

/

"흠……. 강은현 넌 모르겠지만, 데이트의 정석이 있지."

그러는 넌 어떻게 아냐?

은현은 미심쩍은 눈으로 경원을 보았다. 이 분야에 있어서만큼은 이렇게 믿음이 안 가는 사람도 없건만, 물어볼 곳이 경원밖에 없다는 사실이 서글펐다.

하연과의 사건 이후, 말로만 칭찬할 것이 아니라 포상을 해달라고 막무가내로 조른 결과였다. 사실 사건 유발자의 태도라기엔 좀 뻔뻔스러웠지만 말이다.

어쨌거나 그렇게 밀어붙인 결과가 주말 데이트가 되었으니 아주 허튼짓은 아니었던 셈이다.

"데이트는 일단 교외로 가야 해. 차를 타고 바람을 맞으며 산과 들의 경치를 보고 드라이브를 한 후에."

"흠……."

어라, 이 자식. 제법 그럴싸한데.

"강변을 따라 늘어선 나무 사이 오솔길을 산책하고……."

"오……."

강바람에 머리칼을 사라락 휘날리며 웃는 초은의 얼굴이 절로 그려졌다.

이런 건 적어 놓자.

은현이 반사적으로 태블릿을 꺼내는데, 경원의 말은 청산유수로 이어졌다.

"그러다가 알지? 응? 나 잡아 봐라~ 꺄르르~ 허리를 안고 바닥에 한 바퀴 뒹구는 거."

태블릿에 열심히 필기하던 터치펜이 삐끗 미끄러졌다.

웬 느닷없는 60년대 청춘 영화냐.

"그리고 배가 고파진 그들은 분위기 좋은 레스토랑에서 맛있는 음식을 즐기고."

"흠……."

"와인도 한 잔."

"……."

"두 잔, 세 잔, 네 잔……."

"헐……."

"그러다 보니 술이 약한 그녀가 '아잉, 은현 씨 어지러워요옹…….' 하고."

"야야, 저리 치워!"

은현은 한껏 콧소리를 내며 어깨에 비벼 대는 경원의 머리를 질색하며 밀어냈다.

"그러다 보니 어머! 막차가 끊겼네."

"내 차 가져간다, 이 자식아."

"응용력 없기는. 그럼 대리 기사가 못 온다고 하든가!"

저야말로 몹시 케케묵은 클리셰를 떠들어대면서 오히려 큰소리다.

"그리고 술에 취해, 분위기에 취해 깜빡이는 불빛 아래 키스. 그럼 끝이지. 게임 오우버!"

친구야……. 그건 범죄야. 철컹철컹.

"됐다. 네 얘길 듣고 있던 내가 바보지. 연애를 60년대 영화로 배

웠냐?"

"Oldies But Goodies! 구관이 명관이란 말도 모르니?"

은현이 터치펜을 탁 내려놓자 경원은 억울한 얼굴로 중얼거렸다.

그래, 귀한 '솔로' 두 분이 나란히 앉아 머리를 맞대어 본들 무슨 소용이겠냐.

그런데 자꾸 너의 그 'Oldies But Goodies'에 끌리는 건 왜일까?

까만 밤하늘 아래 촉촉이 젖어 있을 초은의 자그마한 입술을 떠올리니 침이 꼴깍 넘어간다.

하연이 찾아왔던 그날, 유난히 제게 너그러웠던 초은이었으니. 어쩌면, 정말 어쩌면 이루어질지도 모르지. 이러는 내가 정말 싫지만.

"그래서 장소는 어디가 좋은데?"

자괴감 가득한 은현의 물음에 경원은 거만하게 웃었다.

/

그리고, 디데이.

영영 오지 않을 것 같았던 토요일이 드디어 돌아왔다. 눈 빠지게 기다린 은현의 기대에 보답이라도 하듯 완벽한 날씨였다. 무르익은 봄의 따사로운 햇살, 솜털 구름이 두둥실 떠 있는 맑은 하늘, 초록 향기를 싣고 이따금 불어오는 싱그러운 바람까지.

그리고 이날을 위해 만반의 준비를 갖춘 은현이 있었다.

'요즘 핫플은 뭐니 뭐니 해도 이곳이지.'

'설마 부모님이 데이트하셨던 곳은 아니겠지?'

'이거 왜 이래? 넌 SNS도 안 하냐? 요즘 온스타에서 대박 뜨는 곳인데.'

직접 확인을 해보니, 이번엔 경원의 말이 맞았다.

한번 작정하면 완벽한 결과를 내는 것이 바로 은현의 본성. 처음 주어진 데이트의 기회 아닌가. 하나부터 열까지, 분 단위로 완벽한 계획을 세운 것은 어쩌면 당연한 일이었다.

은현이 초은의 오피스텔 앞에 왔을 때, 초은은 건물 앞에 내려와 기다리고 있었다. 처음 보는 청바지 차림에 귀여운 맨투맨 티셔츠. 긴 머리는 포니테일로 올려 묶고 캔버스 재질의 토트백을 든 모습이 발랄한 대학생 같았다. 은현은 새삼스럽게 가슴이 두근거렸다.

"나와 있었군."

덩치가 큰 오프로드용 대형 SUV에서 은현이 내리자, 초은은 눈을 동그랗게 떴다.

"아, 차가 바뀌어서 몰랐어요."

"응. 자주 안 쓰던 차라서 아마 처음 볼 거야. 어서 타."

그랬을 것이다. 출근할 때는 사용하지 않는 차였으니. 하지만 이것도 다 원대한 계획의 일환이었다.

조금 어색하게 차에 올라탄 초은은 컵 홀더에 나란히 꽂혀 있는 음료수 두 잔을 보고 또 한 번 놀란 기색이었다.

미리미리 준비하길 잘했지. 사실은 이렇게 배려 있는 사람이란 걸 어필하는 거다.

은현은 내심 뿌듯했다. 어쩐지 시작이 좋은 것 같다. 드디어 차가 달리기 시작했다. 조금 열어 놓은 창문 사이로 불어오는 바람이 기분 좋게 얼굴을 쓰다듬고, 찻길 옆에서 함께 달리는 시원한 강물의 잔물결을 따라 금빛 햇살이 부서진다.

확실히 탁 트인 경치만으로도 한껏 들뜨는 기분이었다. 차 안에서 나온 오래된 팝송을 따라 흥얼대던 초은이 문득 입을 열었다.

"지금 어디 가는 거예요?"

참 빨리도 물어본다. 숙련된 비서인 초은도 이럴 땐 허당이었다.

"음, 남양주."

"네? 남양주요?"

"한 비서는 SNS도 안 하나 봐. 요즘 완전 뜨는 핫플인데."

"아아. 그렇군요."

웬 뜬금없는 남양주냐는 초은의 표정에, 경원을 흉내 내서 생색을 내봤다. 어리바리 고개만 끄덕이는 모습마저 귀엽기만 했다.

"남양주는 자주 가 보셨어요?"

"아니, 처음인데."

교외 데이트를 다닐 정도의 여유를 가져 본 적이 없었다. 아니, 대학 시절 그 흔한 MT 한 번 따라간 적이 없었다. 여자친구와 영화 한 편 보고, 차 한잔 마시는 것도 사치라 생각한 시절이었다.

은현은 그저 빨리 성공하고 빨리 자리를 잡고 싶은 마음뿐이었다. 그런 절실함으로 게임 개발에 몰두했었다. 이렇게 누군가와 함께 시간을 보내고 싶다는 감정이 자라난 것도, 어쩜 여유로워진 환경 덕분인지도 몰랐다.

"한 비서는 교외로 자주 나가 봤나?"

"아뇨. 저도 별로 경험이 없습니다."

초은은 또 다른 의미로 경험이 없었다. 한창 즐기던 시절엔 클럽 파티나 고급스러운 와인 바, 예약제 레스토랑 같은 곳을 찾아다녔다. 기분 전환이 필요하다면 교외가 아닌 휴양지로 비행기를 타고 훌쩍 떠나는 식이었다.

유학을 떠난 후로는 오로지 능력을 키워 자립하는 데만 집중했으니. 이런 풋풋한 데이트는 초은 역시도 처음이었다.

초은의 심플한 대답에 은현이 기가 막힌다는 듯 웃었다.

"이유가 뭐든 우리 둘 다 이런 데이트가 처음인 모양이니, 잊지 못할 기억을 남겨야겠군."

"……기대……. 하겠습니다."

은현의 각오가 불안한 건 왜일까. 뭐라 대답해야 할지 몰라 망설이던 초은은 자신 없게 중얼거렸다.

어느새 차가 도착한 곳은 강을 끼고 나무들이 늘어선 탁 트인 주차장이었다. 능숙하게 주차를 마친 은현이 차에서 풀쩍 내려섰다.

"자전거 탈 줄 알아?"

초은이 있는 조수석의 문을 열어 주며 대뜸 묻는 말이었다.

"탈 줄은 알죠."

"다행이네."

웬 맥락 없는 질문인가 싶었더니. 예비 타이어가 달린 트렁크를 여는 순간, 나란히 실린 자전거 두 대가 그 자태를 드러냈다.

초은은 조금 어이가 없었다.

'자전거 못 타면 어쩌려고.'

언제 독심술이라도 익혔는지, 눈꼬리를 휘며 활짝 웃던 은현이 답을 했다.

"사실, 못 타도 괜찮을 뻔했어. 그럼 내 뒷자리에 태우려고 했거든."

"아니요! 아닙니다. 탈 수 있어요."

"그래? 그럼."

은현의 뒷자리에 앉아 허리를 끌어안고 강바람에 머리칼을 휘날릴 제 모습을 상상하니 손발이 오그라들어 견딜 수가 없었다.

그러는 사이 은현은 하나씩 차례로 자전거를 내렸다. 미색 몸체에 라탄 바구니가 달린, 그야말로 노골적으로 새로 산 티가 나는 예쁜 자전거였다.

자전거를 하나씩 맡아 끌고 주차장을 빠져나오자마자 초은은 탄성을 질렀다. 북한강이 둥그렇게 휘감아 돌며 그 강변을 따라 크고 작은 나무들이 서 있고, 널찍하게 펼쳐진 잔디가 푸르른 곳이었다.

"연습 삼아 여길 한 바퀴 돌아볼까?"

"네."

베이지색 면바지에 스웨트 셔츠를 입은 은현이 먼저 자전거에 올랐다. 몇 번 본 적은 있지만, 캐주얼한 차림의 은현은 회사에서 볼 때와 또 다른 느낌이었다. 활기차고 짓궂기도 한 청년의 모습.

어쩐지 멍해지는 기분에 초은도 얼른 뒤따라 자전거를 탔다. 어린 시절 이후 처음 타 보는 두발자전거였다. 제대로 탈 수 있을까 하는 걱정도 잠시, 페달을 밟기 시작하자 몇 번 비틀대던 바퀴가 이내 바로 잡히고 속도가 붙기 시작했다.

귓가를 스치는 공기가 상쾌했다. 초은은 앞서가는 은현을 따라 속도를 올렸다. 아름다운 경치였다. 하늘은 맑았고, 강 건너의 나지막한 산과 맞닿아 있었다.

그리고 앞서가는 은현의 뒷모습이 있었다. 핸들을 쥐느라 앞으로 살짝 숙인 탓에 올록볼록 잔 근육이 드러난 널찍한 등판. 안장 위에 올라앉은 사과 같은 엉덩이.

뽀얗고 선이 가는 외모 때문인지, 호리호리한 체형으로만 생각했는데. 의외로 굵직한 허벅지가 페달을 밟아 오르내릴 때마다 단단하게 뭉쳐지는 대둔근이 시선을 강탈했다.

아아, 탐스럽……. 헉! 아니야, 이러지 마, 정신 차려 한초은.

초은은 엉큼해지려는 시선을 흩트리려 고개를 저어댔다.

차라리 나란히 달리자. 그럼 안 보일 테니.

좀 더 속도를 높여 은현의 옆으로 가자 끔쩍 놀라 돌아보는가 싶
더니, 초은을 향해 싱긋 웃었다.

애교스럽게 감기는 눈꼬리, 뽀얀 얼굴 위에서 더욱 두드러지는 유
혹적인 붉은 입술. 햇빛을 하얗게 반사하는 단정한 콧날과 바람에
흩날리는 다갈색 머리칼까지.

왜 이렇게 잘 생겼니. 쓸데없이 말이야.

심장 부정맥이 또 시작될 것만 같다. 초은은 행여 얼굴이라도 붉어
질까, 얼른 고개를 홱 돌려 버렸다.

"한 비서, 기분 좋지? 자전거 잘 타네."

"네네. 대표님도 굉장히 잘 타시는데요. 자주 라이딩하시나 봐요."

"응? 아니야. 내가 말하지 않았었나?"

"네?"

"난 뭐든 다 잘한다고."

네네. 어련하실까요.

그래도 좋은 날씨와 예쁜 경치와 어우러지니 은현의 거만한 입버
릇도 유쾌하게 느껴진다. 웃음이 그냥 났다. 물 향기 잔뜩 품은 강바
람을 맞으며 달리는 이 순간. 꽁꽁 뭉쳐 있던 가슴이 스르르 풀어지
고, 온몸에 쌓여 있던 것들이 날아가 훌쩍 가벼워지는 이 기분.

피식피식 새어 나오던 웃음이 점점 커지며 이내 까르르, 구슬 같은
웃음소리가 되었다. 은현도 이심전심인 모양이었다. 초은을 돌아보

는 해사한 얼굴 가득 함박웃음을 머금고 있었다.

"꺄아!"

어느덧 눈앞에 펼쳐진 광경에 초은은 저도 모르게 탄성을 질러댔다. 눈이 아리도록 화려한 꽃 천지였다. 저편 강가에 고즈넉이 선 몇 그루의 왕버들까지 진홍의 양귀비꽃이 양탄자를 펼친 것처럼 피어 있었다.

초은의 환호에 흐뭇하게 껄껄 웃던 은현이 자전거를 멈췄다.

"잠시 내릴까?"

초은도 열렬히 고개를 끄덕였다. 가까이 선 나무 둥치에 자전거를 세워 놓고 꽃밭 사이로 난 돌길을 따라 한걸음 내디뎠다.

눈부신 햇살 아래, 바람의 움직임을 따라 일렁이는 붉은 꽃물결이 발치로 밀려왔다 밀려갔다. 꿈 같은 장면이었다.

입술을 방긋 벌리고 감탄하던 초은은 제 손을 덥석 잡는 감촉에 화들짝 놀랐다. 곁에 선 은현을 쳐다보는 두 눈이 휘둥그레졌다.

잠시 우물쭈물하던 은현이 이내 거만하게 턱을 쳐들었다.

"왜? 손 좀 잡으면 안 돼? 썸 타는 사이라도 손 정도는 잡을 수도 있잖아."

퍽, 뻔뻔한 발언치고는 맞잡은 손이 바들바들 떨리고, 당긴 입꼬리도 뻣뻣하다. 손바닥에 촉촉한 땀이 스민 것 같기도 하다. 게다가 썸 타는 사이라니.

초은은 픽, 새어 나오려는 웃음을 가까스로 참았다. 클럽에만 가도 눈만 맞으면 원나잇이 쉽사리 이루어지고, 평범한 사람들이 상상하지 못할 난잡한 파티가 펼쳐지는 세계를 보아 온 초은이었다.

서른을 넘긴 남자의 이런 순박한 반응이 신선하다고 해야 할까, 귀엽다고 해야 할까.

"됩니다."

"뭐, 뭐어?"

"손잡아도……. 돼요."

"아……. 그, 그래. 흠흠, 그럼 계속 잡고 있을게."

은현의 손은 손가락이 길쭉길쭉했고, 초은의 작은 손을 다 덮고도 남을 정도로 컸다.

이렇게 남자와 손을 잡아 본 적이 언제였을까? 아니 이렇게 손을 맞잡고 걸었던 기억이나 있나?

남자의 손은 단단했지만 포근했고, 따뜻했다. 오랫동안 잊고 있었던 아빠의 손을 떠오르게 하는 감촉.

초은은 옅게 웃으며, 은현의 손을 조금 당기며 발걸음을 옮겼다.

"고마워요."

"응?"

꽃밭 한가운데쯤이었다. 강물 위로 두둥실 떠내려가는 햇볕 조각들을 물끄러미 바라보던 초은이 작게 속삭였다.

"이렇게 예쁜 곳에 데리고 와 주셔서요."

"아아, 그렇지. 음, 내가 더 좋은 곳도 많이 알고 있으니까, 앞으로도 계속 데리고 가 줄게."

"기대할게요."

먼 곳을 응시하던 초은이 은현에게 시선을 옮기며 방긋 웃었다. 자그마하고 단아한 얼굴이 만발한 양귀비꽃처럼 활짝 피어났다. 은현은 순간 가슴이 벅차 아무 말도 하지 못했다.

고맙다는 말. 은현은 살면서 거의 해보지 않은 말이었다. 하지만 초은으로 인해 새로이 깨닫게 되었다. 화려하고 대단한 고백이 아니라도, 같은 감정을 느끼는 순간 전하는 감사의 말이 얼마나 가슴을 따뜻하게 하는지.

"고마워."

그래서 이 순간, 은현도 마음속 온기를 전하고 싶었다. 배운 것을 잘 활용하는 것 역시 은현의 능력이었으니.

"네?"

"내가 한 비서 덕분에 점점 더 좋은 사람이 되는 것 같아."

"……."

"이래놓고 나중에 날 차버리면, 그땐 몇 배 더 원망하겠지만."

"아아……."

"그래도 그냥 무시하지 않고 변할 기회를 줘서, 그래서 내가 이렇게 바뀌고 있어서. 무척 고마워."

은현의 멋쩍은 미소는 해맑았다. 맞닿은 피부 아래에서 두근대는 동계가 느껴지는 것 같았다. 쾌청한 하늘 아래, 찬란하게 피어난 꽃들 가운데, 청량한 바람 속에서. 마치 오직 둘만이 세상의 중심에 선 것 같은 기분이었다.

둘은 다시 자전거에 올랐다. 이번엔 강변을 따라 길게 난 자전거 도로를 따라 달렸다. 손에 쥐어졌던 온기가 빠져나간 것이 아쉬웠지만, 속도를 내 달리는 쾌감에 이내 잊혔다.

그새 라이딩에 능숙해졌는지, 자전거와 물아일체가 되었다. 초은은 페달을 밟은 다리에 힘을 주어 속도를 높였다. 이렇게 달리다 보면 바람이 될 것 같은 속도감이었다.

은현은 갑자기 앞으로 쑥 치고 나가는 초은의 뒷모습을 멍하니 보다가 이내 정신을 차렸다.

질 수 없지.

은현은 핸들을 쥔 손에 힘을 주었다. 단단하게 업된 엉덩이가 번쩍 들리고 굵직한 허벅지 근육이 뭉쳤다. 은현의 자전거 바퀴가 마치 불타오를 것처럼 회전하기 시작했다.

날아갈 것처럼 달리던 초은은 제 옆을 쌩 지나가는 돌풍에 순간 비틀거렸다. 그리고 그 돌풍은 이런 말을 남겼다.

"내가 더 빨라!"

아이고, 네네. 당연히 더 빠르시겠지, 어련하실까.

어이없었던 것도 잠시. 저렇게 체격 좋은 남자가 꼭 연약한 여자를 이겨 먹어야 하나? 실로 괘씸한 생각이 들었다.

또 근성이라면 누구에게도 지지 않는 나, 한초은이 아닌가.

초은이 이를 악물었다. 초은의 다리에도 불이 붙기 시작했다. 영화 〈불의 전차〉의 배경음악이 귓가에 들려오는 것도 같았다.

"흥, 내가 질 줄 알고!"

"아니, 무슨 다리 힘이 이렇게 세? 한 비서 말띠야?"

휙휙 바람을 일으키며 맹렬히 따라붙은 초은을 보고 은현도 페달을 밟는 기세를 늦추지 않았다.

둘은 앞서거니 뒤서거니 하며 빛과 같은 속도로 내달렸다. 양옆으로 펼쳐진 널찍한 잔디, 잔잔히 흐르는 강물, 또 짙푸른 녹음이 무성한 나무들이 휙휙 스쳐 지났다.

그렇게 얼마나 달렸을까. 드디어 다리에 힘이 빠진 초은이 항복을 외쳤다.

"졌어요, 졌어. 난 더는 못 가겠어."

"앗싸, 이겼다!"

초은은 강아지처럼 혀를 내밀고 헉헉거렸다. 금방이라도 꼴딱 숨이 넘어갈 것 같았는데, 두 주먹을 위로 번쩍 쳐들며 기뻐하는 은현을 보니 웃음이 터져 나왔다.

전력을 다해 달린 은현도 힘들기는 마찬가지였다. 두 사람은 때마침 나타난 딸기 농장에서 갈아주는 딸기 주스를 두 잔 사고 강가 나무 그늘 아래 벤치에 나란히 앉았다.

솔솔 불어오는 강바람에 이마에 촉촉이 배어 나온 땀이 식었다.

"하하, 한 비서 보기보다 체력이 약하군."

어지간히도 뿌듯한지, 은현이 기분 좋게 웃었다.

"네네, 대표님처럼 열심히 운동하시는 분을 제가 어떻게 이기겠어요."

"그러니까 한 비서도 평소에 운동을 좀 하라고. 어때? 아침에 같이 운동할까?"

"사양하겠습니다. 그렇게 기를 쓰고 이기려는 분한테, 제가 계속 져드리려면요."

"그럼. 내가 한 비서한테 꽉 잡힌 신세인데, 이런 건 좀 이겨도 되잖아?"

그저 감정이 조금 담긴 농담을 했을 뿐인데, 은현의 대답은 장난기 하나 없이 진지했다. 초은은 민망한 마음에 괜스레 손에 든 딸기 주스를 한 모금 쭉 빨았다. 그리고 이내 두 눈이 커다래졌다.

"우왓! 대표님, 딸기 주스 좀 드셔보세요. 이상해요!"

초은을 따라 한 모금 삼킨 은현의 눈도 똑같은 상태가 되었다.

"아니! 이거 딸기 맞아? 무슨 딸기에서 이런 맛이 나? 딸기처럼 생긴 꿀 아냐?"

그랬다. 둘 다 이토록 맛있는 딸기는 태어나 처음이었다. 갓 딴 신선한 딸기의 향과 달콤한 맛이 그대로 살아 있었다. 제대로 숨을 쉴 틈도 없이 한 잔이 뚝딱 사라졌다.

"우와, 진짜 맛있어요. 자꾸 생각날 것 같아요."

"딸기 철이 가기 전에 또 한 번 올까?"

"그래요."

어느새 약속이 자연스러워졌다. 저도 모르게 초은은 은현의 제안에 망설임 없이 응하게 되었다.

깨끗이 비운 컵을 휴지통에 버리고, 다시 자전거를 출발했다.

되돌아오는 길은 여유로웠다. 은현이 앞서기도 하고, 또 초은이 앞서기도 했지만, 대부분 여정을 나란히 했다. 얼굴을 마주하고, 시선이 닿을 때마다 미소가 지어졌다. 한 점 망설임도, 거리낌도 없는 오롯한 미소였다.

차를 세워 둔 주차장으로 되돌아와 자전거를 차에 실었다. 다음으로 은현이 초은을 데려간 곳은 마당이 넓은 레스토랑이었다.

"여기는 어디예요?"

"모처럼 몸도 움직였고, 슬슬 배도 고프지 않아?"

그러고 보니 꽤 많은 에너지를 소비해서인지, 제법 출출했다.

차에서 내려보니 마당 군데군데 파라솔이 달린 테이블이 놓여 있고, 큼직한 2인용 빈백들이 강을 향해 턱턱 자리 잡고 있었다. 은현은 그중 북한강이 잘 보이는 자리에 초은을 앉혔다.

"이런 날씨에, 이런 경치에는 피맥이 최고지."

은현이 초은을 향해 한쪽 눈을 찡긋했다. 그러자 마치 신호처럼 입 안에 침이 고였다.

/

따끈따끈한 치즈가 죽죽 늘어지는 피자는 기대 이상으로 맛있었 다. 발효 마니아라는 가게 주인이 직접 만든 수제 맥주는 쌉싸름하 게 거친 맛이 있어 기름진 피자와 찰떡궁합이었다.

꽤 많은 양의 피자와 맥주를 먹어치우고 폭신한 빈백에 기대 있으 니 천국이 따로 없었다.

"우와, 정말 정신없이 먹었어요."

"어때? 이번에도 좋았지? 나 점수 좀 많이 땄나?"

"엄청요."

이제 대놓고 하는 생색에도 익숙하다. 초은은 열렬히 고개를 끄덕 였다.

"그런데 대표님, 차 가지고 오셨는데 맥주 마셔도 되는 거예요?"

"참 일찍도 물어본다. 서울이랑 그리 멀지 않아서 대리 기사 부르 면 돼."

"아, 그렇구나."

하지만 대리 기사는 오지 않을 거야. 다음 워크숍 장소를 두고 여 기 주인과 딜을 했거든. 우리가 아무리 애타게 대리 기사를 찾아도 절대 불러 주지 않기로.

초은은 은현의 음흉한 미소를 눈치채지 못하고 순순하게 받아들 였다. 평소 꼼꼼하고 야무진 초은의 성정 탓에 조금 긴장했던 은현 도 내심 안도의 한숨을 쉬었다.

"그러니까 조금 더 마실까? 어차피 내일은 일요일이고. 여긴 수제 맥주가 종류도 다양하더라고."

"음, 그럴까요?"

종류도 다양하고 도수도 다양하더라고. 워밍업도 했으니, 조금 높여 볼까?

은현은 판매하는 것 중 소주에 버금가는 도수의 맥주를 주문했다.

포만감 가득한 뱃속, 시원하게 목을 축여 주는 맥주, 눈 앞에 펼쳐진 푸르른 물결. 나란히 앉아 나른하게 기댄 이 시간이 평화로웠다.

"가만히 보고만 있어도 좋네요. 그동안 몸에 쌓였던 독소들이 절로 빠져나가는 것 같아요."

"정말 그렇군. 그래서 휴식이 중요하다고들 하나 봐."

"대표님은 주말에도 잘 안 쉬시죠? 그러지 마세요."

초은의 은근한 걱정에 은현은 쓰게 웃었다. 누구에게도 쉽게 보이지 못한 외롭고 약한 모습을 그녀에게만큼은 한껏 내보이고, 투정을 부리고, 위로받고 싶은 유치한 감정이 일었다.

"어떻게 쉬는지……. 난 잘 몰라."

"……."

"중학교 때 부모님이 사고로 돌아가시고, 한동안 고모 댁에 얹혀 지냈어. 그러다 고등학교에 입학하면서 독립하고 지금껏 오로지 성공하고 안정되고 싶다는 생각 하나만으로 살아온 것 같아."

초은은 가슴이 아릿해졌다. 은현의 사연이 초은에게는 낯설지 않은 탓이다. 처음 은현의 고백을 받던 날, 부모님이 안 계시다던 것에는 그런 사연이 있던 것.

고등학교에 갓 입학한 남학생이라면 덩치는 성인에 가까울지 몰라도, 아직 혼자서는 아무것도 하지 못하는 어린애였다. 그 어설픈 손으로 빨래하고, 밥을 해 먹으며 혼자 지내왔을 그의 시간을 생각하니 어쩐지 눈가가 매웠다.

"그래서 쉬는 게 어떤 건지, 즐기는 게 어떻게 하는 건지 까맣게 잊고 말았지 뭐야."

"대표님은 충분히 쉬실 자격이 있어요. 그러니까 이제부터라도 다시 배워가면 되죠. 오늘처럼요."

"응, 한 비서 말이 맞아. 그러니까 한 비서가 가르쳐 줘."

"사실 저도 건강하게 쉬는 방법은 잘 모르지만, 우리 같이 배워 봐요."

초은의 나직하고 담담한 말이 은현의 앙상하게 메마른 가슴을 꼭 안아 주는 기분이었다. 은현은 손가락을 꼼지락꼼지락 움직여 초은의 손을 슬그머니 잡았다. 흠칫 놀랐던 손이 도망가지도 않고 고분고분 잡혔다.

오늘은 이룰 만큼 이루었다는 벅찬 마음이 들었다. 하지만 여기서 멈추어서는 안 되지. 은현은 슬그머니 초은의 안색을 살폈다. 먼 하늘에 번지는 노을이 비친 것인지, 취기가 오른 것인지 두 뺨이 발그레 물든 것 말고는, 대체로 멀쩡해 보였다.

꽤 도수 높은 맥주를 마실만큼 마신 것 같은데. 왜! 도무지 취하지를 않니. 남들 못지않은 주량을 가진 은현도 제법 알딸딸한 기분인데 말이다.

"한 비서, 주량이 꽤 되나 봐. 이렇게 마시고도 괜찮아 보이네."

"어머, 아니에요. 살짝 취하는 기분도 드네요."

오, 그래? 좋았어. 고지가 머지않았구나. 은현이 작정한 듯 매혹적인 미소를 지으며 잔을 들었다.

"한 비서와 일몰을 함께 보는 것도 처음인 것 같군. 기념으로 한잔 할까?"

초은은 조금 난감한 표정이었지만, 차마 거절하지 못하고 또 한 잔을 마셨다. 한 잔이 두 잔 되고, 석 잔, 네 잔……. 그렇게 해가 저물어가고, 어느덧 어둠이 스며들었다.

그리고.

"대표님, 이제 슬슬 대리 기사를 불러야 하지 않을까요?"

초은은 취할 듯 취하지 않고, 이렇게 일정을 챙기며 비서의 본분을 다하고 있다. 은현은 자꾸 힘이 풀리는 눈을 가늘게 뜨고 진청색으로 물들어 가는 하늘을 올려다보았다.

이제 곧 별이 뜰 텐데, 지금 돌아가면 별이 빛나는 밤하늘 아래 첫 키스는 어쩌라고.

"으응……. 불러야지……. 대리……. 불러야……. 음냐."

에라, 모르겠다. 네가 안 취하면 나라도.

은현의 다급함은 몹쓸 임기응변을 불러왔다. 은현은 말끝을 흐리며 스르륵 머리를 초은의 어깨에 기댔다.

좋았어, 자연스러웠어. 목표한 것은 수단과 방법을 가리지 않고 달성해야 하기에, 메소드 연기를 펼친 것뿐인데. 어라, 기대 이상으로 초은의 어깨는 편안했다.

목덜미에서 은은히 풍기는 청결한 비누 향, 보드랍고 말랑한 살결의 감촉. 코를 파묻고 잠들면 밤새 꿀잠을 잘 수 있을 것 같은 느낌이다.

"저기요, 혹시 대리 기사 좀 불러 주실 수 있나요?"

은현이 편안히 기댈 수 있도록 허리를 곧추세우면서도, 초은은 제 임무를 다했다. 역시 유능한 비서는 달랐다.

순간 움찔하는 기색을 초은이 눈치채지는 못했겠지.

"아, 저……. 죄송해서 어쩌죠. 이 시간에는 대리 기사가 오지 않습니다."

"아……. 그래요? 그럼 담요가 있으면 하나만 좀 가져다주시겠어요?"

"네. 잠시만 기다려 주십시오."

그래, 좋았어.

가게 주인은 살짝 머뭇대긴 했지만, 은현과 협의한 대로 어김없이 대답했다. 난감한 기색이 역력한 초은의 목소리에 조금 미안한 마음이 들기도 했지만, 마음을 다잡았다.

우린 오늘 여기서 새로운 한 걸음을 내딛는 거야, 한 비서.

잠시 후, 제 몸에 스르륵 덮이는 포근한 감촉이 느껴졌다. 담요를 달라더니, 은현에게 덮어 줄 요량이었나보다. 밤공기가 선선했던 참이라 따스한 담요가 무척 기껍다.

언제쯤 눈을 뜨고 깨어난 척할까?

은현은 슬쩍 실눈을 떴다. 밤하늘에 별들이 하나둘씩 모습을 드러내고 깜빡이고 있었다.

아니, 깜빡이는 건 내 눈이던가.

은현은 자꾸 무겁게 내리감기는 눈꺼풀을 깜빡거렸다.

아, 이제 일어나야지.

"박 실장님. 저 한 비서입니다. 죄송하지만, 지금 좀 와 주실 수 있나요?"

경원과 통화하는 초은의 목소리가 어렴풋이 들려왔다.

아니야, 그 자식은 부르지 마.

"맥주를 좀 마셨는데 취하셨나 봐요. 차를 가지고 오는 바람에……. 아뇨, 저도 좀 많이 마셨거든요. 갑자기 죄송합니다."

일어나야 하는데, 뭔가가 끌어당기는 것처럼 몸을 놔주지 않았다. 초은의 어깨에 묻은 고개가 점점 더 무거워지는 기분이었다.

"네, 여기가 남양주시 와부읍……."

박경원, 이 자식. 오기만 해봐라. 그날로 너와 나는…….

조곤조곤 주소를 읊는 초은의 목소리가 점점 멀어진다. 감은 눈 안으로 깜빡이는 별빛의 잔상이 펼쳐지는 것 같더니, 이내 짙은 어둠만 남는다.

그 의식의 끝에서 제 머리칼을 쓸어 넘기고 싸늘해진 뺨을 감싸는 따뜻하고 부드러운 손길이 느껴졌다. 희미하게 남았던 조바심이 사라지고, 마음이 편안하게 가라앉는다. 눈을 감은 얼굴에 행복한 미소가 어렸다.

"아이고, 이 자식. 뭔 술을 이렇게 많이 마셨대."

"낮에 자전거를 좀 열심히 타서, 피곤하셨나 봐요."

"그래도 그렇지, 한 대리를 여기까지 데려와서 이게 무슨 추태람. 한 대리도 얼른 타. 강변이라 그런가, 밤공기가 꽤 쌀쌀하네."

덜컹덜컹 몸이 흔들리고, 나직한 대화 소리가 흩어졌다. 탁, 문 닫히는 소리. 자동차의 시동 거는 소리. 무의식의 표면으로 떠오르려던 은현은 다시 깊은 잠으로 빠져들었다. 은현의 차는 한참 서 있던 마당을 부드럽게 빠져나갔다.

/

목동의 어깨에 기댄 스테파네트 아가씨는 먼동이 터 올라 별들이 해쓱하게 빛을 잃을 때까지 꼼짝 않고 그대로 기대고 있었습니다. 나는 그 잠든 얼굴을 지켜보며 꼬빡 밤을 새웠습니다. 가슴이 설렘을 어쩔 수 없었지만, 그래도 내 마음은 오직 아름다운 것만을 생각하게 해주는 그 맑은 밤하늘의 비호를 받아, 어디까지나 성스럽고 순결함을 잃지 않았습니다. 그리고 이따금 이런 생각이 내 머리를 스치곤 했습니다. 저 숱한 별 중에 가장 가냘프고 가장 빛나는 별님 하나가 그만 길을 잃고 내 어깨에 내려앉아 고이 잠들어 있노라고.

아니야, 그러면 안 돼. 그게 어떤 기횐데. 이 바보야, 그 산속에서 아가씨를 다시 만날 일이 또 있기나 할 줄 아냐? 나도 똑같은 일이 있었다고. 나는 절대 손안에 들어온 기회를 놓치는 사람이 아니지. 그래서 난 한 비서와…….

흠칫 잠에서 깨어난 은현은 잠시 멍하니 천장만 보았다. 벌써 아침이 밝았는지, 방 안이 환했다.

여긴 어디, 나는 누구?

익숙한 벽지의 색과 역시 몸에 익은 침구의 감촉이다. 슬쩍 눈을 돌려보니 제집, 제 침실의 침대였다. 분명 초은과 맥주를 마시며 해가 지는 경치를 보고 있었는데, 내가 왜 지금 여기서 자고 있지?

선명하게 기억이 나지 않으니 어리둥절하기만 했다.

그런데 잠깐. 이게 무슨 소리?

어디선가 들려오는 쌕쌕 소리에 은현은 고개를 확 돌려보았다. 제 침대 위에 하얀 홑이불을 머리까지 뒤집어쓴 형체가 누워 있었다.

깊은 잠이 든 듯한 고른 숨소리. 은현의 가슴이 떨려왔다.

드디어⋯⋯. 초은과 새 역사를 쓴 것인가.

심장이 쿵쿵대던 것도 잠시. 은현은 곧 괴롭게 머리를 감싸 쥐었다.

아무것도⋯⋯. 기억이 나지 않는다. 오, 신이시여. 어떻게 이렇게 잔인할 수가! 꿈 같은 밤을 허락하고는 이렇게 감쪽같이 기억을 지워 버리시다니.

아니, 아니야. 한 번 쓴 역사, 다시 쓰지 못하란 법은 없지.

혼자서 북 치고, 장구 치고, 사물놀이 한판을 벌이던 은현이 드디어 부스스 몸을 일으켰다. 스르륵, 이불이 흘러내리자 벗은 상체가 드러났다.

이건⋯⋯. 확실하군.

은현은 가슴 앞에 수줍게 두 팔을 교차하며 얼굴을 붉혔다.

어떻게 깨워야 하나? 어깨를 살살 흔들어 볼까? 아니면 뺨에 가만히 입을 맞출까.

은현은 이불에 파묻힌 형체 위로 가만히 몸을 드리웠다. 이불 끝을 잡고 살짝 끌어내리자 과도한 펌프질로 심장이 터질 것만 같았다. 드디어 검은 머리칼이 모습을 드러내고, 곤히 잠든 옆얼굴이 나타났을 때.

"히익!"

은현은 숨넘어가는 소리를 내며 그만 뒤로 자빠져버리고 말았다.

"음⋯⋯. 일어났냐? 난 좀 더 자자. 밤 운전을 했더니만 피곤해 죽겠다."

잔뜩 잠긴 채 웅얼대는 걸걸한 목소리. 반질반질 기름이 도는 얼굴과 가뭇하게 수염이 자라난 턱까지.

"야, 이 자식아! 네가 왜 여기서 자고 있어!"

"윽! 아야야!"

분을 못 이겨 이불을 홱 낚아채는 기세에 경원은 그만 침대 아래로 데굴데굴 굴러떨어져 버리고 말았다.

"야! 그럼 네가 취해서 인사불성이 됐다는데 그냥 모른 체하냐? 어차피 만취한 몸으로는 아무것도 못 할 것 같아서 데리러 갔다, 뭐."

"아무리 취했어도, 너 없으면 뭐 봄날에 길에서 얼어 죽기라도 할까 봐?"

"덩치도 큰 놈 건사해야 하는 한 비서가 안됐잖아. 이 자식이 배려심이 없어."

바닥에 호되게 엉덩방아를 찧은 궁둥이를 문지르며 투덜대는 태도가 퍽 억울해 보였다.

이 자식아, 난 너의 백 배는 더 억울하다. 새 역사는커녕, 어떻게 헤어졌는지 기억도 안 난단 말이다.

"무사히 데려다 놨으면, 그냥 집에 가지. 네가 왜 내 침대에 자고 있냐고."

"우와, 이 자식. 물에 빠진 거 건져 놓으면 보따리 내놓으라고 할 놈이네."

경원은 펄쩍펄쩍 뛰기라도 할 기세로 앙가슴을 두드렸다.

"야밤에 불려가서 장거리 운전하고, 피곤해서 좀 잤기로서니. 그게 친구로서 할 말이냐? 그리고 그 넓은 침대에 좀 같이 자면 어때서? 뭐? 내가 너 덮치기라도 했냐?"

아니, 그건 아니지만. 내가 실망했잖아.

한순간이나마 환희로 가득 찼던 조금 전을 떠올려 보니 눈물이 날 것 같았다.

"한 비서는 잘 데려다줬고?"

"그래. 네가 뒷자리에서 쿨쿨 자는 동안, 내가 초은 씨 집 앞에 딱, 데려다 놓고 현관에 들어가는 것까지 다 보고 왔다."

"어, 그래. 수고했다."

"네놈 부축해서 침대에 옮기느라고 허리 나갈 뻔했는데, 너 장래의 형수님 얼굴은 미안해서 어떻게 볼 생각이냐?"

장래에 있을지 없을지도 모를 제수씨 걱정은 됐고. 초은이 잘 들어갔다니 총체적인 난국 중에도 다행한 일이었다. 하지만 아무리 생각해도 아쉬웠다. 이것은 보스몹 때려잡고, 그랜드퀘스트 달성하고 마지막에 세이브 버튼 안 누른 격 아닌가.

이도 저도 안 될 거였으면 그냥 멋지게 집까지 데려다주고 여운이라도 남길 걸 그랬어.

"한 비서 일어났겠지?"

"그걸 왜 나한테 묻냐."

후회만 거듭 곱씹는 것은 은현의 체질이 아니었다. 실수가 있더라도 즉시 방법을 찾아 만회하는 것이 그의 장점 아니던가.

은현은 결연하게 핸드폰을 꺼내 들었다. 초은에게 전화를 해댄 것은 횟수로 셀 수도 없을 정도였지만. 이렇게 문자를 보내는 것은 또 처음이다. 긴장된 기다란 손가락이 빠르게 움직이기 시작했다.

[한 비서. 잘 잤어? 그동안 좀 무리했더니 어제는 내가 피곤해서…… 원래는 그러지 않는데 말이야…….]

톡톡, 토도독 나타나던 글자들이 순식간에 와르르 지워졌다.

찌질하다. 저 멋대가리 없는 변명들이라니.

잠시 고민하던 은현의 손가락이 다시 움직였다.

[한 비서. 어제 즐거웠지? 나도 한 비서와 함께한 시간이…….]

뻔뻔스럽다. 이것이 첫 데이트에서 만취해 필름이 끊긴 남자가 할 말인가. 하아, 뭐가 이렇게 어렵지?

늘 거침없는 은현이었지만, 초은 앞에서는 쉬운 일이 하나도 없다.

머리에 까치집을 얹은 채 커피를 홀짝이던 경원이 한숨만 푹푹 쉬는 은현을 보며 실실 웃었다.

"야, 내가 한 비서면 다시는 네 얼굴 안 본다. 어우, 진상."

"닥쳐."

이게 다 너 때문이야. 네가 그 어설픈 계략으로 부추기지만 않았어도.

하지만 이제 와 남 탓 해봐야 엎질러진 물이다. 출근해서 초은의 얼굴을 어떻게 보나. 은현의 한숨은 깊어만 갔다.

/

출근 내내 낄낄대며 놀리는 경원 덕분에 아침부터 진이 빠졌다. 주차장에서 엘리베이터를 타고 올라가는데, 이 무슨 운명의 장난인지 1층 로비에서 초은과 다민이 엘리베이터에 올랐다.

"안녕하십니까."

"안녕하세요."

"아이고! 이게 누구야. 우리 초은 씨랑 다민 씨네. 다민 씨, 오랜만이에요. 그동안 잘 지냈어요? 즐거운 주말들은 보내셨나?"

"네. 덕분에."

경원이 과도하게 반가워하는 것이 은현을 약 올리기 위함임을 알지만, 은현은 초은의 안색을 살피느라 응징할 여유가 없었다.

언뜻 초은은 평소와 별다르지 않은 표정이었다. 하지만 워낙 표정 관리를 잘하는 한 비서이니 영 안심이 되지 않는다.

"그런데 어떻게 둘이 같이 출근하지? 오는 길에 만났어요?"

"아, 어제 만났다가 초은이 집에서 같이 잤거든요."

다민이 무슨 생각을 떠올렸는지 은현을 힐긋 보고 풉, 웃음을 참는 것도 눈치채지 못했다.

"우와, 두 미녀분께서 파자마 파티라도 하셨나? 그런 재미있는 일이 있으면 나도 좀 불러 주지. 나도 주말에 한가하거든요. 다민 씨, 우리 저번에 재미있었잖아요. 또 다 같이 놀아요. 말 나온 김에 이번 주말 어때? 응?"

"하하…… 하……. 아, 수고하십시오."

다민은 부담스럽게 들이대는 경원을 피해 한 걸음 뒤로 물러났다.

땡. 때마침 엘리베이터가 '게임 아트' 부서들이 모여 있는 5층에 도착하자, 다민은 뒤도 돌아보지 않고 잽싸게 튀어 나갔다. 바쁘게 사라지는 뒷모습에서 칠색 팔색 부르르 진저리를 치는 것이 보였다.

"다민 씨가 보기보다 아주 수줍음이 많아. 허허허."

그게 아니잖아.

은현과 초은은 동시에 질린 표정이 되었다.

"흠흠, 한 비서도 어제 하루 잘 보냈나?"

"네. 집에서 잘 쉬었습니다. 대표님도 쉬셨죠? 오늘 점심 약속부터 계속 외부 일정이 있으시니……."

평온한 표정을 보니 더더욱 속을 알 수가 없다. 평소와 다름없긴 한데. 그래도 토요일에 데이트까지 했는데 평소와 다름없으니 한편으로 허탈하기도 하다.

땡. 은현의 속마음이 어떻든 엘리베이터는 대표이사실이 있는 7층에 도착했다. 그리고 잠시 후.

똑똑똑.

초은이 왔다. 은현은 긴장된 얼굴로 자세를 바로 했다. 마른침을 꿀떡 삼키느라 목울대가 크게 오르내렸다. 여느 아침과 다름없이 또각또각 다가온 초은이 티 플레이트를 사뿐히 내려놓는다.

"어제는 푹 쉬셨어요? 이제 괜찮으시겠지만, 그래도 혹시 몰라서 홍차 대신 네틀티를 준비했습니다. 해독 작용 효과가 있어서 숙취에 도움이 된다더라고요."

"아⋯⋯. 고마워. 저, 그리고 그날은 말이야. 내가 평소에는 안 그런데 유독⋯⋯."

비루한 변명을 하고 싶지 않았는데, 초은을 앞에 두니 저절로 약한 소리가 줄줄 나왔다.

"네. 요 근래 워낙 일정이 바쁘셔서 피로가 많이 쌓여 있었을 거예요."

"⋯⋯."

"그래도 그렇게 좋은 곳에 데려가 주셔서 감사합니다. 대표님 덕분에 무척 즐거웠어요."

아, 방긋 짓는 미소에서 환한 빛이 쏟아져 나오는 것 같다. 역시 한 비서는 나의 에인절.

은현은 콧등이 찡해졌다.

"오늘 점심 약속부터는 계속 외부 일정이 있으셔서, 회의와 보고가 오전에 잡혀 있습니다. 오늘 좀 바쁘실 거예요."

좀 바쁘면 어때. 이제 뭐든 다 괜찮다.

초은의 나긋나긋한 목소리가 천사의 속삭임 같다.

"그럼……."

"네?"

"그럼 다음에도 같이……. 갈까? 어디든."

초은이 차분히 보고하는 하루 일정은 건성으로 흘려듣고, 딴소리다. 초은의 대답을 기다리는 동안 심장이 귓속에서 쾅쾅 뛰는 것 같다.

"네. 저는 좋습니다."

미소를 머금은 초은이 꾸벅 인사를 하고 대표이사실을 걸어 나갔다. 남겨진 은현은 날아갈 것만 같았다.

바쁜 일정이 뭐 어때서. 아프리카까지 다녀올 수 있을 것 같은 기운이 솟았다.

경원은 은현을 수행하러 가고, 우신은 친구가 찾아와 함께 점심을 한다고 했다. 그래서 초은과 보윤은 모처럼 외식을 했다. 파스타나 화덕 피자 따위의 평소 점심으로 먹기 힘든 메뉴를 배부르게 먹고 다시 회사로 돌아오는 길이었다.

"한 대리님, 우리 회사 옆 건물 모퉁이에 인테리어 공사하던 자리 있잖아요."

"응. 공사 시작한 지 꽤 됐는데, 이제 끝났나?"

"네. 오늘 출근길에 보니까 커피숍 오픈했더라고요."

"오, 그렇구나."

회사 안에 커피 바가 있어 언제든 무료로 커피를 마실 수 있지만,

한 번씩은 다른 커피를 사 먹고 싶을 때도 있었다. 그럴 때 찾는 대형 프랜차이즈 커피숍은 큰길 건너에 있어 다녀오는 길이 꽤 번잡스럽기도 했다. 그런데 바로 옆 건물에 커피숍이 생겼다니 반기지 않을 수 없었다.

"대리님, 들어가는 길에 그 집 커피 한번 마셔 보지 않을래요? 제가 살게요."

"그럴까?"

"헤헤. 맛있었으면 좋겠다."

보윤이 싹싹하게 초은의 팔짱을 꼈다. 초은의 발걸음까지 덩달아 가벼워지는 기분이었다.

새로 오픈한 커피숍은 〈커피 살롱〉이라고 적힌 원목 간판이 달린 아담한 곳이었다. 하얀 나무문을 밀고 들어가니, 아늑한 실내가 나왔다. 소박한 원목 테이블에는 짝이 맞지 않는 의자들이 옹기종기 모여 있고, 창가에는 포근해 보이는 패브릭 소파가 놓여 있었다.

어쩐지 제각각인 가구들이지만 그게 또 자연스럽게 잘 어울려 편안한 느낌을 자아내는 곳.

"어서 오십시오."

카운터에 있던 폴로 셔츠를 입은 남자가 차분히 인사를 건넸다. 나직하고 부드러운 목소리가 듣기 좋았다.

초은과 보윤은 주문대 앞에서 이마를 모으고 메뉴를 들여다보았다. 생각보다 다양한 종류의 커피가 있어 고르는 재미가 있었다.

"혹시, 한⋯⋯. 초은?"

보윤과 메뉴에 손가락을 짚어가며 의논하던 초은은 제 이름이 불리자 반사적으로 고개를 들었다. 그리고 그대로 굳어졌다.

"두훈······. 선배?"

한동안 말없이 서로 바라만 보는 두 사람을, 보윤이 곁에서 번갈아 보았다. 카페 주인인 남자는 꽤 큰 키에 부드럽고 친절한 느낌이 드는 훈남이었다.

도대체 무슨 사이지?

궁금해 죽을 지경이었지만, 차마 물을 수 있는 분위기가 아니라 그저 눈치만 살폈다.

"여기······. 회사 다니는 거야? 집안일 돕는 거 아니고?"

"아······. 네. 집에서는 나왔어요."

두훈이 초은의 목에 걸린 사원증을 유심히 보더니, 의아한 듯 물었다. 그리고 초은이 우물우물 대답하는 것을 심각한 얼굴로 바라보았다.

"초은아, 몇 시에 퇴근하니? 오늘 시간 있으면 퇴근길에 들를래?"

"······."

"우리 오랜만이잖아. 하고 싶었던 말도 있고······."

"아······."

"저녁엔 매니저가 나와서 난 좀 한가해. 여기 계속 있으니까 언제든······."

"······네. 그럴게요."

두훈이 시그니처 제품이라며 만들어 준 블렌드 커피를 손에 들고 나오는 길. 내내 초은은 멍했다. 이렇게 그를 다시 만나게 될 줄은 꿈에도 몰랐다.

"대리님, 그 훈남은 누구예요? 학교 선배?"

"아, 응. 대학교 선배."

"되게 친하셨나 봐요. 커피도 공짜로 주시고, 또⋯⋯."

단순히 친한 사이는 아닌 것 같은데. 꽤 오랜만에 만난 사이 같은 데. 보자마자 저녁에 만나자고 하는 걸 보면 말이다.

보윤의 호기심 어린 눈빛을 눈치챈 초은이 애써 웃음을 지었다.

"그렇게 친했던 사이는 아니고, 그냥 같은 과 선배였어. 나 유학 간 후로는 처음 보는 거라 반가웠나 봐."

"아, 그렇구나. 그런데 여기 커피 진짜 맛있어요. 카페 주인도 대리님 선배시고, 앞으로 자주 가야겠어요."

"응. 그래, 그러자."

아무래도 초은의 태도가 이상해 보였는지 보윤이 고개를 갸웃거렸다. 하지만 초은은 보윤의 태도까지 신경 쓸 여력이 없었다. 두훈과의 예상치 못한 재회는 느닷없이 쏟아진 소나기처럼 초은을 흠뻑 적셔 놓았다.

그 일 이후, 변하기 위해 할 수 있는 모든 것을 다 했고, 이젠 스스로 부끄럽지 않은 사람이 되었다고 생각했는데. 언젠가 다시 두훈을 만나게 된다면, 자신 있게 제 모습을 내보일 수 있다고 확신도 했는데.

다시 그의 앞에 선 초은은 뿌리부터 속절없이 흔들리고 있었다.

그동안 잊고 있었던, 아니 잊으려고 노력했던 기억이 밀물처럼 밀려들었다. 저를 둘러싼 세계에서 여왕처럼 군림하며 제멋대로 살던 초은이 거울에 비친 허상으로 산산이 깨졌던, 그날이.

#3

대표님을 좋아해요

초은은 어린 시절 강원도 인제의 어느 산골 마을에서 자유롭게 자라났다. 학교를 다녀오면 마당을 지키던 강아지와 함께 산으로 들로 뛰어다녀서 무릎과 팔꿈치에 딱지가 떨어질 날이 없었다.

들꽃을 그리는 아빠와 시를 쓰는 엄마. 세 식구는 비록 넉넉하진 않았지만, 서로에 대한 사랑을 아낌없이 표현하며 행복했다.

초은이 초등학교 3학년이었던 어느 날.

갑자기 내린 폭설로 무너져 내린 눈사태가 엄마와 아빠를 태운 차를 사납게 덮쳤다. 전시회 일로 서울에 다녀오는 길이었다. 낭떠러지로 굴러떨어진 차 안에서 부모님은 즉사했고, 옆집 할머니에게 맡겨졌던 초은만 덩그러니 남게 되었다.

그리고 어렵게 연락이 닿은, 존재조차 몰랐던 외삼촌을 처음 만났다. 외삼촌이 오너로 있는 삼한 그룹은 은행과 보험사, 증권사 등을 골고루 갖추고 있는 금융 기업이었다.

그는 자수성가하여 그 큰 회사를 키워 낸 만큼, 사업에 대해서는 물불을 가리지 않는 사람이었다. 필요한 만큼 부도덕하고, 또 비열해지기도 했다.

하지만 자기 가족에게만큼은 그렇게 든든한 울타리가 없었다. 어미 새가 부지런히 먹이를 물어 나르고 제 둥지를 지키듯, 상혁 역시 제 울짱 안에 품은 식구들에게는 아낌없는 애정을 쏟아부었다.

"네 엄마는 별 볼 일 없는 놈하고 사느라 내 품에서 벗어났지만, 넌 내 조카니 당연히 내가 거둬야지. 아무 부족함 없이 다 해줄 테니, 걱정할 것 없다, 아가."

상혁은 첫 대면부터 시원스레 초은을 가족으로 받아들였다.

하지만 상혁의 말을 들은 초은은 부모님의 장례가 진행되는 내내 입술을 꼭 다물고 눈물 한 방울 흘리지 않았다. 제가 울면 엄마, 아빠와 행복했던 지난 시절을 모두 부정해버리는 것 같았다.

비록 상혁에겐 별 볼 일 없는 놈이었을지 몰라도 아빠는 엄마에게 다정하고 자상한 남편, 초은에게는 세상에서 제일 좋은 아빠였다. 초은은 세 식구가 함께한 기억을 끝까지 꿋꿋하게 지키고 싶었다.

그렇게 엄마와 아빠를 하늘로 떠나보내고, 상혁의 집으로 들어갔다. 서울의 땅값 비싼 고즈넉한 주택가. 하늘에 닿을 듯 높은 담장 안, 성처럼 으리으리한 집이 바로 초은이 살 곳이 되었다.

상혁은 약속대로 초은을 가족으로 온전히 받아들이고, 다정하게 대해줬다. 사촌오빠인 승현과 언니인 주현은 더없이 친절했고, 그리고 한 살 차이 동생인 시현과도 곧 절친이 되었다.

외삼촌 가족과의 생활은 부족함이 없었다. 정말 친딸처럼 아낌없는 애정과 지원을 받았다. 대부분의 사람을 머리 숙이게 하는 재력과 권위 속에서, 초은은 그것을 제 것처럼 만끽했다.

무엇이든 원하는 대로 가질 수 있고, 누구에게든 하고 싶은 대로 말을 해도 아무도 뭐라고 하지 않았다. 그 속에서 초은은 거침없이 행동했다.

마음속 깊숙이 숨겨야 했던 보석 같은 추억들과 돌아올 수 없는 시절에 대한 상실감. 어쩌면 그 결핍을 그런 식으로 보상받으려 한 지도 모르겠다.

그리고 대학에 입학해 2학년이 되었을 때, 초은의 세상은 한순간에 바뀌었다. 새 학기가 시작된 초봄, 초은의 과에 복학한 두훈을 과방에서 처음 만났다. 햇볕은 꽤 따스해졌지만 건물 안은 아직 겨울의 냉기를 머금고 있는 때였다.

첫 교시 강의는 순식간에 끝이 났다. 초은은 늘 함께 다니는 친구들과 팔짱을 끼고 과방으로 들어서던 참이었다. 누군가 우스갯소리를 했고, 꺄르르 터져 나온 웃음이 요란했나 보다.

"어, 너희 왔냐? 수업은 끝났어?"

"네."

사물함을 뒤적이다 반겨 주는 선배 홍언의 뒤로 낯선 인물이 보였다. 커다란 테이블의 끝에 앉아 이쪽으로 고개를 돌린 얼굴이 해사했다. 그녀들의 웃음이 유난히 짜랑짜랑했던 탓일까. 마치 전염이라도 된 것처럼 그의 입꼬리가 한껏 들려 있었다.

"누구세요?"

"아, 너희 처음 보지? 내 동기 강두훈. 전역하고도 한참 미적대다가 이번에 복학했다. 인사해."

대뜸 내놓은 초은의 당돌한 물음에, 홍언이 문득 생각났다는 듯 대꾸했다.

"안녕하세요, 선배님."

"반가워요, 후배님들."

합창하듯 외치는 초은의 일행을 향해, 그도 몸을 일으켜 장난스럽게 허리를 굽혔다. 활짝 웃는 표정이 선하고, 감길 듯 휘어진 눈매가 묘하게 친근했다.

잠시 서로 눈을 맞추던 초은과 일행들은 약속이라도 한 듯 우르르 테이블로 몰려가 두훈의 주변에 둘러앉았다.

"선배님, 전역은 언제 하셨어요?"

"나? 작년 봄쯤 했나?"

"그런데 왜 이제 복학하셨어요? 그동안 학교에 한 번도 안 오시고."

"아……. 이것저것 아르바이트도 하고 바빴어요."

"아이, 선배님. 말씀 편하게 하세요. 다들 후배인데."

"하하, 그래도 될까?"

"그럼요오."

복학생이라면 발랄한 여후배들에게 둘러싸인 상황이 쑥스럽고 어색할 법도 한데. 두훈은 내내 여유로운 미소로 대했다. 정말이지 몸에 두른 다정함이 제 옷처럼 자연스럽기만 한 사람이었다.

정말 이상한 것은 초은이었다. 높은 톤으로 재재거리는 친구들 사이에서 어쩐 일인지 말 한마디 끼어들 수가 없었다. 그의 온화한 미소를 보면 이상하게도 가슴이 턱 내려앉으며, 목이 꽉 잠겨 드는 것이었다. 당차고 거침없기로는 둘째가라면 서러운 그 한초은이.

그를 다시 만난 것은 수업이 끝난 늦은 오후였다.

긴 강의에 지친 친구들과 커피와 달콤한 케이크를 먹자며 교문을 향하던 길. 저만치 앞서가는 남자의 백팩을 멘 뒷모습이 어쩐지 낯설지 않았다.

"어! 두훈 선배!"

초은이 채 알아채기도 전에, 옆에 있던 친구가 반갑게 외쳤다. 멈칫 뒤돌아보는 모습이 과연 두훈이었다.

"다들 수업 끝났니?"

"네에! 선배 어디 가세요? 우리 커피 마시러 가는데, 선배도 같이 가실래요?"

"같이 가요. 선배."

두훈은 호들갑스러운 제안에 그저 빙그레 웃는 낯이었다. 참 이상한 일이었다. 겨우 20대인 청년에게 저토록 능숙한 아빠 미소라니.

그 온화한 웃음에 가슴이 찡하기도 하고, 어쩐지 눈물이 날 것 같은 것은 왜일까.

"아쉽지만, 오늘은 아르바이트가 있어서 가봐야 해."

"아아, 아쉽다."

"그러게, 선배도 같이 가면 좋을 텐데요."

"하하, 다음에는 꼭 함께하자."

"무슨 아르바이트하시는데요? 과외?"

평소와 다름없이 조금 무람없는 말투. 아마 누구도 몰랐을 것이다. 처음으로 두훈에게 말을 건넨 초은의 심장이 비정상적으로 뛰고 있다는 것을.

"아, 오늘은 커피숍. 다음에 한번 놀러 와. 나 커피 잘 만들거든."

"아……."

"그럼, 난 시간이 빠듯해서 이만. 즐거운 시간 보내라."

두훈이 손목시계를 힐긋 보더니 빙글 뒤돌아 발걸음을 재촉하자, 초은의 심장이 한순간 멎어버렸다. 그냥 별 의미 없는 빈말인 걸 알면서도 그랬다.

두훈은 복학생답지 않게 학교생활에 빠르게 스며들었다. 어느새 학과 사람들에게 그가 있는 과방의 풍경은 당연해졌고, 선후배 할 것 없이 그를 친숙하게 대했다.

"아, 나 진짜 무슨 생각으로 그러는지 도무지 모르겠어."

"너네 만난 지 이제 3개월이라 했지? 질투 유발 아냐?"

"그런 것 같기도 한데, 진짜 개념 없는 거면 어떡해."

"야, 우리끼리 이럴 게 아니라 두훈 선배한테 한번 상담해 봐."

"어우, 진짜 그럴까 봐. 선배 오늘 몇 교시 수업이지?"

과방 문을 나서는 새내기들의 수다가 멀어졌다. 테이블 한구석에 앉은 초은은 손톱을 다듬다 멈칫했던 손을 다시 움직이기 시작했다.

두훈 선배, 두훈 형, 두훈이……

'두훈'이라는 단어가 무슨 유행어라도 된 것 같았다. 여느 복학생답게 수업에 성실하면서도 족구며 농구에 빠지지 않고 어울리는 소탈함이 남학우들을 끌어모았다.

그런가 하면 선후배, 동기 할 것 없이 여학우들 사이에서는 그렇게 좋은 상담역이 없었다. 그 누구에게 차별 없이 다정했고, 여자들만의 고민을 세심하게 들어주었다. 이를테면, 드라마에서나 나올 법한 좋은 오빠의 완성판이랄까.

그 와중에 그 따뜻함에 반한 이들이 속출한 것도 당연한 일이었다.

'제까짓, 그래 봐야 나랑은 다르지.'

당연하다. 뭐 하나 따져 봐도 초은은 누구에게도 빠지지 않는다.

게다가 오늘 새벽에도 두훈과 도서관에서 함께 공부하지 않았던가. 이제는 당연하다는 듯이 매일 캔 커피 두 개를 사와 하나를 저에게 건네주는걸. 태어나 처음 마셔 보는 싸구려 캔 커피였지만, 두훈이 주는 커피는 세상에서 가장 특별했다.

하루는 과제 제출 기한을 잊어, 아침 일찍 도서관에 갔던 일은 정말 신의 한 수였다. 높다란 책장이 가득 찬 서가에서 자료를 찾고 있는데, 책장에 가린 구석 테이블에서 공부하는 두훈을 발견했다.

수업이 끝나면 거의 매일 아르바이트를 가더니, 이렇게 새벽에 공부하는 모양이었다. 초은은 자료를 찾던 것을 그만두고 저도 모르게 두훈의 맞은편에 앉았다.

"어, 초은아. 공부하러 왔어?"

이른 시간이라 학생들도 없는데, 속삭이듯 낮은 목소리가 초은의 심장을 짜릿하게 했다.

"네. 선배도요?"

"응. 난 매일 여기 와. 앉아."

수업이 시작하기까지 고작 한두 시간 남짓.

초은의 눈은 두서없이 펼친 책보다, 살랑 흔들리는 앞 머리칼 사이로 드러난 매끈한 이마, 반듯하게 뻗은 콧날, 그리고 짙게 드리운 속눈썹에 오랫동안 머물렀다. 시간이 가는 줄도 몰랐다.

"한초은, 요즘 왜 이렇게 조용해? 좀 있으면 중간고산데, 간만에 클럽 어때?"

"클럽?"

"안 간 지 꽤 됐잖아? 너 막 몸 뒤틀리고 안 그래?"

"음…… 됐어. 별로 안 땡겨."

"헐…… 웬일이야. 그럼 뭐 맛있는 거라도 먹으러 갈래? 르비쥬에 예약할까? 네 동생, 시현이도 오라고 하고."

"흐음…… 그것도 그다지 안 내키네."

예전이면 그야말로 매주 불타는 프라이데이 나잇을 보냈을 초은이었다. 그런데 어쩐 일인지 요즘은 그런 것들이 시큰둥해졌다.

떠올리기만 해도 심장이 두근대던 강렬한 비트의 음악도, 눈이 어지러울 정도로 화려한 조명도, 목적이 뚜렷해 보이는 미끈한 남자들과 시시덕대는 재미도 이젠 다 귀찮다.

두훈과 마주 앉기 위해 매일 일찍 자고 일찍 일어나는 습관이 몸에 밴 건지, "초은이 집에 가니? 주말 잘 보내고, 월요일 아침에 보자." 하는 다정한 목소리와 평온한 미소만으로 무미건조한 일상의 심심함이 다 채워지기 때문인 건지, 이유는 알 수 없었다.

그 안도감이 오히려 낯선 불안을 일깨운 것은 오래지 않아서였다. 중간고사가 닥쳐왔고, 도서관에서의 둘만의 시간은 점점 더 열의를 더해갔다.

"초은인 언제부터 시작이야?"

"모레부터요. 그리고 다음 주 화요일이 끝이에요."

"하하, 짧고 굵구나. 매일 그렇게 열심히 했으니까, 잘 칠 거야."

"헤헤, 선배도요."

"중간고사 끝나면 학교 축제도 시작되니까 힘내자."

"네. 저, 선배…… 중간고사 끝나고 나면 우리 맛있는 거 먹으러 갈래요?"

"그럴까? 시험 치느라 고생한 기념으로 내가 밥 사 줄게. 그럼 난 수업 간다."

초은의 머리를 가볍게 토닥인 두훈이 강의실을 향해 멀어져 갔다.

와아…….

초은은 그 뒷모습을 보며 나직한 탄성을 흘렸다.

그 별것 아닌 말을 아무렇지도 않게 꺼내기까지, 초은이 얼마나 심장을 졸였을지 두훈은 알기나 할까. 그렇게 선선히 응해줄 줄 알았다면, 좀 더 일찍 말해 볼걸. 그럼 벌써 몇 번이나 단둘이 밥을 먹고, 영화를 보러 갈 수 있었을지도 모르는데.

콩닥콩닥 뛰는 심장이 펌프질을 해 바람이라도 집어넣는 것일까. 시험을 코앞에 든 대학생 한초은은 허공으로 둥둥 떠오를 것 같은 기분이었다.

그리고 그 행복은 그리 길게 가지 않았다. 이내 풍선처럼 부푼 가슴이 송곳 같은 이야기에 쿡, 찔렸기에.

/

초은은 강의 시간을 기다리며 과방 소파에 멍하니 앉아 있었다. 창으로 비쳐드는 햇살이 비현실적으로 눈부셨다.

'선배는 뭘 좋아할까? 밥을 다 먹고 나면 차 마시러 가자고 해야지. 아, 맞다. 선배가 커피를 좋아한다 했지? 분위기 좋고 커피 맛있는 데가 어디더라? 시현이한테 미리 물어봐야겠다.'

시간이 얼마나 흐르는지도 모르고, 머릿속은 내내 두훈과의 약속뿐이었다. 이제껏 초은이 이성에 대해 이런 감정을 가진 적이 있었던가.

학교에서 보는 선배나 동기들은 사실 제게 격에 맞지 않은 존재라 생각해 왔다. 그러니 의미 있는 눈길 한 번 줄 일이 없었다.

그런가 하면 이런저런 모임에서 만나는 내로라할 집안의 자제들은 또 어떤가. 일반인들은 한 번 타기도 힘든 값비싼 수입차에 회원제 클럽과 라운지를 이용하고, 비밀스럽고 폐쇄적인 파티에서 만나는 이들. 생의 큰 한 축을 이루는 사교 활동임은 분명했다.

하지만 순간의 즐거움이 다인 그 덧없는 대화들이 초은에게 어떤 의미가 되었던 적은 없었다.

그런 그녀가 고작 머리를 토닥이는 다정한 손길에, 눈을 맞추고 미소 지으며 고개를 끄덕이는 따뜻한 몸짓 하나에, 그렇게 속절없이 빠져들 줄이야.

조건이나 격 따위는 따져볼 생각도 하지 못했다. 자신이 이상하다는 생각조차 할 겨를이 없을 정도였으니 말이다.

몽롱하던 정신이 퍼뜩 깨어난 것도, 두훈의 이름이 들렸기 때문이었다.

"우와. 김은솔 진짜 의지의 한국인이네."

"그럼 시험 끝나고부터 알바 시작하는 거야?"

"그렇게 하루가 멀다고 두훈 선배네 카페에 드나들더니, 결국은 커플 알바 되는 거 아냐? 두훈 선배는 알아?"

"아니, 아직. 헤헤, 언제 얘기하지? 선배 깜짝 놀라겠다."

언제 들어왔는지도 모를 새내기 한 무리였다. 그리고 그 대화의 중심에 있는 은솔은 두훈의 많은 추종자 중에서도 가장 노골적인 아이였다.

안드로메다까지 둥실둥실 떠오르던 기분이 순식간에 바닥에 내동댕이쳐졌다. 초은의 신경을 거스른 내용은 하나가 아니었다.

하루가 멀다고 두훈 선배네 카페? 무려 나도 아직 가 보지 못한 그가 일하는 카페를 감히 멋대로 드나들었다고?

커플 알바? 게다가 언감생심 선배와 함께 일까지 하겠다니.

뭔가 까끌까끌하고 뜨거운 덩어리가 울컥 치밀어 올랐다.

"야, 과방 너희만 쓰니? 시험 앞두고 다들 예민한데, 왜 그렇게 생각이 없어?"

"아, 언니. 계셨어요? 죄송해요."

"죄송합니다."

"죄송해요, 언니."

느닷없이 쏘아대는 날카로운 목소리. 은솔의 일행은 초은을 향해 고개를 조아리면서도 어리둥절한 표정이었다.

"그리고 김은솔."

"네, 네에. 언니."

"들으려고 들은 건 아닌데. 네 행동 문제가 있다고 생각하지 않니? 아무리 생각이 짧아도 그렇지, 그러고 싶냐고."

"네? 언니, 무, 무슨……."

"너, 그렇게 선배님이 일하시는 데 드나들면 방해된다는 생각은 안 해 봤어?"

"아, 아니에요. 그냥 조용히 차만 마시고 오는데요. 방해…… 안 해요."

"그건 네 생각이고. 과 후배가 오는데, 선배는 신경 쓰이지 않겠냐고."

"아……."

은솔은 발갛게 달아오른 얼굴로 어쩔 줄 몰라 했다. 그녀의 주위에 선 친구들도 당혹한 얼굴로 시선을 주고받았다.

초은은 원체 거침이 없었고, 선배들에게도 하고 싶은 말은 따박따박 하는 편이었다. 아니, 선배뿐 아니라 동기와 후배들에게도 마찬가지였다.

하지만 이렇게 격하게 트집을 잡는 것은 지나치다 싶었다.

"언니, 그런데 은솔이 진짜 두훈 선배한테 부담 안 되게 구석에서 얼른 커피만 마시고 나오고 그랬어요."

"하, 너희 진짜 웃긴다. 동기라고 무조건 편드는 거 그거 부끄러운 일이야. 그리고 뭐? 커플 알바?"

"어, 언니……. 그건 그냥 우리가 장난으로……."

"그러니까 하는 말이지. 두훈 선배 입장은 생각도 안 하고. 혹시 불미스러운 소문이라도 나면, 선배가 얼마나 난처할지 몰라서 이래?"

친구들의 역성에도 초은의 타박은 끝날 줄을 몰랐다. 귀 끝까지 붉어졌던 은솔의 눈에 기어이 눈물이 고였다.

"야야, 왜들 그래? 과방 분위기 어둡게……."

"그, 그래. 초은아, 이제 그만해. 얘들도 알아들었을 거야."

그러는 사이 수업 마칠 시간이 되었는지, 몇몇이 과방 입구에 머쓱하게 서 있었다. 홍언이 짐짓 밝은 목소리로 끼어들자, 동기인 보희도 얼른 초은의 곁으로 와 등을 도닥였다.

초은은 그제야 겨우 격정을 가라앉히고 거친 숨을 몰아쉬었다.

"분위기가 왜 이래? 무슨 일…… 있어?"

단언컨대 최악의 타이밍이었다. 문간에 선 두훈은 우려 섞인 눈으로 방을 둘러보고 있었다.

"흑, 흐윽…… 흐으으윽."

그렇지 않아도 울컥했던 은솔은 당사자의 얼굴을 마주하자 그만 울음을 터뜨려 버렸다.

이번에 얼굴이 붉어진 것은 초은이었다. 당황한 두훈의 얼굴, 저를 원망스럽게 보는 은솔의 친구들, 이러지도 저러지도 못하는 사람들. 초은은 갑자기 덮쳐오는 민망함을 견디지 못해, 그만 과방을 뛰쳐나와 버렸다.

어디로 향하는지도 모르고 빠르게 발걸음을 옮겼다. 은솔에게 했던 말을 후회하지는 않았다. 진심이었고, 사실이니까. 하지만 장소도, 방법도 나빴다. 익숙하지 못한 감정이 초은을 그렇게 만들었다. 울음이 터질 것 같은 초은을 돌려세운 것은 두훈이었다.

"걸음이 왜 그렇게 빨라."

가쁜 숨을 내쉬는 두훈의 미소가 조금 딱딱하게 느껴지는 건 기분 탓일까.

"시험공부 하느라, 피곤했지? 그러다 보면 예민해지기도 하고 그래."

"선배…… 죄송해요."

"아니야. 얘기 들었어. 내 생각해 준 거 고마워."

"……."

"새내기들도 무슨 말인지 알아들었을 거고. 아직 어려서 그런 거니까, 초은이 네가 좀 이해해 줘."

저를 세상 못된 년으로 생각하지 않을까, 실망하진 않았을까. 잠깐이나마 무서울 정도로 두려웠던 감정이 두훈의 따뜻한 목소리에 이내 지워졌다.

초은은 어쩐지 목이 메어, 그저 고개만 끄덕였다.

"그리고 은솔이한텐 살짝 사과해."

"……."

"한초은은 내가 제일 예뻐하는 후밴데, 새내기들한테 밉보이면 너무 속상하잖아."

"선배……."

"그럴 수 있지? 초은인 솔직하고 착한 아이니까."

"……네."

"그래. 착하다."

습관처럼 머리를 토닥이는 다정한 손길. 그것만으로도 초은은 뭐든 할 수 있을 것 같았다.

무사히 중간고사가 끝났다.

연일 이어지는 화창한 날씨와 푸르름이 절정에 이른 계절.

축제 준비로 분주한 학교의 분위기는 학생들의 마음을 들뜨게 하기에 충분했다. 그 와중에 초은은 약속대로 두훈과 식사를 했다. 학생답게 적당히 캐주얼한 비스트로에서였다.

예약을 통해 갈 수 있는 회원제 레스토랑의 정찬보다, 두훈의 조곤조곤한 목소리를 들으며 먹는 파스타와 피자가 백배는 더 맛있게 느껴졌다. 그리고 더 행복한 순간은 그다음이었다.

두훈은 초은을 자신이 일하는 아담한 카페로 데려가, 직접 핸드드립 커피를 내려주었다. 두훈의 차분하고 우아한 손놀림이 잔상에 남아, 정작 커피의 맛이 어땠는지 기억조차 나지 않을 지경이었다.

해가 저물 무렵이 되어 둘은 함께 학교로 돌아왔다. 과에서 준비하는 주막의 일을 돕기 위해서였다.

저 멀리 산등성이 위로 번져가는 노을이 고왔고 살랑 불어오는 봄바람은 상쾌했다. 그 순간 가장 설레였던 건, 곁에서 나란히 걷고 있는 사람이었다.

졸업한 선배들과 발넓은 몇몇이 불러모은 친구들로 북적이던 주막은 밤이 깊어갈수록 점점 한산해졌다. 음식을 만들고 나르면서 조금씩 얻어 마신 술로 너 나 할 것 없이 취기가 오른 무렵이기도 했다.

다들 퍽 지쳤지만, 초은은 익숙지도 않은 손으로 열심히 뒷정리를 돕고 있었다. 물론 뭐든 솔선수범하는 두훈에게 잘 보일 요량이었다.

"초은아, 한초은. 어디 있어?"

불길한 열기를 띤 목소리는 초은의 동기인 진혁이었다. 주로 데면데면하게 지내는 남자 동기 중에서 진혁은 그래도 꽤 친한 편이었다.

적당한 키에, 평범하지만 선한 인상인 데다 과장이나 허세 없는 성격이 남녀 구분 없이 친구로 지내기에 좋았다. 진혁도 초은을 별다른 편견 없이 평범하게 대해주기도 했고 말이다.

"응? 나?"

그래서 진혁이 저를 찾을 때도 별생각이 없었다. 손의 물기를 앞치마에 닦으며 걸어 나갔을 때, 진혁은 따닥따닥 붙은 테이블 사이에 서 있었다.

"뭐? 왜?"

그제야 뭔가 이상했다. 그 어색하게 빗어넘긴 머리는 뭐며, 등 뒤로 감춘 손은 또 뭘까.

초은은 온몸이 따끔하도록 느꼈다. 주위에 흩어져 앉은 과 사람들의 흥미에 찬 눈빛들을.

"초은아. 나……."

"야, 서진혁, 잠깐……."

"아니, 제발 끝까지 좀 들어줘. 초은아, 나 너 좋아해. 나랑 사귀지 않을래?"

"아니, 잠깐만……."

"아직 나한테 별 감정 없어도 괜찮아. 너도 내가 좋아지도록 내가 잘할 테니까."

"잠깐, 그만하라고……."

초은의 말은 연이어 터져 나온 환호와 박수에 묻혀버렸다. 머리끝까지 당혹감과 분노로 얼룩진 초은의 마음 따위 아랑곳없었다. 그 장소에 있던 모든 사람이 이미 정해진 일처럼 소리를 질러댔다.

초은은 기가 막혔다.

대체 무슨 생각으로 감히 나한테 이런 똥 덩어리를 안기는 거지?

귀엽다는 듯 흐뭇하게 웃는 두훈과 눈이 마주쳤을 때. 결국, 초은의 머릿속에서 뭔가가 팡 터져버렸다.

"야, 서진혁."

"으응?"

"너 뭔데?"

멋쩍게 미소 짓던 얼굴이 순식간에 하얗게 바랬다. 초은을 향해 장미 한 송이를 내밀었던 손이 힘없이 늘어졌다.

"네가 뭔데? 너 나 몰라?"

"……초은아……."

"너, 내가 너랑 같은 학교 다니고, 한 강의실에서 수업 듣는다고 너랑 똑같아 보이지?"

방금까지 왁자하던 주막 안이 순식간에 쥐죽은 듯 조용해졌다. 그 많은 사람이 지켜보는데도, 숨소리 하나 들리지 않을 지경이었다.

"왜? 이러는 내가 싸가지 없어 보이니? 네가 내 자존심에 낸 스크래치가 더 심하거든."

가느다란 꽃대가 움켜쥔 주먹 안에서 힘없이 꺾였다. 잇새로 꽉 깨 물린 아랫입술이 창백하게 떨렸다.

"자, 자자. 둘이 따로 나가서 이야기하자. 응?"

보다 못한 선배 하나가 진혁의 등을 두드리고, 초은의 팔을 잡았다. 초은은 거세게 뿌리쳤다.

"아뇨. 얘가 여기서 시작했으니까, 나도 여기서 끝낼래요."

"야, 한초은……."

"뭐? 사귀자고? 내가? 너랑?"

줄기가 꺾인 장미가 땅에 툭 떨어졌다.

"그래, 알겠어. 미안…… 하다."

진혁의 나직한 목소리는 바들바들 떨렸다. 힘없이 처진 등이 저 멀리 어둠 속으로 멀어져갔다. 그러는 내내 초은은 보았다. 두훈의 미소가 얼어붙고, 따뜻했던 눈빛이 식어가는 것을.

이번에야말로 정말 실망했겠지.

하지만 초은도 정말 어쩔 수 없었다. 왜 하필 가장 행복했던 이날. 그가 보는 앞에서 그런 짓을 해야만 했단 말인가.

아니, 그 무엇보다 화났던 것은 그 순간 전혀 거리낌 없이 환했던 두훈의 미소 때문이었다.

엉망진창이 된 축제의 첫날이 어떻게 마무리되었는지, 기억은 희미했다. 그날 이후 초은은 과방에도, 매일 아침 함께 공부하던 도서관에도 가지 않았다.

"선배, 좋아해요."

받아들여질 거라 기대하지 않은 고백이었다.

초은은 거의 자포자기한 심정이었다. 어차피 버려지고 잊혀야 하는 마음이라면, 그 상대에게 한 번쯤은 전하고 싶다는 마지막 바람이었다.

하지만, 이런 식의 반응일 줄은 상상하지 못했다.

"네가? 나를?"

"……."

"어쩌나. 나는 너한테 어울릴 만한 사람이 아닌데."

분노가 어린 눈동자와 삐딱하게 기울어진 미소. 두훈에게도 이런 표정이 있었나. 초은은 멍하니 그의 얼굴을 보았다.

"등록금 벌려고 여기저기 아르바이트 뛰고, 정년퇴직하시고 노후 준비 안 된 부모님에, 오래된 전셋집. 나 그런 사람인데?"

초은이 힘없이 고개를 저었다. 아니에요, 선배. 사실은 난 그런 조건, 원하지 않았어요.

"한초은은 대단한 집안 딸이라면서."

그렇지 않아요. 내가 정말 가진 건 아무것도 없는걸요. 덧거리처럼 얹혀사는 초라한 인생일 뿐이에요.

"그런데 어떻게 내가 감히 한초은과 잘 지내겠어."

미처 하지 못한 말들이 가슴을 아프도록 꽉 메웠지만, 초은은 고개를 숙일 뿐이었다. 이제 와 그런 속마음 따위, 두훈에게 말할 수 없었다. 더 이상 그에게 초라한 모습으로 남고 싶지 않았다.

"한초은이 이런 한심한 사람인 줄 왜 이제껏 몰랐을까."

이제 두훈의 얼굴에서 삐딱하던 미소마저 사라졌다. 창백하고 무표정한 얼굴에 시리도록 찬바람만 일 뿐.

"네가 가지고 누리는 것들. 그중에 노력해서 얻은 게 뭐가 있어?"

"……."

"다들 열심히 노력하고 성실하게 사는 사람들이야. 감히 네가 무슨 자격으로 사람의 급을 판단할까?"

초은은 그 자리에서 재가 되어 흩어져버리고 싶었다. 가장 약하고 부끄러운 곳을 들킨 기분이었다. 그것도 태어나 처음으로 잘 보이고 싶었던 사람에게.

"그동안의 정을 생각해서 한마디만 할게. 너 그렇게 살지 마라. 단지 운이 좋아서 손에 쥔 걸 자랑하는 거, 부끄럽지도 않니? 스스로 뭐 하나라도 이루고 나서, 돌아봐. 그땐 네 생각도 조금은 달라져 있을 테니까."

잠시 말을 멈췄던 두훈이 마지막으로 무겁게 입을 열었다.

"난 다시 널 못 볼 것 같다."

홀로 남겨져 울었던가. 초은은 한동안 잊고 지냈던 어둡고 끈적한 고독을 다시 느꼈다. 그렇지 않은 척, 행복한 척 살아왔던 긴 시간에 대한 허무함도 함께. 그날, 애써 두르고 있던 초은의 화려했던 겉껍질은 산산이 부서져 버렸다.

며칠을 앓아누웠다.

제대로 먹지도 마시지도 못하고 울기만 했다. 쓰라림만 남긴 첫사랑보다 기어이 마주하게 된 제 초라한 현실이 더 아팠다.

"어휴, 언니. 이게 도대체 무슨 일이야? 요즘 클럽에도 잘 안 가고 이상하더라니.”

“초은이, 무슨 일 있니? 공부를 너무 무리한 거 아니냐?”

사촌 동생 시현의 투정 어린 걱정도, 외삼촌의 염려도 귀에 들어오지 않았다.

“외삼촌, 저 유학 갈래요.”

겨우 일어났을 때, 초은은 바싹 마른 입술로 상혁에게 부탁했다.

“글쎄, 언젠가는 한번 나가야겠지만. 음, 지금은… 시현이도 외로울 테고…….”

“언니, 언니가 가면 난 어쩌라고.”

“초은아, 학교에서 무슨 일 있었니? 언니한테 한번 얘기해 봐.”

만류하던 가족들도 앵무새처럼 같은 말만 반복하는 초은을 끝내 이기지 못했다. 학교를 휴학한 초은은 유학 준비를 일사천리로 마치고 곧장 미국으로 떠났다.

그리고 다시 돌아온 것은 6년이 지난 후였다.

/

“대리님, 퇴근 안 하세요?”

퇴근 무렵, 멍하니 생각에 잠겼던 초은은 퍼뜩 정신을 차렸다.

“응?”

“대표님 퇴근 시간까지 안 들어오면, 그냥 알아서 퇴근하라고 하셨잖아요.”

“아, 그러셨지.”

“그리고 대리님, 아까 그…… 카페 가셔야 하잖아요. 아까 그 훈남 사장님이 저녁에 오라고…….”

누가 듣는다고, 마지막 말은 초은의 귀에 대고 속닥거린다. 직장 선배의 로맨스를 기대하는 보윤이 귀여워 초은은 픽 웃었다.

"보윤 씨는 퇴근 안 해?"

"아, 저는 하던 일이 조금 남아서 마저 해놓고 가려고요."

"응, 그래. 그럼 나 먼저 퇴근할 테니, 보윤 씨랑 우신 씨도 일찍 들어가요."

"네네, 저희 걱정은 말고 얼른 가 보세요."

보윤의 떠다미는 것 같은 배웅을 받으며 사무실을 걸어 나왔다. 멀지 않는 거리를 걷는 동안 만감이 교차했다. 조금의 멋쩍음과 뿌듯함 같은.

가시처럼 온몸을 찔렀던 말들의 아픔을 다 잊었다면 거짓말일 것이다. 하지만 그 덕분에 초은은 변할 수 있었다.

"어, 왔니?"

작업대 뒤에 서 있던 두훈이 반겨주었다. 세월의 손길은 두훈에게도 어김없이 시간의 흔적을 새겨 놓았지만, 마음을 따뜻하게 덥히는 그 미소만은 여전했다.

구석에 있는 작은 테이블에 잠시 앉아 있으려니, 이내 두훈이 다가왔다.

"오랜만이지?"

초은의 앞에 내려놓은 것은 막 내린 핸드드립 커피였다. 김이 모락모락 나는 따뜻한 커피 한 모금이 가슴으로 스며들었다. 짙고 깊은 커피의 향. 두훈의 미소처럼, 그의 커피도 변함이 없었다.

"선배는 그대로네요."

"넌 많이 변했어."

"······네. 전 정말······ 많이 변했어요."

초은이 문득 꺼낸 말의 함의를 이해한 듯, 두훈도 가만히 대꾸했다.

"초은아, 어떻게 지냈니? 이야기······ 듣고 싶은데."

퍽 긴장한 듯 두훈의 울대가 느릿하게 오르내렸다. 초은은 작게 숨을 들이켰다. 오는 내내 이 순간을 두려워하기도, 또 기대하기도 했다.

"유학을 갔어요. 내가 모르는 곳, 또 나를 모르는 곳에서 새롭게 시작하고 싶었어요."

"그랬구나."

"한순간도 후회가 남지 않도록, 이를 악물고 최선을 다했어요. 내가 할 수 있는데, 하지 않았다는 생각이 들지 않도록."

"······."

"장학금도 받고, 졸업 성적도 좋았어요. JP모건에 인턴으로 입사해서 정직원도 되었고요. 성실하게 일도 했어요. 귀국해서 내 손으로 독립도 했고. 지금은 요 옆, '레드핏' 비서실에서 일해요."

"정말······."

두훈은 어떻게 말해야 할지 모르겠다는 표정으로 신중하게 말을 골랐다.

"정말, 멋지다. 초은아."

"다 선배 덕분이에요."

초은은 조금도 빈정대는 기색 없이 진심으로 대답했다. 멈칫했던 두훈도 곧 표정을 풀었다.

"그동안 너에게 사과하고 싶었어."

"네?"

사과를 받을 것이란 생각은 하지 못했다. 두훈 앞에서 어깨를 펴고 당당하게 말하고 싶었을 뿐이다. 난 이제 달라졌다고. 스스로 이룬 것들로 보람찬 하루하루를 살아가고 있다고.

"한참 네가 안 보이다가 갑자기 휴학하고 유학을 떠났다는 얘기를 듣고. 그제야 네 사정을 알게 되었어."

"아……."

아마 천애 고아가 될 뻔한 초은이 부자 외삼촌 댁에 얹혀살며, 온 갖 호사를 누린다는 이야기였을 것이다. 초은은 어색한 표정으로 고 개를 끄덕였다.

"그리고 내내 후회했어. 아무리 그래도, 내가 너무 지나쳤어. 그렇 게까지 말할 건 아니었는데. 그땐 나도 아직은 어렸고, 나도 몰랐던 자격지심 같은 것도 좀 있었나 봐."

"아니에요, 선배. 선배 말, 다 맞는 말이었어요. 그날, 선배가 그렇 게 말해 주지 않았다면 난 아직도 그렇게 한심한 모습 그대로일 거 예요."

"……."

"그래서 선배에겐 고마운 마음뿐이에요. 사실 그땐 원망도 했었 지만."

"그렇게 말해 주니 고맙다."

털어놓은 속마음이 조금 쑥스러웠다. 혀끝을 살짝 내밀고 웃는 초 은을 보며, 두훈도 비로소 시원하게 웃었다.

"선배는 어떻게 지내셨어요? 커피 좋아하더니, 결국은 카페 사장 님 되신 거예요?"

"그러게. 아무리 생각해 봐도, 내가 즐겁게 할 수 있는 일을 하고 싶더라."

"와, 그러기 쉽지 않은데. 선배도 정말 멋져요."

"그래도 예전만큼은 아니지?"

두훈은 그저 장난스럽게 말했을 뿐인데, 초은은 꽉 메인 가슴에서 솟아오른 어떤 감정에 코끝이 찡해졌다.

"선배가 늘 다정하게 바라봐 줘서, 또 세심하게 챙겨 줘서. 그래서 좋았던 것 같아요."

"아아, 좀 민망하네……."

"외삼촌 가족들은 다들 친절하고 좋은 사람들이었고, 내가 하고 싶다는 건 다 할 수 있게 해줬지만. 그래도 내 안에 뭔가가 부족했나 봐요. 조건 없는 애정이나, 따뜻한 보살핌 같은 것들."

"……그랬구나."

"그래서 새끼 오리처럼 무작정 선배를 따랐나 봐요. 다정한 건 선배의 천성이었는데, 나한테만 특별한 거라 믿고 싶기도 했고."

"아니야. 나한테도 네가 특별했어. 귀여운 여동생처럼, 돌봐 주고 싶은 마음이 들게 했으니까."

어쩌면 첫사랑의 정체가 그런가 보다.

처음 경험해 보기에 불확실하기만 한 감정. 서로에 대한 마음은 당시 생각했던 것과 달리, 결국 같은 감정이었다.

"그땐 몰랐는데, 지금 생각해 보면 선배를 보면 아빠가 생각났던 것 같아요."

"아버님도 지금 널 보면 무척 자랑스러워하시겠지. 지금 내가 그런 것처럼."

초은은 눈물이 그렁해진 눈으로 하하, 웃었다. 세상 모든 것이 거침없었던 대학 시절로, 아니 산과 들과 하늘이 모두 친구였던 행복했던 어린 시절로 되돌아간 것 같았다.

두훈은 예전에 그랬듯, 변함없이 다정한 손길로 초은의 머리를 다독거렸다.

잘했어, 장하다. 기특해.

/

"한 비서!"

"엄마야!"

갑자기 문이 벌컥 열렸다. 베트남의 서비스 대행사에서 온 공문을 검토하던 보윤은 저도 모르게 벌떡 일어났다.

"아, 대표님. 오늘 바로 퇴근하시는 줄 알았는데……."

"한 비서는?"

저가 놀라거나 말거나, 뭐라거나 말거나 한 비서만 찾아댄다. 무심한 은현의 행태에, 보윤은 슬쩍 입술을 삐죽였다.

"먼저 퇴근했습니다."

"아니, 퇴근 시간이 얼마나 지났다고 벌써……. 집으로 간대?"

외부 일정 마치고 바로 퇴근하겠다고 한 것이 바로 본인 아닌가. 뜬금없이 들어와서는 왜 정상적으로 퇴근한 사람을 찾고 난리인지.

"아니요. 개인적인 약속이 있는 것으로 알고 있습니다."

"개인적인 약속? 그게 뭔데? 어디서 누구랑?"

아니, 잠깐. 아무리 상사라도 이건 좀 너무 간 거 아닌가? 지난번엔 경원이 그러더니, 이번엔 대표라는 사람이 이런다.

"아까 낮에 점심 먹고 들른 카페에서 우연히 한 대리님 대학교 선배를 만났거든요. 저녁에 퇴근하고 거기 들른다고……."

하지만 자본주의 사회는 냉혹한 법. 보윤은 불만이 가득한 목소리로 어느새 초은의 행방을 줄줄 아뢰고 있었다.

"대학교 선배? 카페? 거기가 어딘데?"

"네. 정문에서 나가셔서 우회전해서 150미터가량 걸어가시면, 건물 우측에 새로 생긴……."

은현은 보윤의 친절하고 상세한 설명에 성급하게 고개를 끄덕이고는 다시 문으로 발걸음을 옮겼다.

"우보윤 씨."

"네, 대표님."

"지금 그 서류, 내일 아침에 출근하자마자 볼 거니까, 잘 마무리해 놔. 그럼."

일찍 퇴근하라는 소리는 빈말로도 하지 않는구나.

들어올 때와 마찬가지로 순식간에 사라지는 은현의 뒷모습을 보며, 보윤은 썩어가는 미소를 지었다.

"으휴, 저러니 한 대리님이 연애 한번 제대로 못 하지."

이미 퇴근한 사람을 저렇게 지명수배범 찾듯이 찾아서 일을 시켜 먹어야겠냐. 그것도 그 훈내 나는 대학 선배와 지금 한창 분위기 좋을 텐데 말이지.

경원에 이어 눈치 없는 비서 2에 등극한 보윤은 연신 꿍얼대며 애꿎은 서류만 펄럭였다.

/

한초는 얼굴 한 번 더 보겠다고, 경원을 집에 보내고 서둘러 되돌아왔건만. 고새를 못 참고 퇴근하다니.

괘씸함에 발걸음이 절로 빨라졌다. 물론 소식도 없이 돌아온 제멋대로의 행동 따위는 고려 대상이 아니었다.

"아, 저기군."

보윤이 알려 준 방향으로 걷다 보니 〈커피 살롱〉이라는 간판이 적힌 자그마한 커피숍이 나왔다.

저기서 초은이 대학 선배와 만나고 있다는 말이지. 멀리 가지 않아서 그나마 다행이군.

개인적인 약속에 멋대로 난입해도 되는지는 이미 아웃 오브 안중이다. 망설일 새도 없이 가게 문을 벌컥 열고 들어갔다. 외관과 다르지 않은 자그마한 가게의 안에는 드문드문 사람들이 앉아 있었다.

저쪽 구석에 보이는 낯익은 말간 얼굴. 반가움이 불쑥 솟아오른다. 두 다리가 절로 성큼성큼 다가갔다.

"한 비서, 나 없다고 일찍도……."

일찍도 퇴근했군. 그동안 그렇게 집에 일찍 가고 싶어서 어떻게 참았어? 매일 야근하느라 사리 몇백 개는 쌓였겠는걸.

반가움을 주체 못 해 줄줄이 하려던 말이 목구멍에 턱 걸렸다.

아니, 대학 선배라는 사람이 남자였어?

게다가 이 분위기는 대체…….

초은의 머리를 친근하게 쓰다듬는 익숙한 손놀림. 그리고 활짝 웃는 초은의 눈가에 눈물이 맺혀 있지 않은가.

"한 비서."

초은은 별안간 들려오는 부름에 고개를 들었다. 그곳에는 딱딱하게 굳어진 채 미간을 와락 찌푸린 은현이 서 있었다.

아니, 대표님이 어떻게 여기…….

황망하게 시선이 흔들리던 것도 순간이었다.

"방해해서 미안하군."

"대, 대표님."

훌쩍 뒤돌아 가 버리는 뒷모습에서 찬바람이 일었다. 초은은 저도 모르게 엉거주춤 자리에서 일어섰다.

"뭐해, 어서 가봐."

"선배……."

두훈은 눈치가 빨랐다. 이러지도 저리지도 못하는 초은의 어깨를 다독였다.

"자주 올 거지? 언제든지 커피는 제공할게."

"네. 그런데 저, 사실은 라떼를 더 좋아해요."

"하하, 그래. 다음에 오면 최고로 맛있게 만들어 줄게."

다락방 깊숙한 곳에 쌓여 있던 먼지처럼, 가슴속 남아 있던 앙금을 말끔히 털어 냈다. 뒤늦게 딱지가 떨어진 상처에는 벌써 보송한 새 살이 돋아 있었다.

개운해야 하는데, 방금 나타났다 사라진 은현 때문에 조급한 마음만 들었다. 초은은 두훈에게 눈인사를 건네고 서둘러 가게를 나왔다. 저 멀리 은현의 뒷모습이 보였다.

잠깐 사이 참 멀리도 갔다. 쿵쿵 걷는 걸음걸이가, 뒤에서 봐도 화난 기색이 역력했다. 짧게 한숨을 내쉰 초은은 은현을 따라잡기 위해 급히 발길을 옮겼다.

"대표님, 대표니임."

다리 길이의 차이 때문인지, 초은은 거의 뛰다시피 해야 했다. 분명 들었을 텐데, 은현은 초은의 목소리가 들리지 않는 것처럼 속도를 늦추지도 않았다.

"대표님, 잠깐…… 잠시만요."

기어이 초은에게 옷자락을 잡히고서야 은현은 홱 뒤돌아섰다. 그 사나운 기세에 초은은 비틀거렸다.

"뭐야, 한 비서."

"대표님, 잠시…… 제 얘기 좀……."

숨이 가빠 제대로 말을 이을 수가 없었다. 겨우 마주 선 은현의 눈에서는 불길이라도 뿜어져 나올 것 같았다.

"한 비서가 처음부터 나한테 마음이 없다는 건, 분명히 들어서 알고 있었지. 하지만 나한테 이럴 줄은 몰랐어."

"대표님, 그게…….."

"분명 나한테 기회를 준다고 했던 것 아닌가? 도대체 이게 뭐지? 내 감정을 이용해서 날 기만한 건가?"

"아니에요, 대표님. 내 말도 좀…….."

"내가 한 비서에게 안달복달하는 걸 보면서 꽤 재미있었겠군. 대체 왜 그런 거야. 다른 사람이 있으면, 처음부터 난 아니라고, 가망이 없다고 말했어야지."

잔뜩 흥분한 은현은 도무지 초은의 말을 들으려 하지 않았다. 거친 손으로 머리칼을 넘기고, 얼굴을 쓸어내렸다.

"젠장, 화가 나야 하는데. 난 왜 이 상황이 두렵기만 한 거지."

은현의 격앙된 목소리가 가늘게 떨렸다. 초은은 심장이 쿵, 내려앉는 것만 같았다. 은현의 이런 약한 모습에 가슴 저릿해지는 날이 올 줄은 초은도 미처 몰랐다.

"대표님, 제발 내 말 좀 들으시라니까요."

까치발을 한 초은이 은현의 양쪽 뺨을 힘껏 감싸 고정했다. 그제야 흔들리던 은현의 두 눈동자가 초은을 향했다.

"이 순간마저 설레다니……. 내가 정말 등신이 된 것 같군."

나지막한 독백이 한숨처럼 새어 나온다. 덩달아 초은의 목소리도 속삭이듯 가라앉았다.

"아니에요, 대표님. 무슨 생각을 하셨든, 다 아니에요. 틀렸다고요."

"그, 그럼. 그럼 대체 그 남자는 뭐야? 아까 그 행동은?"

"그건 차차 설명해 드리겠습니다. 지금은 그건 중요하지 않아요."

"뭐라고? 그럼 뭐가 중요하다는 거야?"

은현의 거칠지만 진솔한 마음에, 항상 직구로 부딪혀오는 말들에, 속절없이 가슴이 떨리는 것을 더는 부인할 수 없었다.

해묵은 첫사랑의 그늘을 걷어버린 오늘. 언젠가 결국 그의 마음을 받아들이게 될 것이라면, 그건 바로 지금이어야 한다.

초은은 은현의 볼을 잡은 손에 더욱 힘을 주고, 그와 눈을 맞췄다. 은현의 눈동자가 잘 연마된 오닉스처럼 커다랗게 빛났다.

"제 말 잘 들으세요."

"……."

"저는 대표님이 좋아요. 대표님은 저와의 약속에 최선을 다하셨고, 그러는 동안 대표님이 좋아졌습니다. 다른 누구도 아닌, 대표님을 좋아합니다."

은현의 동공이 크게 벌어졌다. 막 꿈에서 깨어난 사람처럼 멍한 얼굴이었다.

"대표님?"

"저, 정말이야?"

"……."

"장난 아니고? 진짜야?"

"네, 그렇습니다."

"다시 한번 말해 줘. 빨리."

은현의 재촉에 초은은 슬쩍 웃었다. 이런 막무가내까지 귀엽게 보이니, 이 마음이 애정이 아니라면 뭐란 말인가.

"대표님을 좋아해요."

"초은아."

대뜸 이름이 불리자 초은의 눈이 휘둥그레졌다.

"얼마나 이렇게 불러보고 싶었는지 알아? 초은아, 이제 이렇게 불러도 되지? 그럼 우리 이제 사귀는 거지? 오늘부터 1일?"

"……네. 그렇습니…… 앗."

대답이 채 끝나기도 전에 초은의 가녀린 몸은 널찍하고 단단한 품에 덥석 안겼다. 뺨에 맞닿은 가슴에서 둥둥둥 북을 울려대는 것 같은 진동이 느껴졌다. 그는 심장 소리마저 솔직하다.

"이제 못 물러. 다시 생각해 보니 잘못 말한 것 같더라도, 어쩔 수 없어. 낙장불입 알지?"

"안 무릅니다."

"하……. 정말 미치겠네. 키스해도 돼?"

사뭇 은현다운 기쁨의 표현이지 않은가. 초은은 비실비실 새어 나오는 웃음을 겨우 참았다.

"아직은 안 됩니다."

"아아……."

아쉬운 탄성과 함께 초은을 휘감은 팔에 더욱 힘이 들어간다. 거리를 지나는 사람들의 흘깃대는 시선이 무안했지만, 그래도 기념할 만한 날이니까.

초은은 불만 없이 한참을 은현의 품에 안겨 있었다.

/

직장인의 아침은 어김없이 밝았다.

바글대는 인간 세상은 관심도 없다는 듯 무심하게 떠오르는 태양. 거리를 가득 메운 자동차들. 바쁘게 길 위를 오가는 사람들.

모든 것이 여느 날과 다름없는 아침일 뿐인데. 어째서 같은 시간, 같은 길을 걷는 초은에게는 모든 것이 새롭게만 느껴지는 걸까.

제 정수리의 머리칼을 간지럽히던 벅찬 숨결, 다정히 얽어맨 둘을 스쳐 지나던 청량한 바람, 맑게 갠 밤하늘의 유쾌한 반짝임, 헤어질 때 아쉽다는 듯 제 손가락을 만지작거리던 간질간질한 촉감.

그런 것들의 감각이 여전히 남아, 초은의 시야에 어떤 필터를 덧대고 있는지도 몰랐다.

"어, 대리님. 오셨어요?"

"응, 보윤 씨. 좋은 아침."

초은을 맞이하는 보윤의 태도가 평소보다 더 유난스럽다.

"대리님. 어제 괜찮으셨어요?"

"어제?"

"어유, 우리 대표님 말이에요."

"으, 으응?"

'도둑이 제 발 저린다'고 했던가. 은근히 다가서는 보윤의 기세에 초은은 움찔했다.

"아니, 아무리 전담 비서라지만, 퇴근한 사람을 그렇게 추노꾼처럼 쫓아가야 하냔 말이에요."

"대표님이?"

"아…… 제가 진짜 말 안 하려고 했는데요, 대표님이 어찌나 닦달하시던지. 혹시 어제 중요한 약속도 있었는데 막 방해받고 그러신 건 아니죠?"

초은이 오기 전 보윤이 벌써 한바탕 하소연을 한 모양이다. 우신도 동조하듯 열렬히 고개를 끄덕이고 있으니 말이다. 그제야 상황을 이해한 초은은 슬쩍 웃었다.

"아니야. 괜찮았어."

"그런데 대체 무슨 급한 일이 있어서 그렇게 애타게 대리님을 찾으셨대요? 사무실에 들어올 때도 '한 대리'를 외치면서 들어오시던데."

"아, 그게 말이지……."

아무리 초은이라도, 지금 이 순간 보윤에게 무슨 일이었는지 절대 말할 수 없었다. 아무리 윗사람이라지만, 그런 잔인한 행동을 할 수 있을 리가 없었다.

"별로 대단한 일…… 도 아니었어."

"헐……. 대단한 일도 아닌데 그렇게 배탈 난 사람처럼. 하여간 대표님은 도무지……."

타이밍이 좋지 않았다. 아무리 생각해 봐도 호랑이의 느낌은 아닌데, 때맞춰 등장하는 이는 바로 대화의 주인공 은현이었다.

"굿모닝. 봄날의 아침이 무척 아름답지? 잠은 잘 잤어? 응? 한 비서."

화들짝 놀라 얼른 다물었던 보윤의 입이 다시 멍하게 벌어졌다.

저 인간이 아침부터 술을 마셨나.

보윤의 표정은 절정으로 농익은 구내염에 알보칠을 바른 사람처럼 생생한 경악으로 얼룩져 있었다.

이 상황은 단언컨대, 매우 좋지 않았다.

차라리 문을 열자마자 깐죽대는 잔소리를 늘어놓을 때가 나았지. 초은을 바라보는 저 눈빛은, 마주치기만 해도 홀라당 태워버릴 듯 이글대지 않는가.

초은은 저도 모르게 벌떡 일어나 은현의 팔을 낚아챘다.

"대표님. 급히 드릴 말씀이……."

허겁지겁 은현을 대표이사실 안으로 끌어당겨 문을 쾅 닫았다.

"어이쿠. 뭐가 이렇게 급해?"

졸지에 초은에게 벽치기를 당한 은현이 방문에 딱 달라붙은 채 능글맞게 웃었다.

"그렇게 내가 빨리 보고 싶었어? 나도 밤새 잠도 못 잤다고."

"아, 아니. 그게 아니라."

"아니야. 한 비서가 이렇게 적극적이라 좋다니까."

"흠흠, 그게 아니라 드릴 말씀이 있습니다."

괜히 오버 했나 싶어 멋쩍어진 초은은 목청을 가다듬으며 은현에게서 한 걸음 멀어졌다.

"이리 와. 앉아서 얘기해."

은현이 손님용 소파로 자리를 옮기자, 초은도 맞은편에 앉았다.

"아니, 일로 와야지. 여기, 얼른."

"아닙니다. 여기서 얘기하겠습니다."

제 거부가 미약했을까. 옆자리를 손바닥으로 툭툭 두드리는 손놀림이 능청스럽다. 둘의 관계가 새롭게 정립되자마자, 초은은 어쩐지 궁지에 몰리는 느낌이 들었다.

"우리 이제 2일이잖아. 연인끼리는 옆에 앉고 그러는 거야. 자, 어서."

"그래서 말인데요, 대표님."

"응, 뭐?"

여전히 저를 보며 눈웃음을 치는 은현을 향해, 초은은 마른 침을 삼켰다.

"회사에서는 아무래도 우리 사이는 비밀로 하는 게 좋겠어요."

"뭐? 아니, 도대체 왜!"

"저, 그게……."

"한 비서는 내가 부끄러워? 응? 내가 아직도 남자 친구로는 부족해? 아무도 모르게 이럴 것 같으면 도대체 사귀는 게 무슨 의미가 있냐고."

은현은 그야말로 받았던 사탕을 빼앗긴 아이처럼 심통 난 얼굴을 했다.

"아니, 그게 아니라……."

하지만 은현에게 도저히 진실을 말할 수는 없었다.

둘의 사이가 공개되는 그 순간. 초은의 앞에서 쫑알쫑알 은현의 뒷담화를 깠던 보윤과 우신은 얼마나 난처할 것인가. 심지어 은현의 삐딱한 독설이 심했던 날에는 초은도 맞장구를 치지 않았던가.

그러고 보니 비단 비서실만의 문제가 아니었다. 은현에게 신나게 당하고 나오면서 초은에게 하소연했던 그 많은-실은 거의 모든-부서의 직원들. 그들에게는 이만한 대 배신극도 없는 것이다.

시무룩하게 툭 튀어나온 은현의 입술이 퍽 안타까웠지만, 어쩔 수 없는 일이었다. 자타공인 완벽한 능력녀였던 초은은 졸지에 '레드핏의 배신녀'로 낙인찍히고 싶지 않았다.

"이게 모두 다 회사를 위해서입니다."

"뭐어? 그게 대체 무슨 소리야?"

초은의 단언에, 은현의 얼굴에 의아함이 어렸다.

"자, 생각해 보세요. 우리 회사가 어떤 회사인가요. 대표님부터 시작해 각 팀의 직원들 모두 야근과 밤샘 근무를 밥 먹듯이 하는 곳이잖아요. 연애는커녕 있던 애인마저 도망가는 일이 속출하는 잔혹한 세계가 바로 레드핏입니다."

"그…… 그래?"

우리 회사가 그렇게 잔인한 곳이었나. 은현은 머쓱해졌다.

하긴, 이제까지 직원들의 애정사에 신경 써 본 적이 있었던가. 초은을 만나기 전에는 연애 따윈 어디에다 써먹는지도 몰랐던 은현이니 말이다.

"그런데 그 와중에 대표이사와 전담 비서의 열애설이 터진다면……."

"……."

"직원들의 배신감과 박탈감은 핵폭탄급일 거예요. 그 사기 저하를 어떻게 감당하시려고요."

"흠……."

"지금 한창 진행 중인 프로젝트들을 생각해 보세요. 지금 당장 기한이 임박한 것들이 뭐가 있나요?"

"음……. T1 프로젝트와 S2, 또 GE 시즌2 정도?"

"그렇죠. 특히 T1은 이제 곧 알파 테스트가 시작되면, 아시잖아요. 우리 레드핏 사내에는 지옥도가 펼쳐지는 거."

퀭한 눈 아래 짙은 다크서클을 달고 흐느적대는 좀비 같은 형체들. 과다출혈 환자가 수혈을 받듯, 대용량 커피 컵의 빨대를 야무지게 꽂고 있는 부르튼 입술들. 그리고 무수면 연속 근무 기록으로 내기를 하는 급조된 갬블러들까지.

순간 그 고달픈 아수라장이 눈앞에 생생하게 펼쳐진다. 은현은 저도 모르게 부르르 몸서리를 쳤다.

"그, 그거야 그렇지."

처음에는 영 불만스러워하던 은현도 어느새 초은의 설득에 빠져들고 있었다. 아무래도 은현이 가장 익숙한 업무와 연관해 이야기한 것은 훌륭한 선택이었다.

"그런 혼란의 도가니에서, 대표이사는 꽁냥꽁냥 연애라니. 대표님이 개발팀 프로그래머라고 생각해 보세요."

"아니, 그런 썩을! 아, 아니 그건 좀……."

상대방의 기분에 그리 연연하지 않고 하고 싶은 대로 하고 살던 은현도, 이번엔 격하게 감정 이입을 했다.

초은은 그럴 줄 알았다는 듯 차분히 고개를 끄덕였다.

"그렇죠? 그래서 제 계획은 이렇습니다."

"응, 얼른 설명해 봐."

"우선 열과 성을 다해 T1을 런칭해, 모바일 RPG 업계를 쓸어 버리는 거죠. 사실 우리 레드핏이 PC게임 분야에서는 명실상부 최정상이지만, 모바일에서는 조금 약한 감이 있었잖아요. 이 기회에 모바일까지 완벽하게 장악해버리고."

"오호……."

"엄청난 수익을 쓸어 담은 후에, 고생한 직원들에게 아낌없이 인

센티브를 뿌립니다. 그리고 모든 직원이 축제 분위기에 흠뻑 물든 그때."

"그때?"

"네, 바로 그때. 우리 관계도 슬쩍 오픈하기 딱 좋은 타이밍인 거죠. 사람들이란 물질과 육체의 여유가 생겼을 때, 한없이 너그러워지기 마련이거든요."

"그렇군⋯⋯. 아주 좋은 계획이긴 한데."

은현은 납득을 하면서도 여전히 개운치 않았다.

초은과 둘이서 출근도, 퇴근도 함께 하고 싶다. 일하다가도 내키는 대로 보들보들한 손도 잡아 보고 싶고, 남 눈치 안 보고 마음껏 바라보고도 싶다. 그런데 비밀로 하면 아무래도 매사 행동을 조심해야하니, 답답할 것이 분명했다.

"그리고 연애라는 게 꼭 자랑해야 할 일도 아니고⋯⋯."

'아니, 왜? 난 자랑하고 싶어 죽겠는데. 가능하다면 시청 광장에서 기자회견이라도 하고 싶은데 말이야.'

초은이 중얼댄 말에 은현의 눈빛이 불만에 터질 듯 달아오른다.

실수였나 싶어 초은은 급히 다음 말을 덧붙였다.

"그리고 사실은⋯⋯. 대표님과 이런 감정. 아직은 둘이서만 마음껏 만끽하고 싶은걸요."

"아아. 그런 거였군."

그제야 이해가 된다는 듯, 은현이 시원스럽게 고개를 끄덕였다. 초은은 겨우 마음속으로 한숨 돌릴 수 있었다.

사실이기도 했다. 레드핏에 일어날 후폭풍을 피해가기 위한 핑계만은 아니었다. 설익은 첫사랑의 아린 기억 후로, 한 남자를 향해 출렁이는 이런 감정은 초은에게도 처음이었다. 그런 낯설고도 들뜬 기분을 좀 더 음미하고 싶은 것은 분명 진심이었다.

복잡미묘한 초은의 표정을 보는 은현의 눈매에 보드레한 온기가 돌았다.

"이런, 앙큼한 계략녀 한초은 같으니. 어때? 오늘 저녁 같이할까?"

"오늘 저녁에는 대학 동기 모임에 참석하셔야 하잖아요. 저는 다과와 일정표를 챙겨 다시 돌아오겠습니다."

"아니, 잠깐 이리 와."

은현은 자리를 나서려는 초은의 손목을 잡아끌었다. 그리고 한껏 벌린 품 깊숙이 스며드는 초은의 풋풋한 향기.

홍차 따위가 무슨 소용이람. 그 향기를 폐부 깊숙이 들이마시는 것만으로 텅 빈 마음이 가득 채워지는 기분인걸.

이 완벽한 충족감이란.

그 기분은 비단 은현 혼자만 느끼는 감정은 아니었다.

대표이사실을 나서는 초은의 발그레한 얼굴에도 수줍은 미소가 가득했으니.

/

대학 동기 모임은 밤이 깊어서야 끝이 났다.

대학 시절 게임 개발에만 몰두했던 은현에게, 동기에 대한 애틋한 정이 있을 리가 없었다.

모임이 있을 때마다, 경원은 별로 내켜 하지 않는 은현을 꼬박꼬박 챙겨서 끌고 갔다. 이 나라에서 학연과 지연은 여전히 중요한 치트키였다. 게임 개발도 결국은 사업이다. 사회 각층에 흩어져 제 몫을 하는 동기들이라는 인맥은 이용할 가치가 높은 자원이라는 것이 경원의 지론이었다.

주차장에서 대리운전을 기다리며, 은현과 경원은 한동안 말이 없었다. 소탈한 듯 포장하며 은근히 제 자랑에 열을 올리던 모임의 분위기가 불러온 피로감. 옷에 밴 음식 냄새. 알싸하게 오른 취기. 그런 것들을 씻어 주는 청량한 밤공기가 기꺼운 순간이었다.

"박 실장님."

문득 은현이 경원을 불렀다.

"네, 대표님."

"너 내일부터는 퇴근하고 혼자 집에 가라."

"뭐? 왜?"

"나 이제 한 비서랑 퇴근해야 하거든."

"헐……. 이 배신자. 뭐야? 한 비서가 왜 너랑 같이 퇴근하는데?"

"넌 그렇게 옆에 착 붙어 있으면서도 눈치가 없어. 우리 이제 사귀는 거 보면 몰라?"

뭐, 뭐! 도대체 뭘 보고? 한 비서는 오늘이나 어제나 그저께나 마찬가지로 털끝 하나 다르지 않더라, 뭐.

경원은 울컥했다. 이 절친이라는 놈은 말을 해도 꼭 이렇게 밉살스럽게 한다. 물론 저는 선한 사람이라, 친구의 로맨스를 진심으로 기원하긴 했다.

아무리 그래도 그렇지. 이렇게 느닷없이 혼자만 메마른 솔로의 세계를 탈출하다니. 괘씸한 생각도 들고, 여러모로 심란하기만 하다.

"아씨, 의리 없이……."

"그러니까 너도 연애를 해."

"야, 내가 뭐 못해서 안 했냐? 그게 다 너 생각해서, 일만 하는 네가 자괴감 느낄까 봐, 응? 나 좋다는 여자분들 수십 명을 눈물을 머금고 거절했는데 말이야."

배신감과 박탈감은 무에서 유를 창조하는 원동력이 되었다. 경원은 발이라도 쿵쿵 구를 기세로 허위사실을 외쳤다.

"그래그래. 알았으니까, 우리 방해하지 말고 눈치껏, 알아서. 알지?"

'이 더럽고 치사한 놈. 지가 한 비서와 이루어지기까지 내 도움이 얼마나 컸는데. 이런 무도한 토사구팽이라니. 그나저나 한 비서도 실망이군. 이렇게 쉽게 저놈을 받아 주다니. 좀 더 단단하게 철벽을 쳤어야지. 저 새끼 안달복달하며 조련당할 때, 지켜보는 재미가 꽤 쏠쏠했는데 말이지. 게다가 지가 언제부터 연애해 봤다고 저렇게 기고만장이냐.'

"안 되겠어. 더럽고 치사해서라도 나도 연애할 거다. 할 거라고!"

"응, 그래. 해. 마음껏 해봐."

마음속의 외침이 우렁차게 튀어나왔다. 귀찮다는 듯, 영혼 없는 대꾸에 더 열이 올랐다.

"응, 초은아. 나야. 자니?"

'으허헉, 이번엔 심장마비에 걸릴 뻔했다. 언제 핸드폰은 꺼내서 전화한 거냐. 뭐? 초은아? 초은아라니! 그리고 어울리지도 않는 저 토 나오는 목소리는 뭐냐고.'

"난 이제 집에 가려고. ……아니, 그냥……. 이렇게 늦은 밤에 전화할 수 있으니 좋다 싶네."

경원은 몸서리를 치며, 은현에게서 백 스텝으로 멀어졌다.

강은현이 저럴 수는 없다. 저 은은한 미소 띤 얼굴, 달콤한 목소리.

귀신한테 빙의라도 됐나.

뒷걸음질 치던 경원은 이제 숫제 몸을 돌려 달리기 시작했다.

흥칫뿡. 사나이 가슴에 요로코롬 불을 싸지르다니. 두고 봐라. 내가 꼭 연애하고 만다! 나라고 뭐 목석인 줄 아냐. 나도 마음이 가고 눈이 가는 아가씨가 있다 이 말이다!

경원의 딱한 결심은 밤새 더 단단히 굳어졌다.

그리고 출근길. 의지에 찬 경원의 눈이 포착한 여인이 있었으니.

"이야, 다민 씨. 출근하세요? 아침에 제일 처음 만나는 동료가 다민 씨라니, 이거 정말 행운의 하루로군요. 로또라도 사야 하나."

"헐…… 저 어제 밤샘 근무했습니다."

아, 잘못 짚었구나.

듣고 보니 딱 그렇다. 사과 꼭지처럼 모아 묶은 앞머리며, 후줄근한 티셔츠와 운동복 바지. 그런 것들이 퇴근을 못 한 직원의 피로를 어김없이 표현해 주고 있다.

하지만 경원은 굴하지 않았다.

"우와, 밤을 새우고도 이렇게 윤기가 흐르는 미모라니. 아침 해가 부끄러워서 못 나올 뻔했겠는데요. 아하하하하핫."

호탕하게 껄껄 웃어 젖히는 경원을 보면서도 다민의 얼굴은 시큰둥하기만 했다.

"개기름인데요."

"오, 역시나! 아름다운 개, 개기……. 흠흠"

이렇게 당당한 개기름이라니……. 제아무리 뻔들뻔들한 경원이라도 개기름 앞에서는 꼬리를 내릴 수밖에 없었다.

헛기침하며 목청을 다듬은 경원은 본격적으로 본론을 꺼냈다.

"참, 그나저나 이렇게 다민 씨와 딱 마주친 게 운명이지 뭡니까. 안 그래도 은밀히 할 이야기가……."

"네? 뭔데요?"

"그 뭐냐……. 우리 한 비서에 관해서 토킹 어바웃을 좀 해봐야 할 것 같은데……."

"초은이요? 초은이가 왜요?"

귀찮아 죽겠다는 표정의 다민을 붙들고, 경원의 표정은 진지하기만 했다.

"한 비서가 강 대표, 그러니까 내 친구 은현이랑 드디어 그렇게 된 건 아시죠?"

"아뇨? 모르는데요?"

"아하, 야근하시느라…… 아직 모르는구나. 결국, 그렇고 그렇게 됐지 뭡니까."

"그런데 그게 뭐요?"

"자, 잘 생각해 보십시오. 나는 그의 절친, 다민 씨는 그녀의 절친. 그러니까 이제 딱 사이즈 나오지 않습니까. 제 얘기 아시겠죠?"

"아니요. 모르겠는데요."

아, 이런 쿨내 진동하는 아가씨 같으니라고. 말을 꺼내는 족족 툭툭 잘라내는 그 기술이 아주 그냥 조선 시대 칼춤 추는 망나니 저리 가라다.

그러니 '유들유들'이라는 단어를 사람으로 환생시켜 놓은 것 같은 경원이라도 식은땀이 나지 않을 수 없었다.

"에, 그러니까 제 말은…… 그 뭐시냐, 그 둘의 원활한 애정 생활을 위해서는 다민 씨와 제가 아주 긴밀한 협력 관계를 맺어야 한다는 거죠."

"거절합니다."

무슨 유치원 애들도 아니고, 다 큰 어른들이 연애한다는데. 죽이 되든 똥이 되든 지들끼리 지지고 볶든가 말든가. 협력 관계는 무슨 얼어 죽을……. 바빠죽겠는데 이게 뭔 뻘소리야.

결국, 퍽 짜증이 났는지 구시렁거리는 소리가 경원의 귓가에도 선명히 들려왔다.

"아니, 다민 씨도 아시다시피 당사자들이 연애사에 능숙하지도 않고…… 또, 주변 사람들이 도움을……."

"아 됐고, 전 이만 세수하러 갑니다."

"다민 씨, 다민 씨!"

경원의 부름은 다급하고 애절했다. 하지만 다민의 지친 뒷모습은 일말의 망설임도 없이 멀어져만 갔다. 순간 망연자실했던 경원은 이내 훗, 웃으며 머리를 쓸어 넘겼다.

"수줍어하기는. 귀엽게……."

하지만 경원이 누구인가. 둘째가라면 서러울 비서실 최고의 '눈새'가 아닌가. 사랑의 쟁취를 위한 경원의 질주는 당분간 꺾이지 않을 예정이었다.

/

어느 골목 끝에 자리한 작고 예쁜 카페 안.

조용한 실내에 잔잔하게 흐르는 음악은 영화 〈닥터 지바고〉에 나왔던 'Lara's Theme'다. 은현과 초은은 연인이 되고 처음으로 함께 저녁을 먹고, 차를 마시러 온 참이었다.

저를 진득이 바라보는 눈매가 감길 듯이 휘어져 있다. 초은은 잔 꽃무늬가 새겨진 커피잔을 톡 내려놓았다. 난감함을 감추려 어색하게 웃음을 띤 얼굴이었다.

아무리 퇴근 후이고, 둘만의 시간이라지만, 저 꿀물 흐르는 끈적한 눈빛은 너무 부담스럽단 말이다.

초은은 마음속으로 절규하고 있었다.

"참, 워크숍 준비는 잘 되고 있고?"

"네. 올해 워크숍은 우신 씨가 맡아서 준비하고 있어요. 따로 일정 보고를 드리라고 귀띔할까요?"

"으응, 아니야. 경원이랑 의논해서 그냥 알아서 진행해. 그 정도 능력은 있잖아, 우리 초은이."

갑자기 귓가가 당기며, 소름이 발끝부터 달려온다. 한 번씩 저럴 때마다 누가 듣지나 않을까 심장이 오그라들었다.

초은의 마음을 아는지 모르는지, 은현의 미소는 아침 햇살처럼 화사하기만 했다. 테이블 위에 놓인 초은의 손을 끌어당겨 살짝 쥐고 어루만지는 손가락의 놀림. 초은의 귀 끝이 수줍게 붉어졌다.

"장소 예약은 끝났지?"

"네. 워크숍 날짜에 맞춰 계약서를 작성하고, 예약금 입금을 끝냈습니다."

이번에는 초은도 웃을 수밖에 없었다.

은현은 초은과 함께 데이트를 즐겼던 남양주의 그곳을 워크숍 장소로 예약하라고 지시했었다. 가게 주인과의 약속을 결국 지킨 셈이다. 비록 본인이 계획했던 바를 완전히 이루지는 못했지만 말이다.

5월은 '레드핏'이 창립한 달이었다. 해마다 창립 기념일이 되면 전 직원이 1박 2일로 워크숍을 떠나는 것이 이 회사의 전통이었다. 연이은 프로젝트들로 업무는 늘 숨 가쁘게 돌아갔지만, 그래도 워크숍만큼은 모든 일을 잊고 즐기는 행사였다.

대표이사 비서실의 주도로 해마다 정해진 테마에 맞춰 장소와 프로그램이 정해지는데, 워크숍 당일까지는 철저히 비밀에 부쳐진다. 그래서 이번에는 어떤 콘셉트일지 추측해보는 것도 직원들의 쏠쏠한 재미 중 하나였다.

"프레젠테이션 준비는 다 끝나셨어요? 마케팅팀에서 지시하신 자료 준비한다고 고생한 모양이더라고요."

"준비랄 게 뭐 있나. 다 내 머릿속에 들어 있는 것들인데. 그 자료는 내가 아니라 보는 사람들을 위한 거지."

네네, 아무렴요. 전 직원을 대상으로 한 프레젠테이션 따위야 어디 긴장이나 되시겠어요. 킹왕짱울트라캡숑 잘나신 분이시니까요.

"그 정도쯤이야 껌이지. 내가 늘 하는 일이 뭔데."

"네네, 그럼요."

은현의 기고만장한 표정에 왠지 약이 올랐다. 하지만 아직은 초은 안에서 비서와 상사의 관계가 더 크게 자리 잡고 있었다. 그래서 느끼는 대로 마음껏 고까운 티를 낼 수 없는 것이 한탄스러웠다.

집으로 가는 길.

초은을 바래다주는 차 안에서, 은현은 어쩐지 말이 없었다. 신호에 걸려 차가 멈출 때마다 초은을 물끄러미 바라볼 뿐이었다.

"……왜, 하실 말씀이라도……."

"앞으로도 계속 대표님이라고 부를 건가. 응, 초은아?"

"아……."

"둘만 있을 땐 오빠라고 불러도 되는데."

으아아악. 순식간에 초은은 뭉크의 '절규'에 등장한 주인공이 된 기분이었다.

"그냥……. 은현 씨라고 부를게요."

으아아악, 은현 씨라니. 그래도 오빠보다는 오조오천만 배 더 나아. 맨입에 바게트 한 줄을 다 먹은 것처럼 목이 꽉 막혔지만, 초은은 기특하게도 그 어려운 걸 해냈다.

어느새 차가 초은 오피스텔 앞에 부드럽게 멈췄다. 초은을 보는 은현의 입매는 빙그레, 긴 호선을 그리고 있었다.

"그렇게 불러 주니까 좋군. 그러고 보면, 요즘은 주변에 박경원 그 자식 말고는 내 이름을 불러 주는 사람이 없어."

"……."

"네가 불러 주니까 참 좋다."

아, 이 남자는 정말 왜 이럴까. 이렇게 가슴 먹먹한 이야기를 왜 늘 아무렇지도 않게 던지는지.

초은은 순간 아연해졌다.

"싫어서 그랬던 건 아니에요."

"응?"

"그냥……. 조금 멋쩍었나 봐요. 제가 은현 씨를 보면 이상하게 두근대고 그런 게, 익숙하지 않은 느낌이라서……."

초은을 보느라 가늘어졌던 눈이 일순 커다랗게 벌어졌다.

"이리 와 봐."

아, 아니. 잠깐. 이 남자, 이런 틈새는 어찌나 잘 알아채는지.

어느새 초은의 얼굴은 은현의 단단한 가슴에 파묻혔다.

"그래서 언제쯤 가능해?"

"네? 뭐가?"

"키스 말이야. 지난번엔 아직 안 된다며."

아……, 그거 말이죠. 아니, 그런 걸 뭘 계획을 세우고, 일정 잡아서 하나요. 그때그때 분위기 봐가며 기회를 포착하는 거지.

방금까지 아주 잘하시더니. 이런 임기응변을 모르는 남자 같으니.

"뭐, 좋아. 나야 기다려 줄 순 있지만 잘 계산해보는 게 좋을 거야."

"네? 뭘?"

"생각해 봐. 불도 지금 막 붙었을 때는 물 한 컵만 부어도 꺼지지? 그게 커져 봐. 물에, 소화기에, 소화전에 소방차까지 출동해도 끄기 힘들다고."

저…… 혹시 지금 불붙으셨나요.

"그러니까 차근차근 기초부터 시작해 보고 싶으면 너무 길게 끌지 않는 게 좋을걸. 불길 잡기 힘들어지기 전에 말이야."

아, 이건 또 무슨 협박성 비유인가.

"이번 워크숍 정말 기대돼."

대체 뭘 기대한다는 걸까. 어쩐지 불안하다. 저 빙긋 웃는 해사한 얼굴 뒤, 머릿속에 엉뚱한 기대가 담겨 있는 것 같아 초은은 아득하기만 했다.

"데, 데려다주셔서 감사합니다. 조심해서 가세요."

초은은 도망치듯 차에서 내렸다.

그러니까, 너도 기대하라고 한초은. 아주 완벽한 화재 진압 기술을 보여 줄 테니까.

그 뒷모습을 보며, 은현은 음흉한 미소를 지었다.

"아, 깜짝이야! 야, 이……."

아무도 없어야 할 오피스텔 안, TV에서 희끄무레한 빛이 비치고 있었다. 그것보다 초은을 더 흠칫하게 한 것은 소파 위에 웅크리고 있는 정체 모를 형체였다.

"미안, 미안. 사흘 만에 드디어 퇴근했는데, 집까지 가려니 너무 멀어서. 가까운 여기로 왔다."

식빵을 봉지째 들고 우걱우걱 씹으며 웅얼대는 목소리의 정체는 다민이었다.

"그거 먹고 되겠어? 피곤할 텐데, 얼른 씻고 자지 그랬어."

"너무 피곤하니까 오히려 잠이 안 와. 배는 고픈데 입맛이 없어서, 대충 먹으려고."

처량하게 대꾸하던 다민이 이내 초은을 흘겨보았다. 가방을 내려놓고, 옷을 갈아입던 초은은 왜 그러냐는 듯 눈썹을 들어 올렸다.

"너, 지금 시간이 몇 신데 이제 들어와? 어디서 뭐 하다 왔어?"

얘가 왜 갑자기 안 하던 엄마 코스프레를…….

"대표님이랑 저녁 먹고 왔어."

"오호, 뭐야. 둘이서 꽁냥대다 왔구만."

"꽁냥은 무슨……."

기가 막힌 얼굴로 대꾸하는데도, 다민은 오히려 흥이 올랐다.

"어, 너 얼굴 빨개졌는데. 저녁만 먹은 거 맞아? 이야, 늦게 배운 도둑질이 어쩌고 하더니. 한초은이 이럴 줄이야."

"야, 아니라니까. 대표님이 한식 좋아하셔서 순두부찌개 먹고, 커피 한잔하고 오는 길이야."

"그런데 얼굴은 왜 빨간데?"

"너 진짜 피곤하니? 내가 빨간 게 아니라, 네 눈에 핏발이 섰나 보네. 왜 이래, 진짜."

"에헤이. 너, 괜히 얌전한 척하느라고 내숭 떨지 말고, 진도 좀 쭉쭉 빼. 둘 다 속성으로 달릴 나이다. 알지?"

억지로 시큰둥한 척하는 게 다 보여, 다민은 키득대며 웃었다.

초은은 다민의 말이 신경이 쓰이는지, 냉장고에서 맥주 한 캔을 꺼내 은근 뺨을 식혔다.

"야, 나도 하나 줘."

둘은 맥주 한 캔씩 앞에 놓고 나란히 앉았다.

"같이 밥 먹으면 무슨 얘기 하냐? 설마 일 얘기 하는 건 아니지?"

"응? 글쎄…… 일 얘기도 하지. 워크숍 준비 얘기도 좀 했고……."

"아, 워크숍. 대표님이 이번 워크숍을 기대하시겠군."

어, 어떻게 알았니? 얘가 잠 못 자는 사이 신이라도 내렸나.

다민의 장난기 어린 말에, 초은은 찔끔했다.

"너, 회사에서 비밀로 할 거면, 워크숍에서 특히 조심해라. 수학여행 간 고딩들처럼 몰래 빠져나가서 만나고 그러지 말고."

진도 쭉쭉 빼랄 땐 언제고, 웬 학생 주임 선생님 코스프레람.

헷갈리게 하지 말고 하나만 하라는 타박 대신, 초은은 심란한 한숨을 쉬었다.

"너무 잘 아는 사람과 연애하는 건 참 이상해."

"지랄. 네가 강 대표가 연애하는 자체가 이상하거든."

"오늘 사귀기로 하고 첫 데이트였는데. 근사한 레스토랑이 아니라, 순두부찌개를 먹어도 섭섭하지가 않았어. 대표님이 평소에 좋아하는 음식을 아니까.”

“흠…… 보면 막 좋고, 심장이 경망하게 나대고, 그런 기분은 드냐?”

“막 그런 격한 감정은 아닌데, 설레긴 해. 하나하나 수발들며 모시던 분한테 그런 마음이 드는 게 어색하기도 하고…….”

“얼씨구.”

지금 사흘 연속 근무를 마치고 돌아온 친구 앞에서 이 무슨 염장 크리냐.

억울함이 울컥 솟은 다민이 입에 댔던 맥주캔을 탁 내려놓았다.

“야야, 그런 고백은 당사자한테나 하고.”

아니, 네가 물었잖아. 그래서 대답했을 뿐인데.

하지만 흥분한 다민에게 차마 그런 대답은 할 수 없었다.

“어쨌든 둘이서 진도 좀 쫙쫙 빼라고. 대신 나한테 따로 보고는 하지 않아도 된다.”

“뭔 소리야.”

“알았냐? 빨리 대답이나 해.”

뭘 또 이렇게 집요해.

멀뚱거리는 얼굴로 바라보는 초은은 아랑곳없이, 다민은 깊은 한숨을 내쉬었다.

“귀찮아 죽겠단 말이야.”

“알아듣게 말을 해라, 이것아.”

초은의 말이 채 끝나기도 전에 다민은 기다렸다는 듯 투덜대기 시작했다.

“박경원 실장 말이야.”

“우리 박 실장님? 실장님이 왜?”

"그래 그 실장님. 어찌나 사람을 쫓아다니면서 귀찮게 하는지. 진짜 스토커 저리 가라야."

"너를? 왜?"

"아, 나도 모르지! 시도 때도 없이 어디선가 나타나서, 너랑 강 대표가 잘되려면 우리 둘이서 긴밀한 협력을 해야 한다나 어쨌다나."

"뭐어?"

"내가 오죽 시달렸으면 죽을힘을 다해서 일 해치우고 도망쳐 왔겠냐. 어우, 웃음소리는 왜 그렇게 능글맞아."

'친구야, 그래서 그렇게 피곤했구나. 그런데 그거 너한테 수작 부리는 것 같은데, 아니니?'

"박 실장님이 좀 눈치 없고 경박하긴 하지만, 나쁜 사람은 아니야."

"야! 눈치 없고 경박한 것만으로 이미 나쁘거든!"

초은은 은현의 절친인 경원을 위해 소심하게 변호했지만 슬프게도 다민에게는 씨알도 먹히지 않았다.

"그러니까 날 위해서라도 과속 좀 하는 거다. 박 실장님 앞에서 손도 좀 잡고, 뽀뽀도 좀 하고. 누가 안 거들어도 '혼자서도 잘해요.' 하고 어필하라고. 알았지?"

'아니야, 친구야. 그래서 해결될 것 같지가 않아. 앞으로 힘내렴.'

초은의 마음속 기원은 알지도 못한 채, 다민은 뜬금없이 킬킬거리기 시작했다.

"이제 한초은 데스메탈 당분간은 들을 일 없는 거니? 뭔가 아쉽네."

"아니, 뭐 정 듣고 싶으면 널 위해 불러 줄게."

"너 사실 이런 과격한 여자인 건, 강 대표는 아냐? 모르지? 나중에 완전 사기당한 기분일 텐데. 벌써부터 강 대표가 안쓰럽다. 어쩌냐."

다민의 깐족거림은 길게 이어졌다.

처음엔 아무래도 좋다는 기분으로 시작했는데. 지금은 은현이 제게 실망하지 않았으면 좋겠다. 그에겐 늘 예쁘고 멋진 모습만 보여주고 싶다.

그러고 보니 은현도 언젠가 그런 말을 했었는데.

하아, 이런 게 사랑인 걸까.

"너 나한테 잘해라. 나 기분 나쁘면 대표님한테 네 실체를 다 까발릴지도 모르니까."

"야야, 가서 잠이나 자."

은현을 상대로 이런 생각이 든다는 것이 여전히 멋쩍다. 초은은 그런 수줍은 마음을 들킬까, 짐짓 다민의 등짝을 찰싹 내리쳤다.

/

오월의 하늘은 드높았고, 구름 한 점 없이 맑았으며, 이따금 불어오는 선선한 바람까지. 더할 나위 없는 날씨였다.

이날, 레드핏 직원들의 아침은 조금 특별했다.

각자 나름의 기대와 긴장을 안고, 드디어 창립기념 워크숍의 아침이 밝았다.

#4

워크숍, 그 밀회의 메카

나름 남양주의 핫플이라 자부하는 한 피맥 전문 카페.

은현과 초은에게는 친숙한 곳이기도 하다.

평소 같으면 아직 문도 열지 않았을 시각. 이 카페가 자랑하는 널찍한 정원에는 몇몇 사람들이 분주히 움직이고 있었다. 워크숍의 원활한 진행을 위해 선발대로 온 정예 멤버들이었다. 그들은 정원에 스크린을 설치하고, 단상을 세우고, 의자를 배치하기도 했다.

"오, 생각했던 것보다 더 그럴싸하네요."

카페 내부 준비를 맡았던 경원이 정원으로 나오며 호들갑이었다.

"그러게요. 오늘은 날씨까지 맞춤이지 뭡니까. 왜, 대학 엠티 때 그런 말이 있지 않습니까? 학회장이 정절을 지키면 날씨가 맑다고. 오늘 날씨를 보니 음……. 우리 대표님……."

"우하하하, 팀장님, 그 말 진짜 딱 맞네요. 우리 대표님이야, 뭐, 그동안 거의 강제 수절이었으니까."

"날씨가 좋아서 다행이긴 한데, 한창나이인 우리 대표님을 생각하니 숙연해지는군요. 크흡⋯⋯."

게임 프로그램팀 최 팀장의 너스레에 경원은 그만 웃음을 **빵** 터뜨려 버렸다. 낄낄대며 배를 잡는 와중에도 최 팀장을 향해 엄지를 치켜세우는 것도 잊지 않았다.

"안쪽도 준비 다 끝난 겁니까?"

"뭐, 안이야 테이블 배치 정도니까요. 넘치는 근력으로 다 끝냈습니다."

응? 넘치는 근력이 대체 어디서 나왔을까?

최 팀장은 눈을 가늘게 뜨고 경원의 머리부터 발끝까지 훑었지만, 도무지 알 수 없는 일이었다.

"팀장님, 라인 연결 완료하고 테스트까지 끝냈습니다."

"어, 문제없이 다 잘 작동하는 거지?"

때마침 최 팀장이 데리고 온 직원이 다가왔다. 덕분에 경원은 배며, 팔이며, 어깨에 잔뜩 밀어 넣었던 힘을 **뺄** 수 있었다.

"네, 가볍게 돌려봤는데 아무 문제 없습니다. 이걸 며칠 만에 해내다니, 우리 팀도 정말 대단하지 말입니다."

"그렇지. 우리 팀은 아무나 들어오는 곳이 아니라니까."

최 팀장은 직원의 어깨에 팔을 척, 얹으며 멀어졌다.

뭐가 그리 대단한지 경원은 알 수 없었지만, 단 하나는 확실했다. 이 회사 직원들의 천장 없는 자신감은 대표를 닮아 간다는 것.

"실장님. 주방 확인하고 점심 준비되는 시간 체크했습니다."

"카페 사장님이 주문량이 너무 많다고 투덜대시던데, 문제없이 준비되는 거지?"

"네. 일정표상 점심시간에 맞출 수 있을 것 같습니다."

경원이 선발대로 데리고 온 우신도 제 역할을 톡톡히 하고 있었다.

"으아앗. 이제 슬슬 올 때가 됐으려나."

경원은 파란 하늘 아래서 쭉 기지개를 켰다.

그리고 그 시각.

탁 트인 고속도로를 흥겹게 달리는 버스가 있었으니.

"대표님~ 이것 좀 드세요."

"아, 이게 뭡니까?"

"초콜릿하고 사탕이요."

"이건 커피예요."

"아, 고마워요. 잘 먹을게요."

엉겁결에 내민 두 손에 캔 커피며 간식거리들이 소복이 내려앉는다. 은현의 쭈뼛거리는 대답에 다가왔던 두 여직원이 꺄, 비명을 지르며 제자리로 우다다다 돌아갔다. 두 뺨이 발그레 달아오른 것 같기도 했다.

훗, 이 죽일 놈의 매력.

은현은 짐짓 난처한 미소를 지으며 머리칼을 쓸어 올렸다.

한 비서도 내 이 넘치는 인기를 봤겠지?

슬쩍 곁눈질로 옆자리에 앉은 초은을 일별했다.

"네, 실장님. 그럼 일정 변동 없이 그대로 가면 되는 건가요? 네네. 음, 이쪽은 약 20분 후 도착 예정입니다."

하지만 초은은 버스를 타는 순간부터 내내 바쁘게 통화만 해대고 있었다. 이래서야. 전담 비서라는 핑계로 옆자리에 앉은 보람이 없지 않은가.

"한 비서. 이것 좀 봐. 나, 이거 회계팀 여직원들한테 받았다."

"네. 축하드립니다. 보윤 씨. 펜션에 전화해서 오늘 밤 바비큐 준비 차질 없는지 확인해 봐. 난 식자재 업체 체크할 테니까."

"네, 대리님."

은현의 자랑은 듣는 둥 마는 둥, 뒷자리에 앉은 보윤과 손발이 척척 맞는다. 은현은 저도 모르게 입술을 삐죽거렸다.

이런 분위기도 모르는 여자 같으니. 이런 데서는 과자도 좀 나눠 먹고, 하하 호호 장난도 좀 치고. 그래야 하는 것 아닌가.

"한 비서. 이거, 내가 받은 거지만 한 비서도 좀 먹어 볼래? 바쁘면 내가 먹여 줄까?"

"헐…… 아닙니다. 괜찮습니다. 대표님 다~ 드십시오."

"오호, 한 비서 지금 질투하는 거야?"

"네?"

초은은 조금 어이없다는 눈빛으로 은현을 바라보았다.

왜 이리 초딩처럼 신이 나셨을까. 회계팀 직원들은 대표님 깐족거림을 들을 기회가 없었으니 아직 환상을 품고 있는 거잖아요.

차마 입 밖으로 꺼내진 못했지만, 그리고 보니 사정도 모르고 좋아하는 은현이 안쓰럽기도 하다.

"네…… 좀 그렇네요. 너무 좋아하시니 제 기분이 좀……."

에라 모르겠다. 상대방이 원하는 답을 들려주면 모든 것이 평화로운 것이 세상의 이치다.

아니나 다를까. 은현의 뽀얀 얼굴에 뿌듯한 미소가 떠오른다.

"흠흠. 이런 것 백 개 받아도, 네 머리카락 한 올만큼도 못해."

으아아악. 이분이 오늘 아침에 올리브유를 한 병 원샷하고 오셨나.

그의 입술이 닿은 귓가를 시작으로 짜르르, 소름이 돋아났다.

"……감사합니다, 대표님. 그럼 저는 하던 일 마저 하겠습니다."

초은은 부르르, 진저리를 치는 몸을 애써 다잡으며 다시 핸드폰을 들었다. 다행히 이번엔 은현도 그저 기분 좋은 표정이다.

그가 단순해서 참 다행이다.

"와아아~ 날씨 짱 좋다."

"와, 여기 정원 좀 봐요. 잔디 대박인데."

"아, 나 여기 온스타에서 봤어요. 되게 핫플이던데, 워크숍 덕분에 여길 다 와보네요."

버스가 줄줄이 도착하고, 차에서 내린 직원들은 저마다 들뜬 마음을 발산했다.

"어서 오십시오. 준비는 완벽히 되어 있습니다."

경원이 차에서 내리는 은현을 반겼다.

"여어, 박 실장님. 수고 많았습니다. 선발대로 오신 분들 모두 고생하셨습니다. 그럼 첫 일정이 뭔가요?"

"네. 워크숍 개회식 바로 다음이 대표님 강연입니다."

"음, 그래요. 들어갑시다."

"자자, 다들 안으로 들어가셔서 좌석에 놓인 부서별 안내 표지를 보고 앉으시면 됩니다."

경원의 안내에 따라 직원들은 우르르 정원으로 들어가 자리를 잡았다. 200여 명의 레드핏 직원들은 제각각 자리를 찾아 앉았다.

곧 경원의 사회로 워크숍 오프닝 행사가 시작되었다. 간략한 개식사와 국민의례를 마치고, 은현이 환영사를 위해 단상에 섰다.

이따금 불어오는 바람에 머리칼을 부드럽게 흩날리며, 기분 좋은 미소를 머금은 얼굴이 해사하게 빛났다.

'저런, 사기캐 같으니라고.'

평소 은현에게 아주 친밀하게 디스를 당해 왔던 프로그래밍팀과 아트팀의 직원들은 한탄했다.

보란 듯이 보기 좋게 휘어진 은현의 입술이 방긋 열린다.

"레드핏의 창립 5주년을 맞아 이곳에 모인 여러분을 환영합니다. 여러분들의 노고에 힘입어, 레드핏은 대한민국을 넘어, 세계로 뻗어 나가는 게임업계의 대표 주자가 되었습니다. 오늘날의 레드핏이 있기까지, 직원 여러분 한 명 한 명의 노력과 애정이 모이고 쌓여 이루어 낸 결과입니다."

잠시 말을 멈춘 은현은 자리에 앉은 직원들을 한번 쭉 둘러 보았다. 단상 곁에 서 있던 초은은 슬쩍 고개를 숙였다.

아무리 제가 써 준 원고라지만, 저렇게 자연스럽게 소화하다니. 이런 메소드급 연기자 같으니라고.

지켜보는 이들의 생각이야 이렇든 말든, 은현은 유쾌하게 말을 이어갔다.

"이 자리는 그동안 여러분의 수고를 보상하고, 성취를 축하하는 자리입니다. 워크숍에서만은 다른 일 다 잊고, 즐겁게 즐기고 고갈된 감성도 충전하고 돌아가시길 바랍니다."

"우와와, 와아~."

함성과 박수가 터져 나왔다. 어쩐지 강요당한 것 같은 느낌적인 느낌을 은현은 깨닫지 못한 것이 분명했다. 저토록 환한 미소를 지으며 두 손을 흔드는 것을 보면 말이다.

보윤과 우신이 직원들에게 음료수를 나눠 주는 동안, 단상은 빠르게 정리되었다. 초은은 프로젝터를 켜고, 준비해 온 USB를 노트북에 꽂아 PPT 파일을 실행했다.

은현의 강연이 있을 차례였다.

생수병을 따 몇 모금 마신 은현이 다시 단상에 올랐다. 이번 강연의 주제는 레드핏의 미래와 비전이었다. 그간의 성과와 준비하고 있는 사업들에 대한 소개가 조금 식상하게 느껴질 수 있었지만, 각자의 분야에서 자신의 역할을 다하여 이루어진 성공적인 결과들을 함께 공유하는 시간은 중요했다.

"어떤 풍랑 속에서도 방향키를 놓치지 않으면 쉽게 난파당하지 않는다고 하는 말이 있습니다. 하지만 방향키를 지키는 동안 선장의 지휘를 따라 성실하게 제 몫을 해내는 선원들의 능력 또한 못지않게 중요할 것입니다."

이것은 자화자찬인가, 겸손인가. 레드핏의 직원들은 다소 헷갈렸지만, 월급쟁이의 본능으로 함성을 질렀다.

"그럼, 지난 1년간 여러분들이 이루어 낸 멋진 업적을 소개합니다."

웅장한 음악이 흐르기 시작했다. 설치된 스크린에는 그간 런칭한 게임들의 타이틀과 기록한 순위와 매출, 수출에 성공한 수많은 국가의 이름과 그곳에서 이룬 성과가 숨 가쁘게 펼쳐졌다.

화려한 일러스트로, 그래픽으로, 또 현장의 모습을 담은 사진으로, 그래프의 직선과 곡선으로 펼쳐진 결과물들은 눈부셨다.

마이크 앞에 선 은현도 답지 않게 무척 감격한 표정이었다.

"하지만 여기서 만족하고 안주할 우리 레드핏 여러분들이 아니지 않습니까. 여러분들이 새로 작성할 또 다른 전설이 준비되어 있습니다."

이번엔 진행되고 있거나 준비할 프로젝트를 소개할 차례였다.

〈위대한 도전, AG 프로젝트〉

제일 먼저 화면에 떠오른 제목이었다.

"응? 저게 뭐지?"

"GG가 아니고 AG야? 원소기호 Ag는 아니지?"

의문도 잠시. 사업의 개요를 소개하는 다음 화면에서 다들 할 말을 잃고 입만 떡 벌렸다.

"헐, 저게 가능해?"

"아니, 강 대표님 욕심 많은 건 알았지만……."

"이거 개발비가 장난 아니게 들어가겠는데, 회사 망하는 거 아냐?"

순간의 정적 후에 찾아드는 소란스러움.

은현은 이미 예상했다는 듯 짓궂은 미소를 지었다. 그들이 경악하는 것도 당연한 일이다. 이제껏 그 어느 게임 회사에서도 이토록 통 큰 사업을 계획하지 못했을 테니.

〈AG 프로젝트〉는 AR^Augmented Reality, 증강현실을 이용한 게임이었다. 물론, 이제껏 AR을 이용한 게임이 없었던 것은 아니었다. 그 대표적인 예가 전 세계를 휩쓴 '포켓몬 GO' 같은 게임이었다.

하지만 레드핏의 AR 사업은 그 차원이 달랐다. 단순히 AR용 게임 SW^Software를 제작하는 것이 아니었다. 〈AG 프로젝트〉는 AR 게임을 즐기는데 최적화된 보급용 AR 고글을 개발하는 것부터 시작했다.

그리고 그 고글을 이용해 즐길 수 있는 게임 SW는 그야말로 다양했다. 모나코의 F1 트랙에서 즐기는 레이싱 게임, 전 세계 유적지에서 펼쳐지는 FPS^First-Person Shooter 게임, 윔블던의 테니스 경기와 프리

미어 리그의 축구 경기 같은 스포츠 게임, 그야말로 어디서든, 무엇이든 될 수 있는 MMORPG 게임. 그런 다양한 게임 SW를 지속적으로 개발하고 퍼블리싱하는 거대한 장기 계획이었다.

"불가능해 보입니까? 욕심 많은 인간의 망상처럼 보이나요?"

은현의 질문에 차마 아무도 대답하지 못했다.

"하지만 전 믿습니다. 제가 꿈꾸고 원했던 것을 단 한 번도 이루지 못한 적이 없습니다."

그래. 잘났다. 그의 단정이 자신감인지 자만인지 모르겠지만, 정상이 아닌 건 알겠다.

"그리고 전 여러분들을 더더욱 믿습니다. 절 한 번도 실망시키지 않은 능력 있는 동료들이니까요."

음…….

그동안 은현이 쏟아 냈던 수많은 독설과 비아냥들이 그들의 머릿속을 스친다. 하지만 지금은 감동해 줘야 하는 순간임을, 그들은 분명 알았다.

"여러분은 저를 믿고, 저는 여러분을 믿고. 이 프로젝트를 통해 세계를 정복하는 것입니다. 우린 늘 그랬듯, 분명 성공할 것입니다."

세, 세계 정복……. 만화책에 심취한 초딩 같은 이 꿈은 대체 뭐람.

박수도 잊은 채 멍해진 직원들 앞에서 오직 은현만 의기양양하게 두 주먹을 불끈 쥐었다. 착잡한 표정의 초은이 얼른 버튼을 조작하자 스크린의 화면이 바뀌었다.

〈우리는 여전히 허기졌다. MRS 프로젝트〉

이번에 나타난 제목이었다.

이번엔 또 뭐야? 허기져? MRS라니 미시즈는 아니겠지.

설마……. 기혼 여성을 타깃으로 하는 건가…….

이 알 수 없는 네이밍 센스의 주인공은 대체 누구인가.

이번에도 그들은 우왕좌왕할 뿐이었다. 하지만 늘 그렇듯 현실 예측불허인 법. 여전히 혼자 흥분한 은현이 신나게 마이크를 잡았다.

"그렇습니다. 우리 레드핏은 여전히 모바일 쪽으로 허기져 있습니다."

그렇구나. MRS의 M은 모바일이구나. 그렇다면 RS는 대체 뭘까?

잠시 고개를 끄덕이던 직원들은 연이어 나타난 화면의 사업 소개를 보고 돌덩이가 된 듯 굳어졌다.

MRS 프로젝트(Mobile Romance Sim).

즉, 모바일용 연애 시뮬레이션이었다.

"꺅! 어떡해. 남주가 대표님이었으면 좋겠다."

"어머, 너무 로맨틱해!"

사정을 모르는 회계, 법무, 인사 등 경영 지원 부서의 여직원들 사이에서 꺅, 비명이 터져 나왔다.

하지만 은현을 아는 개발 부서의 직원은 그 순간 모두 한마음이었다. 차마 비웃지도 못하고 면박을 주지도 못하고. 그저 일그러진 표정을 수습하는데 전력을 다해야 하는 난처함.

다른 누구도 아닌, 천하의 강은현 대표가 연애 시뮬레이션 게임을 만든다고? 차라리 프로그래밍팀의 최 팀장이 BTS 멤버로 영입되는 게 더 빠르겠다.

대체 왜 그런 무리수에 가까운 사업을 계획하셨나요.

앞서 그들을 당황의 도가니에 몰아넣은 AG 프로젝트는 애교의 수

준이었다.

"아니, 무슨 연애 고자가 연애 시뮬레이션 게임이야."

경원마저 도저히 참지 못하고 저도 모르게 입 밖으로 중얼거렸다. 상황을 모르는 은현은 천안 삼거리 능수버들처럼 제 흥에 겨웠다.

게임의 기획부터 세부적인 진행 단계가 화려한 비주얼 자료와 함께 펼쳐지고 있었다. 하지만 레드핏 직원들에게는 이 모든 것이 겉만 번드르르한 불량품처럼 보였다.

"연애란 과연 무엇이냐! 그 정수를 우리 레드핏이 보란 듯이 보여 주는 것입니다. 남녀노소를 막론하고 가슴이 두근두근 설레게 할 회심의 역작. 모바일 게임업계의 최정점에 서게 될 레드핏의 RS였습니다!"

"와아…… 와아아……."

영혼 없는 환호를 누구도 탓할 수는 없었다. 힘없는 월급쟁이들의 비애를 헤아려 줘야만 했기에.

은현은 흐뭇한 얼굴로 고개를 끄덕이며, 초은을 향해 슬쩍 윙크했다. 그 눈짓의 의미는 너무도 명확했다.

'이 프로젝트의 영감은 네 덕분이야. 알지?'

졸지에 대혼란의 원인이 된 초은은 웃지도 울지도 못한 채 어색하게 웃기만 했다.

/

"자 다 함께 외쳐봅니다! 레드핏배 천하제일 게임 대회~!"

마이크를 잡은 경원의 신바람 나는 외침에 그 어느 때보다 열렬한 환호가 쏟아졌다.

"빰빰빠 빰빰 빰빠 빠라라빠라빠라빠라 빰빠."

모두 일심동체가 되어 박수 소리에 맞춰 '전국 노래자랑'의 오프닝 음악을 떼창할 때. 화면 앞쪽에 준비된 테이블에 앉은 다섯 팀, 스무 명의 선수들은 긴장된 표정으로 앞에 놓인 키보드를 만지작거리고 있었다.

국내 최고로 손꼽히는 게임 회사에서, 게임 최강자를 가려내기 위한 피 튀기는 승부. 그렇다. 바야흐로 세상에서 가장 격렬하고 처절한 대결이 펼쳐지려는 참이었다.

조금 전까지 전 직원을 멘붕의 구렁텅이로 쓸어 넣었던 스크린은 이제 게임 타이틀을 비추고 있었다. 자타공인 레드핏의 대표작. 언더어택이었다.

지금 펼쳐지려는 대결은 프로그래밍팀에서 뚝딱뚝딱 만들어 낸 '레드핏 워크숍 이벤트 버전'. 작년 할로윈 이벤트로 전 세계에서 단 하루 동시 진행했던 '피의 할로윈'을 살짝 변형한 버전이었다.

손을 풀고 있는 스무 명은 각각 게임기획팀, 프로그래밍팀, 게임아트팀, 마케팅/회계/법무/인사 연합팀, 대표이사실, 이렇게 다섯 팀을 대표하는 선수였다.

다섯 개로 나눠진 스크린에는 각 팀의 네 개의 캐릭터가 준비하고 있는 모습이 나왔다.

"와, 역시 기본 기획이 좋으니, 이렇게 이벤트 버전을 적용해도 스토리가 탄탄하군요."

"그렇지. 역시 게임의 백미는 기획이야."

튜토리얼을 살피며 뿌듯해하는 네 명의 선수는 보나 마나 게임기획팀 소속이었다. 그런가 하면.

"아무리 변형 버전이라지만, 이렇게 며칠 만에 디버깅까지 완벽하게 준비가 끝나다니. 정말 우리 팀이 자랑스럽지 말입니다. 러스펙트."

"우하하하하. 그럼, 그럼. 우리 팀의 일원이라는 것에 무한한 자부심을 느껴도 돼."

자부심에 넘치는 프로그래밍팀도 있었고.

"와, 이거 캐릭터 잘 빠진 것 보세요. 이 섬세한 근육. 제가 이 캐릭터 작업할 때 아침저녁으로 데이비드 간디 사진을 보며 마인드 컨트롤 했다니까요."

"그뿐이야? 의상 완전 뽀대나지, 이거 무기 디테일 좀 봐봐. 사랑해요, 어썰트 라이플."

비주얼에 유독 집착을 하는 이들은 말할 것도 없이 아트팀이었다.

"E, G, V, F, C, E, G, V, F, C."

"엎드리는 게 뭐랬죠? X? Z?"

"아, 모르겠어요. 일단 둘 다 해봐요."

마케팅/회계/법무/인사의 인원으로 구성된 연합팀은 조금은 안쓰러워 보였다.

그리고 의욕에 활활 타오르는 마지막 한 팀이 있었으니.

"레드핏 대표이사실의 명예를 위해 이번 대결은 꼭 우승하는 거야. 알았지?"

"넵, 대표님. 제가 또 레벨 47 찍은 언더어택 장인 아닙니까."

"오, 김 비서. 믿음직스럽군."

"헤헤, 저도 몇 번 해봤는데, 다른 건 몰라도 도망 다니는 건 잘해요."

"오케이. 보윤 씨도 힘내고."

모처럼 한마음 한뜻이 된 부서원들 사이에서 초은이 머뭇거렸다.

"어쩌죠. 난 방해만 될 것 같은데……."

"걱정 마. 한 비서는 내가 책임지고 끝까지 지켜 줄 테니까."

'아, 아니…… 뭘 또 그렇게 대단한 다짐까지 하세요. 그냥 맘 편하게 일찍 죽으라고 하시지……'

초은의 마음을 눈곱만치도 몰라주는 은현의 두 눈이 초롱초롱 빛난다.

"자, 그럼 나도 오래간만에 한번 신나게 달려 볼까?"

때마침 팝콘을 씹으며 흥을 돋우던 관객들의 환호를 질러 댔다. 화면에 스타팅 카운터가 나타난 것이다.

"자, 이제 레드핏 역사에 길이 남을 명승부가 시작됩니다. 모두 함께 외쳐보죠."

"5, 4, 3, 2, 1!"

START!

바싹 마른 낙엽들이 산길을 뒤덮고, 앙상한 나무들이 을씨년스럽게 뻗어 있는 험준한 로키산맥. 스크린에 나타난 맵에는 각 팀의 팀원들이 모여 있는 위치가 표시되었다. 게임이 시작되자, 팀원들은 미리 상의한 작전대로 신속하게 흩어졌다.

"자, 각 팀. 움직이기 시작합니다. 어디로 가서 어느 팀을 먼저 공략한 것인가. 머리를 먼저 벨 것인가, 꼬리부터 잘라낼 것인가. 정말 흥미진진하지 않을 수 없습니다."

경원의 찰떡같은 해설에 관객들도 숨을 죽이며 집중했다.

"어, 어디로 가죠?"

"올라갑니까? 내려갑니까?"

"우리 다 같이 가요?"

그 와중에 우왕좌왕하는 것은 역시 연합팀이었다.

"자, 우리 연합팀. 공 변호사님과 한 회계사님. 과연 총은 쏠 줄 아실까요."

경원의 열정적인 목소리에도 안타까움이 스며 있었다.

"자자, 일단 은영 씨가 먼저 저쪽 길 너머로 가 보고, 둘씩 위쪽과 아래쪽으로 나눠서……."

제일 연장자인 공 변호사의 말이 채 끝나기도 전이었다.

"오오, 이게 뭡니까! 아무리 약체 연합팀이라지만 혈혈단신으로 나타난 이 패기. 역시 프로그램팀의 젊은 피!"

마치 돌쟁이가 걸음마 하듯 공 변호사의 지시에 따라 움직이던 연합팀 앞에 나타난 인물. 완전 무장 태세를 갖추고 담담히 선 캐릭터는 허점이 없어 보였다.

"한 회계사님, 초, 총 꺼내세요."

"이거 어떻게 쏩니까?"

"은영 씨, 엎드려! 아니, 엎드리라니까 왜 점프를 하고 그래!"

일대 대혼란이 벌어진 가운데 이내 스피커에서는 요란한 총성만이 울려 퍼졌다.

모든 일은 순식간이었다. 낙엽이 덮인 늦가을의 로키산맥에 피범벅이 된 네 구의 시체가 널브러졌다. 참혹하기 그지없는 광경이었다.

"아아…… 이게 웬일입니까. 게임 시작 43초 만에 전원 몰살당한 연합팀. 그야말로 피도 눈물도 없는 냉혹한 승부의 세계가 아닐 수 없습니다."

승자와 패자의 명암이 갈렸다. 힘없이 단상을 내려오는 연합팀의 등 뒤로 기뻐하며 하이파이브를 하는 프로그래밍팀이 보인다.

쌉쌀하지만, 이것이 현실이다.

은현은 슬쩍 이를 악물었다. 서류와 숫자에 묻혀 지내는 사이 잊고 있었던 승부욕이 불타올랐다.

프로그래밍팀이 누구인가. 게임의 구조 하나하나까지 파악하고, 출시 전까지 토 나오도록 테스트하는, 그 누구보다 그 게임을 잘 아는 팀이 아닌가. 강적임이 분명했다.

그러는 사이 대결은 점점 더 열기를 더해 갔다. 여기저기서 사망자가 속출하는 가운데, 대표이사실은 전원 생존으로 선방하고 있었다. 불이 붙은 은현은 물론이고, 레벨 47이라는 우신의 활약도 대단했다.

은현이 우신의 엄호를 받으며 역시 전원 건재한 프로그래밍팀에게 접근했다.

"역시 레드핏의 살아 있는 전설, 강은현 대표. 프로그래밍팀 위기입니다!"

그들이 은현을 알아챘을 때는 이미 은현의 캐릭터가 장착한 카빈에서 총탄이 발사된 후였다. 땀이 밴 주먹을 움켜쥔 관객 모두 이것으로 대표이사실이 우위를 점하게 될 것이라 예상한 순간.

"아니, 이게 뭔가요!"

경원의 목소리가 하늘 높은 줄 모르고 솟구쳐 올랐다.

총탄이 프로그래밍팀 최 팀장의 몸을 관통하는 순간, 그의 몸이 투명하게 변했다가 돌아왔다.

"아, 이것은 치트키입니다! 대표이사도 몰랐던 비공개 치트키! 프로그래밍팀에서 이날을 위해 꽁꽁 숨겨 둔 비장의 무기!"

"아니, 이거 반칙 아냐?"

"아니죠. 팀마다 다 장단점이 있는 건데. 이게 급습에는 안 통하겠는데요."

예상치 못한 반전에 직원들 사이에서도 의견이 분분했다. 하지만 살아 있는 전설은 달랐다. 당황했던 것도 잠시. 은현은 재빨리 태세를 전환해 현장을 벗어났다. 실로 신속한 삼십육계였다.

"좋았어!"

"와, 팀장님 끝내주는 타이밍이었지 말입니다."

사라지는 은현의 캐릭터를 보며 프로그래밍팀은 환호를 올렸다. 하지만 위기는 연달아 찾아왔다.

춤을 추며 만세를 부르는 프로그래밍팀의 캐릭터들 뒤로, 기척 없이 다가온 그림자. 머리부터 발끝까지 검은 복장에 복면까지 한, 정체를 알 수 없는 캐릭터였다.

"으앗!"

"억!"

정체불명의 캐릭터는 마치 잘 훈련된 암살자처럼 군더더기 없는 움직임으로, 프로그래밍팀 두 명을 순식간에 해치워 버렸다.

"오, 이건 누굴까요? 정체도, 무기도, 레벨도 알 수 없는 신비의 용사."

순간적으로 벌어진 일에, 관객도 동시에 숨을 멈췄다.

"와아! 이 뛰어난 기술과 담력! 그렇습니다. 명실상부 아트팀의 여신 정다민 씨입니다!"

사심을 가득 담은 경원의 외침이었다.

"아니, 정다민이 언제부터 우리 팀 여신이 됐어?"

"글쎄요…… 저도 처음 듣는 말인데요."

같은 팀 팀원들의 의문은 잠시 넣어 두어야 했다.

다민이 모습을 드러내며, 대결은 절정으로 치닫고 있었다. 다민은 서두르지 않고 상대 팀들을 하나하나 제거해 나갔다. 미꾸라지처럼 요리조리 잘 도망쳐다니던 보윤도, 결국 다민의 캐릭터에게 심장을 관통당했다.

한편 우신과 손발을 맞춘 은현은 질세라 거침없이 적을 쏘고, 베어 냈다. 초은으로 말하자면, 위기의 순간에는 은현의 엄호로, 또 아무도 관심을 두지 않는 사이 어영부영 살아남아 있는 상태였다.

이제 레드핏배 천하제일 게임 대회는 사실상 아트팀과 대표이사실의 맞대결로 좁혀지고 있었다.

쫓고 쫓기는 추격전이 계속되었다. 깎아지는 낭떠러지 앞에서 은현은 드디어 다민과 조우했다. 은현은 아름드리나무 둥치를 앞세워, 역시 암벽에 몸을 숨긴 다민과 대치 중이었다.

우신 역시 근처 산장에 몸을 숨긴 채 은현을 엄호하고 있었다. 그 산장 안에는 혼자 둘 수 없어 데리고 온 초은도 있었다.

은현과 다민은 번갈아 가며 슬쩍 상체를 내밀어 상대를 살폈다. 일촉즉발의 긴장이 흘렀다.

"최후의 승자를 가리게 될 무대가 지금 펼쳐지고 있습니다. 이 긴장감. 마지막까지 살아남는 이는 과연 누가 될 것인가. 그야말로 결과를 예측할 수 없는 막상막하의 대결!"

이제 거의 갈라질 것처럼 한계에 도달한 경원의 격앙된 목소리. 그 거친 메아리가 채 가시기도 전에, 관객들이 낮은 탄식을 토했다.

나무 뒤에 몸을 숨긴 은현의 측면으로, 프로그램 팀의 최 팀장이 절벽에서 갑자기 튀어나왔다. 그 또한 무슨 치트키인지 알 수 없었지만, 팀에서 혼자만 살아남은 최 팀장의 각오는 대단했다.

총을 장착할 여유도 없이, 큼직한 컴뱃 나이프를 빼 들고 달려드는 참이었다.

"대표니이이임!"

바로 뒤 산장에서 지켜보던 우신이 다급하게 외치며 뛰쳐나갔다.

"아니! 김 비서는 한 비서를 지키라고!"

"대표니임! 제가 갑니다아아!"

"오지 말라고오오!"

하지만 은현의 호통도 우신의 충성심을 막을 수는 없었다. 우신은 은현을 덮치려는 최 팀장의 앞에 결연히 뛰어들어 몸으로 컴뱃 나이프를 막아 냈다.

"대표니이이이임."

레벨 47의 우신이 피가 흐르는 배를 움켜쥐고 쓰러졌다. 그러는 사이 아트팀의 또 다른 멤버가 슬쩍 산장으로 침투했다.

"앗! 한 비서!"

은현은 서둘러 최 팀장을 향해 방아쇠를 당겼다. 쓰러진 최 팀장의 머리가 땅에 닿기도 전에 이미 산장의 입구로 달려들고 있었다.

"안 돼, 한 비서! 안 돼!"

하지만 초은은 이미 아무 반항 없이 컴뱃 나이프에 심장이 찔린 후였다.

"한 비서어어어어어어어!"

목에서 피가 터져 나올 것 같은 처절한 절규였다.

"다 죽여버릴 테다!"

은현의 분노는 뜨거웠다. 초은을 찌른 아트팀의 멤버가 그 첫 희생자가 된 것은 당연한 일이었다. 은현은 무서운 기세로 카빈을 난사하고, 쓰러진 캐릭터에 잔혹한 확인 사살까지 가했다.

대표님 왜 저래?

글쎄 말이야. 저건 또 무슨 설정 극이야? 대박 메소드 연기네…….

관객들은 분노 폭발한 남자의 활약이 무척 흥미로우면서도, 한편으로는 떨떠름한 기분을 숨길 수 없었다.

겨우 살아남았던 몇 안 되는 캐릭터는 은현의 사정 없는 총질에 하나둘 사라져 갔다. 하지만 주체할 수 없는 감정에 몸을 맡긴 탓일까. 냉정을 잃은 군인은 그만큼 시야가 좁아지기도 하는 법이다.

탕!

한 발의 총성이 울리고, 탄환이 은현의 이마를 관통한 순간. 은현의 뒤통수에서 피가 뿜어져 나왔다.

"젠장……."

털썩 쓰러진 영웅이 남긴 마지막 말치고는 퍽 멋없는 감탄사였다.

엎어진 은현의 시체 위로 다민이 사뿐히 뛰어내렸다. 그의 등판에 한쪽 발을 턱 얹은 채 두 팔을 치켜드는 당당한 모습.

우와!

우와아아아!

한 템포 늦게 함성이 터졌다.

"드디어 최후의 승자가 결정되었습니다! 미모면 미모, 능력이면 능력, 게임이면 게임! 그 무엇하나 놓치지 않은 아트팀 최고의 멤버 정다민. 그녀의 황금 같은 손이 드디어 우승을 거머쥐었습니다! 그 많은 상대를 모두 물리친 눈부신 활약! 저 당당한 승리의 포즈! 실로 아름다운 광경이 아닐 수 없습니다!"

경원의 격한 외침은 거의 흐느낌에 가까웠다.

화면에는 뒤통수에서 뿜어내는 피가 은현의 시체 주위로 번져 나가는 끔찍한 장면이 비치고 있었다.

"저, 저게…… 아름답냐?"

"아, 몰라. 대표이사실 사람들 다 좀 이상해……."

"맞아, 대표님부터가……."

요란한 박수와 함성 속 수군대는 속삭임은 꼬리를 물고 이어졌다.

"아주 그냥 신이 나셨구만. 그렇게 이 악물고 대표를 이겨 먹으니 좋기도 하겠네. 그 기상과 열정으로 일을 그렇게 한번 해보시지. 아주 잘 알겠어. 내가 앞으로 두고 보겠다고. 밤샘 야근하고, 72시간 연속 근무를 하면서도 그렇게 신나 하는지, 어디 두고 보자고오오!"

그 와중에 은현만은 봇물 터지듯 독설을 뿜어냈다.

하지만 인간은 적응의 동물이라고 했던가. 그간 꽤 젠틀하게 변신했던 은현의 모습 때문인지, 이젠 그 누구도 그의 비아냥을 두려워하지 않았다.

한마디로 발톱도, 이빨도 모두 빠진 호랑이가 된 셈이다.

우승팀인 아트팀에는 돔 페리뇽 세 병과 대단한 권리 증서가 주어졌다. 그것은 저녁에 있을 바비큐 파티에서 고기를 굽지 않고 앉아서 먹기만 할 놀라운 권리.

심지어 대표이사, 그러니까 은현이 직접 구워 서빙하는 고기를 먹을 자격이었다. 말도 안 되게 금박이 박힌 고급 종이에 〈먹기만 할 권리〉라고 적힌 증서를 들고, 아트팀은 연신 환호했다.

/

그 어떤 대결보다 치열하고 흥미진진했던 경기였다.

흥분이 어느 정도 가라앉고 있었다. 함께 웃고 떠들고, 또 긴장하고 환호하느라 잊고 있던 허기가 몰려왔다.

"식사 준비가 다 되었습니다."

때마침 들려오는 카페 사장의 안내에 레드핏의 직원들은 눈치 볼 것도 없이 우르르 안으로 몰려 들어갔다. 테이블마다 먹음직스러운 피자와 파스타, 또 카페가 자랑하는 수제 맥주가 셋팅되어 있었다.

게임 대결에서 우승팀이 결정되었을 때보다 더 열렬한 환호가 나왔다. 오븐에서 갓 나온 피자는 김이 모락모락 오르고, 시원하고 쌉싸래한 맥주가 입안을 개운하게 씻어 준다.

모두 웃고 즐기는 가운데 은현만은 불퉁한 표정이었다. 조금 전 대결의 결과가 영 마음에 들지 않는 모양이었다.

"대표님, 이것 좀 드세요. 따끈따끈할 때가 제일 맛있습니다."

초은이 눈치껏 앞접시에 피자를 놓아 주었지만, 은현의 표정은 영 풀어지지 않았다.

"우와, 다민 씨 오늘 진짜 멋있더라. 완전 전장의 여신이 따로 없어."

눈치 없는 경원만 둘둘 만 피자를 우적우적 씹으며 유쾌하다.

실장님, 그 여신한테 피살당하신 분 앞에서 자제 좀요…….

초은이 어색한 미소를 지으며 눈짓을 했지만, 제 감정에 취한 경원에게는 소용이 없었다.

"아예 이번에 언더어택 광고 다시 찍을까? 다민 씨가 주인공인 거지. 그 정도 미모면 아주 안성맞춤이지 않냐."

"닥쳐."

은현의 목소리는 나직했지만, 충분히 험악했다. 순간 움찔했던 경원은 이내 껄껄 웃었다.

"아이고, 우리 강은현 대표님 삐지셨어요? 네가 무슨 게임의 신도 아니고, 질 때도 있는 거지. 뭘 그렇게 쫌생이같이⋯⋯."

아니, 여신은 그렇게 쉽게 되면서, 난 왜 신이면 안 되냐. 그리고 내가 지금 져서 그래? 한 비서가 죽었잖아! 우리 초은이가!

은현은 온갖 소심한 발언들을 가득 담은 눈빛으로 경원을 매섭게 노려보기만 했다.

그들의 자리에서 무슨 일이 벌어지거나 말거나, 레드핏의 직원들은 즐거웠다. 치즈가 길게 늘어지는 따끈따끈한 피자와 적당히 익힌 탱글탱글한 면발의 파스타가 어우러진 유쾌한 대화는 오랫동안 이어졌다.

팀별 토론 일정에 이어 워크숍의 하이라이트는 바비큐 파티였다.

그들이 숙소로 전세를 낸 펜션에 도착했을 때는, 청량하던 하늘 한 편에 서서히 붉은빛이 스며들 무렵이었다.

넓은 마당에 가득 들어찬 목재 테이블에는 각종 반찬과 쌈 채소, 보글보글 끓는 된장찌개와 각종 주류가 먹음직스럽게 세팅되어 있었다. 모르긴 몰라도, 이 많은 바비큐용 테이블을 공수하기 위해 펜션 주인이 꽤 품을 들였을 것은 분명했다.

그런가 하면 마당 한편에 죽 늘어선 바비큐 그릴에는 벌써 이글이글 불이 지펴진 숯이 가득했다. 은현은 고깃집 경력이 있는 아르바이트를 대거 기용해 직원들이 편히 먹을 수 있도록 배려했다. 물론 초은의 귀띔이 있었다.

잘 달궈진 석쇠에는 초은이 산지에서 공수해온 질 좋은 고기가 올려졌다. 차르르, 고기가 익어가는 소리, 군침이 도는 구수한 냄새.

먼저 맥주잔을 돌리며 유쾌하게 떠들던 직원들의 기분도 점점 고조되어갔다. 그 와중에 은현은 그릴을 하나 차지하고 묵묵히 고기를 구웠다. 불만스러운 표정은 여전했지만, 고기를 뒤집고 자르는 손길만은 바지런했다.

대표가 고기를 굽고 있으니, 비서실 역시 가만히 앉아 있을 수가 없었다. 그러다 보니 경원과 초은은 물론이고 우신과 보윤까지 테이블 사이를 누비며 서빙을 하고 있었다. 그 덕에 잘 구워진 횡성 한우와 삼겹살이 쉬지 않고 제공되었다.

"우와, 무슨 고기가 입안에서 살살 녹아요."

"대박. 소고기가 이런 맛이었나?"

"삼겹살도 좀 드셔 보세요, 이건 돼지고기의 한계를 넘어섰어요. 초사이어인 삼겹살이랄까."

쌈을 싸기도 하고, 기름장에 찍어 먹기도 하고. 어마어마한 양을 준비했지만, 흥에 겨운 대가족의 먹성에 고기는 삽시간에 사라져 갔다. 그릴을 맡은 은현의 손길이 더 빨라졌다.

늦봄의 밤은 바람마저 포근했고, 화력 좋은 숯불의 열기까지 더해서 꽤 힘들 법도 했다. 하지만 저를 믿고 늘 전력을 다해주는 직원들의 들뜬 모습은 지켜보는 것만으로도 흐뭇해지는 광경이었다.

그 와중에 여기저기서 터져 나오는 우렁찬 외침이 있었으니.

"한 비서어어어어어!"

그것은 피를 토하는 것 같던 은현의 절규를 패러디한 버전이었다. 그 처절했던 절규는 이제 레드핏을 휩쓰는 유행어로 다시 태어났다.

초은도 처음엔 애타게 부르짖는 목소리에 귀에서 피가 날 것 같았다. 하지만 누구 할 것 없이 불러 대자 이제는 "네네~." 대답하며 달려가는 경지에 이르렀다.

"한 비서어어어어어!"

음식점의 호출 벨처럼 울리는 목소리의 주변에는 약속이라도 한 것처럼 웃음의 잔물결이 일었다. 그렇게 불려가 보면 또 특별한 주문이 있는 것도 아니었다.

"어유, 우리 한 대리님. 오늘 워크숍 준비하느라 고생하셨는데, 맥주 한잔하세요."

"고기도 좀 드세요. 한우가 끝내줘요."

시원한 맥주잔을 건네기도 하고, 작게 쌈을 싼 고기를 입에 쏙 넣어주기도 했다.

"우리 대표님 모시느라 고생이 많으십니다. 오늘 보니까 우리 대표님이 한 대리님을 아주 그냥 아끼시더라고요."

키득거리는 농담도 덤으로 따라온다. 은현에게는 절망이었을 그 순간이 직원들의 즐거움으로 거듭나고 있으니, 어쨌거나 바람직한 결과다. 답지 않게 흥분했던 은현의 태도를 초은과 연결해 의심하는 사람이 단 한 명도 없었다는 것 역시 의아하지만 다행이고.

게임기획팀의 테이블에 불려갔던 초은이 종종거리며 은현의 곁으로 돌아왔다.

"대표님, 배 안 고프세요?"

"음, 아직은 괜찮아."

초은은 은현의 이마에 송골송골 맺힌 땀을 잠시 빤히 바라보더니, 뭔가 불쑥 내밀었다.

"좀 드세요."

초은이 내민 것은 상추 한 장에 깻잎을 겹치고 잘 구운 갈빗살을 얹어 똘똘 뭉친 고기쌈이었다.

잠시 커졌던 은현의 눈이 장난스럽게 휘어졌다.

"아~."

"보는 눈이 많으니 그냥 받아서 드세요."

"아니, 내 손이 뭐 세 개, 네 개야?"

은현은 보란 듯이 양손에 쥔 가위와 집게를 들어 보였다.

"……빨리 드세요."

"컥……."

초은이 은현의 입에 커다란 고기쌈을 콱 처박듯 밀어 넣었다.

은현은 꽥, 신음을 내면서도 연신 빙구 같은 웃음을 지었다.

"우와. 이제껏 먹어 본 고기쌈 중에 최고야. 이거 우리 초은이 손이 금손인가 보네."

"조용히 흐스으!"

이를 악문 목소리마저 귀엽다.

"한 비서어어어! 이리 좀 와요오!"

또 어디선가 한 비서를 부르짖는다.

"어휴, 내가 못 살아."

초은은 그게 다 그의 탓이라는 듯, 은현을 향해 밉게 눈을 흘겼다. 그러면서도 곁에 있던 키친타월을 뜯어 이마에 맺힌 땀을 톡톡 닦아 주고는, 올 때처럼 종종걸음으로 멀어졌다.

입안 가득한 고기쌈을 우적우적 씹으며 은현은 자꾸 웃음이 났다. 그녀의 곰살가운 행동이 가슴을 자꾸 간질이는 것 같다.

"대표님, 이제 다들 먹을 만큼 먹었으니, 대표님도 가서 좀 앉으세요."

실실거리는 은현에게 경원이 삐죽 다가와 하는 말이었다. 경원은
차에서 맥주 상자를 더 꺼내오던 참에, 초은과 은현이 살벌하게 꽁
냥대는 것을 발견한 참이다. 뭔가 울컥하는 감정이 없었던 것은 아
니었다. 하지만 은현도 그 정도 고기를 구웠으면 할 만큼 하지 않았
던가.

난 참 눈치 빠르고 좋은 친구야.

경원은 은현에게 오는 내내 제 어깨를 스스로 다독이며 저를 칭찬
했다.

"어, 그래도 됩니까?"

"네, 나머지는 제가 하겠습니다."

"고맙다, 박 실장."

어떻게 한 번도 사양을 안 한다.

은현은 들고 있던 가위와 집게를 내팽개치며 순식간에 그릴에서
멀어졌다.

"훗……. 아, 놔. 고기 굽는 모습에 다들 반하면 곤란한데."

은현이 던져놓은 가위와 집게를 머쓱하게 집어 든 경원의 혼잣말
이었다.

다민 옆에나 알짱거려 볼걸, 괜한 짓을 했나.

후회는 순간이었다. 경원은 곧 생기지도 않을 일을 걱정하며 머리
칼을 쓸어 넘겼다. 대단한 정신 승리는 경원의 장점이었다.

이번에 초은이 불려 간 곳은 아트팀이 모여 있는 테이블이었다. 그
문제의 우승팀. 그들은 이미 돔 페리뇽에 얼큰하게 흥이 올라 있었다.

"자자, 우리 한 대리님도 워크숍 준비하느라 수고했는데, 샴페인

한잔하시라고."

홍 팀장을 비롯한 아트팀 인원들이 초은을 반겼다. 초은은 엉겁결에 다민의 옆에 앉아서 잔을 받았다.

"한 비서어어어! 원샷이야아아!"

다민의 장난스러운 외침에 한바탕 웃음이 일었다.

"하하, 이제 그만 좀 하시죠."

"왜에? 아까 우리 대표님이 얼마나 애절했는데. 그렇게나 사랑받다니, 내가 다 뿌듯하네. 한 비서어어어어어어어!"

초은의 웃음이 확연히 어색한데도, 다민의 장난기는 멈출 생각이 없었다.

"그만 닥치라고, 이년아. 주둥이 꿰매버리기 전에."

울컥한 초은이 다민의 귓가에 격하게 속삭였을 때였다.

"어엇! 대표님! 대표님도 샴페인 한 잔 받으십시오!"

홍 팀장이 벌떡 일어났다. 화들짝 놀란 초은이 돌아보니, 어느새 은현이 초은과 다민의 뒤에 와서 서 있었다.

설마 들은 건 아니겠지.

재빨리 은현의 눈치를 살폈지만, 초은을 향한 흥미로운 눈빛의 의미는 도저히 알 수가 없었다.

에라 모르겠다.

"대표님. 이쪽으로 앉으십시오."

은현은 별말 없이 앉아 샴페인으로 건배하고, 소소한 이야기를 기분 좋게 나누었다. 그 모습만 보아서는 우승을 빼앗긴 후 삐져서 빽빽거리던 일이 착각인가 싶을 정도였다. 게다가 언제부터 은현이 그리 인기 좋은 상사가 된 것일까.

각 부서의 테이블에서 하도 대표님을 찾아대는 통에, 은현은 여기 저기 테이블을 돌며 술잔을 나누어야 했다. 몇 달 사이 단 한 사람에게 이루어진 변화는 이렇게 직원 모두의 즐거움이 되었다.

그 모습을 지켜보는 초은은 어쩐지 뿌듯하면서도 애틋한 기분이 들었다. 손을 잡고 한 걸음 한 걸음 걸음마를 가르친 아이가, 어느새 혼자 저만치 뛰어가는 모습을 지켜보는 것 같은 그런 기분.

그러는 사이 밤은 점점 깊어갔다. 하늘에는 하얗게 펼쳐진 꽃밭처럼 별들이 한가득 피어나 반짝거리고 있었다. 쉴 새 없이 고기와 맥주를 흡입하고, 유쾌하게 떠들던 직원들도 하나둘씩 자리를 정리하고 숙소로 들어갔다.

/

초은과 보윤이 아르바이트생들을 도와 뒷정리를 끝내고 배정된 방으로 들어간 것은 그러고도 한참 후였다. 4명이 함께 사용하는 방은 깜깜하게 불이 꺼진 후였다.

포만감과 취기도 한몫했겠지만, 사실 만성적인 피로에 시달리는 신세라 다들 이미 딥슬립 상태였다. 초은은 살금살금 화장실로 들어가 샤워를 하고, 편한 옷으로 갈아입었다. 노곤하긴 했지만, 온종일 바쁘게 움직였던 피로감도 씻겨 내려간 것처럼 개운했다.

"대리님. 오늘 진짜 재미있었죠? 워크숍이라고 해서 좀 귀찮을 줄 알았는데."

"응. 올해는 지난번이랑은 좀 다른 느낌이네. 보윤 씨도 오늘 수고 많았어."

"아니에요. 저야 뭐 대리님이 시키는 일만 한걸요. 대리님이 제일 수고 많으셨어요."

먼저 이부자리에 누운 보윤의 목소리가 웅얼웅얼 작아지더니, 금세 쌕쌕 고른 숨소리가 들렸다. 한 살이라도 어려서 그런가, 잠도 잘 든다는 생각에 초은은 피식 웃었다.

드라이어를 켤 수 없어, 양반다리를 한 채 수건으로 머리칼을 토닥이던 초은이 멈칫 손을 멈췄다.

톡, 토독.

잘못 들은 것이 아닌 모양이었다.

뭐지? 초은은 고개를 갸웃하며 천천히 몸을 일으켰다.

톡, 톡, 토도독.

원인을 찾아 다가가는 동안에도 수상쩍은 소리를 계속 이어졌다.

초은은 창가에 도착하고야 그 이유를 알 수 있었다. 창을 향해 몸을 부딪치는 것은 잔 돌멩이들이었다.

이건 또 무슨 쌍팔년도 수법인지.

초은은 어쩐지 이것들의 정체를 알 것 같아, 슬쩍 한숨을 내쉬며 창문을 열었다.

"초은아."

아니나 다를까. 그늘진 나무둥치 뒤에서 쓱 나타나는 커다란 인영.

편한 저지 운동복 바지에 후드 집업을 걸친 은현이었다. 그 역시 씻고 바로 나왔는지, 머리칼이 촉촉이 젖어 있었다.

"여기서 뭐 하세요?"

"한초은 기다리고 있었지."

"누가 보면 어쩌려고."

"걱정 마. 다 뺐었어. 내가 괜히 그 비싼 한우랑 맥주를 산더미처럼 공수했겠어? 빨리 나와. 산책 가자."

그 고급스럽던 워크숍 만찬이 다 이 시간을 위한 은현의 빅픽쳐였다니. 초은은 어이가 없어 픽, 웃음이 나왔다.

누가 깰세라 까치발을 하고 슬그머니 방을 빠져나왔다. 건물 입구를 나서자마자 기다리고 있던 은현이 초은의 손을 덥석 낚아챘다.

"문자를 보내지 그러셨어요."

"못 보고 잠들어버리면 어떡해? 그리고 이게 훨씬 더 낭만적이잖아."

아하……. 댁의 낭만의 기준은 대체 뭔가요.

이해할 순 없지만, 그가 좋아하니 뭐 어떻든 좋다는 생각이 든다.

그런 걸 보면 초은도 꽤 은현에게 빠져들고 있는 모양이다.

"요 아래 작은 시내가 있더라고."

"와, 그래요? 몰랐어요."

초은의 손을 고쳐잡은 그의 손은 큼직하고 포근하다. 어린 시절 제 손을 잡고 야생화가 가득한 언덕을 오르던 아빠의 손을 떠오르게 하는 친숙한 감각이었다.

초은은 어쩐지 그리움이 차올라, 아무 말 없이 은현을 따랐다.

달빛을 머금은 시내는 작게 조잘대며 바지런히 흘러갔다. 묻고 대답하듯 오가는 풀벌레의 노래가 평온한 화음을 이룬다.

거기에 두 사람의 자박자박, 나직한 발소리까지 더해지니 꽤 운치 있는 봄밤이었다.

"좀 서늘하지? 이거 입어."

"아, 아니. 은현 씨 추울 텐데."

"아니야. 난 남자니까 괜찮아."

은현은 제 후드를 벗어 굳이 초은의 어깨에 걸쳐 주었다. 이런 매너 역시, 초은과 함께한 시간의 성과였다.

"오늘 고생 많았지?"

"아니에요. 바쁘기도 했지만, 그래도 무척 재미있었어요."

"다행이군."

"은현 씨 덕분이기도 해요. 승부욕 강한 줄은 알았지만, 그 정도일 줄이야…… 품……."

초은은 천하제일 게임 대회를 떠올리고는 웃어 버렸다.

"테스트용이 아니라 순수하게 즐기려고 하는 게임은 꽤 오랜만이라 너무 몰입해버렸어."

늦봄의 달빛 아래 멋쩍은 표정을 짓는 은현은 개구쟁이 소년처럼 순수해 보였다.

"그런 은현 씨 모습도 신선해서 좋던데요. 내가 너무 도움이 안 된 것 같아서 아쉬워요."

"한초은은 옆에서 아무것도 안 하고 숨만 쉬고 있어도 도움이 돼."

미쳤나 보다.

이런 단호박 같은 말이 낭만적으로 들리기만 하니 말이다.

부드러운 밤바람 속에서 초은의 뺨이 발그레 달아올랐다.

"사실 내가 가진 승부욕이라는 게, 건전한 것 같지는 않아."

"……."

"나한테 성공이란 어떤 성취나 만족이 아니라 생존의 문제였거든."

"은현 씨……."

"성공하려면 누군가를 제치고 이겨야 했지. 쉽게 사람을 믿을 수도 없었고. 나 외의 모든 사람이 다 적인 것 같았어. 지금은 필요에

의해 내 편에 서 있더라도, 언제고 등을 돌릴 수 있는."

은현은 천천히 발길을 옮기며 담담하게 말을 이었다.

중견 기업을 운영하던 아버지와 어머니가 중학교 때 교통사고로 돌아가셨던 일. 아버지의 일을 돕던 고모 내외가 은현을 돌봐준다는 핑계로 회사를 가로챘던 일.

고등학교 때부터 독립해 생활하며 악착같이 공부해 장학금을 받고 진학했던 일. 대학 시절 난방이 되지 않는 컨테이너 작업실에서 밤잠 못 자고 추위에 곱은 손으로 개발한 게임을 선배가 게임 회사에 팔아넘기고 잠적했던 일.

은현이 본능처럼 품고 있었던 사람에 대한 적대감. 그것은 그가 성공하기 위해 이겨내야 했던 온갖 고난이 만들어 낸 흉터 같은 것이었다.

왠지 쓸쓸해 보이는 그의 옆모습이 안타까워 초은은 은현의 커다란 손을 꽉 쥐었다.

"심술궂은 사람인 줄 알았는데. 이제 보니 은현 씨의 뾰족한 부분은 장미의 가시 같은 거였어요. 꽃들은 그들이 할 수 있는 방법으로 자신을 보호할 수밖에 없으니까. 이제껏 잘해 온 은현 씨가 멋있고 대견해요."

은현은 촉촉해진 초은의 눈빛을 보며 옅은 미소를 지었다.

"이상하지? 널 만나고부터 세상이 달라 보여. 온통 적으로만 둘러싸여 있던 내 주변에 좋은 친구, 좋은 동료, 그리고 좋은 사람들이 보이기 시작했어. 다 네 덕이야."

"아니에요. 은현 씨는 원래 그런 따뜻한 눈을 가지고 있었던 거예요. 난 그저 시야를 가리고 있던 안경을 벗겨 준 것뿐이고."

"그게 대단한 거라고. 네가 날 더 좋은 사람으로 만들어."

은현의 곧은 시선이 초은에게 따뜻하게 닿았다. 이 평온하고 고즈넉한 시간 속에서 둘은 한결 더 가까워지고 단단해졌다.

"그런데 말야, 난 그런 생각을 했어."

문득 입을 여는 은현의 얼굴에 장난기와 진지함이 골고루 섞여 있었다.

"네? 어떤⋯⋯."

"언제쯤이면 나한테 한초은의 본 모습을 다 보여 줄까. 나한테 아직 숨기는 거 많잖아. 그렇지?"

아하, 다 들었구나. 들었어⋯⋯.

짙은 낭패감이 쓰나미처럼 몰려들었다. 초은은 마음속으로 탄식했다.

이걸 어떻게 말해야 할까. 변하려고 노력했고, 변했다고 생각했지만 제 본 모습에 대해 여전히 자신이 없다는 것을.

"음⋯⋯. 난 좀 무서워요."

"뭐? 내가 무서워?"

"아니, 그게 아니라⋯⋯. 나에 대해 알아 갈수록 실망하지는 않을지. 은현 씨가 알아 오고, 좋아하는 내 모습과 다를지도 모르니까."

"말도 안 되는 소리. 난 한초은이 방귀쟁이에 오토바이처럼 코를 곤다고 해도 사랑스러울 것 같은데."

네, 단호박 같은 애정, 감사합니다.

하지만⋯⋯.

비유를 해도 꼭 그래야만 할까요?

"너의 모든 걸 알고 싶어. 난 원래 욕심이 많은 사람이지만, 지금 내가 제일 욕심내는 건 한초은이거든."

"……."

"난 사실, 한초은의 모든 것을 욕심내고 있어."

은현의 눈길이 초은의 동그란 이마를, 은은한 달빛이 타고 흐르는 콧날을, 촉촉하게 반짝이는 눈동자를 스친다. 그리고 마지막으로 머문 곳은 살짝 벌어진 발간 입술.

만약 첫 키스의 완벽한 타이밍이 있다면, 바로 지금이다.

그의 열망에 찬 짙은 눈동자가 그런 생각이 들게 했다. 짜릿한 긴장감에 초은의 숨이 가빠졌다.

"아직은…… 물 부으면 꺼지나요?"

"흠…… 아니, 그걸론 좀 힘든데. 3.5kg 하론 소화기 정도면 가능할 것 같군."

이제 때가 되었다.

은현의 단단한 팔이 초은의 허리를 스르륵 감았다. 살짝 기울어진 얼굴이 비스듬히 다가온다.

"소방 안전 교육에서 배웠지? 하론 가스는 주위의 산소를 잡아먹어서 불을 끈다고……."

"흐읍."

거침없이 다가온 입술이 맞닿았다.

그 순간.

정말 주위의 공기가, 아니 소리와 빛과 모든 것이 일시에 사라졌다. 남은 것이라곤 제 입술을 감싸서 머금은 따뜻하고 촉촉한 감촉. 섬세하게 핥고 더듬는, 말랑하면서도 단단한 움직임.

그 간질간질 감질나는 감각에 초은의 입술이 저도 모르게 살짝 벌어졌다. 그러자 문득 그 사이를 비집고 파고드는 열기. 붉은 혀가 성급하게 얽히고, 강한 압력과 흡입이 불규칙한 리듬감으로 초은을 압박했다.

불덩이를 집어삼킨 것 같은 느낌이었다. 뱃속 깊은 곳에서 타오르는 열기가 온몸으로 퍼져 나가며 세포 하나하나를 짜릿하게 일깨우는 것 같은 첨예한 감각.

정말이지 이런 키스는 처음이었다. 스치고 비벼지는 감촉 하나하나가 상대방의 감정을 선연히 전해 주는.

네가 좋다고, 모든 것을 나누고 싶다고 속삭이는 그런 감각.

초은의 목을 끌어당기던 그의 손이 머리칼 사이로 스며들고, 허리에 감긴 팔에 더욱 힘이 들어간다. 꽉 맞붙은 그의 몸이 뜨거웠다.

"흐응……."

초은은 저도 모르게 신음을 흘렸다. 그러자 그에 화답하듯, 은현의 숨소리가 한결 거칠어졌다.

그의 키스는 그를 닮았다. 거칠고 과감하지만, 숨길 수 없는 열정이 초은을 온통 뒤덮었다.

졸졸 흐르는 시내가 숨을 죽이고, 온화하던 달이 구름 속에 몸을 숨기는 내내. 은현과 초은은 서로의 체온과 숨결을 나누었다.

/

주말이 지난 월요일.

월요병으로 울적할 법한 엘리베이터 안은 뜻밖의 활기가 흘렀다. 즐거웠던 워크숍의 여운은 여전히 남아 있었다.

"한 비서어어어어어!"

마주치는 직원마다 약속이라도 한 듯 초은을 절규하며 불러 대는 통에 귀에서 피가 날 것 같았다.

이 근본 없는 유행어는 한동안 레드핏을 휩쓸 모양이었다.

"하하. 장 팀장님, 최 대리님 좋은 아침입니다."

"푹 쉬었어? 우리 한 대리는 대표님이 아껴 줘서 참 좋겠어."

"진심 부럽습니다, 부러워."

정말 그들이 은현의 애정을 부러워할까?

물론 진심이라곤 깨알만큼도 담겨 있지 않은 말이다. 그리고 여전히 은현과 초은의 관계를 의심하는 사람은 아무도 없었다. 강은현의 호승심과 승부욕은 알아줄지언정, 그가 누군가를 좋아한다는 것을 차마 상상도 못 할 일이니까. 그 삐딱하고 뾰족한 외면 뒤에 숨어 있는 순수한 열정을 누가 알까.

문득 달빛 아래 온몸을 터질 듯 채웠던 아득하고 황홀한 감각이 떠올랐다.

"어, 한 대리 왜 그래? 열 있어? 그렇게 바쁘게 움직이더니 감기인가 보네."

"아, 아닙니다. 괜찮아요."

"그래도 혹시 모르니까 병원 한번 가 봐. 얼굴이 빨개."

"네네. 감사합니다."

이유를 알 리 없는 장 팀장이 엘리베이터에서 내리자, 초은은 얼른 손부채질로 열기를 식혔다.

어휴, 그 짐승 같던 열기.

초은을 집어삼킬 듯 몰아붙이던 야성적인 키스를 떠올리면 한동안은 이렇게 열이 오를 것 같았다.

PC를 켜고 태블릿을 열어 일정을 체크하는 동안 보윤과 우신이 차례로 출근했다. 그리고 마지막으로 경원이 사무실 문을 열었다.

"어, 대표님은 같이 안 오셨어요?"

어쩐 일인지 혼자서 털레털레 걸어 들어오는 모습에, 우신이 고개를 갸웃했다.

"대표님 오늘은 쉬실 거야. 초은 씨는 일정 체크해서 조정하고, 보윤 씨가 오늘 미팅 취소됐다고 연락 좀 돌려."

"어디…… 편찮으신가요?"

"감기 몸살인지, 병원이라도 좀 다녀오면 좋겠는데 그냥 집에서 쉬시겠다고 하네."

"아…….."

은현이 아무리 젊고 튼튼하다지만 그동안 일하느라 쌓인 피로가 워크숍에서 기어이 폭발했나 보다.

그날 밤 시냇가에서 촉촉이 젖어 있던 그의 머리칼이 떠오른다. 제게 벗어 줬던 겉옷도.

"한 대리가 오전에 대충 업무 수습해놓고, 약이라도 좀 가지고 들러봐. 보나 마나 그냥 드러누워서 견디려고 할 텐데."

"네…… 그러겠습니다."

초은의 표정이 영 어두워 보였나 보다. 경원의 제안은 은현에 대한 걱정 때문이기도 했지만, 초은이 직접 들여다보라는 배려이기도 했다.

다행히 특별한 외부 일정은 없는 날이었다. 방문이 예정되어 있던 몇 군데에 사정을 설명하고 나니, 더는 일이 손에 잡히지 않았다.

초은은 좀 일찌감치 가방을 챙겨 일어났다.

"보윤 씨, 우신 씨. 나 대표님 댁에 좀 들러볼게. 가서 상황 보고 연락할 테니까, 무슨 일 있으면 전화 줘요."

"네네, 대리님."

근처 죽집에서 전복이 듬뿍 들어간 죽을 주문했다. 죽이 준비되는 동안 옆에 있는 약국에서 각종 감기약과 몸살약도 샀다.

입사 초기에도 은현이 출근을 못 해 약을 사 들고 그의 집을 방문한 적이 있었다. 그때와 거의 같은 상황인데도 이렇게 다른 느낌인건 왜일까. 결정적으로 그땐 비서의 역할에 충실했을 뿐, 이렇게 걱정되는 마음은 없었으니 말이다.

은현의 집은 회사에서 그리 멀지 않은 곳에 있는 오피스텔이었다. 메모해 두었던 입구 비밀번호를 누르고 올라가는 내내 걱정과 긴장이 가슴을 누른다.

초인종을 몇 번이나 울려도 은현은 답이 없었다. 열이 심해 꼼짝도 못 할 정도일까, 혹시 쓰러지기라도 한 건가. 별별 생각에 심장이 쪼그라들 무렵이 되어서야, 쿵, 텅하는 둔탁한 소음과 함께 현관문이 열렸다.

"어, 한 비서가 웬일이야?"

꺼끌꺼끌한 목소리가 무섭도록 잠겨 있었다. 어지러운 듯 문간에 기대선 그에게선 짙어진 체취가 훅 끼쳤다.

초은은 더 창백해진 그의 얼굴과 땀에 젖어 이마에 늘어진 머리칼을 안쓰럽게 올려다보았다.

덩달아 제 목소리도 가라앉는 것 같았다.

"좀 어떠세요?"

"아아…… 이런 건 하루만 쉬면 괜찮아져. 일단 들어와."

말은 괜찮다면서 안으로 들어가는 발걸음이 휘청거렸다. 벽에 턱 몸을 부딪치는 것을 보고, 초은은 저도 모르게 은현을 부축했다.

　문이 열릴 때 들리던 소음은 이런 것이었나 보다.

　겨우 소파에 앉혀 놓자, 등받이에 스르륵 고개를 기대고 눈을 감는다. 이렇게 기운 없는 상태를 보니, 하루 쉬어서 좋아질 건 아닌 것 같은데.

　"힘드시겠지만, 일단 죽이랑 약을 좀 드시고 누우세요."

　"음……."

　초은은 건성으로 대꾸하는 은현을 두고 사 온 죽을 들고 주방으로 갔다. 적당하게 식은 죽을 그릇에 옮겨 담고, 수저와 물을 챙겼다. 사 온 약 중에서 적당한 것 두어 가지도 꺼냈다.

　"입맛이 없어도 억지로라도 좀 드세요."

　"으응……."

　소파 앞 테이블에 쟁반을 내려놓고, 손에 숟가락까지 쥐여 주는데도 은현은 고개를 떨군 채 콧소리만 냈다. 덩치도 큰 사람이 늘어져 있으니 더 처량맞다.

　"고개 똑바로 하고, 입 좀 벌려 봐요. 자, 아!"

　"으음……. 아……."

　초은은 애타는 마음에 죽그릇을 들고 은현에게 바싹 다가앉았다.

　한 숟갈 뜬 죽을 후후 불어 입안에 넣고, 메마른 입술에 묻은 것들을 싹싹 긁어 밀어 넣었다. 다물린 입술이 오물오물 움직이더니, 목울대가 힘겹게 오르내린다.

　"잘했어요. 자, 또 한 숟갈."

　은현은 처음보다는 좀 더 수월하게 입술을 벌렸다.

　잠깐, 이게 뭐람.

이건 사이즈만 특대형이지, 이유식 먹는 갓난아기랑 다를 게 뭐야.

힘없이 눈을 감은 채 입만 움직여 받아먹는 모습이 꼭 그러했다.

"아아."

얼씨구. 이젠 모이 받아먹는 아기 새처럼 알아서 입도 쫙쫙 벌린다. 누가 본다면 꽤 기가 막힌 광경일 테지만.

초은은 안쓰러움과 속상함이 뒤범벅되어 기어이 죽 한 그릇을 그렇게 비워 냈다.

"목이 아파서…… 못 삼키겠어."

물잔과 함께 손바닥에 알약을 놓아주자, 은현이 칭얼댔다.

"좀 아파도 참고 먹어야 낫죠."

"아픈 게 세상에서…… 제일 싫어……."

왜 이렇게 마음이 짠한 걸까.

그가 말하는 아픔이란 외로움과 같은 의미로 느껴졌다. 겨우 어르고 달래 약을 먹이자, 은현은 기어이 비틀대는 몸을 일으켰다.

"어디 가요? 이제 좀 푹 자요."

"으응…… 양치하고……."

그는 기특하게도 올바른 양치 습관을 가진 착한 어른이었다.

양치하는 동안 아무래도 불안한 마음에 욕실 앞에서 서성였다. 아니나 다를까, 나오려고 문을 여는 순간 온몸이 휘청, 흔들렸다. 초은이 급히 부축하자 후끈한 열기가 닿는다. 중심을 제대로 잡지 못하는 거구는 초은이 감당하기엔 너무나 벅찼다.

세상을 다 짊어진 기분으로 겨우겨우 침대로 데려가는 순간.

"까아!"

그만 다리에 힘이 풀려 버렸다. 초은은 침대로 털썩 쓰러지는 은현

아래로 깔려 버렸다.

/

"저, 은현 씨? 좀 비켜 주세요."

이러다 저 납작해지겠어요.

초은이 바동대자 은현이 상체를 조금 들어 멍하니 내려다본다.

"어, 초은아. 한초은 맞지?"

그새 열이 더 오른 모양이다. 잠꼬대 같은 헛소리까지 하는 걸 보아 하니.

"아아, 내 열을 식혀 주러 왔구나. 자, 이리 와."

님…… 열이 올라도 아주 제대로 올랐군요.

"옷이 땀에 젖었는데, 좀 벗겨 주겠어? 아니, 너도 무척 더워 보이는데, 같이 벗을까?"

헛소리가 점입가경이다. 심지어 당장 벗어 던질 듯 입고 있는 티셔츠의 옷자락을 더듬는다.

"더헛!"

위기의 순간에는 초인적인 힘이 솟아나는 법. 초은은 순간적으로 은현을 밀치고 옆으로 한 바퀴 굴러 침대를 빠져나왔다.

"어? 초은아, 어디 갔니? 방금까지 있었는데……."

옆으로 털썩 내동댕이쳐진 은현이 고개를 홰홰 내젓다가 툭 떨군다. 정말이지 상태가 보통 심각한 것이 아니었다.

"안 되겠어요. 병원에 가셔야겠어요."

"아니야. 좀 벗고 함께 쉬면…… 괜찮아져……."

"……."

"병원은 정말 싫어. 한초은 너만 있으면 돼."

"그러니까 병원 가기 싫으시면 얌전히 눈 감아요."

초은이 을러대지 않아도, 기운이 다한 은현은 잠자코 눈을 감았다. 그대로 잠드나 싶었더니.

"초은아…… 욕 한번 해줄래?"

왓더? 이건 또 무슨 쌈박한 헛소리인가요.

헉헉, 가쁜 숨소리 사이로 새어 나오는 중얼거림이 그야말로 기상천외했다.

"아트팀…… 정다민 씨한테는 화끈…… 하게 잘하던데……. 나한테도 좀, 해주면 안 돼? 듣고…… 싶어."

힘겹게 이어가는 목소리가 애잔하기 짝이 없었다. 그 기겁할 만한 내용만 아니라면 말이다.

아무래도 열에 들떠 제가 무슨 소리를 하는지도 모르는 것이 분명했다. 설마 숨겨 왔던 M의 본능이 눈을 뜬 것은 아닐 테고.

……아니어야 한다.

"초은아…… 가지마……."

한동안 쌕쌕 숨소리만 들리기에, 잠들었나 싶었더니. 축축한 손이 불쑥 허공을 더듬는다.

초은은 얼른 그의 손을 감싸 쥐었다.

"여기 있어요."

"가지…… 말고 옆에 있어…… 줘……."

"걱정 말아요. 아무 데도 안 갈 테니까."

"가지 마……."

"곁에 있을 테니 푹 쉬어요."

초은의 거듭된 약속에도 은현은 손을 꼭 잡은 채로 잠이 들었다.

창백한 얼굴에 도는 홍조. 땀에 젖은 이마. 제 겉에 갑옷처럼 두르고 있던 것들이 걷힌 순간 드러난 외로운 아이 같은 모습. 그 거만하고 뾰족하던 남자의 연약한 모습이 초은의 가슴을 아리게 했다.

이제야 약 기운이 도는지, 오래지 않아 은현의 숨소리가 고르게 깊어졌다. 초은은 가만히 일어나 수건을 따뜻한 물에 적셔 왔다. 송골송골 땀이 맺힌 이마와 얼굴을 살살 닦아 내고, 축축한 손과 손가락도 조심스럽게 닦았다.

상황에 맞지 않게, 새삼 참 잘생긴 이목구비다. 뽀얗고 곱상하면서도 선이 너무 가늘지 않고 남자답게 단정하다. 큼직한 손과 쭉 곧은 긴 손가락, 단단한 마디.

끙끙대는 신음에 초은은 문득 정신을 차렸다. 지금 그의 얼굴에 넋을 잃고 있을 때가 아니었다. 약국에서 사 온 해열 패치를 붙였는데도, 펄펄 끓는 열은 도무지 떨어지질 않았다.

약으로 해결될 일이 아닌 것 같았다. 그렇다고 이렇게 정신도 못 차리고 늘어진 은현을 병원으로 데려갈 방법도 없었다.

119를 불러야 하나.

고민하던 초은은 입술을 깨물며 핸드폰을 들었다.

/

얼마나 시간이 흘렀는지 알 수 없었다.

은현이 눈을 떴을 때, 조용한 방 안에 가습기에서 뿜어내는 습기만 가득했다. 메마른 목구멍은 여전히 알싸했지만, 돌덩이처럼 덜그럭대던 머리는 한결 가벼워진 것 같았다.

뻣뻣한 고개를 돌려보니 팔에 바늘이 꽂혀 있고, 창틀에 걸린 팩에서 수액이 한 방울씩 똑똑, 떨어지고 있었다.

"음음……. 초…… 은아?"

꽉 잠긴 목에 소리가 걸린 것처럼 잘 나오지 않았다.

점점 정신이 깨어나면서 거실에서 오가는 나직나직한 말소리가 들렸다. 은현은 귀를 쫑긋 세웠다.

"소식이 없어 걱정했더니, 그래도 이렇게라도 얼굴을 보니 안심이 되는구나."

"그동안 인사도 못 드려서 죄송했어요."

"너나 나나 서로 바쁜데 무슨 괜한 인사야. 네 대표님은 젊고 건강한 몸이라 푹 쉬고 나면 괜찮아질 테니 걱정할 것 없다."

"네. 와 주셔서 감사합니다."

"어떻게 집에는 한 번씩 들르고?"

"……."

"그러지 말거라. 네 외삼촌이랑 식구들 모두 보고 싶어 하더라. 가끔은 찾아뵙고 해야지."

"네. 그럴게요."

"그래, 그럼 난 이만 가 보마."

"조심해서 들어가세요."

"오냐."

한쪽은 분명 초은의 목소리인데, 연륜이 느껴지는 남자 쪽은 도무지 알 수 없었다.

현관문이 열렸다 닫히는 소리가 들리는가 싶더니, 초은이 살금살금 방으로 들어왔다.

"어, 일어났어요? 좀 어때요?"

"내가…… 얼마나 잤어?"

"음……. 한 세 시간 정도요. 열이 너무 심해서 의사 선생님을 불렀어요."

그랬다.

불덩이처럼 달아오른 채 괴롭게 끙끙대는 은현을 그냥 둘 수가 없었다. 은현은 퍽 건강한 편이라 가끔 외래로 받는 진료 이외의 주치의가 따로 없었다.

그래서 고민 끝에 외삼촌과 지낼 때 가족들을 전담했던 주치의를 부른 것이었다. 어릴 때부터 초은을 보아 온 의사는 느닷없는 연락에도 기꺼이 왕진해 주었다.

은현은 잠시 기억을 더듬어 보았다. 머리가 깨질 듯이 아프고, 목구멍이 화끈거려 괴롭던 차에 초은이 찾아왔다. 제게 죽과 약을 먹인 것까지는 어렴풋이 떠오르는데 그 이후로는 기억이 흐릿하다.

"그렇게 심했어? 기억이 잘 안 나는군."

네네. 기억 못 하시는 게 더 나을 겁니다.

정신을 놓으시니 능글남, 변태남에 떼쟁이 초딩의 인격까지 차례로 튀어나오더라고요.

초은은 은현의 행동을 떠올리고 옅게 미소 지었다.

"아주 심한 고열이었어요. 그래도 수액 맞고 내렸으니 다행이에요. 기분은 좀 어때요?"

"음……. 아까보다는 훨씬 나은 것 같아."

"수액 마저 맞고, 하룻밤 지나고 나면 더 좋아질 거예요."

"그래……."

은현은 물끄러미 초은을 보았다.

이런 기분을 느껴본 것이 얼마 만일까. 아주 어릴 적 열감기에 걸린 저를 먹이고 닦이고 밤새 돌봐 주던 엄마의 모습.

이젠 어렴풋하게 남은 기억일 뿐이다.

부모님이 돌아가신 뒤, 은현에게 아픈 것은 그저 번거롭고 성가신 일이었다. 하릴없이 누워서 견디면 이내 지나가는 고통. 그럴 때마다 찾아드는 지독한 외로움도 언젠가부터 익숙한 감각이 되었다.

"저, 약국에 좀 다녀올게요. 의사 선생님이 처방전 주고 가셨거든요."

"그냥…… 있으면 안 돼?"

언제부터 이런 일들을 혼자 감당할 수 없게 되었다고.

은현은 어쩐지 초은이 가 버릴 것 같아 더럭 겁이 났다.

몸이 아프니 마음까지 약해진 것일까.

"……금방 돌아와요. 저녁에 뭐 드시고 싶은 음식이 있어요? 따뜻하고 소화가 잘되는 걸로……."

담담한 척하지만 안쓰러움이 담긴 초은의 눈빛이 좋았다. 평소 같으면 자존심 상할 일인데, 이런 처지가 되고 보니 마음껏 응석을 부리고 싶기도 했다.

"아무거나……. 그냥…… 빨리 와."

"금방 다녀올 테니, 좀 더 쉬고 계세요."

그런 마음을 알기라도 하듯, 초은은 그의 머리칼을 다정하게 쓸어 넘겨 주고는 자리에서 일어났다. 가만히 방문을 닫고 나가는 초은의 뒷모습을 보면서, 은현은 눈 위에 팔을 올렸다.

처음 만날 때부터 서서히 초은에게 길들여지고 있었다. 이젠 초은이 없다면 그동안 혼자서도 잘해 온 그 무엇도 할 수 없을 것 같았다.

초은은 약속한 대로 오래지 않아 돌아왔다. 약 봉투와 간단히 장을 봐 온 식재료를 두 손에 든 채였다.

은현이 누운 방을 다시 한번 들여다본 초은은 서둘러 부엌으로 갔다. 촤르륵 물소리, 달그락거리는 식기 소리, 통통통 도마 소리, 치이익 밥이 되어 가는 소리가 한동안 분주히 이어졌다.

은현은 가만히 눈을 감고 그 종알거리는 소음을 감상했다. 이 집에 사는 동안 단 한 번도 집안에서 들린 적이 없는 종류의 소리였다.

귀를 간질이는 낯설지만 다정한 그 소리들이 그의 마음을 평안하게 감싸 준다는 것을 깨달았다.

그 사이 수액이 거의 들어가고 컨디션은 한결 더 좋아졌다.

"은현 씨, 일어날 수 있겠어요?"

초은이 다시 방으로 왔을 때, 은현은 방안에 딸린 욕실에서 막 샤워를 마치고 나오던 참이었다. 아직 묵직함이 남아 있었지만, 가뭇가뭇 올라온 수염을 면도하고, 땀에 젖은 몸을 씻어 낸 개운함이 기꺼웠다.

"식사…… 하실 수 있겠어요?"

초은은 안색이 밝아진 은현을 보며 덩달아 환하게 미소 지었다.

한 번도 제대로 된 음식이 차려진 적이 없는 식탁이었다. 그 위에 정갈하게 놓인 밥상은 익숙하지 않은 어떤 뭉클한 감정을 불러일으켰다.

갓 지은 따끈한 밥과 달걀을 넣어 끓인 맑은 순두붓국, 뭉근하게 볶은 애호박과 예쁘게 말린 달걀말이. 은현은 말없이 자리에 앉아 수저를 들었다.

"맛은 괜찮아요? 혼자서 해 먹을 일이 별로 없어서, 썩 잘하지는 못해요."

초은은 묵묵히 수저를 놀리는 은현을 보며 멋쩍게 입을 열었다.

"아니야. 진짜 맛있어."

맛있다는 말과 달리 은현은 그리 잘 먹지 못했다. 고열에 시달리다 막 나아진 참이라, 입안이 깔깔한 탓이다.

"억지로 먹으면 더 안 좋으니, 먹히는 만큼만 드세요."

"맛없어서 그런 게 아니라, 아파서, 입맛이 없어서 그래."

"네네. 알아요."

그래도 몽글몽글한 두붓국과 부드러운 달걀말이를 곁들여 밥그릇을 반 넘게 비워 냈다.

배가 부르니 메말랐던 기력도 보충되는 듯했다. 은현이 소파에 앉아 있으려니, 뒷정리를 마친 초은이 유자차를 내왔다.

"약도 드셨으니, 오늘 밤 지나면 더 좋아지실 거예요."

"그래도 아직 많이 아파."

아프다고 칭얼대는 목소리도 아까보다는 훨씬 더 힘차다.

"예전엔 몰랐는데, 아플 때 곁에 있어 주는 사람이 있으니 정말 좋군."

"이렇게 아프지 않았으면 좋겠지만……. 혹시라도 또 아플 땐 항상 곁에 있을게요."

그가 홀로 견뎌 왔을 시간을 떠올리니 애잔함에 가슴이 저린다. 초은은 은현의 손을 잡으며 애써 담담하게 대답했다.

씩, 미소 짓는 은현의 입꼬리가 평소와 다름없이 짓궂다.

"그럼 오늘 밤엔 같이 있어 주면 안 돼?"

뻔뻔스러운 요구를 보니 확실히 회복기에 접어들었다.

"안 됩니다."

"쳇, 야박하긴……."

이제 살 만한지 투덜대기까지 했다. 심지어 에잇, 하는 소리를 내며 초은에게 달려들었다. 불시에 초은을 덮친 은현의 입술에서 금방 양치를 하고 난 알싸하고 산뜻한 향이 전해졌다. 무방비한 상태로 덮침을 당한 초은은 속절없이 은현을 받아들일 수밖에 없었다.

평소보다 더 뜨거운 체온이 입술을 촉촉이 적시고, 입안으로 스며들었다. 몇 번이고 각도를 바꾸며 열정적으로 머금고 흡입하는 짜릿한 마찰. 입안 구석구석을 더듬고 탐색하는 왕성한 움직임.

처음보다 능숙하고 부드러운 감각이었다. 몸속 깊은 곳에서 짜릿한 쾌감이 스파클링처럼 솟아올랐다.

'내일은 평소대로 출근하실 수 있겠네요.'

길고 긴 입맞춤이 이어져, 초은의 생각은 차마 입 밖으로 나올 기회가 없었다.

#5

슈퍼맨이세요?

"좋은 아침입니다."

경원을 앞세워 출근한 은현은 아무렇지도 않게 인사를 건넸다.

"어, 대표님. 몸은 좀 괜찮으세요?"

"더 쉬시지 않으셔도 되나요."

우신에 뒤이은 보윤의 멘트가 부하 직원들의 진심이었다 해도, 그들이라고 은현이 걱정되지 않은 것은 아니었다.

옆집 똥개가 갑자기 보이지 않아도 걱정되는 것이 인간의 선한 본성이다. 아무리 얄미운 상사라도 아파서 결근했다니 내심 신경이 쓰였다. 근래 들어 꽤 부드러워진 모습에 정이 새록새록 들던 참이기도 하고.

"아아, 괜찮습니다. 이까짓 감기 몸살, 하루면 끝나지. 내 체력이 보통 체력인 줄 아나."

얼굴이 살짝 핼쑥해 보이긴 했지만, 안색이나 태도는 평소나 다름없었다.

네네, 아무렴요. 어디 빠지는 데 하나 없으신 분이 체력인들 어련 하실까요.

비서실 직원들은 안도하는 한편 알 수 없는 짜증이 솟구치는 기묘한 감정을 경험했다.

"자자, 그럼 오늘도 열심히 일해 보자고. 한 비서는 오늘 일정 보고해 주고."

아프다고 아이처럼 보채던 것이 바로 전날의 일이다. 하룻밤 사이 기력을 완전히 회복한 모습에, 초은은 피식 웃어 버렸다.

전날 밀린 일정까지 소화하느라 분주한 하루가 시작되었다.

외숙모에게 전화가 온 것은, 은현과 직원 식당에서 늦은 점심을 하고 사무실로 되돌아오던 길이었다.

"받아 봐."

끈질기게 울려대는 진동에도 초은이 영 받을 기미가 없자, 은현이 의아한 표정을 지었다.

"아……."

"난 괜찮으니까 받아."

은현이 거듭 권하니 초은도 어쩔 수 없이 통화 버튼을 눌렀다.

"네, 외숙모."

호기심이 어린 은현의 눈을 피해 등을 돌리며 작게 속삭였다.

[한초은, 이 괘씸한 것.]

"하하, 외숙모 잘 지내셨어요?"

[궁금하긴 해? 같은 서울 하늘 아래 살면서 어째 코빼기도 보기 힘드니?]

"직장 일이 좀 바빴어요. 외삼촌이랑 다들 잘 계시죠?"

핸드폰 틈새로 짜랑짜랑한 목소리가 툭 튀어나오자 등 뒤에 선 은현의 귀가 쫑긋하는 기척이 느껴졌다.

초은은 주춤주춤 몇 걸음 더 멀어졌다.

[그래서 집에는 영 안 올 거니? 이제 영영 내 얼굴 안 봐?]

"어유, 설마요. 우리 외삼촌, 외숙모 얼굴 뵈러 가야죠."

[흥. 죽기 직전에나 오려고 그러지? 그러지 말고 말 나온 김에 이번 주말에 와.]

"네? 이번 주말에요?"

[그래. 내가 요즘 시현이 때문에 속상해 죽겠다, 애.]

"시현이가 왜요?"

[어휴, 고작 파혼이 뭐라고. 정신 못 차리고, 아주 그냥 개차반이야. 걔가 그래도 네 말은 좀 듣잖니.]

외숙모가 모처럼 전화를 한 가장 큰 이유가 이것인가 보다.

사촌 동생인 시현은 막내로 태어나 오냐오냐 자라난 탓에 철이 없는 편이었다. 그런 시현과 단짝이 되어 거칠 것 없이 지내던 시절도 있었다.

"그럼 토요일에 들를게요."

[그래. 애, 꼭 와야 한다. 시현이한테도 너 온다고, 집구석에 좀 붙어 있으라고 할 테니까.]

"네, 그날 뵈어요."

통화를 끊고도 영 기분이 꺼림하다.

워낙에 자유와 방종의 틈새를 넘나드는 시현이었다. 소식을 모르던 첫사랑과 운명처럼 약혼하고는 잠시 잠잠해졌나 싶더니, 파혼의 충격이 꽤 컸던 모양이었다.

"외숙모님?"

옆에서 불쑥 고개를 들이미는 은현 덕분에 흠칫 정신이 들었다.

"아, 네. 집에 한번 들르라 하시네요."

"오, 외삼촌님 댁은 어디야?"

"평창동이요."

"이번에 가면 남친 생겼다고 얘기하겠네. 흠흠. 당장 보자고 하시는 건 아니겠지?"

"……."

"아니, 뭐. 나야 좀 부담스럽지만, 괜찮은데. 알다시피 내가 워낙 바쁜 사람이라 그럴 것 같으면 미리 스케줄 빼놔야 하거든."

초은의 기분이야 어떻든, 제 할 말만 하는 은현이었다. 하도 어이가 없으니 찜찜했던 기분도 뒷전이 되었다.

초은은 기가 막힌다는 듯 은현을 노려보았다.

/

외삼촌의 집 앞에 선 것은 토요일의 늦은 오후였다.

오랜 시간 살았던 집이기도 하지만, 이 앞에 서면 늘 떠오르는 감정이 있다. 부모님을 먼 하늘로 떠나보내고, 처음 이 대궐 같은 집 앞에 섰을 때의 절망감과 두려움 같은 것들. 한편으로는 이 집 안에 숨겨진 과거의 부끄러운 모습이 다시 되돌아올 것 같아 두렵기도 했다.

"살아 있었네, 살아 있었어."

외숙모는 투정처럼 초은을 반겼다.

"우리 외숙모. 더 예뻐지셨네."

초은은 은숙을 꼭 끌어안으며 반가운 웃음을 지었다. 겉치레가 아니었다. 이 집이 꺼려지는 것은 단지 제 과거에서 오는 감정일 뿐. 외삼촌과 외숙모, 사촌 모두 초은에게는 더없이 다정한 가족이었다.

"얘, 너, 네 상사가 아프다고 현 박사님 왕진 불렀다면서? 상사는 그렇게 지극정성으로 모시면서 어째 같이 산 나한텐 관심도 없니?"

저녁이 준비되는 동안 안성댁 아주머니가 향긋하고 시원한 냉침차를 내왔다.

한 모금 홀짝이던 은숙이 볼멘소리로 투정이다. 여전한 외숙모의 모습에 초은은 어쩐지 안심이 되었다. 늘 어린아이처럼 토라지며 투덜거렸지만, 그 마음에는 순수한 애정이 있었다.

"외숙모한테 관심이 없다뇨. 항상 궁금하고 보고 싶고, 그런데."

"얜…… 입술에 침이나 바르고 말해라."

"정말이에요. 얼굴 한번 뵙고 싶어도 우리 외숙모가 어찌나 바쁘신지. 진짜, 너무 인기인이셔서 화나."

"하긴…… 내가 좀 여기저기 잘 불려 다니긴 하지."

초은이 능숙하게 은숙을 달래는 사이 사촌 오빠인 승현 내외와 언니인 주현이 차례로 도착했다.

"초은이 오랜만이다. 종종 얼굴 좀 보여 주지, 그래."

"그러게요. 오빠도 여전히 바쁘죠? 새언니도 잘 지내셨어요?"

"네, 아가씨도 얼굴 좋네요. 잘 지내시나 봐요."

"주현 언니도 잘 지냈지? 형부는 여전히 바쁘셔?"

"그래. 또 출장 갔어. 초은아, 연락 좀 하고 지내."

부산하게 인사가 오가고 잠시 침묵이 흘렀다.

"시현이는 또 나갔어요?"

초은을 만나 잠시 밝아졌던 승현의 표정이 어둡다. 회사 일로 늘 바쁜 승현까지 신경을 쓸 정도면 시현의 방황이 보통 일은 아닌 모양이었다.

"그래. 오늘 초은이 온다고 집구석에 좀 붙어 있으라고 했는데도, 기어이 튀어 나갔다."

은숙의 깊은 한숨에 대리석 바닥이 꺼질 것만 같았다. 다들 뭐라 할 말이 없었다.

"내가 무슨 영화를 보자고 걜 낳아 가지고는. 늘그막에 이렇게 속만 썩일 줄 알았냐고."

"엄마, 그것도 한때야. 다들 저러다 정신 차려요."

"한때? 이렇게 긴 한때가 어딨니? 너희도 다 똑같아. 막내라고 오냐오냐 들어주기만 하니까 걔가 지금 세상 무서운 줄 모르고 저러잖니."

은숙의 지청구는 사실 그리 효과적이지 않았다. 시현이 자라는 동안 가장 싸고돌았던 주역이 바로 본인이었으니.

오랜만에 가족들과 함께한 저녁 식사 자리는 침울했다. 시현은 결국 나타나지 않았고 핸드폰에서는 통화 연결음만 끝없이 이어졌다.

"어휴, 이러다 내가 제 명에 못 살고 말지."

은숙은 숟가락을 힘없이 내려놓으며 코맹맹이 소리를 했다.

"진짜 저러다 크게 사고 한번 칠 것 같아. 내가 무서워 죽겠다."

승현 부부와 주현도 음식을 깨작이며 영 걱정스러운 얼굴이었다.

"시현이 제가 찾아볼게요."

"뭐? 연락도 안 되는 애를 네가 어디서 어떻게?"

"그래도 한때 같이 놀던 친구들이 있으니, 여기저기 알아보면 찾을 수는 있겠죠."

잠시 고민하던 초은은 이내 결심한 듯 2층으로 올라갔다. 시현에게 어떤 부채감 같은 것이 있었다. 시현이 고등학교를 졸업하고 성인이 되었을 때, 처음으로 풀 파티에 데려간 것이 자신이었다.

나름 순진했던 시현은 별천지 같은 분위기에 눈이 휘둥그레졌다. 그곳에서 우연히 제 첫사랑을 만났고, 그가 사라졌다는 소문을 들은 후 더더욱 소모적인 유희에 빠져들었다.

초은은 제 나름의 사건을 겪고 그런 생활을 빠져나왔지만, 시현은 그러지 못했다. 시간과 정신을 좀먹는 순간적인 쾌락에 아낌없이 몸을 던졌다.

초은은 이젠 낯설어진 제 방으로 들어갔다. 멈칫했던 것도 잠시. 결심한 듯 봉인된 옷장을 열었다. 지금이라면 손도 대지 못할 과감하고 화려한 의상들. 어색한 손길로 몇 벌을 골랐다. 파우더 룸에 처박혀 있던 메이크업 박스도 꺼냈다.

낯선 느낌은 그냥 마음의 거부감이었나보다. 막상 옷을 입고 메이크업을 시작하자, 녹슬지 않은 기술이 되살아났다. 하긴 수백, 수천 번을 반복했던 행동이니 몸이 기억하고 있는 것도 당연했다.

초은이 유학에서 돌아온 후. 시현은 제가 의지했던 초은의 변한 모습에 거리감을 느끼는 기색이었다. 게다가 직장 생활로 익숙해진 단정하고 모범적인 지금의 모습으로 나타나면, 훈계하러 온 꼰대 언니로 비칠 수밖에. 아무래도 함께 쿵짝을 맞추던 무렵의 느낌으로 다가가는 것이 좋겠다는 생각이었다.

잠시 후.

아래층으로 내려온 초은을 본 식구들은 경악했다. 스와로브스키 스톤이 화려하게 박힌 스키니진과 어깨와 배꼽을 과감히 드러낸 크롭탑. 어디 그뿐인가. 누구라도 금세 잡아 먹어버릴 것 같은 화끈한 스모키 화장은 또 어떻고.

"아니, 김시현 잡아 온다더니, 네가 왜 더 막 나가고 난리야."

은숙이 기가 막힌다는 듯 초은의 등짝을 내리쳤다.

"원래 목소리 큰 사람은 목소리 더 큰 사람이 이기고, 미친년은 더 미친년이 잡는 법이죠."

"초은아, 조심하고 무슨 일 있으면 꼭 전화해."

킬힐을 또각거리며 결연하게 집을 나서는 초은의 등 뒤로 걱정스러운 시선이 쏟아졌다.

오랫동안 차고에 세워 놨던 빨간 스포츠카에 오르며, 초은은 핸드폰을 들었다.

[아, 언니 오랜만이네요.]

시현의 절친, 혜민이었다. 혜민 역시 시현처럼 깔깔대며 노는 것을 좋아했지만, 본성이 나쁜 아이는 아니었다. 시현과 닮은 구석이 많아 둘이 잘 어울렸는지도 모른다.

"그래, 혜민아. 잘 지냈지? 혹시 시현이랑 같이 있니? 어디 있는지 알아?"

"언니…… 시현이 요즘 저랑은 잘 안 놀아요. 안 그래도 시현이가 너무 이상해져서 걱정이에요. 세상 끝난 사람처럼 막 나간다니까요."

"그럼 요즘은 누구랑 만나니? 외숙모 말로는 집에도 잘 안 들어온다던데."

"어휴, 언니. 세계물산 한지혜 아시죠? 시현이, 얼마 전부터 걔네랑 어울리더라고요."

초은은 입술을 깨물었다. 오랫동안 이쪽 세계를 떠나 있었지만, 한

지혜가 누군지는 아주 잘 알았다. 흥청망청 돈과 권위를 즐기는 햇병아리들 사이에서도 아주 질이 나쁜 부류.

좋지 않은 예감이 엄습했다.

"혹시 걔들 오늘도 모이는지 알 수 있을까?"

"음……. 그럼 제가 한번 알아보고 연락 드릴게요."

"그래. 부탁해."

잠시 후 장소가 적힌 문자 메시지가 도착했다.

초은은 오랜만에 올라탄 차의 액셀러레이터를 힘주어 밟았다. 8기통 600마력의 스포츠카가 굉음을 내며 쭉 뻗은 대로를 내달렸다.

/

화려한 토요일 밤.

북적이는 대로의 뒷길로 들어서자 고급스러우면서도 한적한 골목이 나왔다. 초은은 익숙하게 길을 찾아 운전대를 움직였다.

이윽고 간판도 없는 고풍스럽고 으리으리한 저택이 나타났다. 재력과 권력을 모두 갖춘 상위층의 자제분들에게 알음알음 알려진 곳. 그 존재를 안다고 한들 아무나 들어갈 수 없는 회원제 클럽이었다.

몇 년 만에 다시 찾은 곳인데, 입구를 지키는 무표정한 가드부터 모든 것이 그대로였다. 초은은 꺼림한 과거에 발을 들여놓은 기분으로 안으로 들어섰다. 고고한 외관과는 달리 건물의 내부는 꽤 현대적이었다.

어둑한 조명 아래 끈적한 음악이 흐르고, 정체를 알 수 없는 희뿌연 연기가 부유하고 있었다. 널찍한 홀의 여기저기에 흩어진 인영들이 음악에 맞춰 흐느적거리기도 하고, 두 몸이 하나처럼 뒤엉긴 이

들도 있었으며, 손에 든 술잔을 들이켜기도 했다.

그 사이로 눈에 띄는 차림의 초은이 나타나자, 뉴페이스의 등장이 일순 시선이 모였다.

"어, 한초은 아냐?"

누군가 초은을 알아보자, 뒤이어 아아, 하는 감탄사가 터져 나왔다. 바에서 주문받은 술을 준비하는 바텐더마저 반가운 미소를 띠었다.

"와, 이게 얼마 만이야. 요즘 도대체 어디서 누구랑 놀기에 얼굴 보기가 힘드냐."

"한초은의 귀환이구나. 오늘 신나게 놀아 볼까?"

몽롱하게 풀린 눈빛들이 저를 향해 다가왔다. 그간의 시간이 무색하게도 그들에게 초은은 여전히 친근한 존재였다.

초은은 자괴감이 드는 마음을 다잡았다.

"노는 건 됐고, 시현이 어디 있어?"

"시현이? 아, 김시현?"

"그렇게 붙어 다니더니, 요즘도 잘 지내나 보네."

"오늘은 나도 좀 끼워 주라. 간만에 회포도 좀 풀고."

의미 없이 낄낄대는 목소리 사이에서 필요한 답이 들려왔다.

"김시현, 아까 한지혜랑 2층에 올라가지 않았나?"

2층이라면 조용히, 혹은 은밀히 시간을 보내고 싶은 이들을 위한 룸으로 이루어진 곳이었다.

초은은 더 대꾸할 것도 없이 계단을 향해 발걸음을 옮겼다. 2층 입구를 지키던 가드는 초은을 보고는 고분고분 시현이 들어간 방을 알려 주었다.

노크도 필요 없었다. 굳게 닫힌 문이 쾅, 소리를 내며 열리자, 소파에 기대 있던 세 남녀가 고개를 홱 돌렸다.

"우워, 이게 누구야."

"하하, 한초은 언니네."

초은은 그들의 얼굴을 찬찬히 훑어보았다. 요즘 시현과 자주 어울린다는 한지혜와 역시 더럽게 놀기로 유명한 KS 건설의 형제가 느긋하게 코냑을 기울이고 있었다.

"이야, 한초은. 이게 얼마 만이냐? 예전엔 그렇게 한번 즐기자고 해도 튕기더니, 이제 내가 그리워졌나?"

"시현인 어디 있어?"

시답잖은 말에 대꾸할 생각도 없었다.

차가운 초은의 답에 형인 재운이 픽 웃으며 고개를 까닥했다. 그 턱 끝을 따라 시선을 옮겼다. 기다란 소파의 한쪽 끝, 축 늘어져 누워 있는 가냘픈 몸이 보였다. 누구를 향한 것인지 모를 분노가 울컥 솟았다.

"약 했니?"

"약이라니, 얘가 우릴 뭐로 보고."

"그런데 얘가 왜 이래?"

떨리는 초은의 목소리가 재미있는지, 룸 안의 일행은 웃음만 실실 흘렸다.

"자꾸 언니 보러 가야 한다고 찡얼거리고 내빼려고 하길래 좀 섞여 먹였더니 저러네. 그 언니가 한초은 넌 줄 알았으면 진즉에 같이 놀자고 할 걸 그랬지."

그래도 저를 보러 올 생각은 있었구나. 초은은 꼼짝도 없이 누운 시현을 애틋하게 보았다.

"시현이 데려갈게."

"아니, 안 되지. 김시현은 오늘 나랑 밤새 같이 있으려고 했는데.
니가 덜렁 데려가 버리면 난 누구랑 노냐?"

"그건 내가 알 바 아니고. 오른손하고 놀든, 왼손하고 놀든."

졸지에 핀잔을 들은 동생 재혁의 입술이 삐딱해지는 동시에, 룸 안
에 웃음이 터졌다.

"와, 한초은 언니 성깔은 그대로네. 걸 크러쉬 멋있어."

"장재혁, 이 새끼, 좋겠다. 언니랑 동생 둘 사이에서 잘 골라잡아
봐라. 형은 이만 퇴장해주마."

한참을 낄낄대던 재운이 지혜의 허리에 팔을 감으며 일어났다. 혓
바닥을 내밀어 음란하게 입술을 핥는 표정이 역겨웠다.

"하아……. 저리 비켜."

초은은 다리를 꼬고 앉은 재혁을 피해 시현을 일으키려 했다.

그때였다. 뒤로 홱 잡아당기는 힘에, 초은은 그만 재혁의 무릎에
털썩 주저앉게 되었다.

"안 그래도 김시현이 빨리 뻗어서 김샜는데, 모처럼 한초은이 좀
놀아 줄래?"

"이거 놔."

"도도하기는 예나 지금이나."

키득대는 웃음이 비열했다. 벗어나려고 바동대는 것도 소용없이,
재혁의 팔이 몸에 휘감겼다.

"잠깐 놀고 가. 너도 좋아할 거야. 이래 봬도 테크닉은 끝내준다,
이 말씀."

인간적인 비루함과는 별개로, 남자의 근력을 이길 수는 없었다. 재혁은 반항하는 초은을 소파에 눕히다시피 앉히고 위로 슬금슬금 기어 올라왔다.

"이거 치우라고 했다."

초은이 을러대거나 말거나, 불쾌한 입김을 뱉어 내는 입술이 목덜미로 내려왔다. 온몸에 굵은 소금을 뿌린 듯 소름이 돋고 주체할 수 없는 화가 화산처럼 끓어 올랐다.

"으악!"

이를 악문 초은이 무릎으로 재혁의 가랑이 사이를 차올릴 때였다.

쾅!

룸의 문이 부서질 듯 열렸다.

깜짝 놀랄 굉음을 뚫고 커다란 인영이 안으로 뛰어 들어왔다.

/

[이 자식, 진짜 대인배일세.]

"뭔 소리야?"

예전 같으면 집에서 서류라도 검토할 주말. 이젠 초은이 없는 주말은 무료하기만 했다. 은현은 하릴없이 TV를 보며 다리를 벅벅 긁고 있던 참이었다.

경원의 뜬금없는 전화에 은현은 어리둥절했다.

[오늘 한 대리, 재미있게 놀라고 보내 줬냐? 스트레스 좀 풀라고?]

"우리 초은이가 왜? 오늘 외삼촌 댁에 간다고 해서 얼굴도 못 봤구만."

[뭐? 외삼촌 댁? 이상하다. 여기…… 분명히 한 대리였는데.]

"뭐? 거기가 어딘데?"

[아니…… 내가 쉰다고 맨날 이런 데 놀러 다니는 건 아니고. 최용호, 그 자식 알지? 하도 같이 놀자고 보채기에. 너도 알잖아. 그 새끼 이런데 데려와서 잘난 척하는 거 좋아하는 거. 그냥 기분 한번 맞춰 주는 셈 치고 따라왔는데…….]

"됐고, 어디냐고."

경원의 변명이 길어질수록 조바심도 커졌다. 그리고 장소를 듣는 순간, 경원이 왜 그렇게 우물쭈물했는지 알게 되었다.

은현은 차 키만 겨우 챙겨 든 채 정신없이 집을 뛰쳐나왔다. 거칠 게 운전해 가는 내내 별생각이 다 들었다.

오랜만에 외삼촌 댁에 간다던 초은이, 왜 그런 은밀하고 난잡한 장소에 나타난 것일까.

아니, 그 여자가 과연 한초은은 맞나? 경원이 착각한 것은 아닐까.

억겁처럼 느껴진 시간 끝에 기어이 그곳에 도착했다. 기다리던 경원에게 초은의 위치를 전해 듣고, 방문을 여는 순간.

눈 앞에 펼쳐진 광경을 보고 은현은 피가 거꾸로 솟는 것 같았다.

/

룸 안으로 뛰어 들어온 사람은 트레이닝 바지 차림의 은현이었다. 그 차림으로 입구를 어떻게 통과했는지도 미스터리였지만, 무엇보다 어째서 지금 이곳에 그가 나타났는지. 초은은 멍하기만 했다.

"야, 이 미친 새끼야!"

은현은 안 그래도 초은에게 중심부를 걷어차여 비명을 지르는 재혁의 뒷덜미를 재빠르게 잡아챘다. 그리고 그와 동시에 바닥으로 내동댕이쳤다.

"헉! 으악!"

"어디서 감히 더러운 면상을 들이대고 지랄이야. 이 새끼가 죽으려고 환장했나."

재차 멱살을 잡고 끌어 올려서는 단단히 움켜쥔 주먹을 전력으로 날렸다. 퍽, 하는 효과음과 함께 재혁의 입술이 터지고, 괴롭게 헐떡이는 숨에 신음이 뒤섞였다.

"이, 이게 내가 누구인 줄 알고. 이거 안 놔?"

겨우 정신을 차린 주제에, 재혁은 언뜻 곱상한 은현의 얼굴을 보고 몹쓸 허세를 부렸다.

다리를 비루하게 바둥거리며 차올리려는 찰나, 다시 한번 얼굴을 얻어맞고는 축 늘어져 버렸다.

"네가 누군지는 됐고,"

철썩, 철썩, 철썩.

"어디서 이런 자살 특공대 같은 허튼수작이야. 이 자식이 무슨 길고양이처럼 목숨이 아홉 개는 되나 보지. 잘됐네, 오늘 여덟 개는 아작나도 무사하시겠어요. 다행이지, 응? 어떻게 해줄까? 뻗을 때까지 맞을래? 맞고 뻗을래?"

분노 어린 목소리의 리듬에 맞춰 철썩철썩 내리치는 따귀가 벌써 수십 대였다. 그 찰진 소리만 들어도, 매서운 손때가 느껴졌다.

은현의 체격이 워낙 월등하긴 했지만, 재혁 역시도 작은 축에 드는 몸집은 아니었다. 그런데도 재혁은 은현의 악력에 눌려 꼼짝도 못하고 속절없이 맞고만 있었다. 두 손으로 멱살을 쥔 팔뚝에 매달려 보았지만, 은현은 꿈쩍도 하지 않았다.

너무나 생생한 활극이 오히려 현실감이 없어, 초은은 넋 놓고 바라보기만 했다.

이번엔 코피가 팡, 터졌다.

"아씨…… 그만 좀 하라고."

재혁의 입가로 흘러내린 코피가 턱을 타고 뚝뚝 떨어졌다. 하지만 반발이라고 하기에 재혁의 목소리는 이미 그 기세를 잃었다.

"아직 10%밖에 안 했다, 이 자식아. 앞으로 500대만 더 맞자."

"……잘못했어요. 살려…… 주세요."

바들바들 떨리는 목소리가 볼썽사나운 염소 울음 같았다.

그제야 은현은 움켜쥔 멱살을 거칠게 놓아 버렸고, 재혁은 바닥으로 털썩 주저앉았다. 뒤이어 달려온 가드에게 재혁을 넘겨주고, 은현은 소파에 널브러진 시현을 덥석 둘러멨다.

"가자."

아직도 분노의 여운이 남은 듯, 은현은 성큼성큼 발걸음을 옮겼다. 여전히 멍한 상태로, 초은은 그의 뒤를 따랐다.

은현은 뒷좌석에 시현을 조심스럽게 눕히고 시동을 걸었다. 운전하는 내내 둘은 말이 없었다.

"……괜찮아?"

그가 아무것도 탓하지 않는 것이 오히려 더 부끄러웠다.

"동생 찾으러 갔던 거지?"

"……."

"놀랐을 텐데, 어쨌든 별일 없어서 다행이군."

은현답지 않게 부드러운 말투가 가슴 아팠다.

"봤죠?"

"뭘?"

"아까……. 거기. 거기서 본 사람들이 한때 내 모습이에요."

"한초은 찾느라 정신이 없어서 제대로 보지도 못했다."

"나도 그런 부류와 똑같았어요."

"그래서 그게 뭐. 지나간 일에 내가 신경을 써야 하나?"

"……실망하지…… 않았나요?"

그가 실망하지 않았을 리가 없다. 암울한 환경에서도 오로지 목표를 위해 숨 가쁘게 달려온 은현이기에.

그런 은현 앞에서 초은은 제 한심한 모습이 더더욱 초라했다.

"실망해야 하나? 그런 생활을 딛고 지금의 완벽한 여자로 거듭난 게 더 대단한 거 아냐?"

"……."

"나도 한초은 덕분에 완벽한 남자가 되어 봐서 아는데, 그게 쉬운 게 아니잖아."

이 상황에서도 자화자찬은 잊질 않는구나.

그래도 평소와 다름없는 그런 모습에 안심하게 된다. 그의 눈에만 작용하는 초은을 보는 필터가 굳건해서. 그의 말이 가식이 아닌 것 같아서.

"오히려 대견하고 더 멋있어. 한 번 더 반하겠는데. 이제 하도 많이 반해서 지칠 지경이야."

그제야 비로소 초은이 옅게 웃었다.

은현이라고 화가 나지 않았다면 거짓말일 것이다. 전화를 받고 달려가는 내내 가슴을 터뜨릴 것 같았던 혼란한 감정들, 그리고 문을 열었을 때 머리를 뚫고 치솟던 분노.

하지만 그녀를 위기에서 구해 내는 순간, 은현을 가득 채운 것은 오직 안도감뿐이었다. 과거의 그녀가 어떠했든, 그게 뭐 어떻다고. 지금 그의 곁에 있는 그녀는 그토록 올곧고 반듯하고 아름다운 것을.

이윽고 은현의 차가 초은의 오피스텔에 도착했다.

/

등에 업은 시현을 초은의 침대에 눕히는 내내 은현의 정신은 산만하게 떠돌았다. 이런 뜻밖의 상황만 아니었다면, 그야말로 기념할 만한 입성이 아닌가.

아, 이곳이 바로 매일 밤 그녀가 잠드는 곳이구나.

그런 생각을 하니 벅찬 감격이 가슴을 뻐근하게 채웠다.

은현은 어둑한 침실 안을 이리저리 둘러보며 노골적으로 킁킁 향기를 들이켰다.

"눕혔으면 이제 나가요."

초은이 매섭게 눈을 흘겼다.

이 변태 아저씨야!

초은의 눈동자가 그렇게 외치고 있었다. 은현은 큼큼, 헛기침하며 아쉽게 거실로 나왔다.

"힘드셨죠? 잠시만 앉아 계세요. 시원한 거라도……. 음, 뭐가 있지."

잠시 후 옷을 갈아입고 따라 나온 초은의 얼굴에는 홍조가 돌고 있었다. 은현이 제집에 온 것이 초은에게도 예상 밖의 일이었다.

초은은 괜스레 부산하게 부엌으로 향했다.

잠시 후 얼음을 가득 넣은 아이스티를 쟁반에 받쳐서 가져왔다.

"오, 땡큐."

안 그래도 시현을 업고 오느라 진땀을 뺀 은현이라 달게 마셨다.

"저…… 오늘, 고마웠어요."

옆에 어색하게 앉아 있던 초은이 멋쩍게 입을 열었다.

은현이 그때 나타나지 않았더라도 어떻게든 그 상황을 벗어났을 초은이다. 하지만 그 위기의 순간, 히어로처럼 나타나 초은을 구해 내던 강인한 모습. 초은을 위해서라면 뭐든 할 수 있을 것 같은 그의 의지가 느껴져 내심 감동적이었다.

"은현 씨가 그 순간 나타나 줘서, 어찌나 마음이 놓이던지……."

초은의 수줍은 말에 은현은 울컥 치받치는 감정이 있었다. 이제까지 제가 초은에게 온전히 의지가 되었던 적이 있었던가.

처음 초은에게 고백을 하고, 여러 가지 지적을 받은 탓일 것이다. 언제나 초은 앞에서는 부족한 느낌이 들고, 더 노력해야 할 것 같은 기분이 들었던 것은.

직장에서의 상황과는 반대로 은현은 초은에게 감정적으로 늘 을 이었다. 하지만 지금 초은의 말 한마디로, 한껏 당당한 남자가 된 이 기분.

"그래서 내가 멋있었어?"

"네. 무척."

"나한테 반했겠군."

"풉……. 네. 엄청."

"그럼 이리 와."

은현이 한쪽 팔을 쫙 벌리며 다른 손으로 제 가슴을 툭툭 쳤다. 초은은 웃음을 참으며 그 어깨에 이마를 기댔다.

허겁지겁 달려와 준 그의 행동이, 그럼에도 불구하고 여전히 저를 사랑스럽게 보는 그의 마음이 고마웠으므로. 오늘만큼은 그가 만족할 만한 대답을 해주고 싶었다.

초은답지 않게 고분고분한 태도에 은현이 오히려 흠칫 놀랐다.

"아, 이런……."

"네?"

"한초은의 집에 온 기념비적인 날인데 말이야. 지금 상황이 무척 안타깝군."

은현의 목소리에는 그야말로 아쉬움이 철철 넘쳐흘렀다. 초은은 더는 참지 못하고 웃음을 터뜨려 버렸다. 그 해맑은 웃음소리에 긴장이 풀린 듯, 은현도 장난스럽게 초은을 끌어안았다.

"옷은 벌써 갈아입은 거야? 그런 차림으로 밖에 나가는 건 곤란하지만, 나한테는 좀 더 보여 줘도 되는데, 응? 아주 색다르더라고."

"보고 싶을 때, 보여 줄게요. 은현 씨한테만."

"하아."

뜨거운 한숨과 함께 초은의 등에 감긴 팔에 불끈 힘이 들어갔다.

"동생은 푹 자는 거지? 음…… 나도 오늘은 자고 갈까? 난 어쨌든 괜찮은데 어때?"

이 능글맞은 남자 같으니.

"괜찮긴 뭐가 괜찮아요. 이제 늦었는데 얼른 가요."

"아니야. 좀 더 있어도 돼."

"은현 씨도 오늘 많이 놀랐을 텐데, 일찍 쉬어요."

"여기서 쉬는 게 더 좋아."

이 고집쟁이 같으니라고.

초은은 또 한 번 깔깔 웃으며 은현의 팔뚝을 찰싹 내리쳤다.

발바닥이 바닥에 들러붙은 것처럼 아쉬워하는 은현을 겨우 보내고 다시 방으로 들어왔다. 잠든 줄 알았던 시현이 눈을 뜨고 빤히 초은을 올려다보고 있었다.

"괜찮아? 정신이 들어?"

"……응."

안도감이 밀물처럼 밀려들었다. 하루를 지내며 모르는 새 차곡차곡 쌓였던 긴장이 스르르 풀리는 기분이었다. 초은은 침대에 가만히 걸터앉아 시현의 머리를 쓸어 주었다.

"여전히…… 많이 힘들어?"

집안의 골칫덩이가 된 동생이지만, 친자매처럼 지낸 세월을 떠올리면 안쓰럽기만 했다.

"난……. 그 사람 다시 만나고 후회했어. 그렇게 약혼까지 할 수 있을 줄 정말 몰랐어. 그걸 모르고 막살았던 시절이 너무 화가 났어. 그래도 그 사람 위해서라면 변할 수 있을 줄 알았는데……."

"……."

"그럴 필요가 없어지니 너무 괴롭고 허탈해."

아, 가엾은 아이. 이렇게 자신을 잃을 정도로 감정에 휩쓸리는 것도 그 마음에 순수한 부분이 있기 때문일 것이다.

시현이 겪고 있는 혼란과 상실감을 너무나 잘 알 것 같았다. 초은이 겪었던 감정과 그리 다르지 않기에.

그 방황의 시간을 떠올리니 울컥 화가 났다.

"그래서 이렇게 지내면 기분이 좀 나아지니? 외삼촌, 외숙모, 언니, 오빠. 다들 네 걱정에 피가 말라. 사랑이 인생 전부는 아니잖아."

"흥. 언니라고 뭐 달라? 고작 첫사랑한테 차였다고 날 버리고 훌쩍 떠난 건 기억 안 나나 보네."

시큰둥한 시현의 대구에 초은은 그만 말문이 막혀 버렸다. 주변을 둘러볼 겨를도 없이, 허겁지겁 떠났던 제 행동이 시현에게는 또 하나의 상처로 남은 것을 어렴풋이 알고 있었다.

"……그래. 그렇게 떠나서 미안해. 그래도 난 그때와 달라졌고, 다행히 더 나은 사람이 되었어. 내가 변했더니 세상도 변하더라."

"아아…… 그러셔?"

"한때는 한 사람이 전부일 것 같았는데, 시간이 지나 보면 그렇지도 않아. 그러니까 널 더 아끼도록 해."

시현의 삐딱한 말투에도 초은은 진심으로 마음을 전했다.

순간 시현의 두 눈이 반짝 빛났다.

"아까 그 사람 때문이야?"

예상치 못한 공격에, 초은에 두 뺨이 순식간에 달아올랐다.

"깨어 있었니? 언제부터?"

"글쎄…… 언제부터였을까. 둘이서 하도 간지럽게 꽁냥대기에 일어날 수가 있어야 말이지."

장난기가 어린 짓궂은 목소리가 내심 반가웠다.

아직 너에게도 흥미로운 일이 남아 있구나. 세상 모든 것에 심드렁해진 건 아니구나.

초은은 민망한 마음을 누르며 순순히 고개를 끄덕였다.

"그래. 그 사람 덕분에 요즘은 즐거워. 소모적이고 허무해지는 즐거움이 아니라, 내일이 더 기대되는 그런 기분이야."

"쳇, 뭐야. 지금 자랑질이야?"

틱틱거리는 말투에도 이제 삐딱한 느낌은 없다.

"시현아. 너도 언젠가 이런 기분 알 수 있을 거야. 네 솔직하고 귀여운 매력을 알아주고 사랑해주는 사람이……."

"아, 됐어. 그런 건 됐고, 언니나 나 좀 신경 써줘."

시현은 외로웠던 것이다. 오랫동안 그리워했던 첫사랑과 영영 어긋나버렸을 때, 그 마음을 들여다봐 주고 진심으로 안아 준 이가 단한 명도 없었기에.

초은의 마음이 저릿하게 조여왔다.

"그래, 미안해. 언니가 잘못했어."

초은은 몸을 굽혀 시현을 꼭 끌어안았다. 못 본 사이 가냘파진 몸집이 안쓰러웠다.

"앞으로 두고 볼 거야. 내 행동은 이제 언니한테 달렸다고."

"언니가 잘할게. 그동안 너무 내 생각만 해서 미안해."

"그런데 형부는 언제 소개해 줄 거야? 얼굴은 못 봤지만, 힘은 엄청 세던데. 내가 아무리 가벼워도, 그렇게 번쩍 들기 쉽지 않잖아? 언제 어디서 어떻게 만났어? 누가 먼저 반한 건데?"

"혀…… 형부?"

"왜? 그렇게 부르면 안 돼? 언니 얼굴 빨개졌어."

이제야 막내다운 발랄함을 되찾은 시현의 모습이 무척 반가웠다. 초은은 시현에게 시원한 꿀물을 한잔 타다 주고, 편한 옷을 내주었다. 오랜만에 만나서겠지. 밤이 깊어가는 줄도 모르고 함께 울고 웃으며 많은 이야기를 나누었다.

아침이 되자, 초은은 바쁘게 움직였다. 어설프게나마 북엇국을 끓여 시현에게 밥을 먹이고, 심부름센터를 불러 클럽에 주차해 둔 차를 옮겼다.

그리고 시현를 데리고 다시 평창동으로 갔다. 시현을 데리고 있다고 전날 미리 연락을 드리긴 했지만, 그래도 불안했는지 온 식구가 기다리고 있었다. 전날 없었던 외삼촌 상혁까지 굳은 얼굴로 둘을 맞았다.

"어우, 이 화상! 너 진짜 자꾸 이러면 머리를 박박 밀어버릴 거야. 내가 못 할 줄 아니?"

"나 언니랑 수다 떠느라 몇 시간 못 잤더니 피곤해. 올라가서 좀 잘게."

은숙이 달려와 등을 찰싹찰싹 내리치는데도 시현은 아무렇지도 않게 이 층으로 향했다.

"뭐? 애, 너 때문에 이 많은 사람이 잠을 설쳤는데, 피곤하단 말이 나와?"

"참, 어제 KS 양아치들 때문에 언니 큰일 당할 뻔했어. 그 새끼들 나한테도 억지로 술 먹이고, 짜증 나."

문득 생각났다는 듯, 발을 멈춘 시현의 말에 다들 동시에 얼굴이 하얗게 질렸다.

"초은아, 괜찮아?"

주현이 놀란 얼굴로 초은의 손을 잡았다.

"아……. 난 괜찮아. 별일 없었고……."

"다행히 초은 언니 남친이 나타나서 구해 줬으니 망정이지. 어쨌든 KS 쪽에서 폭행이니 뭐니 허튼소리 안 하게, 아빠가 잘 좀 처리해 줘."

팔랑팔랑 손을 흔들며 2층으로 사라진 시현 뒤로 황망한 가족들만 남았다.

"얘, 너 남자 친구 생겼니?"

이번엔 은숙이 초은의 손목을 홱 잡았다.

"초은이, 너. 얌전히 집에 들어와서 외삼촌 일 좀 도우랬더니. 좋은 집안 아들놈 골라 준다지 않았니."

불만스러운 표정의 외삼촌과.

"누구야? 어디서 어떻게 만난 거야? 얼굴 한번 보여 줘야지."

"초은아, 오빠가 한번 만나 볼까?"

진지 엄숙한 얼굴의 언니와 오빠까지. 우스개인 줄 알았던 은현의 말이 이렇게 실현될 줄이야.

초은은 난처한 표정으로 어색하게 웃기만 했다.

/

"우리 처제, 몸은 괜찮고?"

"처…… 처제요?"

일정 보고를 하러 들어온 초은을 향해 은현이 상큼하게 웃으며 건넨 말이었다.

한쪽에서는 형부라더니, 이쪽에서는 처제라니. 대화 한 번 안 해본 두 사람이 어찌나 쿵짝이 잘 맞는지.

초은은 기가 막혀 입만 헤 벌렸다.

"정식으로 인사도 드리기 전에 이런 식으로 존재를 알려 드리게 돼서 좀 난감하군."

하지만 그의 얼굴에 난감한 기색이라곤 눈곱만치도 없었다. 초은의 제지가 없으니, 은현의 설레발은 마음껏 뻗어 나가고 있다.

"어쨌든 첫 이미지가 나쁘진 않았겠지만 말이야. 그래도 난 좀 공식적인 절차를 따르고 싶었거든."

네네, 아무렴요. 어련하실까요.

하지만 머릿속이 고장이라도 난 걸까. 저 뿌듯함으로 가득 찬 얼굴이 얄밉지만, 한편으로는 사랑스럽게 느껴지니 말이다.

"아, 그리고 말이야. 좀 이따 팀장 회의에서 확실하게 결정이 되겠지만."

"네 대표님."

"아무래도 다음 주에 출장을 가게 될 것 같아."

"캐나다에 가기로 결정하셨나요? 며칠 일정으로 준비할까요?"

"응, 맞아. 토론토. 아마도 5일 정도?"

"네. 우선 항공편과 숙소를 알아보겠습니다. 몇 명 규모로 가시나요? 이번에도 박 실장님이 수행하게 되죠?"

"아니, 그게 무슨 소리야. 한 비서가 같이 가야지."

"네?"

이제껏 십수 번의 출장을 준비하며, 단 한 번도 초은이 해외까지 수행한 적은 없었다. 누가 뭐래도 수행을 전담하는 것은 경원의 임무였으니까. 하지만 지금, 은현의 또랑또랑한 두 눈에서 흘러나오는 저 기대감은 대체 뭐지?

초은은 어쩐지 그 이유를 알 것 같아 복잡한 기분이 들었다.

#6

몸과 마음의 완벽한 준비란

출장을 준비하는 한 주는 정말 정신이 쏙 빠지도록 바빴다.

토론토에서 열리는 '글로벌 게임 비즈니스 컨퍼런스'의 기조연설 자로 은현이 초청받았기에 더욱 신경을 써야만 했다.

이왕 가는 김에 현지 런칭을 원하며 접촉해 왔던 퍼블리싱 업체 몇 군데와의 미팅 일정도 잡혔다.

이번 출장에는 일정 관리를 담당하는 초은 외에도 마케팅팀과 법 무팀의 팀장이 동행하게 되었다.

초은은 항공권 티켓팅을 하고 숙소를 예약하고, 행사 주최 측으로 부터 세부 일정을 받아 검토했다. 그리고 세 곳의 퍼블리싱 업체와 미팅 일정을 조정하고, 각 업체의 자료까지 완벽하게 준비했다.

"우와, 대표님 배신자. 나 토론토는 아직 한 번도 못 가봤는데."

경원이 돕기는 했지만, 입이 댓 발로 튀어나와서 툴툴대느라 아무 래도 소극적이던 것이다.

아무래도 해외 출장의 첫 수행이다 보니, 긴장도 평소의 배가 되었다. 실수나 누락 없이 꼼꼼히 준비하려다 보니, 결국 개인 짐은 출장 전날에서야 허겁지겁 쌀 수 있었다.

초은은 거실에 주저앉아 옷가지와 화장품, 개인용품들을 트렁크에 꾸역꾸역 밀어 넣고 있었다.

"야야, 멀티탭은 준비했냐?"

"응? 멀티 뭐?"

"얘가, 미국에서 살다 왔다는 애가 뭐가 이렇게 허술해?"

그리고 다민은 편하게 소파에 기대앉아 아이스크림을 맛있게 퍼먹는 중이었다. 머리를 산발한 채 아등바등하는 초은을 지켜보는 것은 색다른 재미였다.

"너 핸드폰이며 태블릿이며 노트북이며, 충전을 어떻게 하려고."

"아, 맞다. 그렇지."

"이 언니가 그럴 줄 알고, 준비했다. 너 요즘 좀 넋을 빼고 다녔잖아."

다민은 곁에 둔 가방에서 캐나다용 110V 멀티탭 몇 개를 꺼내 툭 던져줬다.

"어우, 야. 고맙다."

"누가 보면 혼자 출장 준비 다 하는 줄 알겠다. 한초은답지 않게 왜 이래."

"야, 혼자 다 한 거나 다름없거든!"

다민의 핀잔이 뭔가를 건드렸는지, 초은이 울컥했다.

"박 실장님이 같이 못 간다고 초딩 수준으로 심술을 부렸다고. 아침에 대표님 쓸 찻잔을 몽땅 물에 담가 놓질 않나, 대표님 드릴 홍차를 훌렁 다 마셔 버리질 않나."

"헐…… 유치하기는……."

초은은 고개를 절레절레 흔들며 멈춰 있던 손을 다시 움직였다.

"하긴. 대표님 출장에 한 번도 동행하지 않은 적이 없었으니 섭섭하긴 하겠지."

"그러니까 말이야. 강 대표는 왜 하필 이번 출장에 늘 함께 손발을 맞추던 박 실장 대신 한 비서를 데려가는 것일까?"

다민은 말끝을 노랫가락처럼 늘렸다.

짓궂은 다민의 질문에 초은은 아무 대꾸도 하지 않았다. 단지 흐트러진 머리칼 사이로 드러난 귀 끝이 붉게 물들었을 뿐.

"이거 이거, 공과 사도 구분 못 하고 말이야. 아주 불순해."

"야, 아니거든. 공과 사 완전 잘 구분하거든."

진짜거든. 회사에서 뽀뽀 한번 한 적 없…….

어, 음……. 며, 몇 번 없거든.

초은이 새침한 대답에도 다민은 여전히 능글맞은 웃음소리를 냈다.

"오호, 그러셔? 그래서 워크숍에서 밤에 몰래 나가고 그랬냐?"

"그, 그건……. 야! 야간 취침 시간은 개인 시간이거든! 그리고 출장이랑 같냐? 일정이 대박 빡빡해서 뭘 어쩔 틈도 없다고."

"하이고, 아무리 빡빡해도 잠도 안 자고, 화장실도 안 가냐?"

"둘만 가는 것도 아니고, 마케팅 송 팀장님하고 공 변호사님도 같이 가는데 뭔 뻘한 상상이람."

"에휴, 이년이. 핑계를 댈 걸 대야지. 무슨 합숙 훈련이야? 잘 때도 넷이 같이 자냐?"

음……. 친구야. 그렇게까지 집요하게 시간을 만들어 주니 어쩔 수 없구나. 공과 사를 구분하지 말아야겠다는 생각이 드는 건 나의 오판이니?

"그래서 내가 준비했지. 빠람!"

아니, 뭘 또.

이번엔 어째 싸한 예감이 든다. 아니나 다를까, 가방에서 꺼내 툭 던져 주는 것은 앙증맞은 리본이 달린 작은 쇼핑백이었다.

"이, 이게 뭐야?"

"이것이, 내숭은. 보나 마나 생각 없이 아무 준비도 안 할 것 같아서, 이 언니가 특별히 챙겼다."

초은은 다민을 의심스럽게 노려보며 쇼핑백을 열었다.

그리고 나온 것은.

"으악!"

아, 아니……. 친구야, 이런 건 어디서 파니? 대체 왜 가려야 할 부분이 더 훤히 드러나는 거니?

"좋지? 보기만 해도 후끈해지지? 뭐, 어차피 강 대표는 제대로 볼 틈도 없겠지만."

"이, 이거……. 입으나 벗으나 별 차이 없는 거 아니니?"

"무슨 소리! 일단 한번 입어 보고 그 효과를 체험해 봐. 크흐흐."

다민의 웃음이 능글맞았다.

"찢어지면 언니가 또 사 줄게. 마음껏 즐겨, 알았지? 나의 배려가 어때? 고맙지?"

"야. 됐어. 진짜 일정이 장난 아니고, 이러려고 가는 거 아니거든."

손아, 그러면서 슬그머니 트렁크에 챙겨 넣는 건 왜 그러는 거니?

다민은 표정만은 새침한 초은을 보며 키득거렸다.

"올 때, 면세점에서 성의껏 좋은 걸로. 알지?"

"알았다. 친구야."

내가 정말 이러고 싶진 않지만, 힘들게 준비한 네 성의를 생각해서라도 최선을 다해……

마음속으로 애써 변명을 해보던 초은도 어이가 없는지, 결국 픽 웃어버렸다.

/

토론토 피어슨 국제공항에 도착했을 때는 늦은 저녁이었다.

무려 13시간에 달하는 긴 비행에 지쳤지만, 예약한 호텔이 그리 멀지 않은 것이 다행이라면 다행이었다.

수하물을 찾아 입국장으로 나온 초은은 재빨리 Hertz 렌터카 사무실에서 예약해 둔 렌터카를 픽업했다. 운전은 소싯적에 토론토에서 잠깐 지낸 적이 있다는 공 변호사가 맡았다.

쉐라톤 센터 토론토 호텔까지는 차로 30분이 채 걸리지 않았다. 물론 토론토 거리에 익숙한 공 변호사 덕분이기도 했다. 순조롭게 체크인을 하고, 각자의 방에 짐을 푼 일행은 은현이 투숙한 스위트룸에 모였다.

출장 일정 내내 모여서 회의할 일이 많으므로 은현의 객실은 스위트룸으로. 공 변호사와 송 팀장이 트윈룸을, 그리고 초은은 싱글룸을 예약했다.

"나만 큰 방을 써서 미안하군요."

실용적인 이유로 예약한 객실인데도, 은현은 혼자만 스위트룸을 쓰는 것을 미안해했다. 그리고 보면 은현은 한 회사의 대표가 되었지만, 불필요한 겉치레는 멀리하는 편이었다.

긴 다리 때문에 불편하다는 이유로 항공편은 비즈니스석을 이용했지만, 그것도 출장 가는 일행 모두가 공평하게 같은 좌석을 이용하도록 배려했다.

"다들 피곤하겠지만, 간단하게 일정 정리를 하고 쉬도록 합시다. 출출할 텐데, 뭘 좀 간단히 먹을까요?"

이내 룸서비스된 따뜻한 차와 간단한 스낵을 놓고, 편한 자세로 둘러앉았다. 초은은 일정이 정리된 서류를 한 부씩 나누어 주었다.

"내일 있을 '글로벌 게임 비즈니스 컨퍼런스'가 열리는 장소는 메트로 토론토 컨벤션 센터입니다. 여기서 차로 이동하면 5분이면 도착해요."

"오, 가깝네."

"한 대리가 숙소를 아주 잘 정했어."

몸은 피곤해도, 출장 첫날의 가벼운 흥분 덕인지 다들 조금씩 들뜬 상태였다.

"아시다시피 대표님이 기조연설을 맡으셨기 때문에 컨퍼런스 개회 시간인 10시 이전에는 여유를 두고 도착해야 할 것 같아요. 9시 20분에는 출발하기로 해요."

모두 고개를 끄덕였다.

"컨퍼런스는 이틀간 진행됩니다. 첨부한 일정표를 보시면 아시겠지만, 컨텐츠가 매우 훌륭해요. 강연자도 한자리에 모아 보기 힘든 분들이고요."

아닌 게 아니라 고성장 중인 중국을 비롯해 인도, 일본, 미국 등 세계 각국의 내로라하는 게임 회사가 모두 모였다. 쉽게 접하기 힘든 기회인 것은 분명했다.

"그래서 함께 오신 분들 각자 업무 분야에 맞는 강연으로 이틀간은 컨퍼런스에 집중하도록 해요."

"그럼 강연 없는 시간은 개인 시간입니까?"

송 팀장이 장난스럽게 손을 번쩍 들며 물었다. 초은은 대답 대신 은현의 얼굴을 보았다.

"그렇게 합시다. 귀국할 때까지 일정이 빡빡할 텐데, 그렇게라도 숨 돌릴 틈은 있어야겠죠."

그리고 나도 여기까지 왔으니 초은이랑 데이트도 좀 하고 말이야.

그런 은현의 깊은 의도는 곁에 앉은 초은만이 알 수 있었다.

"흠흠. 사흘째부터는 공 변호사님과 송 팀장님이 활약하실 차례입니다. 현지 퍼블리싱을 원하며 컨택한 업체 중에 세 곳과 미팅 일정을 조율했고요."

초은의 차분한 목소리가 마지막까지 이어졌다.

일정 체크가 끝나고, 미팅에서 챙겨야 할 사항 등에 대해 간단한 토의가 이어졌다. 방으로 돌아가기 위해 일어섰을 때는 꽤 늦은 시간이 되어 버렸다.

"다들 수고하셨습니다. 푹 쉬시고, 아침에 다시 만나도록 하죠."

"네, 대표님. 편히 쉬십시오."

"한 대리도 수고했어."

"네. 수고 많으셨습니다."

홀가분한 마음으로 인사를 나누고 있는데, 은현이 불쑥 초은을 붙들었다.

"한 비서는 잠깐 남아. 내일 기조연설 한 번 더 검토해 보자고."

"아, 그럼 저희는 먼저 실례하겠습니다."

안타깝게도 공 변호사와 송 팀장은 아무런 의심도 없이 퇴장했다.

탁, 문이 닫히자마자 은현은 얼른 초은의 허리를 감싸 안으며 소파에 끌어 앉혔다.

"연설 원고 보자면서요."

내가 이럴 줄 알았다. 연설 검토는 무슨.

초은은 은현의 팔을 찰싹찰싹 내리치며 눈을 흘겼다.

"날 대체 뭐로 보고. 그깟 기조연설. 자다가도 할 수 있다고."

네네, 아무렴요. 어련하실까요.

"오느라 피곤하지? 여기서 자고 갈래?"

네네. 그렇겠죠. 아무렴.

"아니요."

"뭐가 그렇게 단호해?"

"은현 씨도 피곤할 텐데, 오늘은 푹 쉬어요."

"아니, 같이 쉬면 되지. 내가 뭐 어쩐다고. 한초은 은근히 음흉해. 그동안 고생한 거 알아서 진짜 오늘은 아무 짓도 안 할거거든."

어쩐지 '오늘은'이 걸리네요.

"매일 혼자 자던 사람이 옆에 누구 있으면 무의식에도 편히 쉬지 못합니다. 내일 연설 잘하시려면 오늘은 숙면하시고요."

"좋아. '오늘은' 숙면하고, 그럼 내일은? 모레는?"

잠시 실망했던 은현의 눈이 다시 초롱초롱 빛났다. 초은은 제 트렁크에 들어 있는 작은 쇼핑백과 그 쇼핑백 안의 얇고 허술한 천 조각을 떠올렸다.

아, 과연. 결국, 이곳에서 그것을 사용하게 될 것인가.

어떤 저릿저릿한 기대와 긴장이 명치를 짓눌렀다.

"일단 내일 무사히 컨퍼런스를 끝내고 생각해 보도록 해요. 내일은 내일의 태양이 뜨니까."

"뭘 또 내일 생각해? 오늘 혼자 자면서 잘 생각해 보라고."

"……네. 은현 씨도 편히 푹 자요."

"잠깐, 그냥 가면 안 되지."

은현은 일어서는 초은의 팔을 끌어당기며 동시에 허리를 휘감았다. 이내 뜨거운 입술이 맞닿는다. 초은의 팔을 관능적으로 쓸어내리고 머리칼 사이로 스며드는 손의 감촉이 짜릿했다.

이제 틈만 나면 척척 들러붙는구나.

그것이 싫지 않아, 초은은 고분고분 눈을 감았다. 은현의 숨소리가 거칠어지고, 초은의 몸이 나른하게 늘어질 때까지, 달콤하면서도 열정적인 키스는 길게 이어졌다.

초은이 스위트룸을 빠져나온 것은 꽤 긴 시간이 흐른 뒤였다.

/

실리콘 밸리를 중심축으로 하던 IT산업은 서서히 캐나다로 이동 중이었다. 그중에서도 토론토는 첨단 IT 기술자와 기업들이 집결한 중심지로 자리 잡고 있었다.

그런고로, 토론토에서 처음으로 열린 〈글로벌 게임 비즈니스 컨퍼런스〉는 전 세계 유명 게임 업체와 내로라하는 개발자로 성황을 이루었다. 그런 자리에 은현이 기조연설을 맡게 되었으니, 무척이나 뿌듯한 상황이었다.

『과거 여러분은 게임의 무엇에 매료되었습니까? 현재를 살아가는 게이머들은 과연 게임의 어떤 것에 빠져들까요?』

늘씬하면서도 단단한 체형을 멋지게 살려 주는 슈트를 입고, 앞머리를 빗어 넘긴 은현은 더할 나위 없이 말끔한 외모였다.

〈2019 글로벌 게임 비즈니스 컨퍼런스〉에 모인 수백 명의 관계자는 숨죽여 은현의 연설을 경청했다. 초은과 공 변호사, 송 팀장도 좌석에 앉아 그들이 모시는 대표의 당당한 모습을 바라보았다.

"우리 대표님 비주얼은 진짜 죽인다. 저것 봐, 서양인들 사이에서도 하나도 안 꿀려. 그렇지 않아, 한 대리?"

"하하……. 네, 그렇네요."

"나도 운동 좀 할까 봐."

뜻밖의 자괴감이 공 변호사를 덮친 모양이다. 제 앙상한 팔목을 들여다보는 눈빛이 처연했다. 아닌 게 아니라, 은현의 키와 체격은 장신과 소두가 드글드글한 이곳에서도 눈에 띄었다.

아마 그런 것들이 지금 이 자리에 있는 여성 동지들의 눈빛을 더 초롱초롱하게 만드는 원동력이겠지.

『우리가 생각하는 것보다 게임의 역사는 훨씬 더 유구합니다. 그 시간 속에서 절대다수가 공감할 즐거움의 본질을 찾는 것은 여전히 어려운 일입니다. 세심한 트렌드를 분석한 전략을 세울 것인가, 아니면 트렌드를 지배하고 선도할 것인가.』

은현의 연설은 거침없이 이어졌다. 당당한 태도와 자연스러운 완급의 조절. 그가 그토록 자신만만했던 것이 이해가 갔다.

"대표님, 아무리 엘리트라도 해외에서 생활해 보신 적도 없는데, 영어 엄청 잘하시죠?"

이번엔 송 팀장이 속삭였다.

"응, 그렇지. 발음이 좀 촌스럽긴 해도. 한 비서가 유학 생활 좀 했잖아? 한 비서가 보기엔 어때?"

"대표님 정도면 실생활이나 업무적으로도 문제없을 정도예요. 우리가 외국인들 한국어 발음을 감안하고 듣는 것처럼, 외국인들도 발음을 탓하진 않아요. 중요한 건 사용하는 어휘의 수준과 문장의 유창성이니까요."

"맞아. 예전에 어느 프로그램을 보니까, 반기문 유엔 총장 연설 있지? 그걸 듣고 한국인들은 다들 발음이 촌스럽다, 영어 잘 못하는 것 같다고 했는데 외국인들은 하나같이 아주 훌륭하고 수준 높은 연설이고 유창하다고 했어."

"휴, 우리 대표님은 부족한 게 뭡니까? 아, 신은 모든 걸 몰빵 하는 대신 좋은 성격을 조금 아끼셨군요."

"그 부족한 좋은 성격도 요즘엔 다시 조금씩 돌려주시는 것 같던데?"

송 팀장의 한탄과 공 변호사의 농담을 뚫고 느닷없이 요란한 환호와 박수가 터져 나왔다. 세 사람이 소곤소곤 잡담하는 사이, 은현의 연설이 끝난 것이었다.

셋은 얼른 아무 일도 없었다는 듯이 열렬히 박수를 보냈다. 초은은 주최 측 인사들과 악수를 하고 돌아온 은현에게 생수를 건넸다.

"대표님, 연설 진짜 멋졌습니다."

중간중간 잡담을 한 것이 찔리지도 않는지 송 팀장이 엄지를 추켜세웠다.

"뭐, 이 정도를 가지고……."

의기양양하게 생수병의 뚜껑을 열어 한 모금 마시며 짓는 미소가 싱그러웠다.

네네, 아무렴요. 어련하실까요. 하지만 실제로 멋졌으니, 뭐라 타박도 못 하겠다.

본격적인 컨퍼런스는 두 시간의 브레이크 타임 후에 시작될 예정이었다.

"첫 강연이 '퀸 소프트'의 카이 대표죠? 〈중국 시장의 효과적인 공략법〉."

"네. 그리고 다음으로 〈VR시장에서의 생존 법칙〉이 이어지더군요. 송 팀장님과 저는 오늘 마지막까지 자리를 지켜야겠습니다. 공 변호사님은 어쩌시겠습니까?"

"정보 보안이나 게임 관련 법의 전망 관련해서는 내일 강연이 집중되어 있던데요. 전 오늘 개인 일정을 좀 보내고, 미팅 자료나 더 검토할까 합니다."

"네. 그러십시오. 그리고 한 비서는……."

"저는 송 팀장님과 같이 점심을 하고 호텔로 돌아가 볼게요. 걸어서도 얼마 걸리지 않으니까요. 저도 미팅 준비 사항을 보강하려고요."

"음……."

은현은 조금 아쉬운 눈빛으로 초은을 보았지만, 초은과 송 팀장은 느긋하게 강연장을 빠져나왔다.

컨퍼런스가 열리고 있는 메트로 토론토 컨벤션 센터 인근에는 이미 점심을 먹기 위해 나온 컨퍼런스 참가자들이 바글대고 있었다.

만석이라며 손을 내젓는 몇 곳을 거쳐 기적적으로 자리가 남은 레스토랑에 들어갈 수 있었다.

"어, 저기 대표님 아니야?"

캐나다 분위기를 물씬 느끼기 위해 연어 스테이크와 랍스터 샐러드를 주문하고 난 후였다. 레스토랑 안을 두리번거리던 송 팀장이 나직하게 외치는 말에, 초은도 고개를 돌렸다.

과연 은현이었다.

"바로 옆에 카이 대표 아냐? 맞은 편엔 '세이 게임즈' 사카구치 료 부사장인데. 그 옆에 여자는 누군지 모르겠네. 하여간 클래스가 다 르구만, 달라."

소매를 걷어 올린 셔츠 차림에 정력적으로 스테이크를 써는 손놀림. 뭔가 한마디 하고는 다 함께 껄껄 웃는 얼굴. 여유롭고 자신만만한 태도가 성공한 남자의 표본 같았다.

'멋있다······.'

저도 모르게 머리를 채운 한마디.

그가 저토록 사교적인 사람이었나.

어쩌면 초은은 그와 너무 근접해 있어, 오히려 그의 진가를 모르고 있었는지도 몰랐다. 세상이 보는 은현의 대외적인 모습이 바로 이런 모습일 것이다.

"어, 한 대리. 음식 나왔다."

송 팀장의 말에 문득 정신이 들었다.

"아, 네. 팀장님, 많이 드세요."

"그래. 한 대리도 맛있게 먹어. 자자, 현지의 연어는 어떤 맛일까."

송 팀장이 즐겁게 포크와 나이프를 들었다. 초은도 포크를 들었다. 샐러드의 채소는 아삭아삭하게 신선했고, 랍스터는······ 세상에! 이제까지 먹어 본 그 어떤 랍스터와도 달랐다.

"오, 맛있다. 연어에서 이런 맛이 나다니. 한 대리도 한번 먹어 봐."

"아······ 감사합니다."

송 팀장이 연어를 한 조각 잘라 초은의 접시에 놓아 주었다.

한동안 말 없는 식사가 이어졌다.

"저기, 한 대리."

초은이 멋쩍게 연어를 입에 밀어 넣는데, 송 팀장이 은근한 목소리로 불렀다.

"네, 네에?"

"아니, 한 대리는 알 것 같아서."

"뭐를요?"

송 팀장이 뭔가를 결심하듯 물을 한 모금 마셨다

"우리 대표님 말이야. 연애하시지?"

"……."

이걸 그렇다고 해야 하나, 아니라고 해야 하나.

맞다고 하자니 꼬치꼬치 캐물을 것 같고, 아니라고 하자니 아무리 직장 동료일 뿐이라지만 거짓말하는 것이 내키지 않았다.

"내가 비서실 박 실장이랑은 달리 눈치가 좀 빠르거든."

아, 우리 박 실장님. 눈치 없는 게 거기까지 소문났군요.

"대표님 말이야. 요즘 들어 부쩍 사람이 보들보들해진 거. 그리고 눈빛이 아주 그냥 촉촉해졌다고. 그뿐이야?"

또…… 있나요?

"워크숍에서 한 대리도 들었잖아."

"네? 어떤……."

워크숍에서 워낙 많은 일이 있어서 말이죠.

"모바일용 DS(Date Sim)말이야."

"아……. 그거요."

"그래. 그게 말이 돼? 예전에 우리 대표님이라면 어디 연애 시뮬레이션 게임을 거들떠보기나 하셨겠냐고."

"그…… 렇겠죠?"

그건 그렇다. 부정하지 못하겠다.

"사람이 이렇게 단시간에 변하는 건, 뭔가 계기가 있다는 건데. 연애, 맞지?"

"음……."

"절대 소문 안 낼 테니까, 얘기해 봐, 응? 한 대리는 대표님 최측근이니 알 거 아냐."

가난과 재채기와 사랑은 숨길 수 없다더니. 아무래도 사람의 감정이라는 것은 완전한 비밀로 하기 어려운 모양이다.

"저…… 대표님 사생활에 대해서 제가 언급하기는 좀 어려워요."

"아니, 그러니까. 오프 더 레코드로…… 내가 박 실장이랑은 달리 입이 아주 무겁다니까. 나만 알고 있을 테니……."

아…… 박 실장님은 왜 자꾸 소환되나요.

평소답지 않게 집요하게 구는 송 팀장 때문에 어찌나 난처했던지. 그 맛있던 랍스터 속살이 게맛살보다도 못하게 느껴질 지경이었다.

"알긴 아는 거지? 그렇지?"

"아……."

"어, 한 비서, 송 팀장. 여기서 점심 먹었어요?"

위기의 순간, 구세주처럼 은현이 다가왔다. 안도의 한숨이 절로 나왔다.

"아, 저희도 이제 다 먹었습니다."

"그래? 그럼 송 팀장은 나랑 같이 들어가면 되겠네요."

"아, 아니. 저흰 아직 디저트도……."

"네네, 그러시면 되겠네요. 저희도 막 일어나려던 참이었습니다."

초은은 얼른 송 팀장의 말을 끊으며, 가방을 챙겨 들었다. 송 팀장은 은현을 따라가면서도 아쉬운 듯 자꾸 뒤를 돌아보았다. 초은은 살짝 웃으며 손을 흔들었다.

호텔로 돌아가기 위해 컨벤션 센터에 있던 레스토랑을 나오자 바로 근처에 있는 CN 타워가 눈에 들어왔다. 짬이 나면 은현과 함께 올라가 야경이라도 보면 좋겠다 싶었다.

내친김에 멀지 않은 곳에 있는 세인트 제임스 공원까지 천천히 걸었다. 성당 옆에 있는 작은 공원은 규모는 작았지만, 나무가 우거지고 다람쥐와 새들이 있었다. 활짝 핀 튤립들이 바람결에 몸을 흔들고, 공원 한중간에 고풍스러운 빅토리아풍의 분수가 놓여 있는 곳.

초은은 튤립 꽃밭 뒤에 놓인 벤치에 앉아 분수의 물줄기가 햇살 아래 눈부시게 부서지는 것을 멍하니 바라보았다. 고즈넉하고 평온한 시간. 그저 그렇게 잠깐 시간을 보내는 것으로 복잡하던 머릿속이 깨끗해지는 기분이었다.

문득 은현과 함께 봤던 남양주의 양귀비꽃들이 떠올랐다. 생각해 보면 얼마 되지도 않은 시간인데, 벌써 아련한 기억이 되었다.

'은현과 함께 왔으면.'

언제부터 이런 기분 좋은 모든 것들을 그와 함께하고 싶어졌을까. 송 팀장이 눈치챘다면, 아마 다른 직원들도 곧 알게 되겠지.

초은 역시 영원히 비밀로 할 생각은 아니었지만, 이렇게 눈앞의 현실로 닥쳐와도 마음의 동요는 없었다. 이젠 은현을 온전히 마음에 받아들이게 된 모양이었다.

제게 쉽사리 오지 않을 거라고 생각했던 감정이 이슬비처럼 서서히 초은을 적시고, 이젠 완전히 그녀를 지배하게 되었다.

나쁘지 않았다. 아니, 오히려 초은은 마치 태어나 처음으로 꽃을 본 소녀처럼 신기하고, 설레고, 두근거렸다.

컨퍼런스의 첫날이라 아마 그의 귀가는 늦어질 것이다. 서면으로, 혹은 전화 통화로만 대하던 유수의 업체 대표들을 직접 만나는 흔하지 않은 기회이니까.

'그래도 일찍 돌아오면 좋겠다.'

초은은 몽글몽글 솟아나는 바람을 입안으로 중얼거리며 호텔을 향해 발걸음을 옮겼다. 햇볕은 온화하게 내리쬐고, 머리칼을 슬쩍 어루만지는 바람이 다정했다. 마치 초은의 마음을 다독여 주듯.

호텔로 돌아온 초은은 우선 편한 옷으로 갈아입기 위해 제 방으로 갔다. 화장실에 간 순간, 그만 짙은 낭패감과 맞닥뜨렸다.

예상치 못한 순간 닥쳐온 대자연의 섭리.

몸이 묵직하고 예민하게 느껴졌던 것이 다 이것 때문이었나.

초은은 주기가 대체로 시계처럼 정확한 편이었다. 하지만 출장 준비를 하느라 긴장하고 바빴던 탓인지, 몸의 균형이 흔들인 모양이었다.

캐리어에서 늘 비상용으로 준비해 다니는 여성용품을 꺼내다, 다민이 준 쇼핑백을 노려보았다.

아마도 은현은 꽤 기대하고 있었을 텐데, 이 일을 어쩌나.

의도하지 않은 일이라 해도, 그를 실망하게 하는 것이 안타까웠다.

/

저녁 7시가 조금 지났을 때, 송 팀장이 돌아왔다.

초은은 은현의 스위트룸 거실에서 서류를 보던 중이었다.

"어, 한 대리. 저녁 먹었어? 난 오는 길에 간단히 먹고 왔는데."

"저도 대충 챙겨 먹었으니, 걱정 마세요."

초은은 예정보다 일찍 시작된 생리로 입맛이 없었다. 어디 나가기도 귀찮아 스위트룸 미니바에서 초콜릿이며 쿠키 같은 것을 조금 챙겨 먹은 참이었다.

"아직 볼 거 많이 남았어? 어유, 난 오늘 강연 전부 들었더니 좀 피곤하네."

"아, 한국에서 박 실장님이 백업 자료를 보내셔서요. 공 변호사님도 아까까지 서류 보시고 좀 전에 방에 가셨어요."

"그래? 대표님은 오늘 좀 늦으실 것 같던데. 한 대리도 일찍 쉬지 그래."

"네. 전 이것만 마저 보고요. 팀장님도 피곤하실 텐데, 오늘은 일찍 쉬세요."

"그래요. 한 비서도 얼른 쉬어."

낮에 미처 듣지 못한 답을 추궁할까 조마조마했더니. 다행히 송 팀장은 먼저 쉬러 가는 것이 미안했는지, 서둘러 방을 나섰다.

사실 경원이 보낸 자료는 물론이고, 더 검토할 서류도 없었다. 초은이 이렇게 객실에 버티고 있는 것이 은현을 기다리기 위해서라는 것을 송 팀장은 상상도 못 하겠지.

초은은 보고 있던 노트북을 덮고, 기지개를 쭉 켰다.

"언제쯤 오려나."

참 신기했다. '기다림'이라는 이 애타면서도 들뜨는 기분을 느껴본 것이 언제인지.

은현이 돌아온 것은, 초은이 그 기다림에 지쳐 소파에서 까무룩 선

잠이 들었을 때였다. 문이 살짝 열렸다 닫히는 소리에, 초은은 퍼뜩 깨어났다.

"음…… 이제 오세요?"

"아, 아직 안 자고 있었네."

둘은 잠시 말이 없었다. 이런 인사를 주고받는 것이 문득 쑥스럽게 느껴졌다.

"늦으셨네요."

"응. 일정 마치고 여기저기의 어쩌고 하는 사람들하고 비공식 회동이 있었어."

그러고 보니 은현의 얼굴에 피곤한 기색이 완연했다. 어두운 눈가와 거뭇해진 턱 주변에 목소리도 한층 더 낮아졌다. 이 먼 곳까지 출장 와서 전 세계 경쟁업체들의 대표들을 대하는 것이 녹록하지는 않았을 것이다. 그가 아무리 열정적인 사업가라 해도 말이다.

"참, 이거."

"이게 뭐예요?"

초은은 은현이 불쑥 내미는 봉투를 엉겁결에 받았다.

"아까 그 레스토랑에서. 디저트 못 먹었다고 송 팀장이 그러던데. 거기 메이플 아이스크림이 맛있었거든. 다행히 아직 문을 안 닫았더라고."

"이걸…… 사 오신 거예요?"

"어. 뛰어왔는데도 조금 녹았을 거야."

"……."

그런 피곤한 얼굴을 하고서 아이스크림을 먹게 해주겠다고 달려왔을 은현을 생각하니, 어쩐지 가슴에서 뜨거운 것이 울컥 솟아올랐다.

"내일 먹어도 되는데……."

"내일 먹을 수 있을지 없을지 모르잖아. 혹시 아이스크림 싫어해?"

"아니에요. 너무…… 좋아해요."

"그래. 그럼 먹고 있어. 진짜 맛있었거든. 난 좀 씻고 올게."

은현은 셔츠 단추를 풀어내며 방으로 지친 걸음을 옮겼다.

초은은 말 잘 듣는 아이처럼 작은 스푼을 가져와 포장을 풀었다. 작은 종이통에 담긴 아이스크림은 가장자리가 조금 녹았지만, 상태가 양호했다. 작게 한 스푼 떠서 가만히 입에 넣자, 저절로 눈이 사르르 감겼다.

"맛있어……."

달콤했다. 초은이 이제껏 먹었던 그 어떤 아이스크림보다 달고 부드러웠다. 한 입, 한 입 음미하며 먹다 보니 어느새 종이통의 바닥이 보였다.

그러고 보니 씻고 온다던 은현이 아직도 감감무소식이었다. 물론 이루어지지는 않을 일이겠지만, 뭔가를 기대하고 구석구석 꼼꼼히 씻었다 해도 벌써 몇 번은 씻었을 시간.

초은은 빈 통과 스푼을 치우고 주춤주춤 침실로 다가갔다.

"저…… 은현 씨? 다 씻었어요?"

아, 왜 콧소리는 나고 난리야.

뭔가 보채는 것 같은 뉘앙스라 초은은 민망했다. 하지만 방 안에서는 아무런 답이 없었다.

"은현 씨……. 은현 씨?"

"……."

"은현 씨, 들어갈게요."

대답이 없으니 덜컥 불안한 마음이 들었다.

방안으로 들어서던 초은은 우뚝 멈춰 버렸다. 샤워 가운을 입은 은현이 침대에 모로 누워 잠들어 있었다. 한 손에는 헤어드라이어를 든 채였다.

힘든 줄도 모르고 매일 야근하다시피 하더니, 얼마나 피곤했으면.

짠한 감정에 가슴이 저릿했다. 초은은 침대로 다가가 은현의 손에서 가만히 헤어드라이어를 빼냈다.

"은현 씨……. 은현 씨?"

어깨를 살살 흔들자, 그 큰 덩치가 움찔하더니 눈꺼풀이 무겁게 열렸다.

"으…… 으음?"

"은현 씨. 편하게 누워서 자요."

초은을 올려다보는 눈빛이 여전히 몽롱했다.

"아……. 내가 잠든 게 아니고……. 눈만 잠깐…… 감고 있었던 건데……."

"하하…… 괜찮으니까 이제 푹 자요."

"아, 아니야. 좀 더 있다가…… 자도 되는데."

은현은 그러면서도 초은이 당기는 대로 몸을 움직여 베개 위에 머리를 얹었다.

"자고…… 갈래?"

자꾸 감기는 눈을 끔뻑이면서도 이 멘트는 잊지 않았다. 초은은 살짝 웃으며 은현의 머리칼을 쓸어 넘겨주었다.

"오늘 많이 피곤했죠? 편하게 자요."

"아…… 아쉬운데……."

"아이스크림 정말 맛있었어요. 고마워요."

까만 속눈썹이 드리운 눈꺼풀이 결국 다시 열리지 않더니 이내 색색 고른 숨이 새어 나왔다. 곤히 잠든 뽀얀 얼굴이 천진무구해 보였다. 무슨 일이든 정면으로 헤쳐나가서 이루어내는 적극적이고 공격적인 남자라는 것이 믿기지 않을 만큼.

"잘 자요."

잠깐 망설이던 초은이 살짝 입을 맞추었다. 잠결에 속삭임을 들었는지, 은현의 붉은 입술이 나른하게 휘어졌다.

/

출발 전 초은이 다민에게 강조했던 대로, 출장은 정말 빡빡한 일정이었다. 제아무리 밤이 '공'을 벗어난 '사'적인 시간이라 해도, 은현과 초은의 사적인 밤은 쉽게 이루어지지 않았다.

컨퍼런스가 성황리에 막을 내리고, 은현은 그들만의 리셉션에 초대되어 갔다. 그리고 IT 업계 대표 주자들이 모인 그 파티는 아주 오래오래 이어졌다.

녹초가 되어 귀환한 은현이 한숨 돌릴 틈도 없었다. 다음 날이 수출 판로를 찾기 위한 첫 번째 퍼블리싱 업체와의 미팅이었으니 여러 가지 조건을 조율하기 위한 회의는 길었다.

"직접 만나 보니 미처 생각하지 못한 부분들이 많네요."

"샘플 계약서도 첨삭해서 수정해야 할 것 같습니다."

다들 지쳤지만, 함께 저녁을 먹으며 심기일전했다. 다음 날 있을 두 번째 미팅을 좀 더 완벽하게 준비하기 위한 열정이었다. 스위트 룸의 거실에 모여 밤이 늦도록 다음 날의 미팅을 준비했다.

그렇게 밤을 하얗게 불태운 그들은 제각각의 객실에서 장렬히 전사하였다. 그래도 열정적으로 준비한 덕인지, 다음 날 두 번째 업체와의 미팅은 처음보다 훨씬 순조로웠다. 협의는 길어졌지만, 양측 다 애초에 원했던 목적에 근접했으며 만족할 만한 협의점에 도달할 수 있었다.

"내일 미팅은 오전이지?"

"오늘만 같으면 뭐, 이번 출장도 알찬 출장이겠는데요."

"내일이면 돌아갈 텐데, 어때 송 팀장? 가볍게 한잔할까?"

"어유, 저야 좋죠. 지나가다 보니까 여기 호텔 바가 분위기 괜찮더라고요."

목적했던 성취와 귀국 전날의 안도감에 출장의 긴장감도 어느 정도 느슨해졌다. 공 변호사와 송 팀장은 은근한 눈짓을 주고받았다.

"그렇게 하십시오. 저는 빠지겠습니다."

은현이 눈치껏 두 손을 들어 보였다.

"흠흠……. 왜 같이 가시지…… 한 대리도 같이 한잔할래?"

"하하, 아닙니다. 저도 마지막 일정 정리하고, 짐이나 챙길래요."

은현을 향해 말끝을 흐리던 공 변호사의 얼굴이 초은을 향했다.

초은도 웃으며 사양했다.

"그럼 저희는 먼저 실례하겠습니다."

"기분 조금 내는 정도로 가볍게 할 테니, 걱정하지 마십시오."

두 사람이 홀가분한 표정으로 객실을 나서자마자, 은현이 초은의 손을 덥석 잡았다.

"우리도 놀러 가자."

"네? 지금요?"

아직 잠자리에 들 시간은 아니었지만, 그렇다고 어딜 나가기에는 늦은 시간이었다.

"이 먼 곳까지 일부러 같이 왔는데, 이렇게 돌아가면 너무 허무하잖아."

겉옷을 챙겨 입으며 서두르는 은현에게 휘말려, 초은도 얼결에 외출 준비를 했다. 신나게 초은의 손을 잡고 걷던 은현이 도착한 곳은 다름 아닌 CN 타워였다. 화려하게 불빛을 밝힌 553.33m의 탑이 하늘로 쏘아 올려지려는 로켓처럼 뻗어 있었다.

"CN 타워네요……."

"컨퍼런스 첫날, 지나가면서 보고 너랑 꼭 같이 올라가 보고 싶었어."

그도 초은과 같은 마음이었다. 어느새 두 사람은 같은 것을 보고, 같은 감정을 느끼게 된 것이다.

"이 시간에도 올라갈 수 있대요?"

"그럼. 10시까지 연다니, 우리가 마지막 손님일 것 같은데. 게다가……."

뭔가 대단한 비밀이라도 알려 주듯, 은현이 초은의 귓가에 입술을 가져왔다.

"이 시간엔 손님도 거의 없대."

그 뿌듯한 목소리는 왜죠?

초은은 웃음이 나올 것 같았다.

그의 말대로 매표소는 한산했다. 졸린 눈의 직원이 표를 건네주며 장난스러운 미소를 지었다.

텅 빈 초고속 엘리베이터가 전망대까지 도달하는 데는 1분 남짓. 447m 높이의 전망대 역시 텅 비어 있었다.

"와아!"

탄성이 절로 나왔다. 전망대를 빙 둘러싸고 있는 유리창 너머로 탁 트인 토론토시가 내려다보였다. 감청색 하늘 저 끝으로 환히 빛나는 도시의 끝과 맞닿은 스카이라인. 그리고 거기까지 마치 축제라도 열 듯 화려한 불빛들의 행렬.

"예뻐요."

"그렇군. 정말 예뻐."

초은의 짧은 감상에도 은현은 순순히 호응했다.

"네 눈을 들여다볼 때마다 이런 기분이 들어."

그리고 순식간에 얼굴이 붉어질 말까지.

어떤 느낌인지 자세히 설명하지 않았지만, 초은은 그의 감정을 알 것 같았다. 언뜻 어두운 줄만 알았던 곳에서 색색으로 형형히 빛나는 빛을 발견했을 때의 벅찬 기분. 그래서 그것에서 눈을 뗄 수가 없는 감정.

은현이 느끼는 것 역시 초은과 별다르지 않았다. 초은도 은현을 볼 때 같은 기분을 느끼게 되었으니까.

"남양주에 갔을 때 생각한 건데. 너와 함께 있으면 모르고 있었던 예쁘고 아름다운 것들이 자꾸 보이게 돼. 그런 것들을 함께 보는 것이 즐겁고 행복해. 내가 아주 그냥 너한테 홀딱 반한 거겠지."

"나도…… 나도 그래요. 세상의 모든 예쁘고 좋은 것들은 늘 은현 씨와 함께 봤으면 좋겠어요."

지금 느끼는 이 아프도록 벅찬 행복도 같은 마음이겠지.

누가 먼저라고 할 것도 없이 둘은 서로에게 다가섰다. 은현의 팔이 초은의 허리에 감기고, 초은의 팔은 은현의 목을 감았다. 급격히 기울어진 고개가 격렬히 맞닿았다.

모든 것을 내어 주고, 또 모든 것을 다급히 받아들이는 열정적인 키스. 도시를 온통 밝힌 불빛들이 축복하듯 두 사람을 감쌌다.

둘의 키스는 호텔로 돌아온 이후에도 전혀 사그라지지 않았다. 발갛게 부풀어 오른 입술이 잠시 떨어졌을 때, 은현이 초은의 귓불을 살짝 깨물며 속삭였다.

"자고 갈래?"

아아, 이를 어쩌나.

분명 두 사람 모두 한마음으로 기대했을 순간이었을 텐데.

초은의 몸이 움찔, 굳어졌다.

"아, 저⋯⋯."

"제발 안 된다고 하지 마."

"그게, 음⋯⋯."

은현의 두 눈썹이 의아한 듯 좁혀졌다.

이러지 마. 바로 이 순간이야. 완벽한 타이밍이라고.

초은이 대답을 망설이는 동안 은현의 손은 이미 제 셔츠의 단추를 풀고 있었다.

"싫지 않잖아. 그렇지?"

"음⋯⋯ 하지만⋯⋯."

"초은아, 너를 원해."

은현의 고백은 그 어느 때보다 다급하고 애절했다.

그러니까 지금 그의 간절한 심정은 아주 잘 알겠다. 초은 역시 거부할 이유가 없었다.

단 한 가지.

제 몸에 이루어지고 있는 대자연의 섭리만 아니라면 말이다.

"저, 은현 씨······."

"하아······."

"그러니까······ 지금은 때가 아닌 것 같은데······."

"뭐? 대체 왜!"

단추를 풀던 손이 우뚝 멈췄다. 도저히 이해할 수 없다는 듯, 짙은 눈썹이 있는 대로 구겨졌다.

"음······. 그게, 저기······. 아직 몸과 마음의 준비가······."

"마음의 준비? 난 벌써 다 끝낸 지 오래야. 얼마나 기다리면 돼? 1분 정도면 되나?"

"아······. 그게 당장 되는 게 아니라서······."

"초은아······ 설마······ 내가 이러는 게 싫어서 그래?"

"아니, 아니에요. 싫다는 게 아니라."

그러니까, 하고 싶어도 할 수가 없다고요.

은현이 눈치껏 좀 알아주면 좋을 텐데, 아무래도 그건 무리인 듯싶었다.

"그럼 된 거잖아. 걱정 마. 내가 필요한 건 다 준비해 놨어."

피임은 중요하니까. 콘돔도 종류별로 다 가져왔다고.

"아니, 그것보다······. 저······ 그, 몸의 준비가······."

"아, 그렇지. 씻고 올까?"

"그게 아니라. 어······ 지금 몸 상태가 이러기에 적합하지 않은 것 같아서······."

이 정도면 알아들었겠지?

"하아······ 올림픽 출전할 것도 아니고, 꼭 최상이 아니라도 괜찮

아. 내가 잘할게.”

아…… 못 알아들었구나.

초은은 난처함을 감출 수가 없었다. 잠시 입술을 깨물었던 은현은 이내 한숨을 내쉬며 손을 떨구었다.

“그래, 알겠어. 내일 미팅 마치자마자 돌아가야 할 텐데, 얼른 가서 쉬어.”

“아니, 은현 씨. 그게 아니라.”

그런 게 아니라고요.

“난 괜찮아. 내가 너무 성급해서 미안해.”

초은이 다급하게 소매를 붙들었지만, 은현은 그저 힘없이 고개를 저었다. 그 희미한 미소가 너무나 씁쓸해 보였다.

“알겠어요. 은현 씨도 푹 쉬어요. 그런데, 진짜 싫어서 그런 건 아니니까 너무 기분 상하지 않았으면 좋겠어요.”

“그래. 싫지는 않겠지만 좋지도 않았겠지.”

아…… 벌써 상했구나.

하지만 그런 저라고 아쉽지 않고, 미안하지 않겠냔 말이다.

“그게…… 사실은…….”

“아니야. 정말 괜찮으니 신경 쓸 것 없어. 성질 급하게 들이댄 내가 눈치 없는 놈이지 뭐. 떡 줄 사람은 생각도 안 하는 데 혼자서 김칫국이나 마시고, 꼴사나웠겠군. 혼자만 후끈해져서 정말 엄청나게 미안해.”

그의 삐딱해진 입술. 무척 오랜만이구나. 더 변명해보려 해도, 이젠 소용없을 것 같았다.

“네…… 내일 봐요.”

결국, 풀 죽은 초은이 객실을 나서는데도 은현은 어느 대꾸도 하지 않았다.

방으로 돌아온 초은은 기분이 울적했다. 화장실에 가 보니, 대자연은 여전히 제 할 일을 열심히 하고 있었다.

"에잇, 타이밍 진짜 죽이네."

잠도 오지 않아 돌아갈 짐을 챙기는데, 옷 사이에서 다민이 준 작은 쇼핑백이 삐죽 고개를 내밀었다.

'정다민, 이것은 이런 걸 괜히 안겨 줘서는.'

앙증맞은 핑크빛 리본이 어쩐지 약을 올리는 것 같다. 초은은 울컥하는 마음에 애꿎은 쇼핑백만 와락 구겨서 트렁크 한구석에 쑤셔 박아 버렸다.

토론토에서의 마지막 날이 밝고, 홀가분한 기분으로 짐을 챙겨 공항으로 가는 길.

세 번째 미팅은 앞선 두 번의 데이터로 순조롭게 마무리되었다.

"이야. 진짜 5일이 금방이네요. 선물도 제대로 못 샀는데……."

"에헤이. 그런 건 짬짬이 사 놔야지."

"와, 공 변호사님은 다 챙기셨어요? 진짜 꼼꼼하시네. 전 면세점이나 슬쩍 들러 봐야겠네요."

모처럼의 해외 출장이 끝난다는 아쉬움보다, 집으로 돌아간다는 기쁨이 더 큰 모양이다. 공 변호사와 송 팀장의 목소리가 유난히 밝았다.

그 사이에서 은현은 유독 말이 없었다. 유심히 보니, 깊은 고민에 빠진 것 같은 우울한 낯빛이었다. 성공적인 출장을 마치고 돌아가는 한 회사의 대표이사답지 않은 모습.

귀국길에 들뜬 공 변호사와 송 팀장은 눈치채지 못했지만, 초은은 너무나 명백히 느낄 수 있었다.

세상에…… 얼마나 소심한 거야.

아니, 어제만 날인가. 앞으로 언제든 마음만 먹으면…….

아니다. 사실 은현을 탓할 수만은 없었다. 세상의 모든 처음이란 것이 얼마나 중요한 의미가 되는가. 특히 어젯밤의 그 로맨틱하고 설레던 분위기. 그 완벽한 타이밍에 거절당하는 것은 그에게 분명 지독하게 잔인한 경험이었을 것이다.

은현은 한국으로 돌아오는 그 긴 비행 내내 의기소침했다. 작은 창밖으로 펼쳐진 깜깜한 밤하늘을 하릴없이 내다보다가 한 번씩 짧은 한숨을 내뱉을 때면, 초은은 심장이 턱 내려앉곤 했다.

은현이 기내식을 반 넘게 남긴 채 담요를 덮어쓰고 누워버릴 때까지, 초은은 어쩔 줄을 몰라 했다.

그의 기분을 어떻게 풀어 줘야 할지, 도무지 알 수가 없었다.

/

"어이쿠, 시간이 벌써 이렇게 됐나."

늘 은현을 수행하던 경원은 그가 없는 동안 원 없이 자신의 자리에서 데스크 업무를 보았다. 미뤄 뒀던 자료 정리에 열중하던 경원이 문득 손목시계를 보고는 급하게 몸을 일으켰다.

"나 공항 다녀올게."

"와, 대표님 드디어 돌아오시나요."

"조심해서 다녀오세요."

경원과 더불어 여유로운 며칠간을 보낸 보윤과 우신이었다. 그들의 목소리는 아쉬움과 반가움이 뒤섞여 있었다.

차 키를 챙겨 든 경원이 때마침 도착한 엘리베이터에 올랐다.

"아…… 안녕하세요, 박 실장님."

"우와, 다민 씨를 여기서 만나다니. 이거 운명 아닙니까. 못 본 사이 더 아름다워지셨군요."

옥상 커피 바에 다녀오는 길인지, 손에 테이크아웃 컵을 든 다민이 어색하게 웃으며 인사를 건넸다. 경원의 호들갑스러운 인사가 이젠 익숙해졌을 만도 한데, 다민은 여전히 질색하는 눈빛을 했다.

나쁜 사람이 아니라는 건 알았지만, 아니 오히려 좋은 사람이란 건 알겠지만, 그 한없이 가벼운 태도는 정말 다민의 취향이 아니었다.

"아, 전 이만."

사무실이 옥상에서 가까운 층에 있는 것이 얼마나 다행인가.

엘리베이터 문이 열리자마자 다민은 잽싸게 내렸다.

어라, 그런데…….

"어, 다민 씨. 잠시만요."

이 남자는 왜 따라 내리고 난리야.

"네? 저한테 할 말 있으세요?"

"음음. 제가 지금 출장에서 돌아오는 강 대표님하고 한 대리 데리러 공항 가는 길인데 말입니다."

"네. 그런데요?"

이 정도 쌀쌀맞게 대꾸했으면 눈치챌 법도 한데, 경원의 얼굴은 여전히 싱글벙글했다.

"또 우리가 그들의 베프 아닙니까. 오랜만에 돌아오는데, 넷이서 화끈한 환영 파티 어떻습니까? 하하하."

"하……."

다민의 코웃음은 거셌다. 속없는 사람처럼 웃던 경원의 얼굴마저 굳어질 만큼.

"아……. 다민 씨 오늘도 바쁘시군요."

"네. 바쁘기도 바쁘고요."

"……."

"한초은이 제 친한 친구이고, 강은현 대표님이 박 실장님의 절친인 건 알겠어요. 하지만 그렇다고 자꾸 저랑 같이 엮으시는 거, 너무 거북합니다."

"다민 씨……. 혹시 제가 불편하게 해드렸나요?"

아니, 어울리지 않게 왜 이러셔.

버림받은 강아지 같은 저 눈은 또 뭐람.

그래. 인정한다. 며칠째 야근을 했더니 무척 예민한 상태이긴 했다. 하지만 피곤하다고 해서 좋던 게 싫어지는 것은 아니다. 그저 강력한 입장 표명을 할 원동력이 되었을 뿐.

다민은 고개를 빳빳이 하며 마음을 다잡았다.

"저는 박 실장님과 잘 아는 사이도 아니고, 그저 한 회사에 근무하는 것뿐인데, 이렇게 자꾸 친한 척하시니 불편하다고요."

"아…… 다민 씨, 보기보다 낯을 가리시는구나. 지금부터 차차 친해지면 되죠, 뭐. 또 제가 사교성이 좋아서 금방 편해진다니까요."

"아니, 아니요. 저는 박 실장님하고 친해지고 싶은 생각이 별로 없습니다."

"제가…… 싫으세요?"

애써 밝게 내려던 경원의 목소리가 다시 떨려왔다. 알 수 없는 죄책감이 다민에게 스며들었다. 그래도 이왕 이렇게 된 것. 할 말은 끝까지 다해 버리자.

"싫다기보다, 박 실장님하고는 잘 안 맞는 것 같아요."

"······그건 왜죠?"

"오늘만 해도 그래요. 아무리 친한 친구라지만, 놀러 간 것도 아니고. 그 먼 데까지 일하러 갔다가 장시간 비행해서 오는 사람들인데 얼마나 피곤할지 생각도 안 하세요?"

"그건······."

그건 그렇게라도 다민과 함께하는 자리를 만들어 보고 싶었기 때문이라는 말을 할 수는 없었다. 제가 생각이 짧았던 건 변명할 수 없는 사실이었으니.

경원은 목구멍까지 나왔던 말을 도로 삼켰다.

"박 실장님이 나쁜 분이라는 말은 아니지만, 사실 전 그렇게 배려심 없는 사람과는 잘 지내기가 어려워서요."

이 정도 했으면 알아들었겠지. 말이 조금 심했지만, 이것으로 더는 껄끄럽게 굴지 말았으면 좋겠다.

"네. 다민 씨 말씀 잘 알겠습니다."

경원은 힘없이 뒤돌아 엘리베이터 쪽으로 걸어갔다.

그래. 이걸로 된 거야. 그런데 저 어깨가 축 처진 뒷모습이 왜 이렇게 거슬리냐고.

이래도 신경 쓰이고, 저래도 언짢은 기분이 들고. 정말이지 찜찜한 사람이었다. 다민은 찡그린 표정으로 바닥을 발로 한번 쿵, 구르고는 사무실로 향했다.

공항에서 돌아오는 차 안에는 칙칙한 침묵만이 맴돌았다. 두 남자는 제각각의 감정으로 울적하게 창밖을 보았다.

"음음…… 실장님, 그동안 바쁘셨을 텐데, 이렇게 마중까지 나와 주시고 감사합니다."

"아, 뭐. 월급 받고 하는 내 일인데."

그 무거운 공기를 주체하지 못한 초은이 머쓱하게 말을 건넸지만, 경원답지 않은 심심한 대답만 돌아올 뿐이었다.

은현은 초은의 집에 도착하기까지 내내 말이 없었다. 아니, 어디 말만 없었나. 초은 쪽으로 눈길 한 번 제대로 주지 않았다.

결국, 차에서 내리던 초은이 먼저 손을 내밀었다.

"대표님. 수고 많으셨습니다. 피곤하실 텐데, 푹 쉬세요."

"아니, 피곤하긴 뭘. 제대로 힘쓴 것도 없어서 힘이 남아도는데 뭐. 한 비서야말로 잘 쉬어. 몸 상태를 최적으로 만들어야지, 응?"

삐딱한 사람이긴 했지만, 그래도 쪼잔하게 삐지지는 않을 것 같았는데. 한 번 엇나가니 아주 그냥 끝이 없다. 한마디로 중간이 없는 사람이었다.

초은도 나름 억울했다. 아랫입술을 깨물고 은현을 노려보던 초은이 차 문을 탁 닫아버렸다.

"내가 내 코가 석 자라 신경 쓰고 싶지는 않지만 말이지……."

경원이 입을 연 것은 차가 다시 출발하고도 한참이 지나서였다.

"너 뭐, 한 대리한테 삐졌냐?"

"……."

"뭐, 그러든 말든 네가 알아서 할 일이지만. 너, 그러지 마라."

"알아서 하라더니, 잔소리는."

"이래서 똥개가 하룻강아지 시절 모른다는 말이 나오는 거야."

은현은 눈썹을 확 찡그리고 경원을 보았다.

그거 혹시 개구리가 올챙이 시절 모른다는 거 아니냐.

"너, 네 성격 속속들이 아는 한 비서가 만나 주는 것만 해도 감지 덕지할 것이지. 어디서 주제넘게 삐지고 난리야, 난리긴."

다민의 말 때문에 속상했던 것이, 은현에게 잔소리하니 조금 나아지는 것 같았다. 경원의 어두웠던 얼굴이 조금 풀어졌다.

"네가 아주 호강에 겨웠지. 들어보나 마나 별것도 아니겠지만 들어나 보자. 대체 뭐야?"

"하아……."

이번엔 경원이 움찔했다.

온 세상을 다 짊어진 것 같은 이 무거운 한숨은 대체 뭐지?

/

잔잔한 음악이 흐르는 어둑한 바.

오랜만에 찾은 은현과 경원의 단골 술집이었다.

"그래. 물어볼 사람이 너밖에 없는 내가 참 비참하지만, 물어보자."

"이 자식. 이제까지 내가 해결해 준 너의 고민이 한 둘이냐. 뭐든 말만 해."

경원의 공치사에 반박할 여유도 없었다. 은현은 출장의 여독도 잊고, 경원을 붙잡고 하소연을 시작했다.

"내가 뭐, 좀 잘 안 씻고 살짝 더러운 느낌이냐?"

"뭐…… 뭐어?"

경원은 입을 떡 벌린 채, 말을 잇지 못했다. 마음껏 설레발을 칠 준비가 되어 있던 경원이었지만, 이건 너무나 뜻밖의 발언이었다.

직업의 특성상, 야근이 잦고 때로는 며칠씩 퇴근하지 못하고 일을 해야 하는 일도 있었다. 하지만 레드핏처럼 야근하는 직원을 위한 시설이 잘 갖추어져 있는 사옥이 또 있었던가.

개별 샤워실, 피톤치드 수면실, 세탁실, 휘트니스 센터에 커피 바까지. 회사에서 살아도 될 정도의 시설을 갖춘 이 사옥은 그야말로 직원들의 야근을 유도하는 은현의 빅픽쳐이지 않았던가.

경원이 인정하고 싶지는 않았지만, 야근을 밥 먹듯 하는 은현이라도 단 한 번도 얼굴이나 입성이 멀끔하지 않은 적이 없었다. 그런데 은현의 저 떨떠름한 말은 대체 무엇이란 말인가.

"왜? 한 대리가 너한테서 냄새난대?"

"아니…… 그렇게 말한 건 아니지만……."

"그럼 뭐? 무슨 소리야, 그게?"

은현은 다시 한번 깊은 한숨을 내쉬었다.

돌아오는 비행기 안에서 내내 생각해 봐도 결론은 같았다. 은현의 생각에 초은이 준비되지 않은 상태란 있을 수가 없었다. 언제 어디에서 무슨 지시를 해도 늘 완벽한 모습으로 나타나는 초은이 아니던가. 아마 그녀는 자다가 일어나도 완전히 준비된 상태일 것이다.

그렇다면 초은이 저를 거부한 이유는 단 하나다. 초은은 자신에게서 준비되지 않은 어떤 꺼림칙한 점을 발견한 것이다. 그리고 그것을 에둘러 거절한 것이고.

땅으로 꺼져버릴 것 같은 목소리로 은현이 자초지종을 설명하는 동안 경원도 입을 헤 벌린 채 말이 없었다.

그리고 흐르는 주체할 수 없는 긴 침묵.

둘은 말없이 얼음을 넣은 스카치를 한 잔씩 비웠다.

"아, 혹시 그거 아닐까?"

눈알을 데굴데굴 굴리던 경원이 갑자기 자기 무릎을 찰싹 내리치며 말했다.

"뭔데?"

은현의 목소리는 여전히 시큰둥했지만, 그래도 경원을 향한 귀가 쫑긋해졌다. 대체로 요점을 잘못 짚는 경원이었지만, 어쩌다 한 번씩 얻어걸리기도 했다. 지난번 첫 데이트 정보는 꽤 쓸만했었다. 그러니 이번에도 뜻밖에 정답을 얻을 수 있을지도 모른다.

"요즘 젊은 사람들이 자기 관리에 다들 철저한 편이잖아."

"그렇지…… 나도 뭐, 자기 관리라면 부족하지 않은데……."

은현의 말끝이 서럽게 흐려졌다. 나름 철저하게 자신을 단련하며 살아왔는데, 정작 가장 중요한 사람이 알아주질 않으니.

"에이, 그런 자기 관리가 아니라니까. 너, 왁싱이라고 들어봤지?"

"왁싱?"

"그래. 그게 요즘은 남녀 할 것 없이 거기까지 관리한다고 하더라. 꼭 미관상으로만 필요한 게 아니라, 위생상의 이유로도 중요하게 생각한대. 안 해본 사람은 있어도 한 번만 해본 사람은 없다던데."

왁싱이라니. 은현도 들어본 적은 있었다. 뭘 그런 것까지 하나, 언뜻 의아하게 생각하기도 했었다.

"솔직히 내 입으로 이런 말 하고 싶진 않지만, 네가 외모 하나는 멀끔하잖냐."

"그렇지. 내가 어디 하나 빠지는 데가 없는데……."

다른 사람도 아닌 경원의 인정을 받고 보니 더 억울해졌다.

내가 멀끔하다고. 멀끔한데, 대체 뭐 어떻게 더 몸의 준비가 필요하다고…….

"한 대리가 외국 생활도 했고. 그러니까 보통 사람보다 그런 몸 관리에 더 민감할 수가 있어. 아무리 생각해 봐도 그것밖에 없다."

경원도 처음에는 퍼뜩 생각나는 대로 꺼낸 말인데, 말하다 보니 점점 더 확신이 들었다.

"그…… 그럼, 나도 그걸……."

"그렇지. 너도 딱 완벽하게 준비하고, 그다음에 자신 있게 한 대리한테 다시 말해."

"……."

"야야, 남자가 그 정도는 해줄 수 있어야지. 보라고 내놓고 다니는 것도 아니고, 그거 좀 없다고 불편한 것도 아니다. 아니, 오히려 더 편할 수도 있어. 깔끔하고, 세균 번식 같은 것도 피할 수 있고, 아주 신세계가 열린대."

은현의 얼굴이 창백해지는 반면, 경원의 목소리에 어쩐지 점점 더 힘이 들어간다. 이렇게 당황해하는 은현의 모습을 쉽게 보기 힘드니, 절로 흥이 나는 것이다.

"음……. 어디서 뭘 어떻게 해야 하는지……."

"이 자식. 친구 좋다는 게 뭐냐. 기다려 봐. 내가 다 알아서 할 테니까."

솔직히 경원의 큰소리가 믿음직스러웠던 적은 단 한 번도 없었다. 하지만 이 상황에 경원이 아니면 의지할 사람이 없으니, 은현에게는 선택권이 없었다.

"아, 아니. 생각 좀 더 해보고."

"야, 쇠뿔도 단김에 빼랬다고, 마음먹은 김에 해치워버려. 이깟 일로 시간 끌지 말고."

"그…… 그럼, 네가 좀 알아봐 줘라."

"그래그래. 걱정 말고 나만 믿어."

은현의 불안한 목소리와 경원의 호탕한 외침이 엇갈렸다.

"그나저나, 너는 또 무슨 일인데?"

"그게 말인데……. 내가 좀…… 여자들한테 비호감이니?"

이번엔 언제 그렇게 자신만만했냐는 듯, 경원의 목소리에서 힘이 쭉 빠졌다. 은현은 의아하게 두 눈썹을 훌쩍 들어 올렸다.

"아니 그걸 몰랐어?"

경원은 울 것 같은 표정으로 은현을 노려보았다.

이 더럽게 솔직한 자식. 내가 성심성의껏 고민 상담까지 해 줬더니, 돌아온 것이 이런 마상이냐.

"아, 미안. 그냥, 난 너무 의외라서. 네 모솔 세월에 대해 원인 파악 정도는 하고 사는 줄 알았지."

"내가 뭐! 어? 어디가 어때서! 뭐가 어떻게 비호감인데!"

경원은 결국 빼액, 울컥하는 감정을 쏟아 냈다.

이번엔 상황이 역전되었다. 은현은 여유롭게 피식 웃으며 스카치를 한 모금 머금었다.

"음…… 이걸 어떻게 설명해야 하나."

"뭐, 뭐! 너 말 잘해라. 내가 납득할 수 있는 이유를 대야지, 안 그러면 가만있지 않을 것이야."

당장에라도 펄쩍펄쩍 뛸 것처럼 흥분한 경원을 보자, 은현은 황망했던 마음이 한결 개운해졌다.

너도 당해봐라 이 자식아. 받은 만큼은 되돌려 주는 것이 세상 사는 이치니까.

"네가 솔직히 외모가 딸리진 않아."

"야, 어디서 당연한 소리야. 너랑 붙어 다니면서도 오징어 안 되는 인간이 그렇게 흔한 줄 아냐?"

이것은 자화자찬인가 셀프 디스인가. 알 수는 없지만, 경원이 제 외모에 자신 없는 것이 아니란 것은 확실했다.

"그럼 뭐가 문제일까, 응? 그렇다고 막 차갑고 나쁜 남자도 아닌데."

"그러니까 말이다. 나처럼 따뜻하고 좋은 남자가 또 어디 있다고."

"외모도 나름 빠지지 않지, 마음 따뜻하지, 거기다 넌 나의 최측근이야. 나름 능력남이라고. 그렇다면 대체 뭐가 문제일까?"

"그게 대체 뭐냐고!"

"이유는 딱 하나야."

어쩐지 점점 빨려 들어갈 것 같은 은현의 화법에, 경원은 침을 꼴딱 삼키며 바싹 다가왔다.

"그래, 말해 봐."

"그건 말이야…… 그런데 갑자기 그게 왜 궁금한 건데?"

"야이 씨!"

60초 후에 공개하겠습니다, 도 아니고.

두 손에 땀까지 쥐며 긴장했던 경원은 맥이 탁 풀리는 느낌이었다. 그러고 나니 울컥 약이 올랐다.

"야야, 됐어! 너한테 물어본 내가 바보지."

"아니, 왜 화를 내고 그러나. 이제껏 아무 의문도 없이 잘 살다가 갑자기 물으니 궁금해서 그러지."

"됐다고, 인마. 내가 알아서 한다고."

"줬다 뺏는 것도 아니고, 물어봐 놓고 됐다는 건 또 뭔데?"

아예 작정한 듯 빙글빙글 웃는 은현의 얼굴에 더 열이 올랐다.

"야, 네가 뭘 알아? 됐으니까 저리 꺼져."

경원은 입술을 삐죽이며 자꾸 들이대는 은현의 고개를 홱 밀어버렸다. 경원의 손바닥에 얼굴이 밀려나면서도 은현의 킬킬대는 웃음은 더 커져만 갔다.

/

긴 비행의 여운이 하루 이틀 사이에 사라지는 것은 아니었다. 하지만 세상 모든 직장인에게 그러하듯, 일상은 자비 없이 찾아왔다.

"한 대리. 오늘 대표님 오후에 특별한 일정은 없으시지?"

"네. 오늘까지는 서류 업무만 보시도록 일정이 잡혀 있습니다."

경원이 물었을 때, 초은은 조금 복잡한 심경으로 아침 보고를 준비하는 중이었다.

출장을 다녀와 주말을 보내는 내내 은현에게는 소식이 없었다. 먼저 연락을 해볼까도 싶었지만, 어떻게 기분을 풀어 줄 수 있을지도 모르겠고 또 내심 억울한 마음도 있었다.

그렇게 주말이 지나고 월요일이 찾아온 것이다.

"아, 그럼 오늘 점심 이후에 대표님 개인 일정이 있으니까 그렇게 알고 있어. 대표님한테도 내가 잡은 일정이라고 하면 아실 거야."

"네에…… 그렇게 말씀드리겠습니다."

경원의 빙긋 웃는 웃음이 어쩐지 짓궂어 보여 초은은 의아했다. 게

다가 개인 일정이라니. 초은이 입사한 후 처음 들어보는 일이었다.

똑똑똑.

문을 열고 들어서니 은현이 빤히 바라본다. 그의 눈빛도 초은의 마음처럼 떨떠름해 보이기는 매한가지였다.

"오늘 일정 보고드리겠습니다."

"아…… 응, 그래."

차와 스콘이 담긴 트레이를 내려놓고 당일 기사화된 업계 소식과 경제 전반의 동향, 또 당일 일정이 업데이트된 태블릿도 은현의 앞에 놓아주었다.

"오늘 오전에는 해외 마케팅 담당들과 출장 결과에 대한 미팅이 있습니다. 정리한 자료는 태블릿에 업데이트해 놓았습니다."

"음…… 그리고?"

"오후에는 서류 업무 외의 특별한 일정은 잡지 않았는데요……."

잘 우린 홍차를 한 모금 마시며, 태블릿을 터치하던 은현이 한쪽 눈썹을 쳐들며 초은을 올려다보았다. 초은답지 않게 말끝을 흐린 탓이었다.

"박 실장님이 점심 이후에 대표님의 개인 일정이 있을 거라고 말씀하셨습니다."

"개인 일정? 그게 뭔데?"

"그렇게 말씀드리면 아실 거라고……."

기억을 더듬듯 미간을 좁히던 은현이 이내 아, 하는 입 모양을 했다.

"제가 따로 준비해드려야 하는 게 있나요?"

"아, 아니야. 알겠으니까 나가 봐요."

은현은 꾸벅 고개를 숙이고 멀어지는 초은의 뒷모습을 의미심장하게 바라보았다.

박경원. 이 추진력 좋은 자식.

벌써 숍을 알아보고 예약까지 해놓은 모양이다.

신체발부는 수지부모라는데. 물론 께름한 기분은 있었다. 하지만 초은이 원하는 것이 그것이라면 못 할 이유도 없었다.

딱 기다려라 한초은.

오늘이면 모든 준비가 다 끝나니까, 더는 발뺌할 수 없을 것이다.

은현의 입가에 의기양양한 미소가 맺혔다.

점심시간이 지나고 경원이 은현을 데리고 간 곳은 입구만 봐도 무척이나 고급스러운 뷰티 숍이었다.

"야, 내가 여기 알아본다고 얼마나 고생했는지 아냐? 진짜 후기란 후기는 다 읽어보고, 왁싱의 신이라는 금손 왁서로 유명한 곳을 찾아냈다 이거지. 예약도 한 달 꽉 차 있는 걸, 마침 오늘 아침에 캔슬한 사람이 하나 있어서 재빠르게 치고 들어간 거야."

인테리어만 봐도 오는 내내 경원이 생색을 낼 법도 했다.

"안녕하십니까. 어서 오십시오."

은현이 쭈뼛쭈뼛 걸어 들어가자, 마치 항공기 승무원처럼 단정한 유니폼을 차려입은 직원이 단아하게 인사를 했다. 은현은 저도 모르게 침을 꿀꺽 삼켰다.

#7

운명의 꿀잠

"예약자님 성함이 어떻게 되십니까?"

"강······ 은현입니다."

"아, 강은현 고객님 반갑습니다. 오늘 왁싱 예약이 되어 있으시네요. 왁싱은 처음이신가요?"

"네······ 네."

"아, 네. 그럼 룸으로 먼저 안내해 드리고 간단한 설명을 해드리겠습니다."

드디어 시작되는 건가.

첫 경험이란 무척 두근대기도 하지만, 두렵고 긴장되기도 하는 법.

사뿐사뿐 걸어가는 직원의 뒤를 홀린 듯 따라가는 은현의 발걸음이 로봇처럼 뻣뻣했다.

개별 룸은 그곳에서 벌어질 일과 전혀 다른 느낌으로 아주 화사했다. 밝은 그린 톤의 벽지와 화이트 톤의 가구들. 모던한 우드 옷장과 화장대, 그리고 캐노피에 둘러싸인 심플한 베드를 갖추고 있었다.

안쪽으로는 깔끔한 샤워실도 있었다.

"옷과 소지품을 옷장에 넣으시고, 가운으로 갈아입으시면 됩니다."

직원의 목소리는 여전히 나긋나긋했다.

"저…… 속옷도…… 다 벗어야 합니까?"

"호호, 네. 올누드 브라질리언 왁싱이시라 하의를 전체 탈의하시고 가운만 입어 주세요."

올누드라니. 결코 이런 곳에서 듣고 싶은 단어는 아니었다.

은현의 안색이 시시각각 변하는 것을 보고서도 직원의 표정은 평온하기만 했다.

"왁싱이 처음이신 고객님들께는 올누드를 권해드린답니다."

"설마…… 직접……?"

이런 어이없는 질문 역시 그녀에게는 익숙한지, 방긋 웃는 미소가 싱그러웠다.

"남성 고객분들을 전담하는 남성 왁서가 따로 있으니 걱정하지 않으셔도 된답니다."

"아아…… 네."

"그럼 준비가 끝나면 베드에 누워 계시면 됩니다. 편안한 시간 되십시오."

은현이 머쓱할 틈도 없이, 직원은 예의 바른 인사를 남기고 사라졌다. 숍의 격에 맞는 아주 프로페셔널한 직원이었다.

하지만 편안한 시간이라니. 과연 그것이 가능한 것인가.

은현은 뻣뻣한 손길로 옷을 벗고 가운을 걸쳤다. 아무도 없는 것을 알면서도, 브리프를 벗을 땐 슬쩍 주위를 둘러보기까지 했다.

캐노피로 둘러싸인 베드에 누워 있으려니 고요한 방 안의 공기가 긴장감을 고조시켰다. 심장이 벌렁대는 소리가 시시각각 커졌다.

드디어 똑똑, 노크 소리가 나더니 방문이 열렸다. 은현은 순간 온몸을 딱딱하게 굳혔다.

"안녕하십니까, 고객님. 준비되셨습니까."

의외로 점잖고 묵직한 목소리였다. 저벅저벅 다가오는 발소리가 은현의 심장을 움켜쥐는 것 같았다.

차르륵.

캐노피가 열렸다.

"처음 뵙겠습니다, 고객님."

남성 왁서는 은현이 상상했던 그 어떤 모습과도 달랐다. 말끔하게 빗어넘긴 포마드 컷의 머리 스타일, 반소매 수술복 같은 유니폼, 그리고 웃음기가 하나도 없는 진지한 표정.

마치 아주 큰 수술을 앞둔 외과 의사 같은 포스였다.

잠깐. 외과? 외과라면……. 메스?

설마 잘리는 건 아니겠지…….

지나친 긴장으로 패닉에 빠진 머리는 아무렇게나 연쇄적 망상을 만들어 냈다.

"너무 긴장하실 것 없습니다. 왁싱 경력 15년의 베테랑인 저를 믿으십시오."

잔뜩 겁먹은 은현의 마음을 알아차렸는지, 왁서는 자신 있게 말을 건넸다. 하지만 그런 근엄한 얼굴로 말하는데 어떻게 긴장을 안 하냐고.

"고통은 순간이고, 찾아오는 만족감은 크고 길 겁니다. 제가 아주 깔끔하게 뽑아드리겠습니다."

아니, 잘리는 것보다 뽑히는 게 더 무섭…… 아니야, 잘리는 게 더 무섭나? 뇌 내 활동이 멈췄는지, 이젠 아무것도 모르겠다.

“자, 그럼 가운을 푸십시오.”

본격적으로 시작하려는지, 왁서는 양손에 라텍스 장갑을 꼈다.

은현은 홀린 것처럼, 그의 말을 따라 가운의 앞섶을 열어젖혔다.

“이제 무릎을 살짝 굽히고 양쪽으로 쫙 벌리시면 됩니다.”

무척이나 수치를 부르는 자세였다. 목욕탕에 가면 으레 보이고 보는 것이지만, 그래도 남자에게 이렇게 버젓이 내놓고 싶지는 않았다. 그것도 말끔히 뽑아 주겠다는 사람 앞에서.

자신감과 자부심으로 똘똘 뭉친 천하의 강은현이 상대방 앞에서 이토록 쪼그라든 적이 있었던가. 이제 은현의 이마에 식은땀까지 배어 나왔다.

왁서는 뭔가를 칙칙 뿌리더니 장갑을 낀 손으로 쓱쓱 문질렀다.

“혹시 모를 염증을 예방하기 위해 소독하는 과정입니다.”

차가운 기운에 더 쪼그라들었던 은현은 잠시 후 급작스럽게 덮쳐오는 난감함을 느꼈다. 쓰다듬는 왁서의 손길이 뜻밖에도 너무나 섬세하고 부드러웠기 때문이었다.

정신 차려, 아들아. 남자라고!

하지만 그곳에 눈이 달린 것도 아니니, 그놈만 탓할 수는 없는 일이었다.

애…… 애국가. 그래. 애국가를 부르자.

은현은 필사적으로 애국가의 가사를 떠올리려 했다. 하지만 다행히 은현이 애국가를 부를 일은 없었다. 피차 민망한 사태가 벌어지기 직전에 유연한 손놀림은 멎었다.

그는 타이밍을 아는 사람이었다.

"이제 모질을 다듬는 과정입니다."

왁서는 작은 가위를 들었다.

찰칵찰칵.

가위질 소리가 소중한 곳 부근을 배회할 때마다, 은현은 몸을 부르르 떨었다. 제 의도와 상관없이 급성장할까 걱정했던 아들놈은, 이제 다시 되돌아오지 못할까 걱정될 정도로 쪼그라들었다.

"어, 어차피 다 뽑을 거. 왜 다듬는 겁니까."

혹시나 베테랑 왁서님의 손이 15년 만에 미끄러져, 아들놈이 돌아오지 못할 강을 건널까. 은현은 떨리는 목소리로 항의했다.

"길고 엉킨 부분을 정리해야 뽑는 과정이 순조롭기 때문입니다."

망설임 없이 답하는 그의 목소리는 여전히 근엄했다.

"그리고……."

이번엔 그곳에 얼굴을 바싹 들이대고 눈을 가늘게 떴다.

"꽤 길고 굵은 편이군요."

이렇게 쪼그라든 상태에서도 알아주니 감사하지만, 이런 상황에서, 심지어 남자에게 듣고 싶은 말은 아니었다.

"솔직히 관리하기 쉽지 않은 모질입니다."

아…… 모질. 그게 그게 아니라, 그거였군요.

"통증도 가는 사람보다는 더 심할 겁니다."

이런 '엄근진한' 통증 예고라니. 지금까지의 수치는 아무것도 아니란 말인가. 은현은 본격 시작도 하기 전에 눈물이 찔끔 날 것 같았다.

"저희 숍에서는 프랑스산 최고급 왁스를 직수입해 사용하고 있으며, 철저한 위생 관리를 위해 절대 더블 디핑을 하지 않습니다."

이제 왁서는 나무 스틱으로 시술 부위에 왁스를 바르며 진지한 목소리로 설명했다. 하지만 프랑스산이고 나발이고, 더블 딥핑이고 트리플 딥핑이고. 은현의 귀에는 하나도 귀에 들어오지 않았다.

……뜨거웠다.

뽑으려는 것이 아니라, 녹여 버리려는 것인지 의심될 정도로.

"으읏……."

은현이 신음을 참는 동안 왁서는 신중하고 꼼꼼하게 발랐다.

드디어 도포가 끝났다.

왁서는 사용한 스틱을 쓰레기통에 툭, 떨어뜨리면 씩 웃었다. 살짝 벌어진 입술 사이로 비현실적으로 새하얀 이가 반짝 빛났다.

어쩐지 전신에 소름이 돋는 순간.

"자, 이제 갑니다."

"네? 가긴 어딜……."

드드드드드드득.

"으아아악!"

숨이 멎을 것 같은 고통이었다.

은현은 본능적으로 처절한 비명을 질러 댔다. 주인에게 붙잡혀 온몸의 털이 뽑히는 닭이 된 기분이었다. 정력가답게 육식을 즐기는 은현이었지만, 이 순간 비거니즘Veganism에 대해 심각하게 고려해 볼 정도의 고통이었다.

"자, 다 되었습니다."

"허억, 헉헉헉."

은현은 멈췄던 숨을 거칠게 몰아쉬었다. 무엇을 상상하든 그 이상을 보여 주는 끔찍한 경험이었다.

"제가 말씀드렸죠. 고통은 순간이고, 만족은 길다."

은현은 절로 튀어나오려는 욕을 참기 위해 입술을 깨물어야 했다.

순간은 개뿔.

은현에게는 그 순간이 영원과 같았다.

"자, 이제 마무리 작업하겠습니다."

어느새 왁서의 손에 족집게가 들려 있었다. 쓰나미 같은 고통을 당하고 보니 따끔따끔 느껴지는 감각은 아무것도 아니었다.

늘 그렇듯, 인간을 시험하는 것은 육체의 고통뿐만이 아니었다. 이번에 왁서가 원하는 자세는 수치를 넘어 치욕적이었다.

하지만 그 근엄한 목소리를 거스를 수도 없는 슬픈 상황. 잠시 망설이던 은현은 두 무릎을 당겨 양팔로 오금을 그러안았다.

은빛 족집게가 다시 움직였다.

눈에 보이지 않아서 몰랐다. 인간의 털이 그렇게 구석구석까지 자라고 있는 줄은. 그리고 살아오면서 상상조차 하지 못했다. 다른 남자에게 제 몸의 그런 은밀한 곳까지 들여다보게 할 줄이야.

굴욕의 시간은 흐르고 또 흘렀다. 15년 경력의 베테랑님은 아주 꼼꼼하고 섬세한 손짓으로 마지막 한 올까지 남김없이 제거했다.

"자, 다 끝났습니다. 이제 진정팩을 올리겠습니다."

드디어 오욕과 수치의 시간이 끝났다.

요즘은 그곳 전용 팩도 나오는 모양인지, 왁서는 U자 모양으로 생긴 시트팩을 꺼내 시술한 부위를 덮었다. 마음의 고통을 비롯해 갖가지 종류의 통증을 겪고 나니 흠칫할 정도의 차가움은 아무런 감흥도 주지 못했다.

"잠시 편히 쉬고 계십시오."

은현의 가운 앞섶을 여며 준 왁서는 방 안의 조명을 낮춘 후 가만히 방을 나갔다. 은현은 가만히 누워 숨만 색색 내쉬었다. 폭풍우가 휩쓸고 간 것처럼 헝클어졌던 머릿속이 어느 정도 정리되자, 어쩐지 허탈함이 덮쳐와 눈물이 날 것 같았다.

왁싱을 한마디로 정의하자면, 고통과 수치였다.

수많은 이들은 무엇을 위해 이런 고난을 감내하는가. 알 수는 없었지만, 제가 사랑하는 여자를 위해 그러했듯, 그들도 제각각의 목적을 위해 무엇이든 참아 내는 것이리라.

인생이 그렇지 않은가. 이루고자 하는 저만의 꿈을 위해 눈앞의 장애물을 뛰어넘으며 달리는 것.

은현은 뜻밖의 장소에서 삶에 대한 깨달음을 얻는 중이었다.

초은은 알까. 오늘 은현이 저를 위해 이겨 낸 것들을.

한초은. 이제 준비는 모두 끝났다. 딱 기다려라.

이 방에 들어온 후 처음으로 은현의 입꼬리가 휘어졌다. 이곳에 온 궁극적인 목적을 떠올리니, 눈물이 날 것 같은 시간도 모두 스쳐 가는 바람 같았다.

그리고, 박경원 이 자식.

아니다. 경원을 탓하지는 말자. 아마도 그는 몰랐을 것이다. 남들이 다들 한다는 왁싱이라는 것이 이런 고난도의 과정을 인내해야만 비로소 완성된다는 사실을. 그저 베프인 저를 위해 함께 고민하고 방법을 찾아본 것뿐.

이윽고 팩이 제거되고, 드디어 모든 절차가 끝이 났다. 은현은 다시 옷을 입으며 시술된 부위를 손바닥으로 슬쩍 쓸어보았다. 깜짝 놀랄 일이었다. 제 몸의 그 어느 부위보다 보드랍고 보송보송했다.

무성한 잡초들 아래 그렇게 여린 속살이 숨어 있을 줄은 꿈에도 몰랐다.

이번에는 조금 멋쩍은 기분으로 거울을 보았다. 말끔히 뽑아 주겠다던 베테랑 왁서의 말은 과장이 아니었다. 야성적인 남성미는 모두 사라지고 아기와 같은 순수함만 남았다.

낯설고 어색하다. 하지만 그녀가 원하는 것이 이런 것이라면 앞으로도 얼마든지 들어 줄 생각이었다.

"수고하셨습니다. 오늘은 물로만 샤워하시고, 왁싱은 관리가 중요하니 오늘부터 사흘째 되는 날부터는 매일 스크럽 해주십시오. 그리고 4주에서 6주 사이에 리터칭 받으러 방문하시고요. 지금 바로 예약해 드릴까요?"

한바탕 전쟁을 치르고 나온 은현에게, 직원은 아무 일도 일어나지 않은 것처럼 단아한 얼굴로 물었다.

리터칭이라. 이제 놀랍지도 않았다. 관리란 것이 그렇다. 한번 시작하면 끝이 없는 것.

"야, 어땠어? 좋아? 할 만해?"

직원이 들려준 바디 스크럽제 한 병을 들고 차에 오른 은현에게, 경원이 초롱초롱한 눈빛으로 덤벼들 듯 물었다.

/

그의 선의는 고맙지만 얄미운 마음 역시 어쩔 수 없었다.

은현은 흘깃 곁눈질로 경원을 보았다.

"야! 넌 진짜 어디서 이런……."

극한의 정보를 듣고 왔냐고 신나게 퍼부으려던 은현은 이내 고개를 저었다.

아니지, 아니야.

내가 극복한 이 고통은 말로 설명할 수 없는 종류였어.

"이런 멋진 곳을 찾았어? 아주 다시 태어난 기분이야."

2차 성징이 끝난 지도 까마득한데, 다시 아기로 되돌아간 것 같은 기분. 네가 아냐고.

"그래에? 아프진 않고?"

경원의 눈빛이 미심쩍다. 하지만 은현은 경원에 대해 아주 잘 알았다.

넌 아주 눈치가 없고 귀가 얇지.

"아주 안 아픈 건 아니지만, 남자라면 거뜬히 견딜 만한 정도야."

최소 죽진 않았거든.

"그리고 하고 나면 그 정도 통증이야 아무것도 아닐 정도로 아주 신세계야. 이 느낌, 말로 표현 못 할 정도라 아쉽군."

"그 정도야?"

"그래. 안 해본 사람은 있어도, 한 번만 한 사람은 없다는 말이 과장이 아니라니까."

자, 어때? 궁금하지? 혹하지?

"그럼 앞으로도 계속할 거냐?"

"당연하지!"

물음이 채 끝나기도 전에 은현의 대답이 덥석 물어뜯듯 튀어나왔다. 깜짝 놀란 경원이 흠칫 어깨를 움츠렸다.

"그래서 말인데. 이렇게 신속하게 과제를 완료한 것도 다 네 덕분인데, 이 좋은 걸 나 혼자 누릴 순 없잖아."

좋은 건 나눠야지, 친구야. 우리가 어떤 사이인데.

"그래서 내가 예약했지."

"응?"

"내일 2시야. 점심 먹고 오면 딱 되겠지?"

경원의 눈빛이 혼란스러웠다. 호기심과 흥분과 여전히 남아 있는 약간의 의심.

자, 넘어와라. 넘어와. 너도 한번 직접 느껴 보라고.

"오호, 그래. 고맙다, 친구야."

그럼 그렇지.

이제야 왁싱의 경험이 온전히 기쁘게 느껴졌다. 은현의 입술이 활짝 휘어졌다.

/

"오셨습니까."

은현이 돌아왔다. 그것도 아주 개운한 표정으로.

게다가 마치 무척 어려운 거래라도 성사시킨 것 같은 위풍당당한 태도였다. 경원과 함께 나갈 때만 해도 끌려가는 사람처럼 마지못한 발걸음이더니 말이다.

"볼일은 잘 끝내셨어요?"

"응? 그럼. 내가 언제 하려던 일 제대로 못 한 적이 있나."

초은이 입사한 후 처음 있는 그의 개인적인 일정.

무얼 하고 왔기에 저리도 환한 표정인지 궁금했다. 예전이라면 그런가 보다 했을 일인데, 이제는 업무보다 그의 개인적인 일이 더 궁금해졌다.

"별일 없었지?"

"네. 아, 아트팀 홍 팀장이 왔었습니다."

대표이사실로 저벅저벅 걸어 들어가는 은현을 초은이 뒤따랐다.

홍 팀장은 능력으로 보나 열정으로 보나, 업계 최고로 손꼽히는 게임 디자이너였다. 은현이 매우 총애하는 직원이기도 했고.

그런 홍 팀장이 무슨 바람이 불었는지 더 나이 들기 전에 더 배우고 싶다며 해외로 나가겠다며 퇴사를 예고해 왔다. 은현은 어디서 발칙한 도주냐며 펄펄 뛰었지만, 결국은 본인의 의사에 따를 수밖에 없었다.

"왜 왔대?"

"후임자 선정이 끝났는데, 그냥 결정할지 대표님께 형식상으로라도 보고를 드릴지 물어보러 왔더라고요."

"어차피 알아서 하라고 일임한 일이야. 홍 팀장 눈에 들었으면 그만한 능력이 있겠지. 그냥 결정하라고 해."

"네. 그렇게 전하겠습니다."

심드렁하게 대꾸하며 의자에 털썩 주저앉던 은현이 갑자기 의미심장한 눈으로 초은을 보았다. 초은은 어쩐지 떨떠름했던 오전의 기분이 남아 있어, 어색하게 웃었다.

"한 비서. 각오해."

"네?"

아니, 이건 또 무슨 뜬금없는 선전포고인가.

삐딱하게 씩 웃는 입술 모양이 시비를 거는 것 같기도 했다.

"오늘 저녁 어때? 다른 일 없는 거지?"

"네? 네…… 다른 일은 없지만……."

"좋아. 우리 초은이는 초밥 좋아하지? '키사라'에 갈까? 거기 초밥 괜찮았잖아."

아, 아니…… 이 남자가 갑자기 왜 이러시나.

임전 태세를 끝낸 은현에게 남은 것은 이제 돌진밖에 없다는 것을 초은이 알 턱이 없었다.

"음……. 저한테 화난 거 아니셨어요?"

"화? 내가? 아니, 왜 그런 생각을 했어?"

"그건……."

그건 그 완벽하던 타이밍에 제가 초 쳤으니까요. 그래서 댁이 엄청 쪼잔하게 삐졌었으니까.

"저런, 내가 너한테 화낼 이유가 있나."

네? 그럼 주말 내내 연락 한 번 없었던 건 뭘까요?

화사하게 웃는 은현의 미소에 초은은 혼란스러울 뿐이었다.

"그러니까 오늘 퇴근하고 저녁 식사 같이하는 거야. 알았지?"

유독 기분이 좋은 이유가, 이제 곧 이루어질 일에 대한 기대 때문이라는 것 역시, 초은은 알지 못했다.

그리고, 퇴근길.

이젠 은현에게 버림받는 것도 익숙해질 법도 한데, 경원은 입술을 한껏 삐죽이며 사라졌다.

초은을 태운 은현의 차는 부드럽게 목적지에 도착했다. 오후 내내 이상하게 기분이 들떠 있던 은현은, 이제 거의 둥둥 떠오를 기세로 초은의 손을 감아쥐었다.

"우리 초은이. 오늘 먹고 싶은 거 다 먹어. 배부르게 먹고 힘내자고."

쇠뿔도 단김에 빼랬다고.

왜냐면 오늘 밤, 힘을 엄청 써야 할지도 모르거든.

"네. 그럴게요. 은현 씨도 맛있게 먹어요."

여전히 찜찜한 구석이 있었지만, 초은은 좋은 쪽으로 생각하기로 했다.

"강은현으로 예약했습니다."

이렇게 은현의 기분이 풀어졌으니 다행이지 않은가. 예약까지 초은에게 맡기지 않고 직접 한 걸 보면 말이다.

입구에서 직원의 안내를 받아 룸으로 향할 때였다.

"여어, 이게 누구야. 우리 은현이 아냐?"

어디선가 들려온 목소리는 결코 호의적이라고 할 수 없었다. 은현과 초은이 동시에 고개를 돌렸다. 그러자 한 손을 슈트 바지에 찔러넣고 또 한 손을 껄렁하게 치켜든 남자가 서 있었다.

"동완…… 형…….."

"이야, 우리 동생. 살아 있었구나. 어떻게 그렇게 소식 한번 없이 지냈을까. 그러고 보면 머리 검은 짐승은 거두는 게 아니란 말이 딱 맞아. 그치?"

은현이 움켜쥐고 있던 초은의 손아귀에 힘이 들어가는 것이 느껴졌다. 초은은 숨이 막힐 것 같았다. 삐뚤어진 남자의 말과 웃음이 너무도 모욕적이었기에.

놀란 눈으로 올려다본 은현의 얼굴은 안 그래도 뽀얀 얼굴에 푸른기가 돌도록 창백해져 있었다.

"그래, 사업은 잘 돌아가고? 아직도 안 망했지? 너는 참 운도 좋다. 하긴 어린 나이에 부모 잃고 그 정도 운은 누리고 살아야지."

곁에 선 은현은 아무 말이 없었다. 하지만 힘이 잔뜩 들어간 그의 손이 이제는 부들부들 떨리고 있었다. 초은은 눈앞이 하얗게 흔들릴 정도로 화가 치밀었다. 저 남자가 누구인지는 알 수 없었지만, 뇌가 썩어들어간 아주 나쁜 놈인 것은 분명했다.

삐딱한 비아냥으로 둘째가라면 서러운 은현이지만, 그가 제조한 꽈배기는 그냥 귀여운 잔소리 정도였다. 하지만 저 인간은 입에서 나오는 단어 하나하나가 지독한 악의를 품고 있었다.

더는 참지 못한 초은이 한걸음 내디디며 나서려 할 때였다.

"어머, 자기. 누구야? 아는 사람?"

화장실이라도 다녀오는 길인지, 뒤늦게 나타난 여자가 남자의 팔짱을 끼며 콧소리를 냈다. 새빨갛게 반짝이는 입술이 흥미롭게 휘어지고, 은현을 훑어보는 눈빛에는 천박한 감탄이 어려 있었다.

"아, 내 사촌 동생. 저래 봬도 사장님이시다."

"와, 진짜? 되게 젊어 보이는데, 사장님이야? 어디 가게라도 해?"

"야야, 가게는 차라리 건전하기나 하지. 너 레드핏인지 블루핏인지 들어는 봤냐? 게임 회사야. 어린애들 코 묻은 돈 벌어들이는. 하여간 사업이라고 하는 게 수준하고는…… 쯧쯧."

"레드핏? 뭐지? 뭐, 게임방 같은 건가?"

사람을 앞에 두고 나누는 대화를 보니 텅텅 소리가 요란하게 울려 퍼지는 것 같았다. 초은은 머리끝까지 순식간에 후끈 달아올랐다.

그들의 무식은 둘째 치고, 은현이 이루기 위해 쉼 없이 달려온 목표를 깔아뭉개는 것은 도저히 참을 수가 없었다.

"이것 보세요."

"응?"

"야! 이거 보라고."

"와……. 야? 이 아가씨 보기보다 성깔 있네. 강은현이 이상한 거 끼고 다니는구나."

동완의 탁한 눈빛이 흥미롭게 초은을 아래위로 훑었다.

"댁은 보기보다 더 무식하네. 보기에도 아주 그냥 깡통 저리 가라로 생겼는데, 입 여니까 완전히 찌그러진 깡통이야."

"뭐? 하……."

동완은 어이없다는 듯 픽 웃었다. 그러거나 말거나 초은은 거침이 없었다.

"어디서 뭐 하는 사람인지 모르겠지만, 어디 조선 시대에서 오셨어요? 나이도 아직 젊으신 것 같은데 어디서 꼰대 같은 소린지. 2018년 글로벌 게임산업 규모가 152조 4천억인 것도, 해마다 가파르게 성장하는 것도 알 턱이 있나. 레드핏에서 출시한 작품 하나로 연간 1조가 넘는 매출을 내는 곳이 이쪽 세계라고. 가만히 있으면 티 나 안 나지. 어디서 등신 같은 소린지. 진짜 그 무식, 옮을까 무섭네."

"자기, 1조면 얼마나 많은 건데? 자기네 회사도 그 정도는 버는 거 아냐? 이 여자가 이렇게 잘난 척이야? 진짜 별꼴이야."

여자가 입술을 삐죽이며 동완에게 매달렸다. 얼굴이 불콰해진 동완은 여자를 떼어 내며 초은에게 위협적으로 다가섰다.

"아가씨, 말 아주 잘하네. 그래서 그쪽은 강은현의 뭐지? 아주 똑같은 것들이 끼리끼리 다닌다더니. 생긴 건 멀쩡하게 생겨서, 아가씨도 오타쿠야? 응?"

"하, 하긴 말로 해서 알아먹질 못하니 이해시킬 자신이 없네, 이 봐요."

그때였다.

얼어붙은 것처럼 서 있기만 하던 은현이 초은을 끌어당겨 어깨를 감쌌다.

"그만해. 됐으니까."

"그치만……."

"형도 그만하자. 얼굴 마주하고 말 섞기 유쾌한 사이 아니잖아. 우리가 갈게."

은현은 여전히 씩씩대는 초은을 부드럽게 끌어당겨 밖으로 나왔다. 결국, 초밥은 구경도 못 해보고 돌아서야 했다. 아마 꾸역꾸역 먹었더라도 그 기분에 맛있게 느껴질 리도 없겠지만.

허공을 노려보며 거친 숨을 내쉬던 초은은 은현의 손에서 차 키를 거칠게 낚아챘다. 초은을 건드려서는 안 되겠다는 본능적인 예감이 들었다. 은현은 말없이 조수석에 앉았다.

거칠게 질주하던 은현의 차가 어느 아담한 비어 하우스의 앞에 도착했다. 초은이 스트레스를 이기지 못하는 날이면 다민과 함께 술잔을 나누며 과격한 단어들로 분노를 발산하곤 하던 장소였다.

적당히 아담한 크기에, 신나는 템포의 음악이 흐르고, 조명은 조금 어두운. 마음속 응어리를 풀기에 아주 적합한 장소였다.

"어이구, 이게 누구야. 초은 씨 오랜만에 왔네요. 어쩐 일로 다민 씨 없이 혼자 오셨나?"

가게 주인은 모처럼 방문한 초은을 반갑게 맞았다.

하지만 그 환대를 받아 줄 마음의 여유 따윈 없었다. 초은은 성급하게 주문을 읊었다.

"늘 마시던 걸로 기본 세팅해 주세요."

"저런. 우리 초은 씨가 오늘도 스트레스 많이 받으셨나 보네. 얼른 준비할 테니까 조금만 기다려요."

구석 자리로 성큼성큼 들어가는 초은을 따라, 은현도 머쓱하게 자리에 앉았다. 오래지 않아 시원한 생맥주 피처와 소주 한 병, 그리고 갓 튀겨낸 바삭한 치킨 한 접시가 테이블 위에 올랐다.

초은은 윤기가 자르르한 치킨은 거들떠보지도 않고, 글라스에 소주를 넣고, 그 위로 맥주를 붓고, 마지막으로 숟가락을 탁 꽂아 넣었다. 물 흐르듯 자연스럽고 능숙한 솜씨였다.

은현은 부르르 끓어오르는 흰 거품을 신기하게 바라보았다. 초은은 은현이 그러거나 말거나 잔을 들어 단숨에 들이켰다. 뾰쪽한 눈꼬리가 은현을 향한 채였다.

이내 바닥을 드러낸 술잔이 테이블 위에 탁, 놓였다.

그 소리가 너무도 선명해 은현은 어깨를 흠칫 떨었다.

/

초은은 손등으로 입술에 묻은 거품을 쓱 닦아 냈다.

"아까 그 사람 뭐예요."

나지막한 목소리가 음산하게 공기 속으로 스며들었다. 초은에게 이런 묵직한 어조가 있을 줄은 몰랐다.

"……."

"뭔데 은현 씨한테 그렇게 막 대하는 건데."

"고종사촌…… 형이야."

"하. 사촌 형? 사촌 형이면 자기가 뭔데. 평소엔 밉살스러운 말도 잘도 하면서, 왜 그 사람한텐 한마디도 못 해요, 바보같이."

그 누구보다 기분 나쁠 사람은 바로 은현인 것을 알면서도, 초은은 화를 삭일 수 없었다. 늘 당당하고 콧대 높던 강은현이 그런 표정을 지었다는 것이. 얼음처럼 새하얗게 굳어 감정을 드러내지 못하던 얼굴이 더 속상했다.

"평소엔 잘난 척도 그렇게 잘하는 사람이, 왜 그 자식 앞에서는 아무 말도 못 하는 건데?"

"……."

"은현 씨가 얼마나 대단한 사람인지, 레드핏이 얼마나 세계적인 주목받는 회사인지. 그 무식한 것들이 하나도 모르잖아요."

"……."

"물론 설명해 줘도 못 알아듣겠지. 머리에 똥만 찼으니까. 그래도 가만히 있으면 안 되잖아요. 왜 당하고만 있어요."

은현은 흥분한 초은을 묵묵한 눈으로 바라보았다.

"괜찮아."

"괜찮긴 뭐가 괜찮아요. 하나도 안 괜찮아. 너무너무너무 열 받는단 말이에요."

"알아줬으면 하는 가치도 없는 인간들이야. 구구절절 설명해 주는 시간조차도 아까워."

"그래도 난 분해요. 분해서 죽을 것 같아."

"그럴 것 없어. 네 혈압만 올라."

흐릿하게 휘어진 입술이 왠지 시린 듯하여, 초은은 순간 가슴이 턱 막혔다.

"혈압? 혈아아압?"

"……."

"내가 아침마다 운동하고, 식단도 저염식으로 바꾸고 치킨도 끊을 게. 그러면 이제 마음껏 열 내도 되는 거죠?"

여전히 화를 주체할 수 없어 지키지도 못할 약속을 남발하는 초은의 목소리에 은현은 픽 웃었다.

그는 얼마나 많은 경험과 체념을 겪으며 이런 담담한 태도를 얻어 냈을까. 초은은 심장에 묵직한 돌덩이가 턱 올라앉은 기분이었다.

"에잇! 이거나 한잔해요."

초은은 마술 같은 솜씨로 소맥 한잔을 말아 냈다.

"원샷이에요."

은현은 고분고분 초은이 건네는 잔을 받았다. 목구멍을 짜릿하게 타고 흐르는 소맥에 불편하게 까끌까끌하던 것들이 내려가는 것 같았다.

"영현산업이라고 들어본 적 있어?"

여전히 허공을 노려보며 평생 빌어먹을 놈, 똥통에 빠져 죽을 놈, 빤스만 입혀서 시베리아로 보낼 놈 따위의 말을 중얼대던 초은은 멈칫, 시선을 돌렸다.

은현의 목소리는 언뜻 무심했지만, 가늘게 떨리고 있었다.

"네. 시스템 반도체를 전문으로 생산하는 곳으로 LM그룹 협력업체 아닌가요. 규모는 크지 않지만, 생산 품질이 뛰어나고 안정적인 경영으로 내실이 탄탄한 곳으로 알고 있습니다."

"우리 아버지가 세운 곳이야."

"아……."

금융 기업을 운영하는 보호자 아래서 자란 만큼, 초은도 경제나 기업 동향에 일반인보다는 밝은 편이었다.

'영현산업'은 반도체 업계의 '작은 거인'이라는 별칭으로 불리는 알짜배기 회사였다. 그런 곳이 은현의 아버지가 세운 곳이라니.

"아버지가 어머니와 함께 교통사고로 돌아가시고, 중학생이었던 난 너무 어렸어. 아버지 일을 돕던 고모 내외가 회사를 맡으실 수밖에 없었고."

워크숍에서 들어서 얼핏 알고는 있었지만, 은현이 이렇게 본격적으로 제 이야기를 하는 것은 처음이었다. 아니, 잠깐. 회사까지 맡았으면서 은현은 왜 고등학생이 되자마자 독립을 한 것일까.

어쩐지 짐작되는 상황들 때문에, 잠깐 가라앉았었던 열기가 다시 솟구쳤다.

"고모 댁에서 2년 남짓을 함께 보냈어. 아까 그 동완 형과도."

"아니, 그런 놈이랑 2년이나 같이 살았단 말이에요?"

고모는 어떤 사람이었는데요? 고모부는요? 우리 외삼촌이 그랬듯, 그들도 당신에게 다정했나요?

은현이 2년간 겪었을 환경이 어땠는지 죽도록 궁금했지만, 차마 입 밖에 꺼낼 수가 없었다. 최소한 조카에 대한 정이 눈곱만치라도 있는 사람들이었으면, 그 어린 남자아이를 홀로 살게 하지는 않았을 것이다.

"형도 처음부터 그랬던 건 아니야. 청천벽력처럼 부모님을 잃은 나에게 친절했어."

"말도 안 돼. 사람이 쉽게 바뀌나요? 좋은 사람이 저렇게 한순간에 개차반이 된다고? 난 못 믿겠어요."

"함께 지내면서, 자꾸 주변에서 형과 나를 비교하니까……. 내가 워낙 잘났으니, 가만히 있어도 눈에 띄잖아? 형도 그땐 어렸으니 그런 걸 견디기 힘들었을 거야."

그뿐이 아니었다. 어린 조카를 이용해 회사를 빼앗았다는 친척들과 주변의 수군거림은 고모 내외와 동완을 더 삐뚤어지게 했다.

"그렇다고 나이 어린 조카를 내쳐요? 회사도 뺏었으면서. 그거 뺏긴 거잖아요. 은현 씨, 지금 그 회사에 가진 권리도 없는 거잖아. 지분 1%, 주식 한 주 안 남았잖아요."

"……."

"자기가 백설 공주야 뭐야. 가진 것 다 뺏기고 쫓겨나기까지 하고. 그렇게 착한 사람도 아니면서. 못된 말도 잘하면서. 왜 당하기만 했어요. 바보같이."

은현을 타박하는 말이었지만, 초은의 목소리는 금방이라도 울음을 터뜨릴 것처럼 흔들렸다. 은현은 발갛게 달아오른 초은의 눈매를 부드럽게 쓸어내리고, 차갑게 식은 손을 감쌌다.

"처음엔 나도 화가 났어. 기분이 엄청 더러웠다고. 하지만 중학생이었던 내가 할 수 있는 건 없더라. 보란 듯이 성공해서 복수하려고 했어. 그래서 옆도, 뒤도 보지 않고 미친 사람처럼 전속력으로 달리기만 했고."

"힘…… 들었을 텐데……."

똑같이 부모님을 잃었지만, 안락하고 화려한 성에서 하고 싶은 대로 다 하고 살았던 제 과거가 더 미안하고 부끄러워졌다.

"힘들었지만, 덕분에 난 지금 여기까지 왔고. 이젠 원망이나 복수 같은 건 그만둘래."

아니, 그만두긴 왜 그만둬. 이 삐딱이 주둥이가 왜 갑자기 착한 척이냐고.

"난 지금 하고 싶은 일을 마음껏 하면서 돈도, 명성도 얻고 있으니까. 그리고 무엇보다 널 만났잖아."

이 바보. 이건 이거고, 복수는 복수지.

"지금은 그쪽 가족들도 열심히 잘 살았으면 해. 아버지의 땀과 열정이 고스란히 들어간 곳이야. 그곳이 잘 지켜지고, 더 커가길 바랄 뿐이야."

꽈배기 장인처럼 매사 배배 잘도 꼬던 사람이, 이렇게 평온하게 나오니 더 속상했다.

"이런…… 시베리아 쌍화차 십장생 후레지아 사발면 쌍쌍바 신발 샛길 호랑말코 같으니라고……."

초은의 울분은 울음이 아닌 화려하고 성대한 욕으로 터져 나왔다.

"……."

"왜요? 난 아직 분이 안 풀리는데, 욕 좀 하면 안 돼요?"

"한초은이 시원하게 욕하는 거, 꼭 들어보고 싶었는데. 오늘 소원 성취하는군."

웃음기가 묻어 있는 은현의 눈빛이 왜 이렇게 애틋하게 느껴지는 건지. 그가 겪고 극복한 시간을 어떻게 이 한순간으로 위로할 수 있을까. 초은은 다른 방법이 없어 그저 다시 술잔을 내밀 뿐이었다.

"더 마셔요. 이 집 소맥은 울적한 기분 푸는 데 아주 특효약이니까. 내가 경험자니까 믿어요."

이번엔 소맥 두 잔을 말았다. 한 잔씩 다정하게 나눠 짠, 컵 주둥이도 마주쳤다.

"오늘 초밥도 못 먹고. 미안해."

"초밥이 뭐가 중요한가요. 어차피 먹어 봐야 더러운 기분이었을 텐데. 은현 씨와 이렇게 한잔하면서 기분 푸는 게 훨씬 더 나아요."

"그런데, 초은아. 아까 한 말이 마음에 좀 걸려서 그런데."

"네?"

"아까 나한테 잘난 척도 잘한다고 했잖아. 그런데 아무리 생각해 봐도 내가 잘난 척을 한 게 아니라. 난 그냥 잘난 거야. 팩트라고."

네네, 어련하실까요. 외모면 외모, 능력이면 능력. 이렇게나 세상 완벽하신 분인데.

하지만 초은은 오늘만큼은 그의 말이 다 옳다고 격하게 맞장구쳐 주고 싶었다. 그런 상처투성이 기억을 잔뜩 짊어지고도 무너지지 않아서, 포기하지 않아서 장하다고. 그 아픔을 딛고 이렇게 대단한 사람이 되었으니, 세상에 둘도 없을 정말 잘나신 분이라고.

사이좋게 나눠 마시는 소맥은 평소보다 훨씬 더 산뜻하고 맛있었다. 눈빛을 마주할 때마다 절로 웃음이 나왔다. 말없이 나누는 미소가 시원하게 쏟아내는 욕보다 더 효과 좋은 스트레스 특효약이었다.

술술 넘어가는 소맥을 몇 잔이나 비우고, 초은이 잠시 화장실에 간 사이. 싹싹한 주인이 커다란 접시를 들고 다가왔다. 테이블 위에 살 포시 놓아주는 접시에는 골고루 잘 구운 오징어와 고추장 종지가 놓여 있었다.

"초은 씨가 스트레스 받는 일이 많나 봐요. 슬랭이 평소보다 훨씬 더 찰지네요, 허허. 씹을 거리가 필요한 것 같아서, 서비스입니다."

"초은이가 여기 자주 오나 봅니다."

"그럼요. 우리 가게 VVIP신데요. 직장 상사인가? 그렇게 괴팍한 놈이 하나 있대요. 친구 다민 씨라고 아세요? 다민 씨랑 정기적으로 와서 스트레스 풀고 갔는데. 이번엔 꽤 오랜만에 오셨어요."

"그렇습니까?"

"네. 오랜만이라 쌓인 게 많으셨나. 그런데 초은 씨랑은 어떤 사이에요? 남자분하고 같이 온 건 또 처음이라. 아주 훤칠하게 잘 생기신게, 남자친구신가?"

"아, 그렇습니다. 제가 바로 초은이 애인입니다."

은현의 어깨에 갑자기 힘이 팍 들어가며 절로 쫙 펴졌다. 이렇게 당당하게 자신을 초은의 애인이라 소개할 수 있다니. 조금 전까지의 어두웠던 기분은 어느새 씻은 듯이 사라졌다.

"와, 그렇구나. 선남선녀라더니, 진짜 잘 어울리십니다. 두 분 좋은 시간 보내시길 바랍니다."

"아, 네네. 참, 서비스 감사합니다."

환하게 밝아진 얼굴로 주인을 배웅하던 은현이 문득 고개를 갸웃했다.

가만, 직장 상사면 우리 회사 직원인데. 대체 누가 초은에게 그렇게 스트레스를 줬단 말인가. 경원이가 눈치 없이 해맑긴 해도, 나쁜 놈은 아닌데. 대체 누구지?

내가 삐딱하게 군다고 잔소리는 좀 들었지만, 그렇게 힘들게 일 시키는 못된 상사는 아니란 말이지. 암. 정기적으로 기분 풀러 올 정도로 괴롭힌 사람이 절대 아니라고, 내가.

"대체 누구야? 우리 초은이를 괴롭히던 인간이."

초은을 기다리며 은현의 의문은 깊어만 갔다.

가게를 나섰을 때는 둘 다 기분 좋게 취한 상태였다. 여름밤이었지만, 밤공기가 술기운에 달아오른 뺨에 상쾌하게 닿았다.

"초은아, 오늘⋯⋯."

대리 기사를 기다리던 은현이 조심스럽게 입을 열었다.

"네?"

은현에게서 나올 말이 어렴풋이 예상되었다. 초은의 귀 끝이 살짝 붉어졌다.

"오늘은 내가⋯⋯ 같이 가도 될까?"

"⋯⋯네. 그래요. 함께 가요. 우리 집에⋯⋯."

그의 사촌 형을 만난 그 순간부터 그가 내내 안타깝고 애틋했다. 하지만 초은의 대답은 결코 동정심에 기댄 것이 아니었다. 토론토에서 본의 아니게 그를 거절한 이후, 초은은 절실히 깨달았다.

초은 역시 은현의 모든 것을 원한다고.

그와 더 친밀하고 특별한 관계가 되고 싶었다. 유일하고 절대적인 존재가.

"삼평동으로 가 주세요."

초은은 마침 도착한 대리 기사에게 분명하게 주소를 전했다. 뒷좌석에 나란히 앉은 은현이 초은의 손을 가만히 잡았다.

시원한 에어컨이 쌩쌩 나오는 차 안의 공기가 갑갑하게 느껴졌다. 두 사람의 심장이 점점 더 다급하게 뛰고, 호흡이 속절없이 가빠졌기에.

/

삑삑삑삑삑.

도어록의 번호를 누르는 소리가 여느 때보다 더 크게 들렸다. 아마도 초은의 뒤에 버티고 선 은현 때문일 것이다.

"들어…… 오세요."

애써 아무렇지 않게 말하려 했지만, 말끝이 볼품없이 떨렸다.

대답 없이 들어서는 은현의 발걸음도 유난히 뻣뻣했다.

"음……. 저기 소파에 앉으시…… 아 참, 저번에 와 보셨지."

"아, 음음……. 그랬지."

"차…… 한잔 드릴까요."

"으응…… 그래, 차, 응."

초은은 가방을 내려놓고 에어컨을 켜자마자, 부산하게 주방으로 향했다. 그제야 은현은 어색하게 소파에 궁둥이를 내려놓았다.

주방에서는 찬장을 열었다 닫는 소리, 찻잔이 달그락거리는 소리, 무선 주전자의 물 끓는 소리가 흘러나왔다. 일상적인 소음에 은현도 어쩐지 마음이 놓여 주위를 둘러볼 여유가 생겼다.

초은의 사촌 동생을 업고 왔을 땐, 힘들기도 하고 뜻밖의 방문에 정신이 혼미한 상태였다. 비록 술을 좀 마셔서 취기가 얼큰하게 올라온 상태긴 하지만 이번엔 초은의 집을 찬찬히 살펴볼 수 있었다.

초은의 집은 주인을 똑 닮아 있었다. 단정하고 심플한 가구들에 깔끔하게 정리된 소품들. 하지만 그 배치나 색감에서 따뜻함이 느껴지는 장소였다.

그리고 무엇보다 집안 가득한 초은의 향기. 그 따뜻하고 풋풋한 들꽃 같은 체취가 숨을 들이쉴 때마다 가슴을 가득 부풀렸다.

묘한 기분이었다. 마음을 채운 상대방의 존재를 향기로 느낀다는 것은. 무척이나 포근하고 안심이 되는 느낌. 살면서 이런 감정을 느끼는 것이 얼마 만이던가.

어린 시절 엄마의 품에 꼭 안겨 맡던 냄새, 퇴근한 아버지가 까끌

까끌해진 턱을 뺨에 비빌 때 느껴지던 애프터쉐이브의 향.

아주 아득하게 느껴지는 추억을 일깨우는 감각이었다.

"왜 그러세요? 어디 불편하세요?"

어느새 찻잔을 들고 온 초은이 기겁할 만도 했다. 은현은 저도 모르게 훅훅 소리를 내며 거칠게 숨을 들이마시고 있었다.

"아, 아니야. 그냥 술이 좀 오르는 것 같아서…… 심호흡 중이었어."

"아아…… 그런데 그러면 술이 좀 깨요?"

초은은 고개를 갸웃하며 은현의 앞에 찻잔을 내려놓았다. 은현은 차를 한 모금 머금는 것으로 대답을 얼버무릴 수 있었다.

"오늘 그리 많이 마신 건 아니지만, 숙취에 좋은 차예요. 지난번에도 한 번 드셔 보셨죠?"

"아, 그랬지."

기억이 났다. 비록 맛은 없었지만, 그녀의 정성이 고스란히 느껴지던 따뜻한 네틀티.

야근이 길어진 다음 날이면 피로 회복제를 챙겨 주고, 술자리라도 있으면 어김없이 숙취를 없애주는 차를 내오고, 어쩌다 아프기라도 하면 죽과 약을 들고 찾아오는 무심한 듯 세심한 나의 한 비서.

그녀의 보살핌에 안주하고 기대게 된 것은 결코 충동이나 우연이 아니었다. 은현도 모르는 새 그녀에게 길들어진 것이다.

"오늘 안 좋은 모습 보여서 미안했어. 기분은 좀 풀렸어?"

"네? 저보다 은현 씨가……."

초은이 속상했던 건, 은현이 당한 무시와 모욕 때문이었다. 기분이 풀려야 할 사람은 오히려…….

"그럼요. 소맥과 치킨 조합이면 어떤 기분 나쁜 일도 금방 사라지는걸요."

"그뿐이야? 욕도 화끈하게 했잖아."

"네. 시원하게 퍼붓고 나면 게임 끝이죠. 오늘은 은현 씨와 함께라서 더 좋았어요."

"……그거 다행이군."

정말 다행일까.

초은이 처음으로 겪어본 그 일을 그는 몇 번이나 당했던 걸까. 그럴 때마다 그는 그 분노와 억울함을 어떻게 잊을 수 있었을까.

"은현 씨는요? 은현 씨 기분은 어떤데요? 제 방법이 도움이 되었나요?"

은현은 들고 있던 찻잔을 가만히 내려놓았다. 그리고 가늘게 떨리는 초은의 손을 두 손으로 보듬었다.

"난…… 처음이었어."

"……."

"나 대신 화내 주는 네가 있어서 참 좋았어. 모든 걸 잊을 만큼."

초은은 순간 뜨거운 덩어리가 목을 꽉 메우는 것 같았다. 입을 열면 금방이라도 울음이 터질 것 같아, 몇 번이나 목젖을 오르내리며 숨을 골라야 했다.

"앞으로도, 은현 씨가 속상한 일이 있을 때마다 내가 꼭 대신 화낼게요. 욕도 아주 찰지게 해주고."

"무척 기대되는데."

"그러니까 숨기지 말고 나한테 꼭 얘기해야 해요. 알았죠?"

"……그래. 그럴게."

중얼거리듯 대답하는 은현의 목소리가 어쩐지 흠뻑 젖은 것처럼 느껴졌다. 그 애처로움을 견딜 수 없었다. 초은은 마치 어린아이에게 하듯, 은현의 뒷목을 부드럽게 감싸 당겼다. 움찔했던 은현은 이내 고분고분 초은의 어깨에 머리를 기댔다.

은현의 등에 둘러 도닥이는 팔은 연약했지만 따뜻했다. 귓가에 동동동동 울리는 귀여운 심장 소리. 점점 빨리 달음박질치는 그 소리가 긴 세월 은현의 가슴에 쌓인 고독과 아픔을 사르르 녹여 주는 것 같았다.

얼마나 그렇게 체온을 나누었을까. 울컥 북받쳤던 감정이 어느 정도 가라앉자, 조금 민망한 느낌이 들었다. 덩치도 큰 남자가 가녀린 여자의 품에 안겨 있는 모습이라니.

"흠……. 흠흠."

은현의 머쓱한 헛기침에 문득 정신을 차린 초은도 귀 끝이 달아올랐다.

"어…… 저기, 피곤하시죠? 먼저 씻을래요? 저는 정리 좀 하고 들어갈게요."

"음…… 그럴까?"

초은이 힘들게 찾아서 안겨 준 면 티셔츠와 반바지를 안고 방으로 들어서었다. 그 순간 은현은 그만 덜컥 발을 멈춰 버렸다.

한층 더 농축된 초은의 향기, 그리고 방 안을 가득 채운 킹사이즈 침대의 거대한 자태에 숨이 막힐 것 같았다.

오늘 밤, 저기서…….

머리에 열기가 몰려들어 금방이라도 펑, 소리를 내며 폭발해버릴 것 같았다. 구체적인 것은 상상하지도 않았는데 말이다.

릴렉스, 릴렉스.

이렇게 흥분해서야 뭐가 제대로 되겠어. 진정하자고.

은현은 마인드 컨트롤을 하며 천천히 옷을 벗고 안방에 딸린 화장실로 들어섰다. 구석구석 느긋하게 씻으며 여유롭게 준비하고 싶은데, 두 손은 저도 모르게 서두르고 있었다.

전투적으로 머리에 거품을 내고, 바디 워시를 짜낸 스펀지를 초고속으로 몸에 문질러 댔다. 그 와중에도 오늘은 물로만 씻으라던 왁싱 시술 부위는 세심하게 피한 것은 물론이었다.

은현은 용의주도하고 완벽한 남자였으니까.

물을 틀어 머리와 몸의 거품을 한꺼번에 씻어내리다 문득 머리를 스치는 기시감을 느꼈다. 이 신속한 원샷, 원킬의 샤워 테크닉은 어디에서 습득된 것인가.

찬찬히 기억을 더듬어 보니 10여 년 전 논산 훈련병 시절, 5분 샤워시간에 익힌 생존 샤워 스킬이었다. 성공 가도를 달리던 사회인에게 열정 넘치는 군바리의 정신을 일깨우다니. 역시 초은은 대단한 여자였다.

이윽고 몸의 물기를 다 닦아 내고, 욕실에 비치된 바디 로션을 바르던 은현은 잠시 손을 멈췄다. 씻고 나서 더욱 보송보송해진 시술 부위를 다시 한번 쓸어보았다.

본심과 다르게 무척이나 순진무구해진 그곳.

아들놈이 조금 추워 보이긴 하지만, 기분 탓이겠지.

정말 이걸 원했던 게…… 맞겠지?

은현은 이내 고개를 홰홰 내저었다.

스멀스멀 피어오르는 의심은 접어두자. 이걸 이루기 위해 이겨낸 수치와 고통을 생각한다면……. 반드시 그래야만 했다.

이번엔 스스로 납득하듯 격하게 고개를 끄덕이다 문득 팔을 슬쩍 들어 보았다. 여전히 무성함을 자랑하는 겨드랑이를 보니 어쩐지 그 언밸런스함이 거슬린다. 은현은 늘 완벽함을 추구하는 남자였기에 더더욱.

그렇다고 그곳까지 정리할 생각은 절대 없었다.

물론 거기도 중요하지만, 우리의 사랑에 직접적인 역할을 하는 곳이 아니니. 그래, 넌 그냥 살려 두마.

초은이 신경 써서 가장 큰 사이즈로 찾아왔을 면 티셔츠는 은현이 입으니 거의 쫄티가 되었다. 본의 아니게 몸의 섬세한 근육들을 자랑하는 모양새가 된 것 같아 조금 멋쩍으면서도 뿌듯했다.

역시 그나마 초은이 가진 가장 큰 사이즈의 반바지는 도저히 입을 수가 없었다. 아무리 초은에게 커봐야, 은현과 초은은 골격 자체가 달랐다. 은현은 어쩔 수 없이 사각 드로즈 위에 딱 붙는 쫄티를 입고 욕실 밖으로 나왔다.

초은은 뒷정리할 것이 뭐가 그리 많은지, 밖에서는 사부작사부작 움직이는 기척이 들려왔다. 은현은 수건으로 젖은 머리칼을 털어내며 방을 한 바퀴 둘러보았다.

작은 침실은 거실과 마찬가지로 심플했다. 방을 거의 가득 채운 커다란 침대와 그 곁에 놓인 작은 협탁. 그레이 톤의 벽에는 햇살이 비추는 숲을 그린 청량한 느낌의 그림 한 점. 따뜻한 노랑 커튼. 역시 초은처럼 깔끔하면서도 따뜻한 느낌의 침실이었다.

잠시 잠잠했던 은현의 심장이 다시 쿵덕쿵덕 고동치기 시작했다. 은현은 침대에 털썩 주저앉았다. 침대 위에 단정히 정리된 침구에서 초은의 향이 짙게 풍겼다.

잠시 후면 그녀와 함께 이곳에 파묻히겠지. 상상만으로도 행복해서 죽을 것 같았다.

자자, 릴렉스, 릴렉스. 무슨 일이든 최상의 결과를 위해서는 서둘러서는 안 되니. 진정하자.

심호흡하던 은현의 눈에 문득 협탁에 놓인 작은 액자가 들어왔다. 언뜻 부부처럼 보이는 남녀와 작은 여자아이가 보였다. 아마도 초은의 부모님과 찍은 가족사진인 모양이었다.

은현은 액자를 들어 올렸다. 이름 모를 들꽃이 양탄자처럼 펼쳐진 어느 들판이었다. 부드러운 햇살이 내리쬐고, 스쳐 가는 바람에 꽃들이 파도처럼 일렁였다.

머리가 긴 여자는 바람에 흩날리는 머리칼을 귀 뒤로 넘기며 수줍게 웃고 있었다. 지금의 초은과 똑 닮은 단아하면서도 따뜻한 미소. 그 곁에서 여자의 어깨에 팔을 올리고 활짝 웃는 남자는 눈꼬리에 어린 미소가 친절하고 다정해 보이는 훈남이었다.

그리고 그 사이에서 당장에라도 깡총 뛰어오를 듯 두 손으로 브이를 만든 소녀. 빨간 멜빵 치마를 입고, 양 갈래로 쫑쫑 땋은 머리. 거의 감긴 듯 휘어진 두 눈과 크게 벌어진 입술. 사진에서 꺄르르, 웃음소리가 들리는 것처럼 행복한 얼굴이었다.

은현은 그 소녀의 얼굴을 유심히 바라보았다.

낯설지 않은 이 느낌은 뭘까. 지금 초은의 얼굴이 이 소녀에게 남아 있어서라기엔, 본능적으로 마음이 쓰이는 뭔가가 있었다.

한참이 지난 후에 문득 머리를 스치는 기억이 있었다.

부모님을 납골당에 안치하던 날. 검은 상복을 입고 엉엉, 소리 내며 울던 저를 쏘아보던 자그맣고 창백하던 얼굴. 저를 보는 시선에 어린 연민이 슬퍼, 은현은 더 큰 소리로 울어버렸다.

'그러는 거 보면 참 좋아하시겠네.'

예쁘장한 얼굴에서 나오는 목소리가 너무 냉소적이라 은현은 흠칫했었다.

'……'

'난 그래서 안 울어. 내가 울면 마음 아플 테니까. 엄마 아빠 가시는 길에 마음 편히, 걱정하지 말라고.'

하지만 하얗게 질린 얼굴, 바들바들 떨리던 꼭 깨문 입술은 이미 서럽게 울고 있는 것처럼 보였다.

'그만 좀 울어.'

소녀는 은현에게 뭔가를 내밀고, 시크하게 뒤돌아섰다. 은현은 소녀가 건넨 휴지 뭉치를 얼떨결에 받아들었다.

'너였구나. 그랬어. 그래서 어쩐지 처음 너의 사진을 보았을 때, 남 같지 않은 익숙함이 있었어.'

/

멍하게 액자를 제자리에 올려두는데, 문이 달칵 열렸다.

"아, 벌써 다 씻었어요? 음……. 피곤하시죠?"

은현의 눈 주위가 붉어진 것이 그렇게 보였나 보다.

"아니야. 그리 피곤하지 않아."

"편히 쉬고 계세요. 저도 좀 씻고……."

저를 물끄러미 보는 은현의 눈빛을 초은은 다르게 해석한 모양이다. 발그레 상기된 뺨을 하고 어색하게 웃는 초은의 눈빛이 수줍었다. 사랑스러움과 함께 애틋한 감정이 몰려왔다.

도망치듯 욕실로 사라지는 초은의 뒷모습을 보며, 은현은 베개에 기대 두 다리를 쭉 뻗었다.

늘 궁금했었다. 그 아이는 왜 울지 않았을까. 나보다 훨씬 어린데도, 어떻게 울지 않고 견딜 수 있었을까.

어쩌면 그때 이미 깨달았는지도 몰랐다. 넌 아주 강한 사람. 아주 어릴 때부터, 네 안에는 강하고 단단한 무언가가 있었다.

그래서 은현은 저도 모르게 깨닫고 결심했는지도 모른다. 자신도 강해지기로. 세상 무엇에도 지지 않을 수 있도록. 자신이 할 수 있는 모든 것을 다해, 굳건히 설 수 있도록.

그렇게 긴 시간을 돌아 너를 다시 만났다. 넌 작은 아이일 때보다 더 강인하고 아름다운 모습으로 내 앞에 다시 섰고. 이런 우리가 어떻게 운명이 아니라고 할 수 있을까.

다시 액자를 들어 소녀를 보았다.

제각각의 아픈 사연이 아닌 둘이 이미 연결된 인연의 끈을 깨닫자, 사진 속의 소녀는 더욱 사랑스럽고 또 애잔하게 느껴졌다. 은현은 액자를 품에 안고 긴 숨을 내쉬었다.

초은이 그 조막만 한 손으로 내밀었던 둘둘 만 휴지 뭉치를 다시 떠올렸다. 온통 깜깜한 절망에 빠진 저에게 유일하게 건넸던 작지만 큰 위로.

살아오며 무엇을 이루고, 얻어 내든 늘 시린 바람이 불던 가슴은 언젠가부터 다정한 온기로 조금씩 채워지기 시작했다. 그것은 초은을 만나고, 그녀의 보살핌과 배려가 어떤 의미로 다가오기 시작하면서부터였다.

그 씨앗은 아주 오래전에 이미 제 안에 심어졌음을 이젠 분명히 알 수 있었다. 가슴이 벅차올랐다. 가만히 눈을 감은 은현의 얼굴에서 입꼬리가 기분 좋게 말려 올라갔다.

잔뜩 긴장한 초은이 욕실에서 나왔을 때. 은현은 미동도 없이 침대에 누워 있었다.

"은현…… 씨? 자요?"

주춤주춤 가까이 다가오고도 믿기지 않았다.

지금 이 상황에 잠이 와?

결국, 고롱고롱 내쉬는 숨소리를 듣고야 픽, 웃어버렸다. 어쩐지 긴장이 풀리면서도 김이 새는 기분이었다.

"무척 피곤했나 보네……."

초은은 침대 곁에 주저앉아 잠든 은현의 얼굴을 들여다보았다. 뽀얗게 맑은 얼굴에 무심하게 감긴 검은 속눈썹. 아무 불만도, 욕심도 품지 않은 무방비한 그의 얼굴은 소년처럼 무구해 보였다.

귀여워.

초은은 이마에 흩어진 검은 머리칼을 쓸어 올리고 충동적으로 살짝 입을 맞췄다. 보는 사람 하나 없는 밤이었지만, 민망함에 두 뺨을 붉히는데, 문득 그의 가슴팍에 얹힌 액자를 발견했다.

"어……."

부모님의 사고가 있기 전 가을, 마지막으로 가족이 함께 찍은 사진이었다. 그들에게 닥쳐올 비극의 한 자락도 예상하지 못한 채, 그저 맑게 웃는 모습들.

초은은 액자를 들어 긴 세월에도 여전히 선명하게 그려지는 그리운 얼굴을 마주했다.

'아빠, 엄마. 보셨죠? 제가 사랑하는 남자예요. 아주 조금 심술궂고, 조금은 욕심이 많은 사람이지만. 그래도 원하는 것을 분명히 알고 이루기 위해 최선을 다해 달리는 멋진 사람이에요. 그리고 나를 무척 사랑해준답니다. 지금까지는 혼자였지만, 이젠 이 사람과 항상 함께 손을 잡고 걷고 싶어요. 행복한 제 모습, 지켜봐 주세요.'

초은의 눈가에 촉촉한 물기가 반짝였다. 액자를 살포시 제자리에 내려두고 은현을 마주 보고 누웠다.

킹사이즈의 침대는 두 사람이 누워도 몸의 작은 부분 하나 닿지 않을 정도로 넉넉했다. 그러나 초은은 쉽사리 잠들지 못했다.

몇 번이나 뒤척이며 편한 자세를 잡으려고 애쓴 것이 무색하게, 새벽이 깊어졌다. 옆자리에 누운 낯선 기척 때문만은 아니었다. 초은은 제가 쉽게 잠들지 못하는 이유를 아주 잘 알고 있었다. 마냥 설레서가 아니었다.

갑갑해.

사실 초은의 잠자리 습관이 처음부터 그렇지는 않았다. 그것은 외삼촌의 집을 나와 유학을 떠나면서 생긴 것이었다.

처음엔 그저 독립을 과시하기 위한 혼자만의 세리머니였다. 하지만 초은은 곧 그 마성의 감촉에 빠져든 것이다. 아무도 없는 온전의 나만의 공간에서 속옷만 입고 잠드는 자유로운 감각.

겨울엔 보일러가 만들어 내는 따스하고 포근한 온기 속에서, 또 여름엔 냉방기의 서늘하고 쾌적한 공기를 마음껏 만끽하며. 맨살에 와 닿는 사각사각, 청결한 이불의 감촉.

그 궁극의 쾌락에 중독되는 것은 삽시간이었다. 그러니 아무리 얇고 보들보들한 잠옷이라 한들, 초은에게는 온몸에 숨구멍이 막힌 것처럼 답답하게만 느껴지는 것이었다.

도저히 못 자겠다. 어떡하지…….

결국, 일어나 앉은 초은은 옆자리에서 숙면하고 있는 은현을 내려다보았다. 어떻게 저렇게 편안하게 잠들 수가 있을까. 여러 가지 의미로 참으로 얄미웠다.

"으음……."

엄지와 집게손가락을 구부려 코끝을 살짝 꼬집자, 은현이 돌아누우며 탁, 쳐냈다. 색색, 숨소리가 어찌나 평온한지 쉽게 깨어날 것 같진 않았다.

에라 모르겠다.

잠시 망설이던 초은은 이불 속에서 슬금슬금 잠옷 바지를 끌어 내렸다. 그리고 연달아 윗옷의 단추도 끌러냈다.

저렇게 푹 잘 자는데, 설마 깨기야 하겠어. 아침에 먼저 일어나서 도로 입고 있으면 되지.

평소처럼 맨몸으로 이불을 덮자, 그제야 살 것 같았다. 에어컨의 약한 바람에 서늘하게 식은 이불의 감촉이 황홀하게 몸에 감겼다.

그래, 바로 이 느낌이야.

어떻게 누워도 말똥말똥하기만 했던 눈꺼풀이 비로소 나른하게 감겼다. 기분 좋은 졸음이 솔솔 밀려왔다.

/

"더헙!"

수마의 늪에서 갑자기 솟구쳐 오르듯, 은현은 불현듯 깨어났다.

여긴 어디, 나는 누구…….

낯선 천장의 혼란스러움은 잠시였다.

이 향기, 이 감촉. 이것은 꿈에서도 잊은 적 없는 그녀의 존재감.

현실로 돌아온 찰나의 순간. 은현은 머리칼을 괴롭게 움켜쥐었다.

미쳤구나, 미쳤어. 이런 얼빠진 놈 같으니라고. 어떻게, 여기서, 이 상황에, 잠이 들 수가. 그 순간을 위해 준비한 모든 것들이 순간의 물거품이 되어버렸다.

아니, 잠깐. 지금 실망할 때가 아니었다. 초은은 이 사태를 대체 어떻게 받아들일지. 사랑하는 여자를 옆에 두고 쿨쿨 잠이나 자는 욕망 없는 남자라 생각하면 무척 곤란한데.

떨리는 눈동자가 천천히 옆을 향했다.

"허억!"

이불 위로 드러난 희고 가녀린 어깨. 그리고 그녀가 누운 쪽의 바닥에 소복이 내려앉은 잠옷 더미.

왜…… 왜! 벗고 있냐고!

은현은 혹시나 이불을 들치고 제 몸을 살펴보았다. 분명 잠들 때 입고 있던 반소매 티셔츠와 브리프 차림 그대로였다.

오, 신이시여. 이건 대체 무슨 신종 고문인가요. 혹시 전날 밤의 사태로 화가 난 그녀의 복수인가.

은현은 괴롭게 얼굴을 쓸어내렸다. 가뜩이나 아침마다 활기차게 인사하는 아들놈인데. 나더러 어쩌라고 이러는가.

아무리 천하의 강은현이라 해도, 어젯밤을 그렇게 통째로 날려놓고, 이제 와 어떻게 해보려고 하는 뻔뻔함까지는 갖추질 못했다.

애국가, 그래. 애국가를 부르자.

혼란한 머릿속을 더듬어 1절부터 4절까지 두 번이나 반복했다. 하지만 소용없었다. 아들놈은 그 미숙한 리듬에 맞춰 팝핀 댄스라도 추는 듯 더 활기차게 깨어났다.

이제 더는 어쩔 수 없었다.

미안하다, 주니어야. 너의 기대에 부응해 줄 수가 없구나.

은현은 비통한 얼굴로 이불을 슬며시 빠져나왔다. 초은의 어깨 위로 살포시 이불을 덮어주는 것도 잊지 않았다.

어기적어기적 거실로 나와 냉장고에서 물을 꺼내 한 잔 들이켰다. 괜스레 팔다리를 움직이며 맨손체조도 해보았다.

어쩌겠는가. 모든 것이 자업자득인 것을. 멍하니 식탁 앞에 앉아 있는 시간이 서글프기만 했다.

잠시 후 은현의 또 다른 자아가 실망으로 쓰러지며 모든 상황은 평온해졌다. 원하던 일이 이루어지지는 못했지만, 그래도 초은의 곁에서 잠든 시간이 안락했는지 온몸이 개운했다.

집에 들러서 출근하려면 슬슬 준비해야 할 때. 조용조용 세수를 마치고 나왔더니 초은이 침대에 걸터앉아 어색하게 잠옷 단추를 잠그고 있었다.

"어……. 저…… 벌써 일어났어요?"

당혹감 가득한 얼굴로 눈도 마주치지 못하는 모습이 귀여웠다.

"음. 집에 들렀다 출근해야지. 잘 잤어?"

"네, 네……. 은현…… 씨도요?"

"응. 네 옆이라 마음이 편했는지 모처럼 푹 잤어."

괜찮아. 자연스러웠어.

초은은 은현이 벗은 몸을 보기라도 했을까, 노심초사였다. 그래서 미처 그의 무도한 방치플레이까지는 생각하지 못한 듯했다.

미안하지만 다행이었다.

"난 먼저 나가 볼게. 좀 이따 회사에서 보자."

민망해하는 그녀의 이마에 가볍게 입을 맞춰 주고 방을 나왔다.

괜…… 찮았지?

그래. 좀 뻔뻔스러웠지만…….

마지막까지 그런대로 잘 마무리한 것 같다.

/

사무실 문을 열고 들어가니 단정하게 인사하는 초은과 우신, 그리고 탕비실에서 커피를 들고나오다 흠칫하는 보윤까지.

여느 때와 다름없는 아침이었다.

눈이 마주친 초은의 두 뺨이 복숭아처럼 발그레해지는 것은 은현만 눈치챌 수 있었다. 비록 아무 일 없이 지나갔지만, 둘이 함께 보낸 첫 밤. 그리고 운명처럼 알게 된 초은과의 오랜 인연.

은현에게는 어제와 오늘이 다른 세상처럼 느껴지는 이유였다.

"……오후에 기획팀 4분기 신규 사업 프레젠테이션이 있고, 저녁에는 로운테크 대표와 식사 약속이 잡혀 있습니다."

찻잔이 놓인 트레이를 내려놓고, 태블릿을 보며 보고하는 초은. 전날과 같지만, 또 전혀 다르게 느껴지는 그녀의 존재.

"아쉽군. 오늘도 저녁 같이 먹으면 좋을 텐데."

"음…… 하지만 업무도 중요하니까요."

그 말은 자기도 아쉽다는 뜻이겠지?

은현은 제멋대로 초은의 말을 해석하며 빙그레 웃었다.

"그럼 전 이만 나가 보……."

"대표님."

초은의 말이 채 끝나기도 전에 대표이사실의 문이 벌컥 열리며 경원이 들어왔다. 성급한 목소리에 흥분한 기색이 역력했다.

"무슨 일입니까?"

"아, 그게…… 아트팀 홍 팀장 후임으로 결정된 새 팀장이 인사하러 왔는데……."

"벌써요?"

"그런데 그 사람이 바로!"

"……바로?"

뭔데 그렇게 호들갑이냐는 듯 은현이 미간을 찌푸렸다.

"바로 신연아야!"

얼마나 흥분했으면 그럴까. 경원은 회사인 것도 잊고, 어느새 반말로 외치고 있었다.

그리고 그의 뒤에서 불쑥 걸어 나온 늘씬한 한 쌍의 다리.

"안녕하세요, 강은현 대표님. 오랜만입니다."

어리둥절한 초은의 두 눈과 화들짝 커진 은현이 두 눈이 순간적으로 스쳐 지났다.

#8

여사친의 등장

"무슨 소리야! 이분께 실례잖아!"

"뭐…… 뭐어? 야, 너 신연아를 잊은 거냐?"

경원은 은현의 뜬금없는 타박에 펄쩍 뛰었다.

"잘 봐. 이분은 여자분이시라고!"

은현을 제외하고 방 안에 있던 세 사람이 동시에 두 눈을 휘둥그레 떴다.

여자분이시라니. 당연히 여자분이시다.

늘씬한 키에 굽이치는 긴 머리칼, 그리고 하늘하늘한 실크 민소매 블라우스와 맵시 좋은 슬랙스까지.

하지만 은현의 말을 끝까지 이해하지 못하는 것은 초은뿐이었나 보다. 웃음이 터진 경원에 이어, 새로 온 아트팀 팀장이라는 연아도 깔깔 웃음을 터뜨렸다.

"야, 강은현 이 자식. 너 많이 컸다? 성별도 구분 못 하던 애송이가 이제 여자는 알아보냐?"

여성스럽고 세련된 외모와 달리 연아의 목소리는 호탕했다.

"뭐? 신연아가 여자였다고? 말도 안 돼."

"어쭈, 끝까지 이렇게 나오시겠다. 회사 하나 키운다고 개고생한 다더니, 벌써 노안이 온 거야, 아니면 때 이른 치매니?"

"야야, 날 탓하지 말고 너의 과거의 모습을 되돌아봐. 난 하마터면 너랑 사우나도 같이 갈 뻔했다."

"뭐? 이 안목 없는 새끼, 너 일로 안 와?"

격이 없다 못해 살짝 거칠기까지 한 대화가 오가고, 연아는 웃는 얼굴로 폴짝 뛰어올라 은현에게 헤드록을 걸기까지 했다.

낄낄대는 경원의 목소리, 은현의 낮은 웃음소리 사이에서 초은만 멋쩍게 서 있었다.

"그런데 여긴 왜 나타났지? 나 버리고 혼자 잘 살겠다고 미국 갈 땐 언제고. 지금 돌아오면 내가 받아 줄 줄 알고."

"흥, 당연하지."

"얼씨구. 미국에서 살더니 버터가 뇌혈관을 막았나, 스테이크가 얼굴 가죽으로만 갔나. 어디서 이런 거대한 착각이야?"

"왜냐면 나는 강은현이 얼마나 욕심 많은 사람인지 아주 잘 아니까. 어딜 가도 나 정도의 실력자는 못 구하니까."

"와, 어디서 이런 과대망상까지. 아메리카가 사람 하나 망쳐 놨네."

"야야, 그만하고 다들 좀 앉자. 이러다 하루 다 가겠네."

두 사람이 티격태격하는 모습이 유난히 정다워 보였다.

경원의 만류로 셋은 접대용 소파에 둘러앉았다.

"음…… 차를 준비할까요?"

소외된 채 서 있던 초은이 어색하게 물었다.

"응, 그래 그러자. 뭐 시원한 게 좋겠지?"

"난 초코!"

경원의 물음에 연아가 발랄하게 대꾸했다.

"넌 아직도 그런 거 마시냐? 애 같긴. 철들려면 멀었구만. 어디 제철소라도 하나 차려야 하나."

"웃기시네. 어디서 업어 키워 준 누나 앞에서 건방지게."

또 시작이다. 어쩐지 초은은 불쑥 느껴지는 그런 소외감이 싫었다.

"그럼 아이스 초코 한 잔과 대표님과 실장님은 아이스티로 준비하겠습니다."

"음. 그래. 부탁할게, 한 비서."

대표이사실의 문의 닫고 나오는데 어쩐지 마음이 복잡했다.

"그분 누구세요?"

문득 들려오는 물음에 퍼뜩 정신을 차렸다. 돌아보니 보윤과 우신의 두 눈이 호기심에 반짝이고 있었다.

"아, 홍 팀장님 후임으로 아트팀에 새로 오신 팀장님인가 봐."

"우와, 대박. 난 연예인인 줄……."

"헐…… 저런 분도 야근하면 폐인 좀비 되시나요?"

"말도 안 돼."

보윤과 우신의 대화를 들으며 초은은 쓴웃음을 지었다.

예전 이하연과 몇 번 점심을 함께하는 것을 지켜보긴 했었지만, 저를 만나기 전에는 영 여자에게 관심도 배려도 없는 사람이었다.

저렇게 스스럼없이 친근한 존재가 있을 줄이야.

"차 준비하세요? 도와드릴까요?"

"아니야. 내가 하면 되니까, 보윤 씨는 하던 일 해요."

싹싹하게 다가오는 보윤을 향해 애써 웃어 보였다. 그러나 음료를 만드는 내내 손길이 거칠었다.

은현이 그런 농담도 할 줄 아는 사람이었던가. 그렇게 장난스럽게 웃는 모습을 본 적이 있었나. 상대방에게 조심스레 예의를 차리는 사람은 아니었지만, 그렇다고 아무렇지 않게 신체 접촉을 하는 사람도 아니었다.

이제까지 알지 못했던 은현의 모습이 어쩐지 유쾌하지 않았다. 하나의 의문만이 까슬까슬한 돌멩이처럼 가슴에 굴러다녔다.

'저 여자, 대체 누구야?'

/

아트팀의 다민은 요즘 알 수 없는 허전함에 자꾸 신경이 쓰였다. 평소 존경했던 홍 팀장이 회사를 떠난다니 섭섭한 마음이 드는 줄로만 알았다.

홍 팀장의 차에 정리한 짐을 싣는 것을 도와주러 주차장에 내려갔다 올라오는 엘리베이터 안이었다.

'이야, 이게 누구야. 우리 아트팀의 여신 다민 씨!'

문득 들려오는 환청. 잊을만하면 나타나 설레발을 쳐대던 경원이 안 나타난 지 며칠째인가.

아, 어쩐지 그래서 내가 허전…….

'헉, 아니지, 아니야. 허전은 무슨. 그 성가신 면상이 안 보이니 속이 다 시원하거늘.'

다민은 얼른 도리질 쳤다.

요즘 일이 좀 한가해졌더니 별 거지 같은 생각이 다 드네.

하긴. 시큰시큰 흔들리던 이도 빠지고 나면 서운한 법. 그동안 경원어 얼마나 알짱댔으면 며칠 안 보였다고 이럴까.

다민은 부러 흥흥, 콧소리를 내며 사무실로 들어섰다. 그런데 어쩐 일로 은현이 아트팀 사무실에 내려와 있었다. 그의 뒤에 경원과 늘씬한 미녀 하나를 거느린 채였다.

"홍 팀장의 후임으로 오신 신연아 팀장을 소개합니다. 그동안 우리 '레드핏' 아트팀의 주축이었던 홍 팀장이 피치 못할 사정으로 회사를 떠나게 되어 무척 아쉽게 생각합니다. 하지만 신 팀장 역시 뛰어난 능력을 인정받아 미국 '블라스트'사에서……."

은현의 화려한 소개가 이어지자 뒤에 섰던 경원이 팔꿈치로 연아의 옆구리를 쿡 찔렀다. 내내 진지한 표정이던 연아가 흠칫 놀라며 경원을 보다 눈이 마주치고는 풋, 웃음을 참는 모습.

헐…… 뭐가 저렇게 아무한테나 친한 척이야?

다민은 이유는 알 수 없었지만, 울컥하는 기분이었다.

"앞으로 신 팀장을 중심으로 해왔던 대로 훌륭한 성과를 내는 아트팀을 기대하겠습니다."

아트팀 직원들은 일제히 손뼉을 쳤다. 함께 박수하던 경원이 사무실을 둘러보다 다민과 눈이 마주쳤다.

저도 모르게 경원을 보고 있던 다민이 움찔, 하는데. 어라. 경원이 어색한 얼굴로 슬쩍 눈인사하더니 고개를 돌려버리는 것이 아닌가.

'헐, 뭐야. 저 태도는.'

다민은 경원이 불편하고 잘 지내기 싫다고 했던 제 심한 말은 어느새 잊고, 그만 입을 떡 벌려버렸다.

／

퇴근 후 초은과 다민은 모처럼 회합의 시간을 가졌다. 장소는 회사 옆, 〈커피 살롱〉에서였다.

"네가 웬일로 커피숍에서 다 보자고 하고……."

"그러게 말이다. 오늘은 어쩐지 술이 안 땡기네."

"하긴 나도 그래."

둘 사이에 잠시 침묵이 흘렀다. 절친인 두 사람은 술이 당기지 않는다는 상대방의 말이 믿기지 않았다.

"야, 너네 새 팀장 왔더라?"

"응."

초은의 말에 다민은 짧게 대답하며 고개를 주억거렸다. 그 짧은 한마디에 이유를 알 수 없는 심란함이 잔뜩 묻어 있었다. 화려한 경력을 가진 능력 있는 팀장이었지만, 왠지 마음에 들지는 않았다.

"그 신 팀장. 은현 씨, 박 실장님이랑 대학 동기인가 봐. 은현 씨가 대학 때 게임 개발도 같이 하고, 친한 사이였대."

"아…… 어쩐지."

그래서였구나. 둘이 그렇게 친한 척한 것이.

그래도 그렇지. 친구는 친구고, 직장은 직장이지. 꼭 그렇게 회사에서 티를 내야 하나. 그것도 처음 인사하러 와서는. 쯧쯧. 어쩐지 더 마음에 들지 않는다.

초은 역시 그런 다민과 같은 생각인 모양이었다.

"친구면 친구지. 회사에서, 그것도 대표이사한테 반말이 뭐니?"

"헐……. 강 대표한테 반말했어?"

"그래. 나도 있는 자리에 첫 대면에서 반말하고 농담 따먹기하고,

헤드록까지 걸더라. 그거 너무 심한 거 아냐?"

"너무? 야! 그거 완전 개념 없는 행동이지. 아무리 미국에서 왔어도 그렇지. 미국에서도 공과 사는 구분한다. 음음……. 구분할…… 걸?"

미국에서 직장 생활을 해 본 적이 없는 다민은 조심스럽게 제 말을 수정했다.

"그럼 그럼. 당연하지. 오히려 미국은 그런 데 더 철저하거든."

미국에서 직장 생활을 해 본 초은도 격하게 고개를 끄덕이며 동조했다.

"그리고 솔직히 얼마나 능력이 있는지는 모르겠지만, 난 개발자로서의 에티튜드가 부족하다고 생각해."

"그렇지."

초은은 다민의 말이 무슨 소린지도 모르면서 어쨌든 흥겹게 추임새를 넣었다.

"어디 그 외모가 게임 개발자의 외모야? 뭐니 뭐니 해도 게임 디자이너의 미덕은 화장기 없는 쌩얼과 후줄근한 옷차림이라고. 언제 닥쳐올지 모를 야근에 완벽하게 대비한 모습이어야지. 어디 그렇게 패션쇼에서 빠져나온 차림으로……."

"그래, 바로 그렇……."

또 한 번 추임새를 넣으려던 초은이 멈칫했다.

음…… 친구야. 혹시 그거 칭찬하는 건 아니지?

"그리고 그런 외모는 업무 효율도 떨어뜨린다고. 우리 부서가 좀 바쁘냐? 머리는 좀 똘똘 말아서 틀어 올리고, 눈에 무리가 가는 렌즈 대신 안경 쓰고, 응?"

탄력이 붙은 다민은 멈출 때를 모르고 좋알거렸다.

사실 다민 못지않게 초은의 기분이 저조한 것도 다 이유가 있었다.

외부 약속이 없는 한, 은현은 항상 초은을 거느리고 직원 식당에서 점심을 했다. 그런데 이날은 하하 호호거리며 연아와 경원을 데려갔다. 초은을 쏙 빼놓고 말이다.

직장에서 식사 상대야 얼마든지 상황 따라 바뀔 수도 있는 것. 하지만 어쩐지 못마땅한 기분이 든 초은은 보윤과 우신을 데리고 근처 레스토랑에 가서 거하게 스테이크로 외식을 했다.

스테이크는 맛있었지만, 예상치 못한 지출이 남긴 것은 그저 씁쓸한 뒷맛이었다.

그뿐이 아니었다.

'한 비서, 오늘 저녁 약속 좀 미루도록 하지.'

'네?'

'어차피 진행 현황에 관한 루틴한 얘기일 텐데, 꼭 오늘 아니라도 되잖아.'

'혹시 다른 급한 일정이라도 생기셨나요?'

'아…… 그런 건 아니고, 오랜만에 만난 김에 연아랑 경원이 셋이서 저녁 하기로 했거든.'

'……네. 연락하겠습니다.'

저랑 저녁 먹고 싶지만, 업무가 더 중요하다더니.

물론 은현이 그렇게 말한 건 아니었지만, 초은은 누가 한 말인지까지 따져 볼 이성이 남아 있지 않았다.

"뭐야, 오늘만 날이야? 오늘 저녁 안 먹으면 내일은 뭐 세상이 멸망하냐고. 뭐가 그리 대단한 사이라고 협력업체와 선약까지 미루면서 저녁을 먹고 난리야."

"헐…… 강 대표가? 그런 사람 아니잖아."

역시 베프는 달랐다. 뜬금포로 내뱉은 말도 찰떡같이 알아들으니 말이다.

"새 팀장이 그렇게 대단한 사람이야? 이야…… 일밖에 모르던 우리 강 대표가 달라졌어요."

"기분 아주 드럽네."

다민의 호응에 오히려 더 화가 나는 초은이었다.

"서비스입니다. 초은이는 라떼 한 잔 더 줄까?"

이때 때마침 나타난 이 가게 주인인 두훈. 상큼하게 눈웃음을 지으며 레드벨벳 케이크 접시를 내려놓았다.

"아, 아니에요. 감사합니다, 선배님."

"와, 잘 먹겠습니다."

"필요한 거 있으면 언제든 말씀하시고요."

두훈은 훈남의 모범 사례라 할 법한 미소를 지으며 멀어졌다. 다민은 초은을 향해 고개를 기울였다.

"야, 저 사람이 네 첫사랑이라 했지?"

"그래."

"강 대표는 그 사연 알긴 아냐?"

물론 안다. 초은이 제 마음을 고백하게 된 것도 두훈의 역할이 컸으니 말이다.

"흐음…… 그렇단 말이지?"

재기 있게 눈동자를 반짝이던 것도 잠시, 다민은 이내 입술을 불뚝 내밀고 툴툴거렸다.

"야, 강 대표도 그렇지만 박 실장도 똑같아."

"박 실장? 우리 실장님이 왜?"

"흥……."

한동안 입술만 삐죽대던 다민이 이야기를 시작하자, 초은의 두 눈이 휘둥그레졌다.

"야, 아무리 그래도 너 진짜 너무 심했다. 우리 실장님 머릿속이 좀 꽃밭이라서 그렇지, 착한 사람인데."

"알아, 알아. 나도 안다고!"

방귀 뀐 놈이 성낸다더니, 다민의 삐액, 짜증이 딱 그 짝이었다.

"전날부터 밤새고 일해서 엄청 피곤하고 예민했단 말이야."

제 변명이 말도 안 되는 줄 알긴 아는지, 다민의 목소리가 점점 작아졌다.

"그리고 솔직히 그 정도로 안 하면 알아들을 것 같지도 않고……."

"이야…… 내 친구지만, 진짜 모진 년. 박 실장님 집에 가서 우셨을지도 몰라. 얼마나 여린 사람인데."

"야! 여리긴 개뿔!"

초은이 뭔가를 잘못 건드렸는지, 다민은 다시 울컥했다.

"여린 사람이 그런 말 듣고 며칠도 채 안 돼서 다른 여자랑 희희낙락하며 난 본체만체하냐?"

"다른 여자? 뭐, 누구? 혹시 신연아 팀장? 헐…… 너 혹시……."

"야! 아니야! 아니라고! 그냥 이쪽에 껄떡대다가 안 되니까 저쪽으로 엎어지는 그 가벼움이 너무 어이없어서 그런다. 무슨 남자가 개업한 갈빗집 풍선 인형보다 더 펄럭거려."

친구야. 너무 화내니까 더 의심되잖아. 솔직히 박 실장님이 신 팀장한테 그런 마음인 것 같진 않던데 말이야.

초은은 눈을 가늘게 뜨고 지그시 다민을 보았다.

"아니라고 했다! 네가 생각하는 그런 거 저어어어얼대 아니거든! 나는 박경원 씨한테 눈곱만큼도 관심 없거든."

"알았어. 누가 뭐래?"

"알았으면 됐고."

"어쨌든 결론은 네가 너무 심했어."

"……."

"땅땅땅."

다민은 말없이 초은을 흘겨보며 케이크에 거칠게 포크를 찔러 넣었다. 그 허세스러운 몸짓이 오히려 더 안돼 보이는 건 왜일까.

이것아, 어쩜 너도 네 마음을 잘 모르고 있을 수도 있단다. 내가 그랬던 것처럼.

하지만 다민을 더 자극하지는 않기로 했다. 지금도 자각하지 못한 후회로 괴로워하고 있으니까. 난 배려 있는 친구니까.

"그런데 다민아."

"왜?"

이년이, 왜 갑자기 다정하게 부르고 난리야.

다민이 입속으로 꿍얼거렸다.

"샤워하러 들어간 여자를 기다리다가 잠이 드는 남자는 무척 피곤한 거겠지?"

"뭐? 허허, 알 거 다 아는 년이 왜 갑자기 순진한 척이야?"

"……."

"결혼 20년 차 부부?"

"아닌데."

"그럼 남자가 여자한테 별로 그런 마음이 없거나……."

"야! 그건 절대 아니거든!"

"그럼 불능이지, 뭐."

"……."

레드벨벳 케이크를 한입 크게 베어 물고 시원스레 대답하던 다민이 문득 두 눈썹을 훌쩍 들어 올렸다.

혹시 그 남자가!

초은은 슬그머니 다민의 눈길을 피했다.

"설마……."

"……."

"강 대표가?"

하지만 초은은 입술을 꼭 깨문 채 답이 없었다.

"하하…… 하. 하하하하하하."

"야, 웃지 마."

"이야, 사람이 어떻게 완벽하기만 하냐. 난 강 대표가 뭐가 하나 부족한 곳이 있을 거라고 생각하긴 했는데 그게 그 성질머리가 아니라 거기였어."

"우쒸……."

다민의 요란한 웃음은 길게 이어졌다.

"세상에 누가 상상이나 할까. 강 대표가…… 그렇다니……."

"……."

"관둬라, 친구야. 돈 없고 능력 없는 건 사랑으로 극복할 수 있지만, 그건 도저히 이겨 낼 수 없는 문제야."

"……진짜?"

"그래, 이것아. 평생 허벅지 너덜너덜하게 살 거야? 잘 생각해."

"이씨, 야! 됐어. 커피는 무슨. 당장 일어나!"

"왜? 갑자기 소맥이 막 생각나고 그래?"

"따라 나오기나 해."

다민은 여전히 낄낄대며 가방을 챙겨 들었다.

"안녕히 가세요. 초은아, 또 와라."

전투적으로 발걸음을 옮기는 초은 뒤로 다정한 훈남 두훈의 인사가 멋쩍게 흩어졌다.

/

"……그리고 오후 2시부터 MRS 프로젝트의 기획 회의가 있고, 오늘로 'Fatal enermy of kingdom'의 알파 테스트 d-30일 카운트 들어갑니다."

초은은 숙취로 지끈거리는 두통을 참으며 일정 보고를 이어갔다. 혹사당한 목구멍도 바늘로 콕콕 쑤시는 것처럼 따끔거렸다. 전날 다민과 맥주 10병, 소주 3병을 비우고, 노래방에서 알고 있는 모든 데스메탈을 불러 젖힌 탓이었다.

평소보다 몇 배는 더 격렬히 놀았는데도, 기분은 그리 나아지지 않았다. 물론 지금 눈앞에서 여름날 아침의 눈부신 햇살을 맞으며 화사하게 웃는 남자 때문이었다.

"벌써 날짜가 그렇게 됐나? 곧 야밤의 지옥도가 또 펼쳐지겠군."

오히려 즐겁다는 표정으로 하하 웃는 얼굴이 얄미웠다.

님, 기분이 무척 좋아 보이는 걸 보니 간밤에 즐거우셨나 보네요.

"그나저나……."

은현의 은근한 눈길이 초은의 얼굴을 유심히 더듬었다.

"어제도 봤는데, 왜 이렇게 오랜만인 것 같지? 한 비서는 밤새 나 안 보고 싶었어?"

얼씨구, 어째 이리 신이 나셨을까.

네네, 오랜만인 것 같은 건 댁이 어제 점심부터 밤까지 날 내팽개쳤으니까.

그래 놓고 안 보고 싶었냐니. 이런 뻔뻔스러운 질문 같으니.

"하하……. 어제는 즐거운 시간 보내셨나요?"

"아…… 그랬지, 참. 오랜만에 모이니 무척 좋았지. 그 녀석, 학교 다니면서 게임 개발한다고 고생할 때 거의 동고동락하다시피 했거든. 같이 먹고, 같이 자고."

"……."

허어. 같이 먹고, 같이…… 자고?

그런 충격적인 과거를 이렇게 아무렇지 않게 고백하다니.

"경원이는 개발에 참여하진 않았지만, 여러모로 많이 도움이 됐고. 과외 해서 번 돈으로 밥이나 술도 사 주고, 든든한 지원군이었지. 그 두 사람 덕분에 지금의 내가 있다고 해도 과언이 아니야."

"네, 그러셨구나……. 그런데 왜 '레드핏' 창업 때는……."

"아, 그건. 그 녀석이 대학 졸업할 무렵에 '블라스트'사에서 스카웃 제의를 받았어. 날 버리고 간다니 좀 괘씸하긴 했지만, 그래도 미래가 불투명한 여기보다는 그쪽을 선택하는 것이 당연한 판단이지."

그렇군요. 그 스카웃 제의만 아니었다면 신 팀장과는 계속, 쭈욱 함께였겠군요.

아무리 당당한 초은이라도 시간이 쌓은 정을 어떻게 할 자신은 없

었다. 울적함이 무게를 더했다. 전날 죽어라 마신 소맥이 돈값을 못
하게 되는 순간이었다.

"어쨌든 이렇게 다시 같이 일하게 되었으니 다행이지. 생판 모르
는 사람보다는 호흡 맞추기도 쉬울 테고."

"네…… 다행이네요. 정말……."

"나한텐 소중한 친구야. 너와도 잘 지냈으면 좋겠어."

"……네. 노력해 보겠습니다."

당신이 그걸 원한다면.

초은에겐 달갑지 않은 존재였지만, 그에게 그렇게 소중한 친구라
니. 들어주지 않을 수 없었다. 이제껏 친구라고는 경원 하나밖에 없
던 외로운 그가, 드물게 마음을 열고 대하는 사람이니까.

그런 사람이 있다는 것에 오히려 고마워하는 것이 옳았다.

워크숍에서 은현이 소개했던 AG 프로젝트와 MRS 프로젝트는 그
의 예고대로 착착 진행되고 있었다. 그 현황에 맞춰 각 부서에서 리
스크를 점검하고 다음 진행을 준비하는 대로 은현은 여러 사안을 판
단하고 결정해야 했다.

비서실에서 하는 업무가 대표이사의 결정이 원활하도록 서포트하
는 것이었다. 보윤과 우신이 MRS 프로젝트 기획 회의의 세팅을 위
해 미팅룸으로 내려간 사이, 초은은 은현에게 필요한 백업 자료를
정리 중이었다.

조용한 사무실의 문이 열리고 곧이어 들려오는 또각또각 구두 소
리. 그 주인공은 바로 연아였다.

"아, 안녕하십니까. 신 팀장님."

"안녕하세요."

여전히 시원시원한 목소리였다. 연아는 얼른 자리에서 일어나 인사하는 초은에게 생긋 웃어 보였다.

"이전 프로젝트와 진행 중인 프로젝트들을 검토하다가, 은현……아니 대표님께 여쭤볼 사안들이 있어서 왔어요."

"네, 대표님께 바로 말씀드리겠습니다."

"그런데……."

고양이처럼 눈꼬리가 살짝 치켜 올라간 연아의 큰 눈이 초은이 유심히 살펴보았다.

뭐지?

초은은 기분이 썩 좋지 않았지만, 연아를 향해 어색한 미소를 지을 수밖에 없었다.

"은현이랑…… 그렇다면서요?"

많은 말이 생략되어 있는 질문이었다. 하지만 그 의미를 이해 못할 것도 없었다. 소중한 친구라더니. 몇 년 만에 만나자마자 둘의 관계를 밝혔나 보다.

은현이 말했다니, 초은도 숨길 이유는 없었다.

"네. 그렇습니다."

"흐음……. 사내에서 대표이사와 전담 비서가……. 좀 그렇지 않아요?"

"좀 그렇지 않냐는 것이 무슨 의미인지 잘 몰겠지만. 대표님과 제 관계는 회사 밖에서의 개인적인 관계이고, 회사에서는 업무 외의 일로 떳떳하지 못할 입장이 된 적은 없습니다."

"그럼 다행이고. 은현이가 좀 심술궂긴 해도 속은 백지 같은 놈이라……."

"……."

"사실 좀 걱정돼요. 한 대리는 마냥 순수해 보이지는 않아서. 아, 한 대리라고 불러도 되죠?"

"네, 그럼요."

이건 또 무슨 느닷없는 돌려 까기람.

초은은 한순간 얼굴 표면으로 떠오르려는 감정을 억누르기 위해 입술을 깨물었다.

"순진하고 착하고 귀여운 여자를 만나 마음 편히 지냈으면 했는데……. 한 대리처럼 똑 부러지고 야무진 스타일은…… 음……."

"저한테 하실 말씀이 있어 오신 건가요?"

시누이세요? 야, 너도 순진하고 착해 보이진 않거든. 네 말대로라면, 네가 1등으로 탈락이다. 어디서 뭐 묻은 개가 뭐 묻은…….

제 성질대로라면 거침없이 튀어나왔어야 할 말들이 가슴속에 갇혀서 격하게 쿵쾅거린다.

아니, 절친이면 대놓고 여친 평가할 자격이라도 생기는 건가?

초은은 너무나 기가 막히고 혼란스러웠다.

"아니, 생각난 김에 하는 말이지. 내 말 너무 기분 나쁘게 듣지는 말아요. 내가 워낙 돌려 말하는 걸 못해서. 은현이는 사실…… 손톱 밑에 박힌 가시 같은 애라, 멀리서도 계속 신경이 쓰였거든. 어디서 여우 같은 기집애 만나서 호구 짓 하는 건 아닌지. 아, 한 비서가 그렇다는 건 아니에요."

아…… 이건 싸우자는 건가.

본능이 시키는 대로 상대해 줘야 하나?

초은의 안에서는 세상 무서운 줄 몰랐던 20대 초반 한초은의 영혼은 이미 복싱 글러브를 끼고 있었다. 그 일촉즉발의 위기를 아는지 모르는지 연아는 해맑게 생긋 웃었다.

"어쨌든 이미 이렇게 된 것. 우리 은현이 잘 부탁할게요."

초은은 분명히 알 수 있었다. 이것은 명백한 선전포고.

"신 팀장님과 대표님과의 관계는 이미 이야기를 들었는데, 신 팀장님께 그런 부탁을 들을 상황은 아닌 것 같습니다. 오히려 제가 부탁드려야지요. 우리 대표님, 잘 서포트 해주시길 부탁드립니다. 아시겠지만, 순수…… 하셔서 친구라면 그저 믿으시는 분이라."

"하……. 하하, 하하하하. 한 비서 보기보다 재미있네요."

순간 코웃음을 내뱉었던 연아가 이내 깔깔거렸다.

재미있기는 개뿔. 내가 재미있으면 너는 개그맨이다.

"난 이만 대표님 만나러 들어가 봐야겠어요. 오늘 대화 즐거웠어요."

–대표님. 아트팀 신연아 팀장 방문했습니다.

초은은 웃음기 없는 얼굴로 키폰 버튼을 눌러 은현에게 보고했다.

또각또각.

초은은 대표이사실로 향하는 늘씬한 뒷모습을 매섭게 노려보았다.

그래, 당신 말대로 난 순진하지도 않고 똑 부러져서 댁의 속마음이 눈에 훤히 보이는데. 나를 완전히 이물질 취급하는 그 마음 말이야.

물론 제 성격에 고분고분 당해 주거나, 눈감아 줄 생각은 전혀 없었다. 하지만 마음에 걸리는 것은 은현의 부탁이었다.

정말 내가 노력하면 잘 지낼 수 있을까.

초은은 갑자기 자신이 없어졌다.

오래지 않아 은현과 연아가 나란히 대표이사실을 나왔다. 둘의 밝은 표정으로, 안에서의 화기애애한 분위기가 여실히 느껴졌다.

"덕분에 그간의 상황이 확실히 감이 오네…… 요."

주먹으로 은현의 팔뚝을 장난스럽게 콩콩 치던 연아가 초은의 눈치를 슬쩍 보더니 어색한 '요'를 덧붙였다.

"이 자식이 왜 갑자기 어울리지도 않는 짓이야. 네가 언제부터 존대했다고. 그러면 좀 예의 바르게 보이는 줄 아냐? 나이도 먹을 만큼 먹어서 착각은……."

"그래도 엄연히 직장인데……."

"웃기고 있네. 네가 언제부터 그런 거 따졌다고. 다른 사람도 아니고 한 비서 앞에서는 소름 끼치게 내숭 떨지 마라. 우리 한 비서는 괜찮으니까."

아니, 하나도 안 괜찮거든요.

신성한 직장에서 대표이사에게 반말이라니. 이것이 과연 있을 수 있는 일이란 말입니꽈!

이미 배알이 꼬일 대로 꼬여 있던 초은이었다. 이 연사 두 주먹 불끈 쥐고 힘주어 외치고 싶은 심정이었다.

"한 비서, 지금 내려가면 되나?"

"네, 대표님. 조금 전에 우신 씨에게 준비가 다 끝났다는 연락을 받았습니다."

하지만 현실은 저 역시도 비루한 을의 신세. 초은은 애써 아무렇지도 않은 표정으로 고개를 끄덕였다.

"그럼 신 팀장도 바로 같이 내려가지."

"그럴까?"

편하게 하라니 즉시 너무 편해지는 저 눈치 없는 년.

아니지, 저건 눈치가 없는 게 아니라 너무 빠른 것이야.

보란 듯 친근하게 구는 것이 분명했다.

"흠흠. 그럼 바로 미팅룸으로 내려가겠습니다."

초은은 짐짓 고개를 빳빳이 하고 엘리베이터의 버튼을 눌렀다.

"자료는?"

"여기 있습니다."

초은이 준비한 자료의 파일을 은현에게 건네는데, 그의 곁에 섰던 연아가 불쑥 다가섰다.

"왜…… 왜 이래?"

"잠깐만."

연아는 얼굴을 가까이 들이대며 손으로 은현의 귓바퀴 뒤편의 머리칼을 쓸었다. 당황한 은현의 얼굴이 살짝 붉어졌다.

어라, 저 반응은 뭐지?

초은의 가슴속에 싸한 바람이 휙 지나갔다.

"아, 머리에 뭐가 붙어 있어서. 종이 조각 같은데, 아까 파쇄하다 묻은 것 아닐까?"

"묻었으면 묻었지, 왜 안 하던 짓을 하고 난리야. 언제부터 그렇게 깔끔떨고 살았다고, 응? 몇 날 며칠 세수 안 하고도 잘 지낼 땐 언제고."

기겁하는 은현의 반응에도 아랑곳없이 연아는 손가락 끝을 후, 불어내며 장난스럽게 웃었다.

"이 자식이, 챙겨 줘도 불만이야. 그리고 언제 적 얘기야? 너랑 나랑 떨어져 지낸 게 몇 년인데, 너는 아직도 추억만 안고 사냐? 이 뒤처지는 놈."

투덕투덕, 참으로 정답기도 하지.

초은은 한 걸음 뒤에서 기가 막힌 눈으로 둘을 지켜보았다.

마침 도착한 엘리베이터의 문이 열렸다. 나란히 걸어 나가는 둘의 뒤를 초은은 하릴없이 뒤따랐다.

"우리 회식 때 너도 올 거지? 경원이도 오라고 하자."

"음…… 글쎄."

"야야, 글쎄는 무슨. 안 오면 죽는다. 나 혼자 팀원들하고…… 너무 머쓱하단 말이야. 한국 회식 문화도 잘 모르겠고……."

"알았어. 안 어울리게 찡얼거리기는. 시간 내 볼게."

헐…… 자꾸 엉기는 연아는 둘째치고, 츤데레처럼 다 받아 주는 저 남자는 뭐지?

릴렉스, 릴렉스하자.

초은은 부글대는 가슴을 가라앉히기 위해 라마즈 호흡법에 버금가도록 숨을 몰아쉬어야 했다.

"저녁 같이 먹을까?"

은현이 퇴근 무렵, 대표이사실에 들어온 초은에게 무심히 물었다. 초은은 멀뚱히 은현의 얼굴을 보았다.

초은도 알고 있었다. 은현은 정말 아무것도 모른 채, 그저 오랜만에 재회한 친구가 반갑기만 하다는 것을. 그래도 얄미운 것은 어쩔 수 없었다. 결국 초은은 무겁게 고개를 저었다.

"아니요. 오늘은 일찍 들어가서 쉬고 싶어요."

"음…… 그래? 그럼 데려다줄게."

은현이 잠시 멈칫하는 표정이더니 부산히 서랍을 잠그고 자리를 정리했다.

"차, 가지고 왔습니다."

"초은아, 기분이 안 좋은 일 있어? 그러고 보니 안색도 안 좋아 보이고."

"아니에요. 어제 오랜만에 다민이랑 만났더니. 좀 무리했나 봐요."

"아아…… 그랬군. 그럼 일찍 들어가서 쉬어야겠네."

그제야 이유를 알았다는 듯, 은현의 얼굴에 안도의 빛이 떠올랐다. 그는 여전히 초은을 열망하고, 오직 그녀에게 몰두한다.

다 알면서도 이 우울한 기분은 뭘까.

집으로 돌아오는 내내, 그리고 밤새. 초은은 어떤 찜찜한 예감에 시달려야 했다.

/

점심시간을 앞두고, 업무에 매진하던 직장인들도 조금은 느슨해지는 무렵이었다. 국내 굴지의 게임 회사 '레드핏'의 로비로 사뿐사뿐 걸어 들어온 한 여자. 게임 회사라면 저절로 떠올릴 법한 전형적인 직원의 모습과는 사뭇 달랐다.

하늘하늘 바람결에 늘씬한 몸매를 드러내는 지방시의 미니 원피스, 샤넬 크루즈 라인의 한정판 레터백과 발렌시아가 스터드 샌들. 거기다 반질반질 찰랑대는 길고 풍성한 머리칼을 쓸어 올리며 벗어 든 까르띠에 선글라스까지.

모르긴 몰라도 대다수 '레드핏'의 직원들은 이 여자가 머리끝부터 발끝까지 걸친 것들의 총액을 쉽게 추측하기는 어려울 것이었다.

전신에 잔뜩 힘을 준 여자는 미간을 슬쩍 찌푸리고 로비를 한 바퀴 휙 돌아보았다. 누가 IT 업계의 신성이라 하지 않을까, 입구의 보안 검색대는 공항의 검색대 저리 가라 할 정도로 삼엄해 보였다.

잠시 망설이던 여자는 검색대를 지키는 보안 직원에게 또각또각, 다가갔다.

"어…… 어떻게 오셨습니까?"

매일 야근에 지쳐 좀비처럼 흐느적거리며 오가는 레드핏의 직원들만 봐오던 보안 직원에게 컬처쇼크를 안겨 준 존재.

"아, 저는 대표이사 비서실에 근무하는 한초은 대리의 동생……."

신원을 밝히던 시현은 멈칫 말을 멈췄다.

"어, 대표님 안녕하십니까?"

뒤쪽 어디쯤에서 들려오는 '대표님'이라는 단어 때문이었다. 휙 뒤돌아본 곳에는 키가 훤칠하고 얼굴이 뽀얗게 해사한 남자가 고개를 끄덕이는 모습이 보였다. 시원한 스트라이프 셔츠에 면 팬츠를 입은 맵시도 한눈에 남달라 보였다.

'오호, 일단 외모는 합격.'

은현에게 업혀 왔던 그날 밤.

자는 척하느라 제대로 그 모습을 볼 겨를이 없었다. 시현을 침대에 내려놓고 나가는 모습을 실눈을 뜨고 보긴 했지만, 워낙 어둑어둑한 방 안이라 그저 듬직한 체격의 실루엣만 확인했을 뿐이었다.

'그날 힘 좋은 건 확인했고……'

일단 하드웨어 쪽에는 합격점을 주던 시현이 눈을 가늘게 떴다.

'저건 또 뭐야.'

은현의 곁에 붙어 선 여자 때문이었다. 탱글탱글 웨이브 진 머리칼을 상큼하게 포니테일로 묶고, 각선미를 드러내는 스키니 진에 드레시한 민소매 블라우스를 멋들어진 믹스매치로 입은 그녀.

"업무지만 그래도 나갔다 오니 바람도 쐬고 좋네."

"이제부터 해야 할 일이 태산인데, 좋기도 좋겠다. 너 뭐 변태냐? 기약 없는 야근 확정 짓고 돌아와서 좋다니. 나 참, 어이가 없네."

"이 자식이, 사람이 좀 희망적이게 살아야지. 왜 이렇게 삐뚤어져서는⋯⋯."

한쪽은 등짝을 철썩철썩 내리치고, 또 한쪽은 어깨로 툭툭 밀어내는 모양새가 퍽 다정해 보였다.

'어쭈, 대표이사한테 반말에⋯⋯. 직원이야 뭐야?'

시현에게는 거침없는 향락의 문화를 경험하며 쌓아 온 경험치가 있었다. 그 노하우를 바탕으로 한눈에 확신했다.

저 여자는 분명⋯⋯. 여우다. 털털한 척 상대방을 대하며 무장 해제시켜 어느 순간 꿀꺽 잡아먹어 버리는 아주 고단수의 여우.

"덥다. 오늘 같은 날은 냉면이 딱인데. 우리 올라가기 전에 냉면 먹고 갈까?"

'어쭈, 자연스럽게 점심까지⋯⋯.'

더는 두고 볼 수 없었다. 시현은 얼른 몸을 돌려 다리를 쭉쭉 내디뎠다.

"형부우!"

발랄한 목소리와 화사한 미소. 물론 비장의 무기인 상큼한 보조개까지 아낌없이 드러냈다.

처음엔 그 '형부'가 자신이라고 상상도 하지 못한 은현은 아무 반응이 없었다. 곁에 선 연아가 점점 다가오는 시현을 이상하게 바라보자 그제야 고개를 돌리고는 시현을 발견했다.

"어어…… 어!"

은현은 입만 떡 벌린 채 시현을 향해 총을 쏘는 모양으로 손가락질했다. 어지간히도 놀란 모양이었다.

"형부, 저예요."

"우와……."

"헤헤."

"아니, 처제가 여기까지 웬일이야!"

은현은 시현의 해맑은 '형부' 소리에 한껏 고조되었다. 사춘기 소년처럼 얼굴을 발그레 붉히고서 외치는 목소리가 쩌렁쩌렁 울렸다.

"우리 형부한테 점심 얻어먹으려고요. 좀 늦었지만, 지난번 일 감사 인사도 하고요."

"아니, 뭘 감사 인사까지."

"누…… 구셔?"

은현이 멋쩍게 머리를 쓸어 넘기는데, 곁에 있던 연아가 고개를 갸웃하며 한 걸음 다가섰다. 미소 지은 입꼬리가 둥글게 말려 올라가 있었지만, 시현은 분명히 알 수 있었다. 눈동자 깊은 곳 숨겨진 못마땅한 기색을.

"아, 인사해. 이쪽은 우리 초…… 아니 한 비서 사촌 동생. 처제, 이쪽은 우리 회사 아트팀 팀장이야. 내 대학 동기기도 하고."

"아아, 그렇구나. 안녕하세요. 우리 형부, 잘 부탁드려요."

"하하, 네 반갑습니다."

'헐, 그 언니에 그 동생이네. 까져가지고.'

'어디 팀장 주제에 질척거리고 있어? 우리 언니 반도 못 따라가는

못난이 주제에.'

언뜻 웃으며 인사를 하는 두 여자의 눈빛이 허공에서 매섭게 맞부딪쳤다. 연아 역시 해외에서 직장 생활을 하며 꽤 와일드한 세월을 살아온 베테랑이었다.

고수는 고수를 알아보는 법.

둘은 각자 상대방이 만만치 않은 상대라는 것을 알아챘다.

"신 팀장, 들었지? 오늘은 우리 처제가 와서 냉면은 안 되겠다. 먼저 들어가 봐."

"그래. 그럼 점심 맛있게 먹어. 그럼 모처럼 강은현한테 맛있는 거 사달라고 하세요. 다음에 뵐게요."

연아는 생긋 웃으며 미련 없이 출입구 안으로 사라졌다. 시현은 터져 나오는 헛웃음을 억지로 삼켰다.

아니, 지가 뭔데 맛있는 거를 사달라고 하라 마라야. 그리고 분명히 팀장이라면서 보란 듯이 사장 이름을 부르는 저 패기는 뭐지?

싱글벙글한 얼굴의 은현이 제 쪽으로 향하자, 시현도 얼른 표정을 바꾸었다.

"우리 처제, 뭐 먹고 싶어? 뭘 좋아하나?"

"형부, 언니도 불러야죠!"

"아, 그렇지. 잠깐만. 바로 내려오라고 할게."

은현은 얼른 핸드폰을 꺼내 들었다.

/

기겁한 초은이 헐레벌떡 달려왔을 때, 근처 레스토랑에 마주 앉은 은현과 시현은 무척이나 정다워 보였다.

"너, 여긴 어떻게 왔어?"

초은은 가쁜 숨을 가다듬지도 못하고, 시현의 멱살을 잡을 듯 달려들었다.

"어떻게라니? 우리 형부한테 점심이라도 얻어먹어 볼까 해서 왔지."

"하하, 처제. 언제든지 오라고. 내가 점심이라면 백 번이라도 사 줄 수 있으니까. 우리 초은이한테 들어서 알지 모르겠지만, 이 형부가 꽤 능력 있는 사람이거든."

우리 형부? 처제?

떡 줄 사람은 생각도 안 하는데, 처제며 형부는 무슨 김칫국 드립인가요. 그보다 아니, 님들. 맨정신으로 만나는 건 처음 아니세요? 뭐가 이렇게 쿵짝이 잘 맞아?

초은은 어이가 없어 말문이 막혀 버렸다.

"언니, 뭐해? 얼른 앉아. 아니, 여기 말고 형부 옆에 앉아야지. 형부가 맛있는 거 잔뜩 주문해 놨어."

이것이 이렇게 눈치 없는 애가 아닌데. 아무것도 모르는 체하며 해맑은 것이 영 수상쩍다.

"처제, 요즘은 그렇게 위험하게 노는 거 아니지?"

"어우, 우리 형부 꼰대 같아. 젊을 때 놀지, 그럼 언제 놀아요?"

"어허, 다 처제가 걱정돼서 그렇지. 그날 우리 초은이가 얼마나 놀랐는지 알아?"

"에이, 형부가 우리 언니를 몰라서 그래요. 언니가 깡이…… 아얏!"

초은의 구두 끝이 시현의 정강이를 정확하게 가격했다.

'김시현, 이년아. 지킬 건 지키자.'

초은의 매서운 눈빛을 읽은 시현이 얼른 입을 다물었다. 하지만 꾹

다문 입술 끝에서 비실비실 새어 나오는 웃음까지 감추지는 못했다.

초은은 그만 기운이 쭉 빠져, 냉수만 연신 들이켰다.

이윽고 주문한 음식들이 나왔다. 잔뜩 주문했다더니, 정말 스테이크, 샐러드, 파스타, 감바스 같은 요리들이 한 상 가득 차려졌다.

"와! 형부, 최고! 맛있게 먹겠습니다."

"그래그래, 처제, 많이 먹어."

초은은 시현의 과장된 환호도 떨떠름했지만 "이거 좋아하지? 이것도 먹어 봐." 하고 입으로는 시현을 챙기고 손은 초은의 접시로 음식을 실어나르는 은현의 행태도 뜨악하기는 마찬가지였다.

"아, 아니. 이제 그만 됐어요. 은현 씨도 좀 먹어요."

초은의 만류에도 아랑곳없이 접시 위에는 파스타와 샐러드, 오동통한 새우들이 수북이 쌓였다. 지켜보던 시현은 또 한 번 풉, 웃음을 참다 정강이를 찍혀야 했다.

"와, 형부 그럼 X대 나온 거예요? 진짜 머리 좋은가 봐."

"흠흠. 뭐 별거 아니야. 조금 열심히 했더니 4년 내내 장학금도 주더라고."

"이야, 장학금까지. 우리 형부 진짜 엘리트인가 봐요."

"하하하하, 뭘 그렇게까지. 참, 내가 대학 때 개발한 게임이 얼마나 벌었는지는 얘기해 줬던가?"

시현은 역시 고단수였다. 상대방을 기분 좋게 띄워주며, 지능, 인성, 체력, 가치관 등 다각도로 검토하는 저 질문들.

"그런데 형부, 우리 아빠가 초은 언니한테는 부모님이나 마찬가지잖아요."

"응, 그럼. 나도 다 알지."

"그런데 우리 아빠 되게 무서운데, 형부 괜찮겠어요?"

"하하. 무, 무서우셔? 얼마나?"

"아, 모르시는구나. 우리 아빠 별명이 금융계의 핏불인데. 핏불테리어 알죠? 한번 물면 놓지 않는 세계에서 가장 위험한 개."

이번엔 담력 평가인가. 그나저나 외삼촌 그 별명은 언제 생긴 거니?

초은은 헛웃음이 나왔다.

"흠흠······. 뭐, 아무리 엄한 어르신이라도, 나 정도 남자라면 마음에 드시지 않겠어? 자랑은 아니지만, 내가 어디 빠지는 데가 있어야 말이지."

"어유, 그럼요. 저야 알죠. 그런데 또 우리 아빠 또 다른 별명이 매의 눈이라서. 어찌나 날카로운지."

"괜찮아, 괜찮아. 이 형부를 믿어 봐. 이리 보고, 저리 봐도 완벽한 남자니까."

짐짓 호기롭게 대답하고는 있지만, 아마 은현은 꿈에도 몰랐을 것이다. 식사 내내 시현과 나눈 대화가 전부 실시간으로 점수가 매겨지고 있다는 것을.

"어이쿠, 벌써 시간이 이렇게 되었나. 들어가 봐야겠는걸."

은현이 문득 시계를 보고는 끔쩍 놀랐다.

"형부, 우리 언니는 저랑 커피 한 잔만 얼른 하고 들어가면 안 될까요?"

"음. 그래그래. 그렇게 해."

"야, 나도 이제 일하러 가야 해."

"아니, 모처럼 처제가 왔는데 마음 편하게 차 마시고 들어와. 처제도 자주자주 놀러 오고."

은현은 너그럽게 손을 흔들며 사라졌다.

은현이 사라지자마자 초은은 입술을 깨물며 시현을 노려보았다. 하지만 자매처럼 자란 초은이 위협이 될 리가 없었다. 시현은 당차게도 의기양양한 웃음을 지으며 손가락으로 브이를 그려 보였다. 초은도 결국은 피식 웃어 버렸다.

둘은 정답게 팔짱을 끼고 〈커피 살롱〉까지 멀지 않은 길을 걸었다. 이렇게 함께 발걸음을 맞추는 것도 퍽 오랜만이라, 초은은 어쩐지 짠한 마음이었다.

외삼촌 집에 오던 날부터 손을 잡고, 팔짱을 끼고 늘 함께였던 정다운 동생. 이제부터라도 좀 더 살갑게 대해야겠다는 생각도 들었다.

"어, 초은아. 점심 먹고 오는 길이야?"

"네, 선배. 식사하셨어요?"

"그럼. 옆엔…… 못 보던 분이네?"

"아, 제 사촌 동생이에요. 시현아 인사해."

훈내 나는 미소로 초은을 반겨 주는 두훈을 보고, 시현은 옆구리를 쿡쿡 찔렀다.

"누구야?"

"대학 때 선배야."

시현이 속삭이자 초은도 덩달아 귓가에 속살거렸다.

"헐……. 혹시 그 언니 첫사……."

"야, 됐어. 입 다물어."

"오호, 그렇단 말이지?"

저 장난기로 반짝이는 눈빛. 어쩐지 어디선가 본 듯한 느낌이 들었다. 하지만 그 기시감도 잠시.

"제 점수는요."

자리에 앉자마자, 시현은 양 손가락으로 테이블을 두구두구 두드리는 시늉을 했다.

"야야, 됐어. 점수는 무슨."

"백 점!"

"뭐? 어째서!"

관심 없다는 듯 손사래를 치던 초은의 눈이 휘둥그레졌다.

아니, 어째서 거기서 백 점이 나오니?

아아. 그렇구나. 네가 그의 거만하고 아니꼬운 주둥이를 경험해보지 못했구나. 그래서 그러는구나.

초은의 경악이 사그라지는 동안, 시현은 손가락을 하나하나 접기 시작했다.

"키 크지, 잘생겼지, 머리 좋지, 몸 좋지, 힘 좋지. 좀 거만하긴 하지만, 남자는 자신감이지. 무엇보다 마음에 드는 건."

"?"

"언니가 좋아서 어쩔 줄 모르겠다는 그 눈빛."

시현의 평가는 거침없었다. 동생에게 애인의 애정 행각을 듣다니. 초은의 얼굴은 순식간에 잘 익은 토마토가 되었다.

"아유, 야. 눈빛은 무슨."

"다 아시는 분이 왜 이러실까. 아주 눈빛이 뜨거워서 동공이 녹아 흘러내리겠던데."

"됐어, 그만해."

"연애하니까 좋아? 한 때는 청담동의 밤을 주름잡던 언니가 이런 알콩달콩 연애라니……. 으으, 소름 끼쳐."

시현은 두훈이 빙긋 웃으며 놓아주고 간 아이스 카페라테를 한 모금 마셨다.

"참, 형부 옆에 붙어 있던 그 여자는 뭐야?"

"여자?"

"응. 로비에서 형부 마주쳤을 때, 옆에 웬 여자가 같이 있던데."

"아아……."

은현과 같이 있는 여자라면 뻔했다. 순식간에 머리가 싸늘하게 식는 기분이었다.

"아트팀에 새로 온 팀장님이야. 대표님과 대학 동기라서 친한 모양이더라고."

초은은 시현에게 그런 감정을 내색하기 싫어 애써 아무렇지도 않게 대꾸했다. 하지만 시현은 이미 많은 것을 파악하고 있었다.

"그 얘긴 들었고. 그런데 그냥 동기가 아닌 것 같던데."

"신경 쓰지 마. 말 그대로 팀장이고 친구야."

"헐……. 언니, 왜 그래? 진짜 그렇게 생각해? 그 여자 태도 보고도?"

"그런들 뭘 어쩌겠니. 남이 제 감정에 뭘 어떻게 하든 어쩔 수 없잖아."

"와, 언니. 월급쟁이 생활하더니 완전 을의 마인드 다 됐네. 예전에 그 깡과 패기는 어디 간 거야? 머리채를 휘어잡아서라도 곁눈질도 못 하게 만들어 놔야지."

"철이 든 거라고 해 두자."

시현은 초은의 담담한 반응에 김이 샌 모양이었다.

"어쨌든 조심해. 내가 이년 저년 다 겪어본 경험자로, 그 여자 보통 아니야. 형부야 언니밖에 안 보인다고 해도, 워낙 순진해서 휘둘

릴지도 모른다고."

걱정하지 말아라, 동생아. 내 비록 직장의 서열로 을의 신세라 본색을 드러내진 못하지만, 내가 어디 가서 고분고분 져주는 여자는 아니잖니?

"내가 알아서 해. 그나저나 너 숍은 이렇게 오래 비워 놔도 돼?"

"오늘 쉬는 날. 언니야말로 집에 좀 자주 와. 혼자서 밥이나 제대로 챙겨 먹냐?"

"가도 집에 붙어 있지도 않으면서."

이런저런 사정을 다 떠나, 시현과의 티키타카 주고받는 대화가 즐거웠다. 잠시 잊고 있었던 무조건적인 지원군을 다시 만난 기분.

물론 순순히 당하고 살 초은은 아니었지만, 시현 덕분에 투지와 열정이 되살아나는 기분이었다. 한동안 묵직하게 가라앉았던 마음에 새록새록 생기가 돋아나고 있었다.

/

시간은 시위를 떠난 활과 같아 새 팀장 연아가 등장도 벌써 희미해진 사건이 되었다. 처음엔 조금 겉도는 듯했던 연아가 일상의 익숙한 일부분으로 녹아든 어느 날 오후.

띠링. 열심히 작업하는 아트팀 직원들의 PC로 동시에 메시지가 날아들었다. 며칠 전부터 예고됐던 회식 공지였다.

※돌발 이벤트 퀘스트에 도전할 파티원 모집합니다.※

(아트팀 필참)

오늘의 퀘스트: 퇴근 후 보스 공략.

출현 몬스터: 아트팀 뉴비 신연아 팀장

특징: 개발자답지 않은 외모로 위장하고 있으나 소주 3병의

　　　무서운 주량을 숨기고 있는 초 위험 몬스터

공략 시간: 19시

장소: 큰길가 조주 장인의 공방(속칭 '빙구 비어') – 맵 참조

"바빠 죽겠구만, 회식은 무슨 얼어 죽을 놈의 회식이야."

동그란 안경을 쓰고 키보드와 마우스를 딸깍거리던 다민은 불만스럽게 볼을 부풀린 채 꿍얼거렸다.

보아하니 강 대표, 박 실장과 틈만 나면 저녁에 모이는 모양이던데. 그렇게 환영받았으면 됐지 뭘 또 회식까지 하고 난리인가.

"오늘 회식은 급한 사정이 있는 사람 말고는 다들 참석해 주세요."

팀의 선임 격인 최 과장이 손나팔을 만들어 외치자, 여기저기서 힘 빠진 대답 소리가 들렸다.

"휴…… 이제 막 속도 나기 시작하는데 술도 반갑지 않다."

옆자리 애진의 한탄에 다민은 격렬히 고개를 끄덕였다.

"어휴, 그래도 어쩌겠어. 한 번은 겪어야 할 일. 다 잊고 맥주나 시원하게 마시자."

체념도 빠르기는.

하지만 다민이라도 처지가 다르지는 않았다. 일단은 퇴근 전에 일을 마무리하기 위해, 속도를 높이기 시작했다.

아트팀 팀원들이 동시에, 대거 퇴근하는 것은 무척 드문 일이었다.

오늘, 일 년에 몇 번 보기 힘든 그 광경이 펼쳐졌다. 우르르 사무실을 나와 흐느적흐느적 엘리베이터에 오른 한 무리.

"신 팀장님은 같이 안 가신대?"

"좀 있다가 대표님하고 같이 오신다나 봐요."

"대표님도 오시나 보네."

"아하⋯⋯."

꽉 찬 엘리베이터 안 어딘가에서 주고받는 대화도 심드렁하기 짝이 없었다. 순간, 다민은 움찔 몸을 움츠렸다.

설마 박경원 실장도 같이 오는 건 아니겠지.

그날 이후 어쩌다 복도에서 마주치기라도 할라치면, 어색한 얼굴로 눈을 피하거나 발길을 돌려버리는 남자. 처음엔 그 모습이 못마땅하게 보이기만 했다. 그런데 어쩐지 요즘엔 시무룩해지는 것이 영 언짢았다.

건물 밖을 나서자 여름밤의 후텁지근한 공기가 온몸에 들러붙었다. 흐릿하게 어두워져 가는 하늘 저편으로 희미한 붉은 빛이 스며들고 있었다.

"어우, 밤인데도 텁텁해."

"벌써 이렇게 해가 길어졌나? 그런데도 우리가 퇴근할 땐 왜 항상 깜깜하냐?"

경원 생각에 찜찜해진 다민은 괜스레 투덜거렸다. 회식 장소를 향해 걷는 동안 대로를 쌩쌩 지나는 자동차들에선 뜨거운 열기가 뿜어져 나왔다. 시원한 맥주가 절로 생각날 수밖에 없었다.

그리 크지 않은 비어 바는 이날 회식을 위해 통째로 비어 있었다. 물잔과 생맥주, 식기 따위가 완벽하게 세팅된 자리와 서늘한 내부

공기가 시큰둥했던 기분을 날려 주는 것 같았다.

"야, 살 것 같다. 얼른 앉자."

애진이 다민을 끌어당겨 앉혔다. 다들 웅성웅성 자리를 잡는데 가게 문이 열렸다.

"어, 팀장님 오시네."

"대표님도 같이 오셨어. 안녕하십니까."

"이쪽으로 앉으세요."

어수선한 분위기가 채 가라앉기도 전에 회식의 주인공이 등장했다. 방긋 웃으며 또각또각 걸어 들어오는 연아 곁에는 강은현 대표가. 그리고 그 뒤에는 박경원 실장이 따라 들어왔다.

젠장, 아니나 다를까.

다민은 애꿎은 물컵만 꽉 움켜쥐었다.

자리가 정리되는 동시에 치킨, 감자튀김, 샐러드, 모둠 소시지 등의 고열량 안주가 줄줄 연이어 나왔다.

"……일의 방식도, 목적도, 근무 패턴도 달라질 겁니다. 혼란스러울 수도 있어요. 하지만 우리 삶에서 변화란 참 중요하니까요."

뒤늦은 취임 인사를 하라니 무슨 인생 강연 비슷한 것을 떠들고 있는 연아였다. 다민은 부드러운 크림 거품이 잔뜩 올라앉은 생맥주를 시원하게 들이켰다.

"캬아, 시원하다."

"야, 그래도 팀장님 말씀 중이신데……."

옆에서 감자튀김을 바삭바삭 씹어먹던 애진이 눈을 흘긴다.

사실 연아는 그리 나쁘지 않은 상사였다. 능력 있고, 까탈스럽지도 않고, 잔소리가 없었다. 지시는 명확했고, 문제가 있을 땐 깔끔하게 원인을 짚어내 해결 방법을 논의했다. 미국에서 직장 생활을 하다 와서 그런지 쿨하기도 했다.

굳이 단점을 찾아보자면, 폐인급 일벌레들이 일하는 직장치고 너무 깔끔하게 잘 꾸미고 다닌다는 것?

그런데도 다민은 왜 그렇게 연아가 못마땅한지 알 수 없었다.

"기획팀에서 요구한 그 캐릭터 수정안 말이야. 다민 씨는 괜찮은 것 같아? 디테일이 너무 과하면 플레이할 때 오히려……."

치킨을 뜯으며 떠드는 애진의 말을 흘려들으며, 다민은 곰곰이 생각해보았다.

왜 그렇게 연아가 싫은 걸까. 그녀가 다민에게 어떤 피해를 준 것도 없는데 말이다.

"와, 팀장님. 대표님, 박 실장님이랑 대학부터 친구셨어요? 대표님 예전엔 어땠는지 진짜 궁금합니다. 하하."

"우리 강 대표 과거는 내가 다 꿰고 있죠. 하루에 화장실 몇 번 가는지까지 다 아는데. 이참에 흑역사 좀 풀어 봐?"

"흑역사는 나만 있냐? 본인 과거도 좀 돌아보고 딜을 해야지. 쯧쯧."

저편 테이블에서 최 과장과 연아 일행의 대화가 들려왔다.

우리 강 대표?

다민은 콧등까지 씰룩이며 입술을 삐죽댔다.

그래, 바로 저런 게 싫은 거야. 왜 내 친구의 남자한테 자꾸 과도하게 친한 척이냐고.

"박경원 과거도 빠삭한데 안 궁금해요? 하긴 경원이는 워낙 모범생이라 과거도 재미없긴 해."

연이어 들려오는 목소리에 마침 다민의 손에 들려 있던 냅킨이 와

작 구겨졌다.

저 아메리칸 날라리 같으니! 어디 신성한 직장 회식에서 다른 부서 직원의 이름을 부르고 난리야! 박 실장한테 그렇게 자꾸 찐득대니까 내가 싫어할 수 밖…….

격렬하던 의식의 흐름이 갑자기 뚝 멎었다.

내가 왜? 박 실장한테 찐득대든 말든 내가 무슨 상관이람.

혼란스러워하던 다민은 이내 고개를 끄덕였다.

박 실장에게 지나치게 심한 말을 했던 것이 마음이 걸렸는데, 내 상사가 그 껄끄러운 상대와 자꾸 친하게 지내니까. 그게 찜찜한 거지. 그리고 원래 사람은 적응의 동물이니까. 시도 때도 없이 나타나 신소리를 하던 인간이 사라졌으니, 잠시 허전한 것뿐이다.

그렇게 정리를 마치고 나니 비로소 머리가 깨끗해진 것 같았다.

"……그나저나 아이템 콘셉트 말이야. 아무리 여성향 게임이라지만 너무 오글거리지 않든?"

애진은 다민이 듣든 말든, 여전히 진행 중인 프로젝트에 대해 할 말이 많았다. 역시나 '레드핏'에서 흔하게 찾아볼 수 있는 덕업일치를 이룬 직원이었다.

"그럼 그럼. 네 말이 다 맞다. 야, 시원하게 한잔할까?"

다민은 머리가 개운해진 김에 애진과 신나게 맥주잔을 부딪쳤다. 마음속이 여전히 따끔따끔한 것은 콸콸 넘어가고 있는 이 차가운 생맥주 때문일 것이다.

뜨거운 여름밤에 시원한 맥주는 누구에게나 기꺼운 망중한이 되어 주었다. 다들 양껏 들이키고, 또 안주를 맛보는 동안 분위기도 느슨하게 풀어졌다.

비어 바 안은 그만큼 흐트러진 사람들이 여기저기 흩어져 나름대로 즐거움을 만끽하고 있었다. 한쪽에서는 유명 RPG 게임의 OST를 흥얼거리는가 하면, 또 한쪽에서는 개발 중인 게임의 진행 방향에 대해 쓸데없이 격하게 토론 중이었다. 또 어떤 무리는 흥에 겨워 일찌감치 자리에서 일어나 노래방이나 PC방으로 떠나기도 했다.

그 와중에 다민은 어쩌다 보니 맞은편에 와서 앉은 최 과장에게 언제인지도 모를 첫사랑 스토리를 듣고 있었다. 사실 그리 궁금하지도 않은 이야기였다. 레드핏에 근무하는 동안 벌써 17번은 족히 들은 이야기라, 최 과장이 당장 말을 멈춘다고 해도 바로 이어서 할 수 있을 정도였으니까.

웬일인지 다민의 기분은 시간이 갈수록 가라앉았다. 술만 마시면 첫사랑 앵무새가 되는 최 과장 때문만이 아니었다. 저 건너 테이블에서 꺄르르 웃는 저 목소리. 취기로 적당히 풀어진 눈매와 발그레 달아오른 두 뺨이 더 예뻐 보이는 여자.

듬직한 두 남자를 좌청룡, 우백호처럼 끼고 고고한 여왕처럼 즐기고 있는 신연아 팀장 때문이었다. 아까의 입장 정리가 무색하도록, 연아와 그 일행이 자꾸 다민의 눈에 들어와 박혔다.

질색하는 경원에게 억지로 500cc를 원샷 시키고 즐거워하는 모습, 은현의 등을 장난스럽게 찰싹찰싹 내리치는 모습. 스스럼없이 마음대로 구는 저 행동거지가 왜 이렇게 부러워 보이는 걸까.

급기야 연아가 경원의 넥타이를 끌어당겨 풀어내는 것이 보였다. 아마 편하게 즐기라는 의미인 것 같았지만, 어쩔 줄 모르는 얼굴로 쩔쩔매는 경원의 표정에 울컥 화가 치솟았다.

"어디 가, 다민 씨?"

견디지 못한 다민이 자리에서 벌떡 일어났다. 곁에 앉아서 최 과장 첫사랑 스토리를 18번째 복습하던 애진이 기겁하며 다민의 소맷부리를 붙들었다.

고통 분담해야지, 어디서 혼자만 줄행랑이냐.

다민은 애진의 눈빛이 외치는 소리를 외면했다.

"아, 난 통금 시간이 있어서 이제 집에 가 봐야 해."

"미쳤어? 밤샘을 밥 먹듯이 하는 애가 무슨 통금이야."

"아니, 그런 게 있어. 너무 많이 알려고 하지 마."

다민은 복잡한 마음에 무슨 소리인지도 모를 변명을 늘어놓으며 가방을 챙겨 들었다. 기분이 울적한 것도 싫지만, 울적해지는 저 자신이 더 싫었다.

유쾌한 공기가 오글거리는 가게를 가로질러 출입문을 향하는 걸음이 점점 더 무거워졌다. 다들 즐거움에 들떠 있는 가운데서, 저만 혼자 동떨어진 외로움마저 느껴졌다.

겨우 문을 열고 나왔을 때.

변덕스러운 여름은 얄궂게도 밤비를 뿌리고 있었다. 한동안 더위 끝에 찾아온 비라 빗줄기가 제법 거셌다.

우산도 없는데. 기분도 더러운데, 이참에 흠뻑 젖어서 걸어보란 말인가. 비를 뚫고 갈까, 가게 앞에서 잠시 서서 망설이는 사이. 등 뒤로 문이 열리는 소리가 들렸다.

"어······."

"······."

반사적으로 돌아보는데, 너무나 익숙한 얼굴이 눈에 들어왔다.

왜 하필 지금.

어떻게 비가 오는 줄 알았는지, 커다란 우산을 들고나오던 경원이었다. 요즘 들어 늘 그렇듯, 다민과 시선이 마주치자마자 ~~뻣뻣하게~~ 얼른 눈길을 피해버리는 모습에 설움이 솟았다.

그 여자랑은 그렇게 희희낙락 즐겁더니. 내가 그런 말 좀 했다지만, 이렇게 대놓고 싫은 기색인가요.

다민은 더 망설일 것도 없이 쏟아지는 빗속으로 한걸음 성큼 내디뎠다.

"저, 다민 씨."

"……."

"이 우산 쓰고 가세요."

멈칫했던 다민은 대꾸도 하지 않고 다시 발을 옮겼다.

"다민 씨. 그러지 말고……."

왜 몸이 앞으로 나가지 않나 싶었더니, 경원이 어깨에 멘 가방끈을 붙든 모양이었다.

"왜 이러세요. 이거 놓으세요."

눈도 안 마주칠 땐 언제고, 왜 갑자기 착한 척이람. 거지한테 적선하는 것도 아니고.

이미 뒤틀린 감정은 삐뚤어진 길을 내달렸다.

"이대로 가면 다 젖어요. 감기라도 걸리면 어쩌려고……."

"무슨 상관이세요. 쳐다보기도 싫은 표정이더니, 왜 갑자기 챙겨주려고 해요? 하나만 하세요. 헷갈리게 하지 말고."

"다민 씨, 좀……."

경원에게 벗어나려고 몸을 뒤틀자, 경원도 울컥 목소리를 높였다.

"다민 씨가 보기에, 나 한심해 보여도 나름대로 많이 생각한 거예요."

다민의 몸짓이 덜컥 멈췄다. 쏟아지는 비 때문일까. 경원의 목소리가 어쩐지 축축이 젖어 있는 것 같았다.

어쩐지 그의 대사가 익숙하게 들리는 건 기분 탓이겠지.

"그거 알아요? 나빠요, 참 그대라는 사람. 허락도 없이 왜 내 맘 가져가나요. 다민 씨 때문에 난 힘겹게 살고만 있는데, 다민 씨는 모르잖아요."

"뭐…… 뭐라고요? 거짓말 좀 하지 마세요."

다민은 경원의 말이 믿기지 않았다. 그런 심한 말을 듣고 저에게 만정이 다 떨어졌구나 싶었는데. 그는 여전히 저 때문에 힘들다고 한다. 그의 말이 어디서 많이 들어 본 것 같은 건, 그냥…… 기분 탓…… 일 것이다.

"언젠간 한 번쯤은 돌아봐 줄 줄 알았어요. 한없이 뒤에서 기다리면."

"……."

"그런데 다민 씨가 그렇게 날 싫어하니까……. 그러니까 다민 씨 기분 상하지 않도록, 되도록 아는 척하지 않으려고 했는데."

경원의 표정이 비에 젖은 유리창 밖의 풍경처럼 흐려졌다. 그가 이렇게 진지할 때도 있었나. 그의 감정이 이렇게 진심으로 드러날 때도 있었던가. 어쩐지 몰랐던 그의 진면목을 본 것 같아 다민은 가슴이 찡했다.

그나저나 이 순간, 머릿속에 흐르는 익숙한 멜로디는 왜일까.

"어쨌든 우산은 미워할 이유가 없으니, 그냥 쓰고 가세요."

"박…… 실장님은요?"

"전 잠깐 편의점 가는 길이라 오는 길에 새로 사서 쓰고 오면 됩니다.”

　경원은 말릴 새도 없이 우산을 다민의 손에 쥐여 주었다. 그리고 재빨리 재킷을 벗어 머리 위로 쓰고는 빗속을 성큼성큼 걸어 가버렸다.

　거센 빗줄기는 무자비하게 경원을 뒤덮었고, 여름용 얇은 셔츠가 속절없이 젖어 들었다. 두 팔을 쳐든 경원의 등판에 젖은 셔가 찰싹 붙어 광배근과 견갑근이 훤히 드러났다.

　아씨, 어울리지도 않게 뒤태는 왜 저렇게 멋진 거야.

　다민은 멍하게 우산을 쓴 채, 얼굴을 일그러뜨렸다.

　미안하기도 하고, 고맙기도 하고.

　그리고 그 사이에서 슬그머니 솟아나는 따뜻한 안도감.

　내가 미운 건 아니구나. 아직도 나에 대한 마음은 남아 있었구나.

　제가 느끼는 이런 복잡하고 혼란한 감정들이 낯설어, 다민은 한참을 그 자리에 서 있기만 했다.

　얼마 후 택시에 올랐을 때, 차창을 두드리는 빗소리 사이로 잔잔한 라디오 음악이 흐르고 있었다.

　　비 내리는 밤. 짝사랑에 힘들어하는 청취자님이 사연 보내 주셨네요. 같은 마음에 잠 못 드는 분들을 위해 짝사랑의 감정을 담은 노래 몇 곡 이어서 보내드립니다.

　라디오 DJ의 멘트에 이어 익숙한 멜로디와 가사가 흘러나왔다.

　　나 한심해 보여도 나름대로 많이 생각한 거야. 날 사랑했었다고 자신 있게 말할…….

　　나빠요, 참 그대란 사람. 허락도 없이 왜 내 맘 가져요. 그대 때문에…….

　……언젠가 한 번쯤은 돌아봐 주겠죠, 한없이 뒤에서 기다리
면. 오늘도 차마 못 한 가슴속 한 마디…….

오랜만에 듣는 추억의 발라드 가요들이었다.

그런데 왜 방금 들었던 것처럼 익숙할까.

고개를 갸웃하던 다민은 이내 그 이유를 알아차렸다.

우쒸! 박경원 이 인간!

뭐야, 코인 노래방 VIP냐. 인간 주크박스야?

무척이나 경원답다는 생각에, 허탈한 한숨 사이로 이상하게 실실
웃음이 나왔다.

/

　"아이스크림 사 온다더니, 왜 홀딱 젖어서 와? 우산은 어쨌어?"

　"아…… 그럴 일이 있었어."

　경원은 테이블 한중간에 커다란 아이스크림 봉지를 털썩 내려놓
았다. 젖은 머리를 탈탈 털어 내는 모양이 퍽 신명 났다.

　"뭐야. 중 2병도 아니고, 비 맞으면서 분노의 질주라도 했냐?"

　"으악, 박경원 너 옷 다 비쳐. 내 눈……."

　"시끄러워. 너네가 뭘 알겠냐. 나의 심오한 행위를……."

　"어우, 알고 싶지도 않거든."

　경원은 은현과 연아의 공격에도 꿋꿋했다. 제아무리 저만 보면 눈
매가 뾰족해지던 다민이라도, 오늘은 흔들리는 눈빛이었다.

　'날 조금은 다시 봤겠지?'

그동안 울적한 마음에 예전에 듣던 센티멘털한 노래들을 종종 듣기도 하고, 노래방에서 몇 번 불러 본 것이 신의 한 수였다. 다민 앞에서 그렇게 멋진 대사가 술술 나올 줄이야.

아, 이 한밤 감성. 이젠 내 진심을 좀 알아줬을까.

경원은 뿌듯한 마음에 가슴을 쫙 펴고 가게에 남은 직원들에게 아이스크림을 돌렸다. 저를 쳐다본 이들이 하나같이 질색하며 손으로 눈을 가리는 것은 차마 알지 못했다.

어느새 즐거웠던 회식도 파장 분위기로 접어들고.

"박경원. 넌 빨리 택시 타고 집에 가라."

"야, 내가 얼마나 건강한데. 이 정도로 감기 따위……."

"아니. 뻘한 사람들 안구 테러하지 말고 빨리 사라지라고."

경원이 입을 삐죽이며 사라졌다.

하나둘씩 돌아가는 직원들을 뒤따라 은현과 연아도 가게 밖으로 나섰다. 그칠 것 같지 않던 비는 어느새 가늘어지고, 축축하고 무거운 공기만 밤거리를 가득 채우고 있었다.

"은현아. 우리 간단하게 2차 가지 않을래?"

"뭐? 2차?"

"응. 나 이런 분위기가 너무 오랜만이라 그냥 집에 가기 아쉬운데."

그때였다. 어디선가 불쑥 다가서는 그림자.

"대표님. 모시러 왔습니다."

"어, 초은아. 어떻게 왔어?"

회식에 같이 가자고 할 땐 명분 없는 시간 외 근무는 하지 않겠다며 냉정하게 돌아가더니.

"술 드시고 운전은 못 하실 것 같아서 모셔다드리러 왔어요."

이렇게 불쑥 나타나서 저렇게 예쁜 소리라니.

"와, 초은아…… 내가 지금 많이 취한 거 아니지? 잠깐만……. 어, 차 키를 두고 왔다. 금방 가지고 나올게."

격하게 흔드는 꼬리가 보일 정도로 신이 난 은현을, 연아는 일그러진 얼굴로 바라보았다. 그의 머릿속엔 이미 연아가 한 말 따위는 눈곱만치도 남아 있지 않아 보였다.

은현이 서둘러 다시 가게로 뛰어 들어가자 이번엔 초은을 향해 홱 고개를 돌렸다. 청바지에 티셔츠, 편한 스니커즈 차림의 초은은 당당한 얼굴로 서 있었다.

"이 늦은 밤에 상사를 모시러 오는 것도 순수한 업무인가요?"

"저는 대표님의 전담 비서니까요. 비서의 업무는 일반 직원의 업무와는 성격이 많이 다르답니다."

순간 뿜어져 나오는 연아의 뜨거운 콧김이 분노로 흔들렸다. 요즘 들어, 내내 이런 패턴이었다. 오전 미팅을 마치고 은현에게 점심 같이하자고 말이라도 건넬라치면 이렇게 초은이 나타나 초를 쳤다.

'대표님, 오후 일정이 빠듯해서 식사는 직원 식당에서 빨리 끝내셔야 할 것 같습니다.'

'갑자기 점심 일정이 잡히셨어요. 에이콘 대표님 요청이라 응하시는 게 좋겠습니다.'

'대표님! 마케팅 팀장님이 오셨습니다. 베트남 대행사에서 급한 연락이 있었나 봐요. 지금 커피 드시러 갈 때가 아닙니다.'

이런 식으로 방해받은 것이 도대체 몇 번이던가.

이제는 초은이 아주 의도적으로 움직이고 있다는 확신이 들었다.

"똑똑한 줄 알았더니, 너무 빤하지 않아요?"

"네? 무슨 말씀하지는 지 잘 모르겠네요."

"은현이한테 말이에요. 한 대리가 하는 행동이 너무 투명하다고."

"그렇게 말씀하시는 신 팀장님도 눈에 너무 훤하게 읽혀서 당황스럽습니다. 저는 은현 씨의 연인인데, 팀장님은 무슨 명분이신가요?"

알싸한 술기운에 이성이 흐려진 탓일까. 허를 찔린 연아는 분하게 입술만 깨물었다.

"택시 잡아드리겠습니다. 피곤하실 텐데, 어서 집에 돌아가시는 게 좋겠어요."

초은은 담담하게 길가로 다가섰다. 약이 바짝 오른 연아가 초은의 손목을 거세게 낚아챘다.

"아니, 나 아직 할 말 다 안 끝났어요."

"왜? 무슨 일이야?"

때마침 가게 밖으로 나온 은현이 의아한 표정을 지었다. 아무 의심 없이 심상한 목소리였지만, 제풀에 놀란 연아는 초은의 팔목을 내팽개치듯 놓아 버렸다.

"앗, 어멋!"

더 놀랄 일은 다음 순간 벌어졌다. 그리 무리한 힘을 주지도 않았는데, 초은이 휘청이더니 바닥에 털썩 무릎을 꿇어 버린 것이었다.

"초은아! 괜찮아?"

은현이 다급하게 달려들었다. 연아는 너무 기가 막혀 소리도 나오지 않는 입만 벙긋거렸다.

"야, 넌 좀 조심하지……."

"아, 아…… 아니……."

"아니에요, 전 괜찮아요. 신 팀장님이 일부러 그러신 것도 아니고,

제가 부주의해서…….”

아니, 이건 또 무슨 비련녀 코스프레람.

튀어나올 듯 커다래진 연아의 두 눈이 험악하게 초은을 쏘아보았다.

“일부러 그러진 않았겠지만, 넌 예전부터 그렇게 덜렁대는 게 문제야. 나이가 몇인데 아직도 그 모양이냐.”

은현은 과하게 혀를 차며, 초은을 단숨에 일으켜 세웠다. 그러고도 괜찮냐, 어디 다친 덴 없냐, 호들갑이 이어졌다.

“아니, 전 진짜 괜찮아요. 이러지 말고 신 팀장님 택시 먼저 잡아 주세요. 집에 빨리 가고 싶으실 텐데.”

“그래. 알았어.”

은현은 때마침 달려오는 빈 택시를 향해 손을 흔들었다.

“야! 아, 아니, 그게 아니라니…….”

“아니에요. 팀장님. 전 정말 괜찮아요. 의도적이지 않으셨던 것 다 알고 있어요.”

연아는 억울함과 답답함에 가슴이 뻥 터져버릴 것 같았다.

연아가 그러든 말든, 은현은 택시 뒷자리 문을 열고 재빨리 연아를 태웠다.

“늦었는데 빨리 들어가서 쉬어. 다음부터는 좀 조심하고.”

“신 팀장님, 조심해서 들어가셔요.”

뭐라고 한마디 반박할 틈도 없이 택시 문이 닫혔다. 어둑한 택시 안에서 연아는 목격해버렸다.

상냥하게 인사를 하고 돌아서는 초은의 입꼬리가 한쪽만 길게 말려 올라간 것을. 다정하게 허리를 감싸는 은현에게 기대며, 저를 향해 흘려보내는 옅은 웃음을.

그것은 분명 초라한 패배자에게 보내는 조소였다.

'와, 저 야비한 것.'

꽉 움켜쥔 연아의 두 주먹이 바들바들 떨렸다.

'의욕은 가상하다만, 나에게 덤비려면 백만 년은 멀었다.'

초은은 의기양양한 미소를 띠고 은현의 차를 출발시켰다. 이 정도로 연아가 아예 마음을 고쳐먹을 것 같진 않았지만, 제가 호락호락한 상대가 아니라는 것을 충분히 깨달았을 것이다.

아무것도 눈치채지 못한 은현은 그저 싱글벙글이었다.

"오늘 회식은 즐거우셨어요?"

"어. 아트팀 직원들이 꽤 재미있는 친구들이더라고. 항상 일은 제시간에 못 끝내고 시키지도 않은 야근을 한다고 징징거리기만 하는 줄 알았더니, 노는 건 또 그렇게 잘해. 살면서 뭐 하나라도 잘하면 되는 거지. 그치?"

초은과 만나며 꽤 달라진 은현이지만, 이렇게 술기운이 돌거나 감정이 고조되는 순간에는 꽈배기를 꼬는 옛 버릇이 튀어나오곤 했다.

"초은아, 네가 이렇게 데리러 와 주니까 정말 좋다."

'빙구 비어'에서 회식을 하더니, 웃는 것도 빙구 같아지셨네.

초은도 은현을 보며 의미심장하게 마주 웃었다.

신 팀장 따위 언제든지 상대해 줄 수 있답니다.

"언제든 말만 하세요."

"오늘 우리 집에서 자고 갈래?"

"아니요."

초은은 웃음기가 채 가시지 않은 얼굴로 단박에 거절했다.

너무 뻔뻔한 것 아닌가. 저번에 자행한 방치 플레이는 기억도 안 나시나요?

"쳇, 냉정하기는."

"이렇게 데리러 왔는데도요?"

"그럼 손이라도 좀 잡아 봐. 우린 스킨십이 너무 부족해. 나, 신체 건강하고 한창 왕성한 나이라고. 내 생각도 좀 해줘야지."

네네, 아무렴요. 그렇게 왕성한 분이 샤워하는 애인을 놔두고 잠드셨어요?

그날을 떠올리면 손등이라도 꼬집어 주고 싶었지만, 지금은 그럴 때가 아니다. 초은은 누구라도 반할 만한 상냥한 미소를 지으며 운전대를 잡지 않은 손으로 은현의 손을 잡았다.

그리고 은현이 좋아하며 그녀의 손등에 촉, 입 맞추는 모습을 만족스럽게 일별했다.

segue.

이어서

절대갑 길들이기 1

초판 인쇄 2019년 11월 23일
초판 발행 2019년 11월 28일

지은이 반하라
펴낸이 최재호
펴낸곳 주식회사 에이템포미디어
편집 디자인 s:now* **표지 디자인** Limjae
교정 교열 에이템포미디어 출판부

등록번호 2017년 6월 5일 제 395-251002017000153호
주소 경기도 부천시 부천로 198번길 18, 202동 1101호(춘의동, 춘의테크노파크 2차)
전화 070-4100-0600
전자우편 atempo_media@naver.com
블로그 http://atempomedia.com

잘못된 책은 바꿔드립니다.

ISBN 979-11-6428-137-4